BASTEI
LÜBBE

Von Peter Millar sind bei Bastei Lübbe Taschenbücher lieferbar:

14972 Schwarzer Winter
15175 Gottes Feuer
15358 Eiserne Mauer
15656 Die schwarze Madonna

Über den Autor:

Peter Millar, ein vielfach ausgezeichneter Journalist, wurde in Nordirland geboren und ist in Oxford aufgewachsen. Er schreibt u. a. für die Sunday Times und den Evening Standard und war Korrespondent in Berlin (zur Zeit des Mauerfalls), Moskau, Paris und Brüssel. Heute lebt er mit seiner Frau und seinen beiden Kindern in London und in der Nähe von Oxford.

Peter Millar

Projekt Aladin

Thriller

Aus dem Englischen von
Rainer Schumacher

BASTEI
LÜBBE

BASTEI LÜBBE TASCHENBUCH
Band 16311

1. Auflage: September 2009

Bastei Lübbe Taschenbücher in der Verlagsgruppe Lübbe

Originalausgabe

Textredaktion: Angela Küpper
Lektorat: Jan F. Wielpütz
Titelillustration: Artwork HildenDesign
unter Verwendung eines Motives von © Korre/photocase‹
Umschlaggestaltung: HildenDesign, München
Satz: hanseatenSatz-bremen, Bremen
Gesetzt aus der Adobe Garamond
Druck und Verarbeitung: CPI – Ebner & Spiegel, Ulm
Printed in Germany
ISBN 978-3-404-16311-3

Prolog

Marseille, 19. November

Rauch. Dicker, stickiger, beißender Rauch. Und irgendwo mittendrin: Flammen. Pascale Neveu konnte sie spüren, aber nicht sehen. Tatsächlich konnte sie gar nichts sehen. Es fühlte sich an, als wären ihre Augenlider aneinandergeklebt. Nein, nicht geklebt … miteinander *verschweißt,* Haut und Fleisch verbrannt, sodass sie unwiderruflich verschmolzen waren. Und das war eine Gnade, denn so waren wenigstens ihre Augäpfel vor der Hitze und dem beißenden Rauch geschützt – ganz zu schweigen davon, dass ihr der Anblick des Blutbads erspart blieb, von dem sie wusste, dass sie sich mittendrin befand.

Doch im Augenblick zählten nur die Flammen. Das dringende Verlangen, nicht versehentlich in ihre Richtung zu stolpern. Das Bedürfnis, von ihnen wegzukommen. So schnell wie möglich. Bevor sie sich in ihre Richtung bewegten. Oder bevor der Feuersturm kam. Pascale wusste, dass sich Brand so entwickeln konnte. Das hatten sie im Training demonstriert, als sie ganze Stockwerke von alten, abbruchreifen Häusern im 27. Bezirk von Paris angezündet und Wind hineingeblasen hatten, sodass die Flammen binnen Sekunden vom einen Ende zum anderen geschossen waren. Wellen von gelbem Feuer hatten alles auf ihrem Weg verschlungen.

Konnte das auch hier geschehen? Pascale wusste es nicht, aber sie sah keinen Grund, der dagegen sprach. Der beißende Gestank musste von verbranntem Gummi stammen. Der andere Geruch, der in der Luft hing und an einen Turnschuh erinnerte, den man zu verbrannten Würsten auf einen Grill geworfen hatte … nun, über den dachte sie am besten gar nicht nach.

Vorsichtig setzte Pascale einen Fuß vor den anderen und ging in die Richtung, die von der zunehmenden Hitze wegzuführen schien. Sie geriet ins Stolpern, und ihre Hände trafen auf etwas, das weich und hart zugleich war. Stoff, vielleicht Schaf- oder grobe Baumwolle – jedenfalls etwas mit weicher Schale und hartem Kern, wie ein verkleideter Treppenpfosten oder eine Stuhllehne. Oder, und der Gedanke drängte sich brutal in den Vordergrund, ein Arm.

Ein Arm, der, als Pascale sich weiter vortastete, in etwas Spitzes, Weiches und auch Warmes und Feuchtes auslief. Da tat sie etwas, wovon sie sich geschworen hatte, es nie zu tun, sollte sie – Gott verhüte – je in eine Situation wie diese geraten. Es war etwas, das man ihr während ihrer gesamten Ausbildung versucht hatte auszutreiben. Sie riss den Mund auf und schrie aus Leibeskräften: *»Aidez-moi, au nom de Dieu, AIDEZ-MOI!«* Doch schon als sie den Mund öffnete, wusste sie, dass es zu spät war.

*

Schon immer hatten sie geglaubt, dass so etwas passieren könnte, dass es passieren *würde.* Es war nur eine Frage der Zeit gewesen. Eine Frage der Zeit und der Informationen. Informationen, über die Pascale Neveu schlussendlich gestolpert war. Und nun? Konnte es wirklich sein, dass alles zu spät war?

Um 11.00 Uhr war Pascale von der schäbigen Wohnung in einer der ärmlichen Vorstädte Marseilles aufgebrochen, die sie notgedrungen ›Heimat‹ nannte. Wie immer hatte sie auf dem Weg ihre Identität gewechselt, sich neu erfunden. Mit jedem Schritt war sie französischer geworden – oder zumindest das, was Jean Marie LePen und seine Front National als ›französisch‹ empfanden. Als sie schließlich St. Charles erreichte, um dort auf den TGV und ihren Boss zu warten – Commissaire Thomson von der neu gestalteten *Direction Centrale du Renseignement Intérieur,* kurz DCRI, dem französischen Gegenstück zum amerikanischen FBI –, sah sie wie jedes andere zwanzigjährige Flittchen aus, das auf ihren Sugar Daddy aus Paris wartete. Zwar war das der letzte Eindruck, den sie erwecken wollte, aber er funktionierte. Allein schon aus Höflichkeit sahen die Menschen weg, wenn sie mit ihrem Boss unterwegs war.

Der Zug wurde für 12.15 Uhr erwartet – falls der TGV pünktlich war, und das war er für gewöhnlich. Die Einführung des Hochgeschwindigkeitszuges hatte die Reisezeit von der Hauptstadt nach Marseille auf knapp drei Stunden verkürzt. Das bedeutete, dass *Monsieur le Commissaire* noch genug Zeit gehabt hatte, sein Frühstück am Gare de Lyon zu genießen, bevor er in den Zug nach Marseille gestiegen war, wo er sich dann von seiner Agentin vor Ort – also Pascale – zum Mittagessen ausführen lassen würde. Das verbessere die Beziehungen zwischen der Zentrale und den Feldagenten, hatte Thomson immer wieder erklärt. Für Pascale erhöhte das jedoch nur die Spesenrechnungen, die der Mann aus Paris im wahrsten Sinn des Wortes ›verkonsumierte‹. Bei genauerer Betrachtung hätte der Rechnungshof denn auch gesehen, wofür ein Großteil der Spesen draufging: für großzügige Mengen exquisiter, aber auch hoffnungslos überteuerter Bouillabaisse im *Le Ruhl.* Aber Pascale freute sich immer wieder auf die wenigen Minuten, da sie zumindest dem Anschein nach eine ganz normale französische Frau sein konnte. Mittlerweile war sie seit fast zwei Jahren hier stationiert, eine lange Zeit, die sie im Dreck der Einwandererviertel von Marseille verbracht hatte. Wenn sie einkaufen ging, war sie in eine Burka gehüllt, und sie nahm an schier unendlich vielen Gebetsversammlungen teil und hörte zu – immer hörte sie nur zu und suchte in dem endlosen Gerede nach dem einen Körnchen Gold, das die gesamte Operation rechtfertigen würde.

Und nun hatte sie es gefunden, und es war mehr als nur ein Goldkorn. Es war ein ›Goldenes Ei‹, wie die Bürohengste es nennen würden – obwohl ›Silberkugel‹ eine bessere Beschreibung war, sinnierte Pascale und dachte an den unauffälligen kleinen Gegenstand in ihrer Handtasche. Sie fühlte sich nicht wirklich sicher, ihn so zu transportieren – auf den Straßen von Marseille bestand stets die Gefahr, einem Handtaschenräuber zum Opfer zu fallen –, aber es war eine schäbige, kleine Unterarmtasche und keine von Hermès oder Dior, wie man sie in den eleganten Läden an der Rue St-Ferréol fand. Außerdem hatten die Eierköpfe in ihrem schicken neuen Hauptquartier im Pariser Vorort Levallois-Perret ihr gesagt, ein Ei verstecke man am besten in einem Nest.

Am frustrierendsten war jedoch, dass Pascale noch nicht einmal genau wusste, *was* sie da bei sich trug. Sie war sich darüber im Klaren, dass es von Bedeutung war, doch das war auch schon alles. Sie wusste das anhand des Tonfalls, in dem die Algerier darüber gesprochen hatten, auch wenn es nicht die Art von Algeriern gewesen war, vor der die Analysten sie gewarnt hatten. Sie waren so aufgeregt gewesen, wie kleine Jungen beim Spiel … bei einem tödlichen Spiel, das auf der ganzen Welt gespielt wurde. Und weil diese spezielle Botschaft, die sie in solche Aufregung versetzte, verschlüsselt war, und das mit einem Code, der sich in einem Märchen verbarg. Einem Märchen, das Pascale zwar nicht verstand, aber von dem sie wusste, dass es ein böses Ende hatte. Sie hatte ihrem Boss Andeutungen gemacht, allerdings nur im weitesten Sinne. Er würde warten müssen, bis er sich mit ihr traf; erst dann würde sie ihm Einzelheiten nennen. In jedem Fall war er beeindruckt gewesen und hatte den ursprünglich vereinbarten Termin ihres Treffens zwei Wochen vorverlegt.

Die Metro war überfüllt, wie immer, der typische Mix von Marseille: alte, mediterrane Gesichter, braun gebrannt und voller Falten, und ein paar Touristen, Deutsche vielleicht oder Amerikaner mit Kameras auf der Brust. Dazu kamen die üblichen verarmten Arbeitslosen, die man heutzutage viel zu oft in französischen Großstädten sah, sowie ein gutes halbes Dutzend Kids, schwarz und weiß und alles dazwischen, Söhne von Algeriern, Marokkanern und südfranzösischen Fischern. Das einzige Merkmal, das sie einte, waren Ohrstecker und schwere Halsketten. Jeder der Jungs lauschte seinem eigenen Soundtrack, einer Mischung aus einheimischem Hip-Hop. Die Frauen waren strikt getrennt in solche, die einen Schleier trugen, und jene, die keinen trugen – eine Unterscheidung, die deutlicher war als die von Rasse oder Nationalität. Es war der Unterschied der Gesichter: jener, die man sehen konnte, und jener, die verborgen waren. Neben der Tür saß eine Frau von fast neunzig Jahren, die einem ganz eigenen rassischen Stereotyp entsprach: Sie war eines dieser alten katholischen Weiber, die in Pascales Jugend stets Schwarz getragen und ihre Köpfe bedeckt hatten. Inzwischen hatten sie diese Gewohnheit aufgegeben, als wollten sie sich so von all den Frauen in Burkas und Schadors abheben, die sie ›schwarze Hexen‹ nannten.

Die ›Hexen‹ standen am anderen Ende des Waggons, dicht beisammen, als wollten sie sich gegenseitig beschützen. Nur wenige Menschen verstanden oder kümmerten sich überhaupt darum, unter welch enormem Druck diese unsichtbaren Frauen in ihren eigenen Gemeinden standen, eingeschüchtert von ihren Männern und unterdrückt und verängstigt in einem fremden Land, dessen Sprache sie noch nicht einmal verstanden. Dann waren da die Mädchen, der White Trash mit olivfarbener Haut und Sonnenbrillen auf der Stirn, bauchfreien Tops und Bauchnabelpiercings. Im krassen Gegensatz dazu standen die Mädchen aus dem Maghreb. Auch sie teilten sich in zwei Gruppen: in jene, die ihren Eltern nur pro forma Gehorsam zollten und aus deren modernen paillettenbesetzten Kopftüchern schick frisierte schwarze Locken ragten, und andere, die wie ihre Mütter aussahen, als seien sie ständig in Trauer.

Es war eine der Letzteren, die Pascales Aufmerksamkeit erregt hatte, als der Zug in die Metrostation von St. Charles eingefahren war. Dass die Frau noch jung, ja sogar noch ein Mädchen war, glaubte sie an ihrer Gestalt und den lebhaft funkelnden grünen Augen zu erkennen, die durch den Schador hindurch zu sehen waren. Das Mädchen hatte sie angestarrt, dessen war Pascale sich sicher gewesen. Aber war das nur Neugier, oder hatte das Mädchen sie erkannt? Davor fürchtete sie sich jedes Mal, wenn sie sich einmal im Monat mit Thomson traf. War es möglich, dass man ihr irgendwann einmal gefolgt war, als sie an einer Metrostation auf die Damentoilette gehuscht war und eine Identität gegen die andere getauscht hatte? Hatte man sie beobachtet? Sie ausspioniert? Sie als das erkannt, was sie war?

Pascales Trommelfell schmerzte, während sie darum rang, die Kakophonie aus Schreien des Entsetzens und der Panik sowie das Heulen der Verwundeten zu verarbeiten. Doch dann fühlte sie dieses Ding in ihrer Hand, nachdem sie gestolpert war, und sie erkannte es als das, was es sein musste. Sich selbst hörte sie nicht schreien, nur das Echo. Es war, als käme der Schrei von weit weg, wie durch eine Schlucht, nur dass er immer lauter statt leiser wurde.

Und dann kehrten das Krachen und Knistern zurück, die Hilfeschreie und das verzweifelte Stöhnen. Es traf Pascale wie ein Schlag auf den Kopf, als ihr das Offensichtliche bewusst wurde: Es war passiert. Nach Madrid und London … Marseille. Nicht in Paris, wie alle befürchtet hatten, sondern hier im weichen Unterleib Frankreichs, hier und jetzt und unter der Verantwortung von Pascale.

Und hier und jetzt zählte nur eines: Sie musste raus aus dem Waggon. Pascale hob die Hand und bemerkte mit plötzlich aufkeimender Übelkeit, dass sie über und über mit dem Blut eines anderen bedeckt war. Unter Schmerzen zog sie an den Überresten ihrer Wimpern und riss ihre Lider auseinander.

Die zerstörte Welt um sie herum sah aus, wie sie roch: schwarz verbrannt und in einen Rauchschleier gehüllt, der blau, grau und gelb zugleich war, und das alles in einem Metrowaggon, in kubistische Winkel verdreht und durchzogen von bösartigem Rot, unbeschreiblichem Braun und voller Gesichter, die eher die von Zombies als von Menschen waren. Wie Picassos Guernica, dachte Pascale unwillkürlich. Nur dass solch ein Bild in Schwarz und Weiß wesentlich besser aussah. Im Hintergrund war ein leises Wummern inmitten des Blutbads zu hören: afrofranzösischer Hip-Hop aus Ohrstöpseln, die aus toten Köpfen gerissen worden waren. Das alte Weib wiederum bot ein surreales Bild: Eingeklemmt in eine Ecke und bedeckt von ihrer geschmolzenen Einkaufstüte, zeigte sich nur leichte Überraschung auf ihrem Gesicht, als wäre die Seele bereits in Erwartung der Grausamkeit aus ihrem zerbrechlichen Leib geflohen.

Pascale schaute hinunter und sah den abgerissenen Arm, über den sie gestolpert war, ein blutiges Stück Fleisch in schwarzem Tuch. Automatisch drehte sie sich zu der Stelle um, wo die verschleierten Frauen gestanden hatten. Dort war nichts mehr zu sehen außer versengter Kleidung und dichtem Rauch. Der Geruch von verbranntem Fleisch mischte sich mit etwas Strengem, Chemischem, von dem Pascale wusste, dass es sich um Wasserstoffperoxid handeln musste. So viel Bleichmittel und so wenige echte Blondinen. *Halt! Hör auf zu denken! Du musst hier raus!* Das eine Ende des Waggons stand lichterloh in Flammen. Polster und Farben schmolzen in einer Hitze, die immer mehr an einen Glutofen herankam. Nur die Plexiglasscheibe neben der Tür hatte Pascale davor bewahrt, die volle Wucht der Explosion abzubekommen. Auch hatte die Scheibe offensichtlich das Mädchen gerettet, das neben Pascale gestanden und ihr mit diesen durchdringenden grünen Augen Sorgen bereitet hatte. Nun lag sie zusammengekrümmt auf dem Boden. Das lange schwarze Gewand war hochgerutscht und enthüllte unsittlich ihre Unterschenkel komplett mit Turnschuhen und Bobbysocks.

Das Mädchen starrte zu Pascale hinauf. Ihre Augen suchten nicht länger, sondern flehten. Sie war verwirrt und verängstigt wie ein kleines, wildes Tier, dessen Gliedmaßen in einer bösartigen Falle gefangen waren. Sie zitterte deutlich, aber soweit Pascale das beurteilen konnte, ohne den Schador abzunehmen, war sie nicht ernsthaft verletzt. Pascale beugte sich zu ihr, um sie in Sicherheit zu ziehen. Das Mädchen murmelte ein verzweifeltes Gebet vor sich hin. Sie stand offenbar unter Schock.

»Kaifa halok?«, fragte Pascale im Arabisch des Maghreb, *Bist du okay?*, und dann fügte sie auf Französisch hinzu: *»Allez, il faut bouger«*, *Wir müssen hier raus!* In diesem Augenblick leuchteten die Augen des Mädchens wieder in jenem strahlenden Grün, obwohl Pascale nicht erkannte, ob das Dankbarkeit oder

Erkennen ausdrücken sollte. Und dann fummelte die junge Frau an ihrem Gewand herum und drückte die Hand auf den Bauch, sodass Pascale kurz fürchtete, sie sei vielleicht schwanger und drohe, ihr Kind zu verlieren.

Das war ihr letzter Gedanke. Die junge Frau zog den Schador beiseite, lächelte Pascale an, und die Welt ging in Flammen auf.

1

19. Dezember

London in der letzten Trauerwoche für die Königin. Bei Harrods werkelten die Dekorateure in den Schaufenstern. Zwei Wochen nach dem Tod der Monarchin brannten sie förmlich darauf, endlich die respektvoll schwarz drapierten Porträts herausnehmen und sich wieder der teuren Weihnachtsauslage widmen zu können.

Morgen würden zum ersten Mal in diesem Winter die Lichterketten an der mächtigen Sandsteinfassade des Hauses eingeschaltet werden, um zu verkünden, dass wieder normaler Geschäftsbetrieb herrschte. Doch ›normal‹ war das nicht. Da nur noch vier Einkaufstage blieben, würde das diesjährige Weihnachtsgeschäft für den Einzelhandel weitgehend ins Wasser fallen.

In der ganzen Hauptstadt, vom schicken Knightsbridge bis hin zum Massengeschäft auf der Oxford Street, herrschte nun überall das gleiche Bild: Dunkle Farben wurden so schnell wie möglich gegen weihnachtliches Rot ausgetauscht. Endlich kamen die Festtage. Besser spät als nie.

Als Marcus Frey auf die Brompton Road einbog, blieb er kurz stehen und sah den Angestellten des Royal Borough of Kensington and Chelsea dabei zu, wie sie von Kranwagen aus die schwarzen Schleifen von den Stechpalmengirlanden an den Laternenmasten nahmen und sie durch rote ersetzten. *Nette Idee,* dachte er sarkastisch, *und auch noch so ökonomisch.*

»Eine Schande ist das, nicht wahr?«, sagte ein Stimme hinter ihm. Marcus drehte sich um und bemerkte einen untersetzten Mann mit gelbstichigen Augen, der offenbar karibischer Abstammung war. Sein Akzent ließ jedoch keinen Zweifel daran, dass er in London aufgewachsen war. »Sie war ein gutes, altes Mädchen.«

»Ja, das war sie«, erwiderte Marcus, schob die Brille hoch und lächelte kurz. ›Sie war eine von uns‹, das wollte der Mann damit sagen. Unabhängig von Hautfarbe oder Glauben wünschte sich in Zeiten wie diesen jedermann als ›einer von uns‹ betrachtet zu werden. Es herrschte eine seltsame Stimmung in Großbritannien. Spannung lag in der Luft, als fürchteten die Menschen einen Regimewechsel. Zwar verfügte der Monarch nicht wirklich über Macht, aber dennoch hatte jeder das Gefühl, eine Ära sei zu Ende gegangen, und niemand wusste so recht, was nun folgen würde. Es schien fast, als hätten sich die Zweifel an der nationalen Identität mit dem Tod der Königin in Richtung einer Psychose entwickelt. Schon seit einiger Zeit wussten die Menschen nicht mehr so recht, was es eigentlich bedeutete, ›britisch‹ zu sein, doch ›das alte Mädchen‹ war definitiv ein Teil davon gewesen. Und nun war sie tot.

Identitätskrisen waren etwas, das Marcus Frey verstand; ja, er war sogar ein Spezialist darin. Geboren in Südafrika, war er während des Übergangs von der Apartheid zu einem demokratischen Staat aufgewachsen. Das hatte ihn so stark geprägt, dass er es sich zur Lebensaufgabe gemacht hatte, die verschiedenen Arten zu ergründen, auf die Menschen die Welt sahen. Nach zwei Büchern – einem über Nelson Mandela und einem weiteren über den israelisch-palästinensischen Konflikt – hatte er sich damit sogar eine Dozentenstelle für vergleichende Geschichtswissenschaft am All Souls College in Oxford verdient. Das war nicht schlecht für einen jungen Mann Mitte dreißig, aber es bedeutete nicht, dass fortan das Leben nur noch in stabilen Bahnen verlief, bei weitem nicht. Marcus' Beziehung zu Nazreem Hashrawi, der brillanten, aber auch unberechenbaren palästinensischen Historikerin, mit der er nun schon zum zweiten Mal zusammen war, litt unter Spannungen. Dabei war Nazreem das Wichtigste in seinem Leben. Tatsächlich konnte man im Augenblick sogar von einer Zerreißprobe sprechen, und Marcus hatte keine Ahnung, was er deswegen unternehmen sollte.

Er wusste nur, dass sie darüber reden mussten, und das würden sie heute Abend auch tun … vorausgesetzt, er schaffte es rechtzeitig nach Oxford zurück. Das bedeutete, dass er den Zug um 18.03 Uhr in Paddington erwischen musste. Sein Meeting mit den Bürokraten in ihren gesichtslosen Büros in der trostlosen Vorstadt Croydon war ausgesprochen ermüdend gewesen, nicht zuletzt wegen ihrer Haltung Ausländern gegenüber – besonders jenen aus dem Nahen Osten –, und er freute sich nicht gerade darauf, mit Nazreem darüber zu diskutieren. Das war auch der Grund, warum er zu Harrods gegangen war: um ihr ein kleines Geschenk zu kaufen, einen Kaschmirschal in Schottenmuster, dessen Grundton ihren dunklen, moosgrünen Augen entsprach. Natürlich hätte er in Knightsbridge in die U-Bahn steigen können, doch dann hätte er in Piccadilly in die Circle Line umsteigen müssen. Also war er stattdessen bis zur Kensington High Street gelaufen, obwohl es ein wenig nieselte.

»Mach's gut, Kumpel«, sagte der Karibe und klopfte Marcus auf die Schulter, als er vom Bürgersteig trat, um die Straße zu überqueren. Dann deutete er an dem Laternenmast hinauf und zu den frisch angebrachten roten Schleifen. »Lächeln. Du bist bei der ›Versteckten Kamera‹.« Und Marcus lächelte, wenn auch nur für einen Moment. Die Show war zwar schon längst abgesetzt, doch heutzutage hatte es den Anschein, als sei ganz Großbritannien bei der ›Versteckten Kamera‹, und das vierundzwanzig Stunden am Tag. Die Kamera oben an dem Laternenmast war vermutlich eine von Tausenden, die den Verkehrsfluss und die ›Mautabgabe‹ überwachen sollten. Dabei wurde unter anderem das Nummernschild jedes Fahrzeugs registriert, das in die Innenstadt fuhr. Aber niemand hatte je gesagt, dass die Kameras Menschen ignorierten. Marcus' private Digitalkamera verfügte bereits über eine Gesichtserkennung; da hatte die Regierung sicher erst recht Zugriff auf diese Technologie. Vielleicht würde man eines Tages ja auch eine ›Mautabgabe‹ für Menschen einführen und zu bestimmten Zeiten den Zugang zum Stadtzentrum limitieren.

Das ist natürlich nur ein Scherz, sagte er sich selbst, aber er musste es sich zweimal sagen. Auch bei Harrods gab es Kameras an der Fassade, die zwischen den Lichterketten montiert waren. Sie sollten dafür sorgen, dass niemand die Wände beschmierte oder versuchte, die Schaufensterscheiben einzuschlagen, auch wenn Letztere aus verstärktem Glas waren. Und es gab Kameras vor den beiden Banken, an denen Marcus vorüberkam, sowie an der U-Bahnstation von South Kensington.

Wäre er ein Serienmörder auf dem Weg zu seinem nächsten Mord – oder ein notorischer Ehebrecher auf dem Heimweg von seiner Geliebten –, würde irgendwo eine Aufzeichnung darüber existieren, dass er Punkt 17.43 Uhr diesen Weg genommen hatte. Marcus war in einer Umgebung aufgewachsen, in der es nichts Ungewöhnliches war, wenn wohlhabende Weiße ihren Besitz mit Überwachungskameras sicherten; dennoch staunte er immer wieder über die Schnelligkeit, mit der sich diese Technologie nun auch in Großbritannien verbreitete. Noch nie war eine demokratische Gesellschaft derart extensiv, wenn auch angeblich passiv von ihrer Regierung beobachtet worden – und sicher hatte auch noch nie eine Bevölkerung das so fügsam hingenommen wie die Briten.

Marcus schüttelte den Kopf, als er die Treppe zur U-Bahn hinunterlief und seinen iPod aus der Tasche holte. Den dicklichen jungen Vorderasiaten mit dem Rucksack bemerkte er nicht, der an der U-Bahntreppe stand, erst auf seine Uhr schaute, sich dann umdrehte und Marcus folgte. Den Kameras in der Station entging jedoch nichts.

*

Ibrahim Mahmud hatte die Augen geschlossen, als Marcus Frey an ihm vorbeiging. Er lief auf Autopilot. Das tat er nun schon seit Wochen. *Erreg keine Aufmerksamkeit. Sprich nicht. Wage kaum zu atmen. Denk das Falsche, und sie werden es wissen. Denk es auch nur einen Augenblick, und du bist tot.*

Das waren die Regeln, nach denen er lebte. Die Regeln, die er für sich selbst aufgestellt hatte. *Denk nur an das Licht, das helle Licht. Das Licht, das viel zu früh erloschen ist. Denk an die Magie, an die du einst geglaubt hast, die Märchen: an Aschenbrödel und ihre bösen Schwestern; an Humpty und Dumpty und wie sie von der Mauer fielen; an Sindbad den Seefahrer, der weit gereist ist und allerlei Wunder und Schrecken gesehen hat, und an Aladin und seine Wunderlampe, mit der er einen Geist heraufbeschwören konnte.* Doch das waren eben nur Märchen. Geschichten aus einer anderen Welt. Die echte Welt war nicht so. Die echte Welt war hart. Gnadenlos. Grausam und dumm. Alles, was man kannte, konnte von einem Augenblick auf den anderen zu Staub zerfallen. Immer wieder und wieder und wieder.

Seit Wochen schon lebte Mahmud eine Lüge. Er lebte mit

dem Feind. Er tat so, als wäre er einer von ihnen. Das war leicht genug. Es war, was sie erwarteten. Wenn sie herausfanden, dass er sie betrog, würden sie ihn töten; doch er war bereit, dieses Risiko zu tragen – für seine Schwestern. Für die, die er verloren hatte, und für die, die er retten musste.

Das hier war ein Probelauf, um ihnen zu zeigen, dass er für den Tag bereit war. Und es würde nicht mehr lange dauern, bis sie von ihm verlangen würden, sich zum letzten Mal zu beweisen. Insgesamt würden sie zu fünft sein. Mahmud hatte die anderen schon kennengelernt und ihnen zugehört, als sie darüber geredet hatten, was sie in ihrer letzten Videobotschaft sagen und welches Erbe sie ihren Familien wie auch ihren Opfern hinterlassen würden. Zu dem Zeitpunkt würden sie bereits getrennte Wege gehen – in eine bessere Welt.

Sharif hatte jedoch nicht die Absicht, diese Reise zu unternehmen. Im entscheidenden Moment würde er ihre Pläne zunichtemachen, sie in alle Winde zerstreuen. Dann würde es eine bessere Welt geben. Diese Welt. Eine Welt ohne Menschen wie sie.

All das und noch viel mehr ging Mahmud im Kopf herum, während er seine Oyster Card durch den Kartenleser zog und die letzten Stufen zum Bahnsteig hinunterging. *Nicht rennen,* hatten sie ihn ermahnt. *Das erregt nur Aufmerksamkeit.* Damit hatten sie natürlich recht, und wenn das hier der Ernstfall gewesen wäre, wäre er auch nicht gerannt. Doch er war ja auch fest entschlossen, dass es nie zu diesem Ernstfall kommen würde.

Auf dem Bahnsteig war es ruhig. Die Läden waren bis morgen geschlossen. Erst dann würden die Menschen hereinströmen, um in letzter Minute noch ein paar Einkäufe zu erledigen. Die Trauerzeit war vorbei. Offiziell. Wenn sie wüssten, dass sie noch gar nicht richtig begonnen hatte! Mahmud warf seinen Rucksack über die Schulter und lief in Richtung des einfahrenden Zuges. Er war sich bewusst, dass jemand ihm folgte, drehte sich aber nicht um. *Keine Aufmerksamkeit erregen.* Das waren einfach nur Leute, die so schnell wie möglich nach Hause wollten. Zum Zug zu laufen gehörte in London einfach dazu.

Der Waggon war zu zwei Dritteln leer. In einer Ecke saß ein in einen langen Mantel gehüllter Mann Mitte dreißig. Er hatte sich die Kopfhörer seines iPods in die Ohren gesteckt und eine Zeitung unter den Arm geklemmt. Zwei Mädchen hatten die dicken Winterjacken geöffnet, sodass die bauchfreien Shirts zu sehen waren, die sie trotz des miesen Wetters darunter trugen. Munter plapperten sie miteinander und redeten gleichzeitig in ihre Handys. Die beiden schrien förmlich danach, den Zorn des Allmächtigen zu spüren. Mahmud setzte sich ihnen gegenüber und lächelte.

Doch dann verschwand das Lächeln, und auch das Kichern der Mädchen verklang. Schreiende Mädchen, eine schreiende Sirene, und das gebrüllte »Polizei!« ging darin unter. Ein Knie in sein Gesicht, eins in den Unterleib. Helle Augen funkelten ihn aus Sehschlitzen in einer dunklen Maske an. Der Mann war auf ihm, drückte ihn obszön hinunter. Andere standen neben ihm. Mahmuds Arme wurden zur Seite gerissen und mit eisernem Griff auf den Sitz gedrückt. Er starrte in einen metallischen Lauf, der nur wenige Zoll von seinen Augen entfernt war. Er musste schreien. »Halt! Sie machen einen Fehler! Einen schrecklichen Fehler!« Aber da hatte der Schrecken bereits Besitz von ihm ergriffen. Mahmud spürte, wie sich sein Darm entkrampfte. Kurz empfand er die Peinlichkeit der Situation, doch im nächsten Augenblick erreichte die Schockwelle auch schon seine Ohren. Hirnmasse und Schädelsplitter verteilten sich als zäher roter Brei auf dem geborstenen Sicherheitsglas des Waggonfensters.

Der Mann mit der schwarzen Balaklava schaute durch die schmalen Sehschlitze auf die menschlichen Überreste vor ihm auf dem Sitz. Die panischen Schreie und das Heulen der Sirene ignorierte er. Stattdessen sog er den Geruch von Kordit ein, drehte sich zu seinen beiden kräftigen Kollegen um, nickte knapp und erklärte: »Auftrag erledigt!«

*

Marcus wankte. Der furchtbare Knall der Pistole, das Heulen der Sirene, die Schreie der beiden Mädchen, der Gestank von Blut, Kordit und menschlichen Exkrementen … all das und dazu die finsteren maskierten Gestalten mischten sich zu einer apokalyptischen Vision des Schreckens.

Nur einen Augenblick zuvor war noch alles wunderbar gewesen – so wunderbar es denn an einem trüben Dezemberabend für einen Mann mit Beziehungsproblemen sein konnte. Wenigstens war Marcus bis zu diesem Zeitpunkt sicher gewesen, seinen Zug noch zu erwischen. Die Circle Line war fast im selben Moment in die Station eingefahren, da er den Fuß auf den Bahnsteig gesetzt hatte. Er hatte sich einen Platz in der Ecke gesucht, weit genug weg von den zwei kichernden Mädchen, sich die Kopfhörer in die Ohren gesteckt und Händels Zweitem Concerto Grosso gelauscht. Dann war die Welt implodiert.

Marcus saß hustend da, spie und würgte. Das eine Mädchen hatte sich übergeben, das andere schrie unablässig. Einer der schwarz maskierten Männer versuchte, sie zu beruhigen. Uniformierte Polizei war bis jetzt nirgends zu sehen. Marcus rappelte sich auf. Eine kräftige Hand packte ihn an der Schulter, und eine Stimme sagte: »Hier entlang, Sir. Es ist alles in Ordnung.«

Das allerdings bezweifelte Marcus. Die beiden Mädchen waren noch immer in Panik. Die eine schrie unentwegt, und der anderen triefte Erbrochenes aus dem Mund. Der Mann, der sich um sie kümmerte, hatte die Maske abgenommen, um ihnen nicht noch zusätzlich Angst einzujagen, und von irgendwoher war plötzlich eine dickliche Polizistin aufgetaucht, um ihn zu unterstützen. Eine Handvoll Passagiere, die aus den anderen Waggons geströmt waren, versuchten, an den Uniformierten vorbeizuspähen, von denen mehr und mehr den Bahnsteig füllten und den Tatort abschirmten. Die meisten Leute waren jedoch mehr als froh, sich von den Beamten hinausführen zu lassen. Dabei bewiesen sie genau jene Art von stoischer Ruhe, für die die Londoner berühmt waren, und das, obwohl die Erinnerung an die Bombenanschläge vom 7. Juli 2005 noch frisch war.

Plötzlich verhallte die Alarmsirene. Nur noch ein Klingeln blieb davon in Marcus' Ohren zurück, als eine entschlossene, männliche Stimme über Megafon dröhnte: »Meine Damen und Herren, bitte begeben Sie sich zu den Ausgängen. Es besteht kein Grund zur Sorge. Die Polizei hat die Lage unter Kontrolle. Ich wiederhole: Es besteht kein Grund zur Sorge. Bitte begeben Sie sich zu den Ausgängen. Alle Fahrten der Circle Line sind vorläufig gestrichen.«

Hustend trat Marcus in den kalten, abendlichen Nieselregen hinaus. Dass niemand seine Personalien als Zeuge aufgenommen hatte, war ihm nur am Rande bewusst. Aber vermutlich konnten sie ihn dank der Kameras ohnehin jederzeit ausfindig machen. Er bemerkte, dass er zitterte, doch das überraschte ihn nicht. Er hatte gerade mit angesehen, wie ein Mann getötet wurde, und das aus nächster Nähe. Es war jedoch nicht das erste Mal gewesen; schließlich hatte Marcus lange Zeit im Nahen Osten verbracht, und auch hier in London waren er und Nazreem schon Gefahr für Leib und Leben ausgesetzt gewesen. Doch Marcus hatte noch nie einen aufgesetzten Schuss gesehen, eine regelrechte Hinrichtung. War der Mann ein Selbstmordattentäter gewesen? Das war die einzige Erklärung. Soweit Marcus das beurteilen konnte, hatte er allerdings nicht wie einer ausgesehen, aber das taten sie eigentlich nie. Genau das war ja der Sinn des Ganzen, nach allem, was Marcus auf den Straßen von Jerusalem gelernt hatte.

Die Straße war voller Menschen aus der U-Bahn. In der Ferne heulte eine Sirene, und Marcus sah, wie ein Krankenwagen sich durch den Verkehr kämpfte. Dafür war es wohl ein wenig zu spät. Marcus riss sich zusammen und kämpfte gegen den Drang an, das Erlebte im Geiste noch einmal durchzugehen. In den Abendnachrichten würde er genug davon zu sehen bekommen. Er winkte ein Taxi herbei, dessen leuchtendes, orangefarbenes Schild verkündete, dass es frei war. Er hatte Glück. Nicht mehr lange, und in der ganzen Gegend würde wegen der Schließung der U-Bahn kein Taxi mehr zu bekommen sein.

Der Taxifahrer blickte Marcus fragend an, als dieser in den Wagen stieg und Paddington als Ziel angab. Der Mann hatte offensichtlich erkannt, dass irgendetwas passiert sein musste, allein schon wegen der Menschenmenge auf der Straße, doch Marcus starrte schweigend zum Fenster hinaus. Das Letzte, was er jetzt wollte, war, den Albtraum noch einmal durchleben zu müssen, indem er sich mit dem Fahrer in eine jener langen Diskussionen verstrickte, für die die Londoner Taxifahrer so berüchtigt waren.

»Das macht dann sechs achtzig«, sagte der Fahrer, als sie Paddington erreichten. Marcus kramte in seiner Tasche herum und holte eine Zehn-Pfund-Note hervor, wohl wissend, dass er vermutlich kein Wechselgeld erwarten durfte. Der Mann suchte schier endlos in seiner Börse, während die Sekunden verrannen. Marcus nahm an, dass er seinen Zug bereits verpasst hatte.

»Vergessen Sie 's. Stimmt so«, sagte er und ergab sich dem Unvermeidbaren. »Immerhin ist ja auch Weihnachten.«

»Das stimmt, Kumpel, trotz allem«, erwiderte der Mann und deutete mit dem Kopf auf den Zehner in seiner Hand. Marcus war verwirrt, dann folgte er dem Blick des Fahrers zum sepiafarbenen Gesicht des ›alten Mädchens‹. Dass man auch neue Geldscheine würde drucken müssen, daran hatte er noch gar nicht gedacht. »Alles okay mit Ihnen?«, fragte der Fahrer. Marcus nickte. Dabei war er ganz und gar nicht ›okay‹.

Auf dem Bahnhofsgelände ging es laut, ja geradezu fröhlich zu, als hätten die Menschen verstanden, dass die erzwungene Trauer nun endlich der festlichen Vorfreude weichen durfte. Marcus sah eine blonde Frau mit Lametta im Haar an der Sandwichbar stehen: der erste Hinweis auf eine der vielen Betriebsweihnachtsfeiern, die nun endlich abgehalten werden durften. In dem Aufzug, der zum *Mad Bishop and Bear*, dem Bahnhofspub, führte, entdeckte Marcus die ersten rot leuchtenden Weihnachtsohrringe. Hohoho! Raus mit dem Alten und rein mit dem Neuen. Das Leben ging weiter. Das war immer so.

Marcus fragte sich, was diese Leute wohl sagen würden, wenn sie erfuhren, was heute Abend in der Circle Line geschehen war. Konnte es London verkraften, gerade so einem weiteren Terroranschlag entkommen zu sein? Besonders in einer Zeit wie dieser? Der grausame Anschlag in Marseille war genau einen Monat her. Gab es da eine Verbindung? Marcus lief ein Schauder über den Rücken, und kurz blieb er stehen, als der Geruch und

Anblick dessen, was er gerade erlebt hatte, in einer Übelkeit erregenden Welle über ihn hereinbrachen. *Einen Drink,* sagte er zu sich selbst, *das ist genau das, was du jetzt brauchst.*

Am Fahrkartenautomaten kramte er in seiner Manteltasche nach der kleinen Plastikbörse, in der er seine Kreditkarten aufbewahrte. Er suchte eine aus, steckte sie in den Automaten und grinste aus Gewohnheit in die Kamera über sich. Dann besann er sich jedoch eines Besseren und nahm einen nüchternen Gesichtsausdruck an. Angesichts des Zustands, in dem die Nation sich befand – besonders nach dem, was gerade geschehen war –, könnte derjenige, der diese Bilder auswertete, ein idiotisches Lächeln durchaus fehlinterpretieren. Auch existierte mit Sicherheit ein Bild von ihm aus Kensington, das ihn zeigte, wie er fast gleichzeitig mit dem Bombenleger die U-Bahn betrat.

Der Automat spie einen Fahrschein nach Oxford aus, und Marcus eilte zum Bahnsteig. Dummerweise war der Zug um 18.03 Uhr auf die Minute pünktlich gewesen, doch es gab noch einen um 18.18 Uhr. Er war brechend voll. Marcus bahnte sich einen Weg zu einem Fensterplatz und malte Männchen auf das beschlagene Glas, während der Zug langsam aus dem Bahnhof fuhr. Unter einigen der Langstreckenpendler herrschte Partystimmung, und Marcus hätte sie am liebsten angeschrien und zur Besinnung gebracht. Wussten diese Leute denn nicht, was geschehen war? Aber andererseits … Wie hätten sie? Sie würden es erst erfahren, wenn sie nach Hause kamen und ihre Fernseher einschalteten, und selbst dann würde das Leben weitergehen, wie nach den Anschlägen von 2005 auch. Marcus lauschte wieder seinem Händel und bestellte einen Gintonic von dem vorbeikommenden Getränkewagen. Warm. Ohne Eis.

Die trostlosen Vororte Westlondons wichen nach und nach den Überresten des Grüngürtels und schließlich einer ländlichen Landschaft aus Feldern und Bauernhöfen. Jenseits der Stadtgrenze hatte sich eine dicke Reifschicht auf die Felder und Hecken gelegt. *Wie der gefrorene Atem eines Totengräbers,* sinnierte Marcus. Oder ging hier wieder einmal seine Fantasie mit ihm durch?

Schließlich ragten in der Ferne die großen Kühltürme des Elektrizitätswerks wie gestrandete Wale gen Himmel und bliesen ihren Dampf in die kalte Winterluft. Und dann waren sie auch schon in den Außenbezirken von Oxford. Über den Dächern der trostlosen Vorstadtlandschaft ragten die Türme der mittelalterlichen Colleges auf.

Marcus sah auf die Uhr, als er aus dem Bahnhof und an den saisonbedingt leeren Fahrradständern vorbeiging; die meisten Studenten befanden sich schon längst in den Weihnachtsferien. Er lief die Hythe Bridge Street hinauf, über die George und auf die Broad Street. Er hatte sich mit Nazreem vor dem *King's Arms* verabredet, einem Studentenpub an der Kreuzung Broad und Holywell Street. Aber er war spät dran, und er fragte sich, ob Nazreem wegen der Nässe und Kälte vielleicht schon allein hineingegangen war.

Marcus beschleunigte seine Schritte und dachte darüber nach, was er wohl in ihren moosgrünen Augen lesen würde: Erleichterung, dass er endlich kam, oder Sorge wegen des peinlichen Verlaufs, den ihr Gespräch unweigerlich nehmen würde? Und dann sah er sie. Nazreem stand an der Ecke vor dem *King's Arms* und trug ein Kopftuch – allerdings mehr wegen des Dauernieselns denn aus religiösen Gründen. Sie war zwar stolz auf ihre islamische Kultur, ließ sich aber nicht von ihr beherrschen. Dennoch staunte Marcus einen Augenblick lang, wie leicht so ein simples Kopftuch ihr den Anschein westlicher Kultiviertheit nehmen konnte, die sie in England so gern zur Schau stellte.

Plötzlich war sie wieder ganz das ängstliche, palästinensische Mädchen auf den von Trümmern übersäten Straßen Gazas, allein und verloren in einer fremden Welt.

Als Marcus die Straße überquerte, kam Nazreem breit lächelnd auf ihn zu. Er schloss sie fest in die Arme, als die schrecklichen Ereignisse in der U-Bahn ihn wieder heimsuchten, und sie erwiderte seine Umarmung, ohne zu wissen, was los war, und sie fragte auch nicht.

Marcus spürte, wie sein Zittern abebbte, und er dachte: *Gott, wie nahe müssen wir dem Tod kommen, um zu erkennen, was wirklich im Leben zählt?* Er betrachtete Nazreems Gesicht und sah dann zu der auf sie gerichteten Kamera am Indian Institute hinauf, und zum ersten Mal hoffte er, dass das Ding vielleicht ein Auge zudrücken würde.

2

»Du armer Kerl. Ich hatte ja keine Ahnung.« Nazreem streckte die Hand aus und legte sie auf Marcus', während er mit der anderen ein schäumendes Pint Young's Special Bitter an die Lippen führte. Sie saßen in dem hinteren Schankraum des *King's Arms* mit seinen gemütlichen alten Sesseln und antiken Holztischen, weit genug von der geschäftigen Hauptbar entfernt, um in Ruhe ein Gespräch führen zu können.

»Verzeih mir. Ich habe wieder mal nur an mich gedacht. Ich habe geglaubt, dass du so aufgeregt warst, weil irgendetwas mit den Einwanderungsbehörden schiefgelaufen ist. Dabei hattest du Glück, überhaupt noch am Leben zu sein!« Nazreem nippte an ihrer Cola und nahm die Hand von Marcus', um sich eine Locke aus der Stirn zu wischen.

»Ich weiß nicht … Was meinst du damit?«

»Ich meine damit, dass du im selben Waggon wie ein Selbstmordattentäter gesessen hast. Wenn die Bombe hochgegangen wäre …«

Marcus schaute ihr die die Augen und sagte: »Ja, natürlich. Du hast recht. Es ist nur … So habe ich das noch gar nicht betrachtet. Eher andersherum. Das ist lächerlich, nehme ich an, aber zu dem Zeitpunkt ist mir das gar nicht so vorgekommen. Ich musste dabei zusehen, wie jemand aus nächster Nähe erschossen wurde. Es war … schrecklich. Der Lärm, der Gestank, der …« Seine Stimme verhallte. Dann: »Es hat ihm die Schädeldecke weggerissen.« Er schluckte.

»Ich weiß«, sagte Nazreem. »Glaub mir. Ich weiß.«

Ja, Marcus glaubte ihr. Nazreem Hashrawi war eine Tochter Gazas, der vor Menschen nur so wimmelnden palästinensischen Stadt, die in einen schmalen Küstenstreifen im Süden Israels gequetscht war. Ihre Mutter war Französin gewesen, eine Mitarbeiterin von *Ärzte ohne Grenzen,* doch Nazreem hatte keine Erinnerungen an sie. Trotz aller Bemühungen ihrer Kollegen war sie im Kindbett gestorben, vor allem aufgrund der furchtbaren Zustände und des Medikamentenmangels in den überfüllten Krankenhäusern Gazas. Nazreem war von ihrem Vater großgezogen worden, einem verhältnismäßig gut situierten palästinensischen Geschäftsmann, der sie schließlich nach Ägypten gebracht und ihr einen Studienplatz an der Universität von Kairo besorgt hatte, wo sie Sprachen und antike Geschichte studiert hatte. Marcus war ihr vorgestellt worden, kurz bevor sie ihr Studium abgeschlossen hatte. Er hatte damals einen gebildeten, einheimischen Assistenten gebraucht, um die notwendigen Interviews für sein Buch mit dem Titel ›Gelobtes oder Gestohlenes Land?‹ führen zu können, einer Analyse der Mythen, die sich auf beiden Seiten des israelisch-palästinensischen Konflikts im Laufe der Zeit entwickelt und etabliert hatten.

Das hatte unglaublich gut funktioniert. Er und Nazreem waren ein Paar geworden. Das Buch war in einer Hinsicht sogar *zu* gut gelaufen. Es war sowohl ein kommerzieller als auch ein akademischer Erfolg geworden, hatte Marcus seine Dozentenstelle in Oxford gesichert und ihn zu einer festen Größe in der im Entstehen begriffenen Gemeinde der vergleichenden Historiografie gemacht. Er hatte Nazreem wegen all der Fakten, die sie zu seinem Werk beigetragen hatte, als Coautorin nennen wollen, doch sie war in Gaza geblieben und die Kuratorin des ersten Museums in der belagerten Stadt geworden. Diese Episode ihres Lebens hatte jedoch in Tränen geendet, als ihr größter Fund, das vermutlich älteste Bildnis der Jungfrau Maria, gestohlen worden war.

Die dramatischen Ereignisse, die darauf gefolgt waren, hatten Nazreem schließlich nach England geführt und sie beide auf eine Art wieder zu einem Paar gemacht, mit der keiner von ihnen gerechnet hatte. Das war vor nunmehr fast zwei Jahren gewesen. Die ersten paar Monate war Nazreem Marcus' Gast gewesen und hatte mit ihm die Dozentenwohnung im All Souls College geteilt, wenn auch zuerst nicht das Bett. Dann war die Nachricht gekommen, dass das Museum in Gaza nach dem Verlust seines berühmtesten Artefakts vorübergehend geschlossen worden sei und auf absehbare Zeit wohl auch nicht wieder geöffnet werden würde, denn inzwischen herrschte die radikalislamische Hamas im Gazastreifen, und die hatte die Zurschaustellung der Menora, des siebenarmigen Leuchters, sowie jedweder Götzenbilder, egal welcher Religion, verboten. So war Nazreem zu dem Schluss gekommen, dass eine Rückkehr sinnlos wäre. Zu dem Zeitpunkt war ihre Beziehung zu Marcus deutlich komplizierter geworden, und das war sie immer noch.

Sie waren wieder zu einem Liebespaar geworden, was angesichts ihrer Geschichte und der jüngsten gemeinsamen Erfahrungen wohl unvermeidlich gewesen war. Doch Nazreem suchte noch immer nach einer Rolle für sich, nach professioneller und akademischer Erfüllung, die zumindest teilweise den Job würde ersetzen können, den man ihr genommen hatte. Sie war eine Frau, die ihre Berufung gefunden hatte, und dann hatte sie herausfinden müssen, dass sie nicht gewollt wurde. Doch es gab noch ein weiteres Problem: Nazreem war nicht sicher, ob irgendein anderes Land sie wollte. Das war auch der Grund, warum Marcus zur Einwanderungsbehörde in Südlondon gefahren war. Nachdem man ihn am Telefon abgewimmelt hatte, hatte er sich zu einem persönlichen Gespräch mit einem höheren Beamten verabredet, vorgeblich um seine eigene Situation zu diskutieren, aber auch mit der festen Absicht herauszufinden, was sich wegen Nazreem tun ließ.

Marcus war zwar in Südafrika geboren, aber seine Mutter war Engländerin gewesen. Den größten Teil seines Lebens hatte er die Tatsache ignoriert, dass er einen Anspruch auf die britische Staatsangehörigkeit hatte; er musste sie nur formell beantragen. Lange Zeit hatte er sich nicht einmal Gedanken darüber gemacht, besonders nachdem das Ende der Apartheid ihn mit Stolz auf sein Heimatland erfüllt hatte. Doch seit er die Dozentenstelle in Oxford angetreten hatte, war ihm bewusst geworden, dass ein EU-Pass das Reisen in Europa erleichterte, besonders was das Kommen und Gehen in Großbritannien betraf, das dem Schengener Abkommen stur fernblieb, welches in den meisten Kontinentalstaaten die Reisefreiheit garantierte.

Nazreems Situation war jedoch vollkommen anders gelagert. Dank der Abstammung ihrer Mutter hatte sie schon als Teenager einen französischen Pass bekommen. Der machte das Reisen in der EU leicht. Doch seit ihrer Ankunft in Großbritannien war er abgelaufen, ohne dass sie es bemerkt hatte. Als sie daraufhin in der französischen Botschaft um eine Verlängerung gebeten hatte, war der zuständige Beamte mit dem Pass kurz rausgegangen und hatte anschließend erklärt, so einfach sei das nicht. Die französischen Gesetze waren strenger geworden. Nazreem hatte es versäumt, die französische Staatsbürgerschaft zu beantragen, als sie volljährig geworden war. Der Beamte hatte ihr diesen Umstand mit einem mitfühlenden Lächeln erklärt, was sie nicht gerade mit Hoffnung erfüllt hatte, und bis jetzt war sie nicht nach Frankreich gereist, um die Angelegenheit zu regeln.

Nicht, dass es leicht gewesen wäre, überhaupt dorthin zu kommen. Da Großbritannien nicht Teil des Schengener Abkommens war, gab es Passkontrollen an den Grenzen. Nazreems einzige Alternative waren Reisepapiere der palästinensischen Autonomiebehörde. Die wurden theoretisch zwar in den meisten europäischen Ländern akzeptiert, doch in der Praxis wurde man damit ständig angehalten und überprüft – vor allem, wenn man aus dem von der Hamas kontrollierten Gazastreifen stammte. Und es gab auch noch eine weitere Komplikation: Die palästinensische Autonomiebehörde im Westjordanland – die einzige Behörde, der Israel gestattete, Papiere auszustellen – hatte erklärt, dass sie von der Hamas in Gaza ausgestellte Dokumente nicht länger anerkenne. Tatsächlich wurde die Hamas von der gesamten internationalen Gemeinschaft nicht anerkannt, und so war fraglich, ob Nazreems ›Pass‹ überhaupt noch einen Wert hatte.

So sah sie sich mit dem Einzigen konfrontiert, das sie noch mehr ängstigte als selbst ihre schlimmsten Albträume, von denen sie wahrlich genug hatte: der Vorstellung, im wahrsten Sinne des Wortes ›staatenlos‹ zu werden. Nicht zu wissen, ob sie reisen, und nicht zu wissen, ob sie bleiben durfte. Ein Flüchtling.

Im Lauf der letzten Monate hatten sie und Marcus immer wieder darüber diskutiert, wie sie eine langfristige Aufenthaltsgenehmigung in Großbritannien oder sonst irgendeine Form von juristisch bindendem Dokument bekommen könnte. Eine Möglichkeit war, aufgrund ihrer akademischen Qualifikation ein sogenanntes Fachkräftevisum zu beantragen. Die Aussicht auf ein Jobangebot des Magdalen College oder des Pitt Rivers Museums würde dabei helfen. Das wiederum konnte zu einer unbefristeten Aufenthaltsgenehmigung und möglicherweise sogar zur britischen Staatsbürgerschaft führen. Nur war ein solches Angebot alles andere als sicher.

Die Alternative wäre weitaus weniger kompliziert ... außer auf persönlicher Ebene. Marcus konnte sein Recht auf die britische Staatsbürgerschaft in Anspruch nehmen, und dann könnten sie heiraten, wodurch Nazreem dasselbe Recht erwerben würde. In mancherlei Hinsicht war das die leichteste Option, in anderer jedoch auch die härteste. Zwar hatten sich beide schon einmal Gedanken darüber gemacht, doch war eine Ehe nicht unbedingt das, was sie unter diesen Umständen eingehen wollten. Ein-, zweimal hatten sie verlegen darüber gesprochen, als wäre es eine Geschäftsvereinbarung; dabei durfte die Einwanderungsbehörde gerade *das* natürlich nicht glauben. Die Ironie war, dass sie vermutlich ohnehin irgendwann aufs Heiraten zu sprechen gekommen wären, auch wenn die Einwanderungsfrage sich nicht aufgedrängt hätte. Doch inzwischen war die Sache mit dem Reisepass ein ernstes Problem. Es hing wie ein Damoklesschwert über allem; es war das eine, peinliche Thema, das man nicht einfach leugnen konnte.

Den ganzen Tag lang hatte Nazreem sich eingeredet, *nicht* nervös auf das zu warten, was Marcus in Croydon in Erfahrung gebracht hatte. Vorgeblich hatte er sich nur erkundigen wollen, welche Schritte nötig seien, um seine eigene Situation zu klären, aber sie wussten beide, dass er zugleich in Erfahrung bringen wollte, wie schnell eine mögliche Eheschließung auch Nazreem dieses Recht geben würde. Das war ein Thema, das man sehr vorsichtig und zurückhaltend behandeln musste. Die englischen Behörden waren äußerst misstrauisch, was ›arrangierte Eheschließungen‹ betraf, und Marcus und Nazreem durften nicht riskieren, in diese Kategorie eingeordnet zu werden.

Marcus hatte über dieses Thema in Andeutungen mit einer

großen, rothaarigen Frau mit missbilligendem Blick in einem spartanischen Besprechungszimmer im zweiten Stock eines bedrückenden Bürogebäudes in Croydon gesprochen. Sie war jene Art von Drache, deren Anblick allein schon reichte, um die meisten Leute davon abzuhalten, auch nur daran zu *denken,* zur selben Nation zu gehören wie sie. Er hatte ihr Fragen gestellt, die auf den Punkt und indirekt zugleich sein sollten.

»Wenn man kurz nach seiner eigenen Einbürgerung heiratet, gibt es dann irgendwelche Komplikationen für den zukünftigen Ehepartner, unabhängig von dessen Ursprungsland? Natürlich meine ich das rein hypothetisch.« Ob er plane, in nächster Zeit zu heiraten, hatte die Frau daraufhin wissen wollen, und falls ja, warum er die junge Dame dann nicht mitgebracht habe, und welche Nationalität sie denn habe? Marcus hatte gelächelt, sich gewunden und versucht, seine Verlegenheit zu verbergen. Schließlich hatte er die gewünschten Antworten bekommen, nur hatte er vermutlich nicht den beabsichtigten Eindruck erweckt.

Nun berichtete er Nazreem mit seiner üblichen Unbeholfenheit davon, während sie bei einem Drink beisammensaßen, doch er scheiterte kläglich, und trotz der Aufregung, die sie den ganzen Tag über empfunden hatte, konnte noch nicht einmal Nazreem sich dazu überwinden, ihn angesichts dessen weiter zu drängen, was er im Anschluss an seinen Besuch in Croydon erlebt hatte. Sie hatte gesehen, was Luftangriffe in den Straßen von Gaza angerichtet hatten, hatte das Blut gerochen, und sie verstand, was die Menschen dort zu Selbstmordattentätern machte – auch wenn sie nicht mit ihnen sympathisierte und an den Hardlinern verzweifelte, die einfach nicht verstehen wollten, dass Gewalt nur Gegengewalt gebar.

»Trink noch einen«, sagte sie, streckte plötzlich die Hand aus und zupfte an Marcus' linkem Ohrläppchen. Es war eine alte, vertraute Geste, die sie von ihm gestohlen hatte. Er zupfte sich immer am Ohr herum, wenn er über irgendein schwer fassbares, intellektuelles Argument nachdachte, das er in einem seiner nächsten Bücher darlegen wollte. Nun brachte Nazreem ihn damit zum Lächeln. Marcus fügte sich und bestellte noch ein Pint Special. Dann drehte er sich wieder um und schaute Nazreem fragend an. Erst schüttelte sie kurz den Kopf, hob dann den Blick, nickte, lächelte verschwörerisch und hielt Daumen und Zeigefinger ein paar Zoll auseinander. Das hieß: einen kleinen, trockenen Weißwein, bitte. Nazreem mochte als Muslimin aufgewachsen sein, aber ihr Vater hatte eine Französin geheiratet, und wie er immer am Tisch zu sagen pflegte, fühlte er sich von Zeit zu Zeit verpflichtet, ein Glas Wein ›zu ihren Ehren‹ zu trinken, wenn er die Gelegenheit dazu bekam. Seine Tochter hatte diese gutwillige Heuchelei von ihm übernommen; aber sie wusste, dass diese Geste für ihren Vater auch einen ernsten Hintergrund hatte. Es gab noch einen ›dritten Weg‹, um zu einem Ausgleich zwischen Islam und Christentum zu kommen. Es *musste* einen geben, sonst war die Welt dem Untergang geweiht.

»Hast du irgendwas in den Nachrichten darüber gehört?«, fragte Nazreem, als Marcus mit einem Glas Chardonnay von der Bar zurückkam und es vor ihr abstellte. Kurz war er verwirrt; dann wurde ihm klar, dass sie sich auf den Fernseher über der Bar bezog, in dem gerade die Abendnachrichten zu Ende gingen.

Marcus stand sofort wieder auf und ging mit seinem Pint in der Hand zur Bar zurück. Er kam gerade noch rechtzeitig, um die letzten Minuten der Tageszusammenfassung zu hören: die fortgesetzte Finanzkrise, ungewöhnliche Vorweihnachtssonderangebote und die Vorbereitungen für die Krönung im Januar.

»Und?«, fragte Nazreem, als Marcus wieder an den Tisch zurückkam. Aber er stand einfach nur da und schüttelte den Kopf.

»Vorfall in der Londoner U-Bahn. Terrorverdächtiger gefasst. Gefasst!« Marcus brüllte fast. »Der ist nicht *gefasst* worden. Die haben dem den gottverdammten Schädel weggeblasen.« Doch außer Nazreem schenkte ihm niemand auch nur die geringste Aufmerksamkeit.

3

Im zunehmenden Dämmerlicht fuhr der Mann, der von sich selbst nur als ›der Lehrer‹ dachte, mit den Fingern über die von verstreuten Linien gebildeten Formen, als könne er sie mehr fühlen denn ihre Bedeutung lesen. Sie lagen dort scheinbar sinnlos für den modernen Verstand, wie weggeworfene Knochen in antiken Katakomben; doch für den Eingeweihten bildeten sie Worte. Und Worten, das wusste jeder Gelehrte, konnte man die Bedeutung geben, die man wollte. Seine größte Fähigkeit lag in der Interpretation, dem Verständnis des Kontexts, der den Worten erst ihre Bedeutung gab. Es war eine seltene Fähigkeit, aber nicht einmalig.

Für den Uneingeweihten sahen die Linien auf dem Papier vor ihm – der Abrieb einer Keilschrifttafel – wie sinnlose Kritzeleien aus; doch wenn man eine der ältesten aller Sprachen beherrschte, die Mutter aller Sprachen, dann führten diese Striche einen zu einem Geheimnis. Der Lehrer fuhr wieder mit dem Finger darüber und ließ seine Augen ihre Bedeutung trinken:

»Im Anfang war das Licht der Welt in Dunkelheit verborgen. Tief unter der Erde. Und im Herzen der Erde lag das Land Vaq, wo der mächtige Chuksa geboren wurde, im Land des Hohen Gangs zwischen den Mauern aus Stein, die den Himmel berühren.

Und er, der das Licht in der Dunkelheit fand, erkannte es zunächst nicht als das, was es war, denn er war von niederen Lichtern geblendet, die wie Frühlingsblumen blühten. Doch als es über die Erde gebracht und gereinigt wurde, da wurde die Magie enthüllt, und alle, die sich voller Staunen in den Sand warfen, wussten, dass dies eine Lampe war, die alle anderen überstrahlte. Und er, der sie besaß, würde der Herr der Erde sein, reicher als alle anderen und mächtiger.

Zur gleichen Zeit sah man Männer um das Licht kämpfen und sterben, doch es konnte nur durch Diebstahl oder List erworben werden. Denn war nicht er, der es besaß, allmächtig, und befehligte er nicht die größten Heere? Das Licht der Welt war nämlich das Geschenk des Sonnengottes, heller als alles andere Strahlen. Es verlieh demjenigen Macht, der es in Händen hielt, und jene, die ihm dienten, litten nie unter Armut, Dürre oder Hunger, noch wurden sie im Krieg besiegt.

Denn siehe: Das Licht des Sonnengottes, gefunden in den Eingeweiden der Erde, die Lampe, die die Welt erhellt, war ein magischer Talisman, stärker als alle anderen, und sie gab ihrem Besitzer Macht über Leben und Tod.«

Die Finger des Lehrers fuhren über die Seite, und er schloss die Augen, um sich die gleiche Botschaft in einem anderen Zusammenhang vorzustellen: vor mehr als drei Jahrtausenden eingemeißelt in Tontafeln. Und im schwächer werdenden Licht des Winternachmittags, während die Dunkelheit sich zwischen den kalten Steinmauern der Schatzkammer voller antiker Texte sammelte, gestattete sich der Lehrer den Hauch eines Lächelns um die schmalen Lippen. Er hatte gefunden, wonach er gesucht hatte, um das Große Spiel bis zu seinem düsteren Ende durchzuspielen.

Nun brauchte er nur noch den Mut, um das Opfer zu bringen, einen willigen Soldaten und einen unschuldigen Freiwilligen. Und wie es das Schicksal wollte, hatte er alle drei gerade bekommen.

4

29. Dezember

Die ersten paar Male hatte Nazreem es als einschüchternd, ja sogar beängstigend empfunden, als betrete sie das Allerheiligste irgendeiner geheimen, mittelalterlichen Bruderschaft. Die antiken, lebensgroßen Bilder schon lange toter Akolythen starrten in ihren exotischen, fast weiblichen Gewändern auf sie herab, während sie mitten durch die große Kuppelhalle ging, deren hoch aufragende Wände halb mit Eiche verkleidet waren. Nazreem trat zu dem langen, bedrohlich wirkenden Tisch, der von Kerzen in einem geschwungenen Kandelaber aus massivem Silber erhellt wurde. Eine Reihe ernst dreinblickender, alter Männer saß hinter dem Tisch. Doch seit sie zum ersten Mal am High Table eines Oxford College zum Dinner hatte sitzen dürfen, hatte sie sich rasch daran gewöhnt.

In dieser Nacht war Balliol an der Reihe, eines der ältesten Colleges, dessen Geschichte bis ins Jahr 1263 zurückreichte und das den eifersüchtig gehüteten Ruf akademischer Strenge genoss. Nazreem vermutete immer noch, dass man sie nur als Anhängsel von Marcus eingeladen hatte, dessen Vorlesungen in vergleichender Historiografie immer mehr in Mode gekommen waren, seit er mit seinen Büchern über die verschiedenen Sichtweisen des Nahostkonflikts einen solchen Erfolg gehabt hatte.

Nichtsdestotrotz waren die Einladungen eindeutig an sowohl Dr. Marcus Frey als auch Dr. Hashrawi adressiert, und ihre Gastgeber versäumten es nie, zumindest einen Teil der Konversation Nazreems Ruf als Archäologin und ihrer ehemaligen Stellung als Kuratorin des kurzlebigen Museums von Palästina zu widmen. Nazreem wusste diese Höflichkeit durchaus zu schätzen und hatte voller Interesse bemerkt, dass diese einst rein männliche Bastion nicht nur von Frauen gestürmt worden war: Inzwischen betrachtete man sie sogar als gleichberechtigt. Es hatte jedoch eine Weile gedauert, bis sie erkannt hatte, dass Frauen als Folge dieser Akzeptanz ebenfalls als ›Fellows‹ bezeichnet wurden.

Doch das war nur eine der Absurditäten, Seltsamkeiten und Anomalien, mit denen sie gezwungen war auszukommen, seit sie bei Marcus in dessen Wohnung im All Souls wohnte. All das verblasste vor dem Hintergrund ihrer Versuche, Ordnung in ihre Beziehung zu bringen. Marcus' Fahrt nach London, um dort bei der Einwanderungsbehörde vorzusprechen, war ein essenzieller, aber auch ausgesprochen unwillkommener Teil davon.

Weihnachten hatten sie ruhig verbracht. Das Fest selbst besaß für keinen von beiden eine religiöse Bedeutung. Marcus war überzeugter Atheist, Nazreem eine agnostische Muslima – für sie war der Islam mehr ihre Kultur denn ihre Religion, obwohl sie ganz genau wusste, dass viele ihrer Glaubensbrüder so etwas als Blasphemie betrachteten. Sie hatten sich alte Filme auf DVD angeschaut, und Nazreem hatte für sie gekocht. Das tat sie nicht häufig. Sie hatte eines ihrer Lieblingsgerichte ausgewählt: Lammeintopf mit Kreuzkümmel und Aprikosen. Dazu hatten sie ein paar Gläser Rotwein getrunken, und auch das tat Nazreem eher selten. Schließlich hatten sie gemeinsam Knallbonbons aufgerissen, sich Papierhüte aufgesetzt und sich zu guter Letzt auf dem Teppich geliebt, bevor sie erschöpft und so glücklich wie schon seit Tagen nicht mehr ins Bett gesunken waren.

Als Folge davon kam Nazreem das Dinner an diesem Abend

eher ungelegen; aber Collegemahlzeiten waren während der Feiertage eher selten, und nachdem sie die Einladung schon vor einiger Zeit angenommen hatte, konnte sie wohl schlecht in der letzten Minute absagen. Außerdem hatte sie ein großes Interesse daran, den Ehrengast kennenzulernen.

Für diesen Abend hatte sich Nazreem für eines ihrer schickeren, akademischen Dinneroutfits entschieden – Balliol war ja auch eines der schickeren Colleges –, einen weißen Hosenanzug über einem schwarzen Kaschmirtop und dazu eine verhältnismäßig schlichte Silberkette, die eines ihrer Lieblingsschmuckstücke war.

Und das Outfit zeigte den gewünschten Effekt, wie Nazreem bemerkte, als sie im Senior Common Room von Sir Jeremy Whitcroft begrüßt wurde, einem allmählich kahl werdenden Mathematiker, der auch theoretische Physik lehrte und dem College zugleich als Master diente.

»Marcus, mein Guter, es freut mich sehr, dass Sie kommen konnten!«, sprudelte er hervor und führte sie rasch durch den holzverkleideten Raum, der sich, der Farbe der Wände nach zu urteilen, noch nicht von Jahrhunderten voller Zigarrenrauch nach dem Essen erholt hatte. »Und dies hier muss Ihre charmante … ah, die wunderschöne Dr. Hashrawi sein.« Nazreem hörte dem Mann seine Verlegenheit an, und sie erkannte, dass er sich fragte, ob er sie womöglich irgendwie beleidigt hatte, sei es wegen ihres Geschlechts oder ihrer Religion. »Lassen Sie mich Ihnen etwas zu trinken besorgen«, fügte er rasch hinzu und schaute sie nervös an.

»Orangensaft wäre nett«, erwiderte Nazreem und setzte ein entwaffnendes Lächeln auf.

»Für mich einen trockenen Sherry, bitte«, sagte Marcus.

»Hervorragend. Ganz hervorragend«, nuschelte Whitcroft

und drehte sich kurz zu einem übergewichtigen Exemplar von Collegediener um, die ›Scouts‹ zu nennen Nazreem gerade erst gelernt hatte.

»Lassen Sie mich Ihnen jetzt die anderen vorstellen.«

Es war ein gemischter Haufen, das war bei Collegemahlzeiten häufig so. Einige Leute wurden eingeladen, weil sie interessante Konversation zu betreiben wussten; dazu kamen wohlhabende VIPs – besonders, wenn man sie dazu überreden konnte, dem College etwas zu spenden –, sowie die üblichen Dozenten und privilegierte Tutoren, die jeden Abend hier aßen, weil es schlicht Teil ihrer Vergütung war.

Nazreem hatte bereits genug Erfahrung, um zu erkennen, wer zu welcher Fraktion gehörte. »Dr. Eckersby, ein wenig Frischluft, wie ich sehe.« Breites Lächeln, kräftiger Händedruck, er musste Amerikaner sein, vermutlich ein Gastdozent. »Dr. Hammond, unsere Shakespeare-Expertin.« Eine untersetzte Frau mittleren Alters im Tweedkleid; sie gehörte zu jenem Typ von Akademiker, der als Undergraduate aufgestiegen war und dann vergessen hatte zu gehen. »Unser wichtigster Mathematiker Dr. Haight – keine Wortspielereien, bitte; er kennt sie alle.« Ein unscheinbarer, rundlicher Mann mit strahlenden Augen, schwarz-weißem Bart und leidendem Lächeln. »Dr. Latimer, unser Experte für aristotelische Ethik.« Ein grauhaariger, angespannt wirkender Mann, der sich sofort mit einem Husten abwandte. »Und dann sind da natürlich Dr. Cate und Dr. Winstanley.« Eine abschätzige Geste zu zwei leutseligen Typen, die mit ihren Whiskeys in der Ecke saßen. Sie gehörten offensichtlich zu jener Gruppe älterer Dons, die regelmäßig in der Halle aßen, wegen des kostenlosen Mahls. »Und zu guter Letzt hätten wir da noch unseren Mann der Stunde, Professor Martin Menkel, den Sie inzwischen ohne Zweifel nicht mehr im Fernsehen werden sehen können.« Der letzten Stichelei folgte ein rasches: »Das war natürlich nur ein Scherz, Martin.«

»Nein, nein, Jeremy, ich bin sicher, du hast recht. Irgendwann wird jedem selbst das Beste zu viel, und ich bin nicht sicher, ob ich wirklich das Beste bin. Ich freue mich, Sie beide kennenzulernen. Ich habe Ihre beiden Bücher gelesen, Professor Frey. Erstklassig.«

Genau das richtige Maß an falscher Bescheidenheit, dachte Nazreem, als Professor Menkel ihr kurz die Hand schüttelte, bevor er sich wieder Marcus zuwandte, ihn abermals lobte und sein Wissen über Marcus' Werk zur Schau stellte. Nahm man diese Art zusammen mit dem zurückgekämmten eisgrauen Haar und den funkelnden blauen Augen, war es leicht, sich vorzustellen, warum der Balliol-Professor zu einer Fernsehpersönlichkeit geworden war und – wenn die ersten Berichte stimmten – nun auch zu einem Bestsellerautor.

»Und last, but not least unser Ehrengast heute Abend, ein Neuankömmling in Oxford aus Ihrem Teil der Welt, Dr. Hashrawi. Lassen Sie mich Ihnen Dr. Sharif al-Wasidi vorstellen, ein neuer Fellow im OCIS.« Sir Jeremy betonte die Buchstaben einzeln und nicht als Akronym. Marcus schüttelte dem Mann die Hand, während Nazreem sich mit einem Nicken und einem höflichen Lächeln zufriedengab. Natürlich hatte sie schon von dem neuen, reich ausgestatteten Oxford Centre for Islamic Studies, dem Zentrum für Islamstudien gehört, aber sie wusste weder etwas über die Arbeit dort, noch, welcher Glaubensrichtung die Gelehrten angehörten. Sie glaubte, eine Reaktion auf ihren unbedeckten Kopf zu bemerken, doch sie sah nur die übliche akademische Höflichkeit in dem Lächeln, mit dem der Mann ihren Gruß erwiderte.

»Nicht ganz derselbe Teil der Welt, Sir Jeremy«, korrigierte

Dr. al-Wasidi den Master. »Ich stamme aus Dschidda, während Dr. Hashrawi aus Palästina kommt, wenn ich richtig informiert bin.« Das sagte er mit festgefrorenem Lächeln und kaum einer Spur von Akzent.

Ein Saudi, dachte Nazreem. Das hätte sie sich denken können. Das meiste Geld für das Zentrum war aus Saudi-Arabien gekommen, genug, um – so hörte man – die prachtvollsten Gebäude zu finanzieren, die seit mehr als einem Jahrhundert in Oxford errichtet worden waren. Dr. al-Wasidi hatte bewusst ›Sie kommt aus Palästina‹ und nicht ›Sie ist eine Palästinenserin‹ gesagt. Das war ein feiner, aber entscheidender Unterschied. Es bedeutete, er erkannte an, dass Nazreem ein Heimatland hatte.

Trotzdem hoffte sie, dass das Gespräch sich nicht dem Thema Religion oder der Nahostpolitik zuwenden würde. Zu guter Letzt dauerte es bis zur Nachspeise nach einem mittelmäßigen Essen aus Avocadosalat, gefolgt von zerkochtem Lachs, bis das Thema zur Sprache kam. Dabei erfolgte der Anstoß dazu aus einer Richtung, die Nazreem nicht erwartet hatte.

»Ich hoffe, es macht Ihnen nichts aus, wenn ich das erwähne, Dr. Hashrawi, aber mir ist aufgefallen, dass Sie sich nicht verhüllen.«

Kurz blinzelte Nazreem, als hätte sie die Frage des grauhaarigen Ethikprofessors Latimer nicht verstanden. Suchte er Streit mit ihr oder al-Wasidi, fragte sie sich, oder wollte er Menkel, den berühmten Atheisten, aus der Reserve locken? Nazreem bemerkte, wie der Saudi sie verstohlen betrachtete, als sei er sehr an ihrer Antwort interessiert, wolle sich das aber nicht anmerken lassen.

Nazreem rang sich ein Lächeln ab und sagte: »Da haben Sie recht. Daheim in Palästina tue ich das für gewöhnlich. Hier jedoch hätte ich das Gefühl, damit ein Statement abzugeben, das ich nicht für notwendig erachte.«

»Dann liegt das also nicht daran, dass Sie nicht glauben, was Mohammed gesagt hat, nämlich dass alle Frauen ihre Köpfe und Gesichter bedecken sollen, um keine Lust in uns Männern zu wecken, die wir schlicht nicht kontrollieren können?« Wenn der alte Ethikprofessor die Fernsehberühmtheit ins Scheinwerferlicht hatte zerren wollen, dann war ihm das gelungen. Menkel hatte sich mit seiner berühmten Direktheit eingemischt und war sogleich auf den Punkt gekommen, egal ob das nun rüde klang oder nicht. Sein Ziel war es stets, sein Gegenüber herauszufordern und nicht so einfach entkommen zu lassen. Nazreem glaubte ein Funkeln in Menkels Augen zu sehen; es freute ihn, dass jemand ihm Gelegenheit gegeben hatte, sein Steckenpferd zu reiten. Mit dem geübten Blick eines Universitätsprofessors, der zugleich ein alter Talkshowhase war, schaute er von Nazreem zu al-Wasidi und wieder zurück. Er wartete auf eine Reaktion und versuchte bereits, sie zu erraten. Sir Jeremy, der in der Mitte des Tisches saß, schien die Sache hingegen zunehmend unangenehm zu werden.

Nazreem beschloss, das zu spielen, was Marcus einen ›direkten Schlag‹ genannt hätte. Das war eine Analogie zu diesem seltsamen Spiel namens Cricket: »Wenn jemand dir einen Trickball zuwirft, versuch nicht, clever zu sein. Schlag ihn direkt mitten ins Feld. Warte, bis sie dir einen einfachen zuwerfen, bevor du eine Show machst.« Nazreem schaute dem Fernsehstar in die Augen und sagte mit ruhiger, aber fester Stimme:

»Man kann die Worte des Propheten, Friede sei mit ihm, vielseitig interpretieren.« Normalerweise gebrauchte sie diese Phrase – ›Friede sei mit ihm‹ – nicht in westlichen, akademischen Kreisen, obwohl das von Muslimen jedes Mal erwartet wurde, sobald die Rede auf den Propheten kam; aber diesmal tat sie es, teils aus Respekt vor al-Wasidi, den sie nicht beleidigen wollte, und teils, um diesem Großkotz von Menkel zu zeigen, wohin er sich gerade vorwagte. Sie konnte sich ein kokettes Lächeln nicht verkneifen, als sie hinzufügte: »Und was die Lust betrifft, Dr. Menkel, so empfinden manche sie Frauen gegenüber, während andere sich eher von Geld und Ruhm angezogen fühlen.«

»Gut gesagt, Dr. Hashrawi, gut gesagt«, erwiderte Menkel, hob das Weinglas und prostete ihr schelmisch zu. Und damit wäre die Angelegenheit wohl auch erledigt gewesen, wäre da nicht der grauhaarige alte Don gewesen, der das Thema überhaupt erst aufgebracht hatte.

»In der Tat, in der Tat«, meldete er sich wieder zu Wort. »Doch als praktizierender Christ erinnere ich mich daran, dass es noch gar nicht so lange her ist – im historischen Sinne natürlich –, dass auch unser Glaube von Frauen verlangt hat, ihr Haupt in der Öffentlichkeit zu bedecken. Sittsamkeit wurde als Tugend betrachtet und Vulgarität als Laster. Man ließ die Menschen sich um ihre eigenen Angelegenheiten kümmern. Heute scheint es jedoch genau andersherum zu sein.«

Nazreem bemerkte, dass al-Wasidi lächelte und zustimmend nickte. »Das sind Worte, denen der Prophet, Friede sei mit ihm, ohne Zweifel beigepflichtet hätte«, sagte er leise und meldete sich damit zum ersten Mal seit Beginn des Abendessens zu Wort.

Menkel schien zwar bereit zu sein, einer hübschen, jungen Frau – auch mit unbedecktem Haupt – gewisse Zugeständnisse zu machen; doch galt das offenbar nicht für einen Saudi mittleren Alters. Er drehte sich zu al-Wasidi um und schnappte: »Immer dieselbe gute, alte Phrase, hm? Was Friede mit dem Propheten betrifft, so habe ich das immer als ein wenig, sagen wir, *verwegen* empfunden, wenn man bedenkt, wie wenig Frieden er dem Rest von uns zugesteht. Ich denke, das hat der Vorfall in Marseille letzten Monat wieder mal deutlich bewiesen.«

Schweigen senkte sich über den Tisch. Die beiden älteren Dozenten, die offenbar hauptsächlich wegen des kostenlosen Essens und nicht wegen der intellektuellen Herausforderung hier waren, starrten auf ihre Teller und schaufelten sich das Essen rein. Die Frau im Tweedkleid lächelte höflich, aber auch herausfordernd in Nazreems Richtung. Es war offensichtlich, dass sie den scharfen Ton genoss und auf Nazreems Antwort wartete. Sir Jeremy wiederum klappte wiederholt den Mund auf und zu, als suche er nach einer unauffälligen Möglichkeit, das Thema zu wechseln, ohne dass allzu offenbar wurde, dass er schlicht weitere Peinlichkeiten vermeiden wollte. Al-Wasidi hatte sein Besteck auf den Tisch gelegt und schaute in die Dunkelheit der großen Halle hinein; es hatte den Anschein, als versuche er so, seine Wut zu beherrschen. Vor seinem geistigen Auge sah Marcus den nüchternen, islamischen Gelehrten schon auf den Tisch springen und dem Fernsehstar mit dem Fischmesser vor dem Gesicht herumfuchteln; aber natürlich wusste er, dass das ein geradezu lächerliches, rassistisches Klischee war.

Schließlich war es Nazreem, die das verlegene Schweigen brach. »Dr. Menkel, mir scheint, dass Sie gerade versuchen, nur um seiner selbst willen einen Streit über Religion vom Zaun zu brechen. Dabei begehen Sie allerdings den Fehler, Politik und Religion gleichzusetzen, während sie sich in Wirklichkeit lediglich bisweilen überschneiden. Eigentlich habe ich Sie für viel zu intelligent für eine solche Fehleinschätzung gehalten.«

Autsch, dachte Marcus. *Jetzt hat sie es ihm aber gezeigt.* Doch

Menkel schien sich über Nazreems Antwort eher zu freuen, als beleidigt zu sein.

»Ich danke Ihnen, dass Sie mich darauf aufmerksam gemacht haben, Dr. Hashrawi«, erwiderte er. »Natürlich haben Sie vollkommen recht. Aber bitte, glauben Sie nicht, dass ich mich jenem unterschwelligen Rassismus ergebe, der sich in der gegenwärtig aufkeimenden Islamophobie manifestiert. Wie meine Kollegen hier Ihnen werden bestätigen können, hege ich eine Phobie gegen jedwede Religion. Dabei gebrauche ich das Wort ›Phobie‹ mit Bedacht. Ich glaube, dass wir alle Religionen gleichermaßen fürchten müssen. Denken Sie doch nur einmal an den lächerlichen Konflikt in Nordirland, der noch bis vor wenigen Jahren getobt hat. Das ist der Grund für das unerhörte Maß an Sicherheitsmaßnahmen in unserem Land. Und ich fürchte, das ist auch der Grund, warum wie nicht zulassen dürfen, dass Menschen – egal ob Frauen oder nicht – in Burkas und dergleichen durch unsere Straßen laufen, dass sie ihre Gesichter verhüllen, sodass niemand sie identifizieren kann. Sie werden sich vielleicht daran erinnern, dass einer der Bombenattentäter von London als Frau verkleidet unter einer Burka aus dem Land geflohen ist.«

Al-Wasidis Gesicht war angespannt, doch er starrte weiter ins Leere. So war es schließlich an dem alten Ethikprofessor, der die Diskussion überhaupt erst aufgebracht hatte, wütend zu rufen: »1984!« Das brachte ihm einen verwirrten Blick von Nazreem ein, während seine Kollegen nur mit den Augen rollten. »1984, genau das ist es. Orwell hatte recht; er hat sich nur um ein paar Jahrzehnte vertan! Wir leben in einem verrückt gewordenen Überwachungsstaat, wo die Regierung Feinde erfindet, wie es ihr gerade passt – oder ihren amerikanischen Herren. Und es sind Menschen wie Sie, Menkel, die diese Maschine am Laufen halten. Die Rechte des Individuums sind … sind …« Und er bekam einen Hustenanfall. Trotz wilder Gesten des hilflosen Sir Jeremy, der glaubte, die Diskussion sei weit genug gegangen, schickte Menkel sich an, etwas darauf zu erwidern, doch Latimer kam ihm zuvor.

Er stieß seinen Stuhl zurück und bellte förmlich: »Ich gehe jetzt raus, eine rauchen. Solange das an der frischen Luft noch erlaubt ist!« Und mit diesen Worten stürmte er zwischen den langen Tischen hindurch, an denen während der Vorlesungszeit die Undergraduates aßen. Auf seinem Weg kam er an einem Portier vorbei, der ihn kurz anschaute und dann aufs Podium eilte, wo er direkt auf Marcus zuhielt und mit lautem Bühnenflüstern sagte: »Ein Anruf für Sie, Sir. Der Gentleman sagt, es sei dringend.«

Unter Beachtung der Collegeregeln – und weil es seinen Gastgebern gegenüber schlicht höflich war –, hatte Marcus sein Handy abgestellt, als sie zum Abendessen gegangen waren. Allerdings hatte er dem Portier im All Souls gesagt, wohin er wollte, und der wiederum hatte diese Information offenbar an den Anrufer weitergegeben.

»Hat er seinen Namen genannt?«, fragte Marcus so leise er konnte und lächelte kurz wegen des fragenden Blicks, den ihm einer der Balliol-Fellows zuwarf.

»Nein, Sir«, antwortete der Scout. »Ich habe ihn natürlich gefragt, aber ich nehme an, es handelt sich um einen akademischen Gentleman. Er hat gesagt, Sie würden ihn von einem Vorfall im Britischen Museum her kennen – falls Ihnen das etwas sagt.«

Marcus erbleichte und schaute kurz zu Nazreem, um ihr zu versichern, dass das vollkommen überraschend für ihn kam. Dann stand er auf und drehte sich zu Sir Jeremy um. »Wenn

Sie mich bitte kurz entschuldigen würden. Offenbar hat sich da etwas ergeben.«

»Selbstverständlich, mein Junge, selbstverständlich«, erwiderte Sir Jeremy, der ganz offensichtlich für jede Unterbrechung dankbar war.

Marcus stand auf und bemerkte, dass Menkel seine Aufmerksamkeit bereits dem großen Amerikaner zugewandt hatte, der im Gegensatz zu allen anderen über das ganze Gesicht strahlte.

Al-Wasidi erhob sich ebenfalls, noch immer mit versteinertem Gesicht. Für Marcus sah es so aus, als wolle der Saudi sich verabschieden. Noch für einen Cognac zu bleiben, war im Augenblick ja auch nicht angebracht.

Auf dem Weg zur Pförtnerloge kam Marcus an dem alten Ethikprofessor vorbei, der noch immer mit seinem Husten und im kalten Wind unter dem Torbogen zum Hof mit einem Feuerzeug kämpfte. Schließlich nahm er einen kräftigen Zug von seiner Zigarette. Vor dem dunklen Schatten der gotischen Architektur hinter ihm wirkte das rote Glühen des Tabaks wie ein Notsignal en miniature.

5

30. Dezember

Die beiden großen mythologischen Bildnisse ragten in Stein gehauen hoch über ihnen auf, Halbgötter, die jeden herausforderten, der es wagte, durch das geheime, heilige Portal des Thames House zu treten.

Zu den Abbildern von St. George und der Britannia hinaufzuschauen, minderte Marcus Freys Sorge keinesfalls. Die Wirkung auf Nazreem wiederum, deren Land von dem Empire, welches die Figuren symbolisierten, einfach mit einem Federstrich von der Landkarte gefegt worden war, war weitaus komplizierter.

Marcus schaute auf seine Uhr: 15.24 Uhr, sechs Minuten zu früh für das Meeting. Er fragte sich, ob es in Geheimdienstkreisen wohl als höflich, ungehobelt oder schlicht als inkompetent galt, zu früh oder zu spät zu kommen. In ihrem Fall war das Timing von einem der wahren britischen Halbgötter des 21. Jahrhunderts bestimmt worden: jenem, der über die Einhaltung des U-Bahnfahrplans wachte.

Möwen kreisten über ihnen. Selbst hier, im Herzen der Metropole, lag der salzige Hauch der See in der Luft. Während Marcus mit Nazreem das Embankment hinunterging, nahm er zum ersten Mal den mächtigen Monolithen aus Portlandstein in sich auf, der den Inlandsgeheimdienst beherbergte. Die älteren Mitglieder des MI5, wie der Dienst noch immer von einigen genannt wurde, hatten Angst gehabt, dass das unvermeidliche Ende des Nordirlandkonflikts für den Inlandsgeheimdienst den Anfang vom Ende bedeuten könnte – falls ›Angst‹ denn das richtige Wort war. Natürlich waren Chinesen und Russen inzwischen wieder aktiv, doch mehr auf dem Feld der Industriespionage, kein Vergleich zu den ›netten Spielen‹ im Kalten Krieg. Und seit die IRA Anzüge trug und Politiker spielte, sah es für den nicht gerade glamourösen Teil der heimischen Nachrichtenbeschaffung recht düster aus. Und dann, als schon alles darauf hindeutete, dass sie sich bald den Gürtel würden enger schnallen müssen, war von so manchem unerwartet, aber nicht gänzlich unwillkommen das Gespenst des islamischen Fundamentalismus aufgetaucht.

Geschmacklos auf den Punkt gebracht hatte das der Mann, dessen Ruf Marcus und Nazreem nun zitternd folgten. Es war im *The Rose and Crown* gewesen, wie die Mitarbeiter des Dienstes ihren Hauspub nannten, an einem Spätfrühlingsabend, da London sich von seiner besten Seite gezeigt und der Schatzkanzler im Parlament eine ›beachtliche Anhebung‹ der Mittel für die Terrorbekämpfung verkündet hatte. Delahaye hatte sein Glas gehoben und gesagt: »Gott sei gedankt für Osama bin Laden.«

Zwar sagte er das nicht mehr nach den Bombenanschlägen, die ein paar Monate später stattfinden sollten, aber dennoch dachten alle im Dienst noch immer so, auch wenn sie es nicht laut sagten. In einer Gesellschaft, die über nahezu vier Jahrzehnte hinweg auf extensive Terrorbekämpfung angewiesen gewesen war, war schon lange die Notwendigkeit einer steten Überwachung gegen die Persönlichkeitsrechte des Einzelnen abgewogen worden, und das Ergebnis war eindeutig zugunsten der Überwachung und anderer restriktiver Maßnahmen ausgefallen. Die goldene Statue auf der Kuppel von Old Bailey, Londons berühmtestem Gericht, mochte ja noch immer die Augen verbunden haben, während sie die Waagschale in Händen hielt, doch in der modernen Welt war man zu dem Schluss gekommen, dass Justitia es sich nicht länger leisten konnte, blind zu sein. Heutzutage riskierte sie zumindest einen verstohlenen Blick.

Im Lichte seiner jüngsten Erfahrung war sich Marcus der Allgegenwart der Kameras nur zu bewusst, die alles sahen, von den meisten Passanten jedoch ignoriert wurden; dabei verfolgten sie die Kameras jeden Zentimeter ihres Weges über die Bürgersteige und die Straße bis zum imposanten Eingang des Thames House hinauf.

Das Thames House war Anfang des 20. Jahrhunderts errichtet worden und ursprünglich mehr ein Ort des ökonomischen denn des politischen Imperialismus gewesen. Verschiedene Firmen und Handelshäuser hatten von hier aus versucht, ein Empire im Griff zu haben, in dem die Sonne niemals unterging; heutzutage pflegte man angesichts des miesen Wetters in England zu scherzen, dass die Sonne kaum noch aufgehe.

Marcus drückte auf den Klingelknopf an der Pforte und nannte ungefragt ihre Namen:

»Professor Marcus Frey und Dr. Nazreem Hashrawi. Wir sind hier, um Sebast…«

Bevor er den Namen auch nur aussprechen konnte, wurde der Türöffner betätigt, und die schwere Stahltür fuhr einen Millimeter zurück. Marcus drückte. Die Tür sog sie förmlich hinein. Das war das erste Mal, dachte Marcus, dass der Ausdruck ›eine offene Tür einrennen‹ derart beunruhigend auf ihn wirkte.

Nazreem folgte ihm in eine Lobby mit polierten Marmorwänden und Käfigen aus kugelsicherem Glas. Eine überraschend attraktive Frau in einem der Käfige winkte sie zu sich. Marcus trat näher, während Nazreem ein paar Schritte hinter ihm blieb. Immer wieder blickte sie zu der schweren Tür zurück und schien zu überlegen, ob sie auch von drinnen so leicht aufgehen würde. Marcus wiederum fragte sich, ob Nazreem trotz ihrer vorgeblich westlichen Orientierung und ihrem oft bekundeten Glauben daran, dass die ›freien Demokratien‹ das Mittel gegen die Krankheit ihrer Heimatregion in Händen hielten, versucht war wegzurennen.

»Guten Morgen«, sagte er zu der lächelnden jungen Frau hinter der Glasscheibe, die er auf gut einen halben Zentimeter Dicke schätzte und die so klar wie Fensterglas war. »Wir sind mit …«

»Schön, Sie zu sehen, Professor Frey, Dr. Hashrawi.« Die Frau nickte höflich in Nazreems Richtung. »Wenn Sie bitte kurz in die kleine Kamera zu Ihrer Rechten schauen und den Zeigefinger auf die Metallplatte am Tresen drücken würden. Ich werde jemanden rufen, der Sie abholen wird.«

Marcus wunderte sich, dass die junge Frau nicht das geringste Interesse am Namen des Mannes zeigte, der sie hierherbeordert hatte. Andererseits war der Name, den er kannte, vermutlich nicht mal der richtige. Natürlich war Marcus der Gebrauch von Pseudonymen nicht fremd; in Film und Fernsehen benutzten Spione sie ständig. Bis jetzt war ihm nur nie der Gedanke gekommen, dass ›Sebastian Delahaye‹ nicht der wirkliche Name des sauertöpfischen jungen Mannes sein könnte, der für ihn zum Gesicht der britischen Nachrichtendienste geworden war. Irgendwie passte der Name nämlich auch: der recht ungewöhnliche Vorname, der auf einen frühen christlichen Heiligen zurückging und den man in der Schule gut mit ›Seb‹ abkürzen konnte, und der ebenso ungewöhnliche, aber keineswegs unbekannte Nachname mit dem französischen Klang, der auf normannische Vorfahren schließen ließ. All das hatte irgendwie *richtig* gewirkt. Nun jedoch – und er, der er angeblich ein ach so großer Experte darin war, wie der Kontext die Wahrnehmung veränderte, verfluchte sich dafür –, nun erkannte er, dass das alles ein wenig *zu* richtig gewesen sein könnte.

Doch andererseits, was machte das schon? Schließlich hatte er selbst den größten Teil seiner akademischen Karriere dem Beweis dafür gewidmet, dass die Welt nur so lange real war, wie man sich selbst daran erinnerte, dass niemand sonst das exakt Gleiche sah.

Marcus und Nazreem befolgten die Sicherheitsanweisungen: Elektronische Fingerabdrücke und Irisscans waren jedem vertraut, der seit Beginn des neuen Jahrhunderts in die Vereinigten Staaten gereist war. Die Türen klickten; die junge Frau winkte sie hindurch, und sie gingen in ein Atrium mit polierten Wänden, das von Hightechlampen erhellt wurde, die geschickt in falschen Rokokodeckenleisten verborgen waren. Beinahe sofort öffnete sich eine Schiebetür zu ihrer Rechten, und eine andere junge Frau – blond, Mitte zwanzig und in einem schicken grauen Hosenanzug, der auch einer Bankerin gut gestanden hätte – trat heraus und begrüßte sie. Nacheinander schüttelte sie ihnen die Hände und erklärte formell: »Ich freue mich, dass Sie kommen konnten. Wenn Sie mir bitte folgen würden.«

Sie drehte sich um und führte Marcus und Nazreem durch die Tür, die hinter ihnen zuglitt wie ein Fels, der vor eine Höhle gerollt wurde. Sie gingen an zwei jungen Männern vorbei, einer in Jeans und Sweatshirt, der andere in einem teuer aussehenden Anzug. Kurz unterbrachen die beiden ihr freundschaftliches Gespräch und nickten der jungen Frau zu. Die erste Abzweigung links führte sie nach oben; allerdings vermochte Marcus nicht zu sagen, wie viele Stockwerke. Dann traten sie auf einen weiteren Gang hinaus, der mit einem dicken Teppichboden bedeckt war. Hier gab es keine Fenster. Der Gang bog zweimal ab, bevor sie einen Lift erreichten. Auch in dem Aufzug wurden keine Etagennummern angezeigt, doch diesmal hatte Marcus das Gefühl, dass es nach unten und nicht nach oben ging. Er fragte sich, ob dieses Labyrinth im Thames House wohl auf irgendeinen Fehler zurückzuführen war, der entstanden war, als man das alte Bürogebäude den Anforderungen der Neunzigerjahre angepasst hatte, oder ob die junge Frau sie auf einer absichtlich konfusen Route zu ihrem Ziel führte, die Gästen ohne Sicherheitseinstufung vorbehalten war. Allerdings war Marcus auch oft genug in Heathrow gewesen, um zu wissen, dass in Großbritannien Funktionalität und Einfachheit nicht unbedingt Hand in Hand gingen.

Und dann, als er schon glaubte, auf ewig durch diese Gänge wandern zu müssen, blieben sie vor einer solide aussehenden, gepolsterten Tür stehen. *Willkommen in der Klapsmühle,* dachte Marcus. Diese Meinung änderte sich auch nicht, als die Tür geöffnet wurde und dahinter eine zweite, diesmal aus Mahagoni oder einem anderen Hartholz, zum Vorschein kam. Auch die ging auf, und sie wurden in ein Büro mit einer ungewöhnlich hohen Zahl an verstreuten Stühlen geführt. Aus dem Fenster konnte man über den Fluss hinweg zu den roten Ziegelmauern des Lambeth Palace hinübersehen, seit achthundert Jahren der Sitz des Erzbischofs von Canterbury. Jenseits davon zogen grauen Wolken über den Winterhimmel.

Marcus und Nazreem wurden von einer vertrauten Stimme mit übertrieben gedehntem Akzent begrüßt. »Professor Frey, Dr. Hashrawi. Ich freue mich, dass Sie beide kommen konnten. Und noch dazu so kurzfristig. Ich bin ja so froh. Aber ich bin sicher, dass Sie die Notwendigkeit zu schätzen wissen.«

Der Mann, den Marcus und Nazreem als Sebastian Delahaye

kannten, saß auf einem ledernen Chefsessel und bewunderte die Aussicht. Als er sich zu ihnen umdrehte, lag ein Lächeln auf seinem Gesicht, das aussah, als hätte man ihm befohlen, dort zu verharren – wie man einem Hund ›Sitz!‹ befiehlt.

Dann änderte sich plötzlich die Aussicht aus dem Fenster. Der Fluss wich kalten Wogen an einem verlassenen Strand und einem langen Betonpier, auf dem eine einsame Gestalt mittleren Alters einen Hund spazieren führte. Marcus erkannte das Bild als eine Szene aus dem Film ›Die Geliebte des französischen Leutnants‹.

»Das ist ja unheimlich«, bemerkte Marcus, ging an Delahaye vorbei zu dem vorgeblichen Fenster und strich mit dem Finger darüber. »Ich dachte, das wär ein Fenster.«

»Oh, das …«, sagte Delahaye. »Ja, ziemlich clever, nicht wahr? Natürlich könnte es genauso gut ein Fenster sein; nur dass man eben die Aussicht verändern kann. Man hat die Technik für diese neuen Höhenairliner entwickelt, die nahe am Weltraum fliegen, damit die Fluggäste nicht klaustrophobisch werden. So kann man ihnen zeigen, was außen liegt, ohne den Rumpf mit echten Fenstern durchbrechen zu müssen und ihn dadurch instabil zu machen.«

»Aber diese … diese Aussicht?«

»Ja, das ist nicht hier. Wir haben den Vorteil, dass uns mehrere Feeds für das Gerät zur Verfügung stehen. Es ist ganz nett, die Szenerie zu wechseln. Betrachten Sie es als eine Art Bildschirmschoner.«

»Aber vor einer Minute sah es noch wie ein Fenster aus. War das ein Kamerafeed?«, fragte Marcus. Delahaye zuckte mit den Schultern. »Und das hier? Ist das auch Echtzeit? Aus Lyme Regis?«

Delahaye schaute kurz auf den Bildschirm. »Das ist Lyme

Regis? Wirklich?«, fragte er, griff nach einer Fernbedienung und richtete sie auf die Wand. Auf dem Bildschirm erschien eine kleine digitale Sequenz, eine Reihe von Zahlen und Buchstaben, die Marcus als Kartenkoordinaten erkannte, gefolgt von einer digitalen Zeitanzeige.

»Ah, da haben wir es ja. Das ist in der Tat Lyme Regis in Dorset«, erklärte Delahaye. »Sie sind wirklich herumgekommen, Professor Frey. Aber kehren wir wieder in die große Stadt zurück.« Er drückte einen Knopf auf der Fernbedienung, und das Bild wechselte zu dem einer Kamera auf der Oxford Street. Rot-weißer Festschmuck war zu sehen, zusammen mit goldenen Schleifen; alles perfekt darauf abgestimmt, die Festtage und die kommende Krönung zugleich zu feiern, die nur noch wenige Wochen entfernt lag. Dann drückte Delahaye erneut einen Knopf, und das Bild zoomte an den Haupteingang eines großen Kaufhauses heran. Doch das war noch nicht alles. Nazreem wurde knallrot, als das Bild sich in das Kaufhaus hineinbewegte bis zu einer Kamera, die unauffällig in der Damenumkleide angebracht war. Es ging dort sehr geschäftig zu.

Delahaye schaltete abermals um, und die jungen Damen auf dem Bildschirm wichen einem fast monochromen Bild der Straße. Aber es war nicht irgendeine Straße. Nur ein einziges gregorianisches Reihenhaus war dort zu sehen mit der Nummer 10 in Messing an der glänzend schwarz gestrichenen Wand und einem Polizisten vor der Tür. Dort, wo zuvor die Daten gestanden hatten, prangte nun ein einzelnes Symbol – ein Fallgitter und ein mythisches Tier, teils Fisch, teils Adler und teils Löwe –, und darum herum standen die lateinischen Worte: *Regnum Defende.* Verteidige das Königreich. Das war wohl das Defaultsetting, dachte Marcus.

»Aber genug gespielt, Kinder. Setzen Sie sich«, sagte Delahaye, stand auf und holte ein paar Stühle heran. Er selbst schien sich jedoch nicht wieder setzen zu wollen. Marcus und Nazreem taten, wie ihnen geheißen, und Delahaye stellte sich vor das Fenster, das keines war, wie ein Lehrer vor die Schiefertafel. Nur dass die Tafeln in englischen Schulen heutzutage meist nicht mehr aus Schiefer, sondern weiß waren; aber im Fall von Delahaye konnte man Schwarz und Weiß ohnehin nicht allzu gut voneinander unterscheiden.

»Ich bin Ihnen beiden wirklich dankbar, dass Sie so kurzfristig haben kommen können«, begann er. »Ich bin mir sicher, Sie haben genauso wie ich gehofft, dass wir nach der Sache mit dem unglücklichen Diebstahl aus Ihrem Museum, Dr. Hashrawi, nicht mehr allzu viel miteinander zu tun haben würden.«

»Und was haben wir jetzt wieder miteinander zu tun?«, fragte Marcus. »Ich bin mir da nämlich nicht so sicher.«

»Nun, dann sollte ich vielleicht direkt auf den Punkt kommen.« Delahaye drückte erneut einen Knopf auf seiner Fernbedienung, und der Feed aus der Downing Street wich einem Standbild des Chaos auf den Straßen von Marseille. »Ich muss Sie wohl kaum daran erinnern«, sagte er, »was vor ein paar Wochen in Frankreich passiert ist.«

Er betätigte seine Fernbedienung, und ein Bild des Anschlags folgte auf das andere – wie eine Laterna magica in einem Horrorkabinett. Diese Bilder hier hatten es jedoch nicht in die Fernsehnachrichten geschafft; sie waren schlicht zu Übelkeit erregend, als dass man sie hätte senden können. Ein paar waren Handyaufnahmen, die im Internet zu sehen gewesen waren; doch es gab auch Bilder, die von den französischen Sicherheitsbehörden stammten. Bilder von verbrannten und verstümmelten Leichen und der Kopf einer der Attentäterinnen, abgerissen von der Wucht der Explosion des Sprengstoffgürtels; ein

Stück schwarzer Stoff hatte sich in ihr Gesicht gebrannt. Selbst im Martyrium hatte sie sich ihre Sittsamkeit bewahrt. Marcus wandte den Kopf ab und war überrascht, dass Nazreem sich die Bilder vollkommen ruhig ansah. Aber sie hatte Selbstmordattentate ja schon live miterlebt, genauso wie israelische Luftschläge gegen Häuser, in denen auch Kinder lebten.

»Hat das hier irgendeinen Sinn?«, fragte Marcus schließlich. »Oder haben Sie einfach Spaß daran, die Leute zu schockieren?«

»Tut mir leid«, sagte Delahaye. »Das lag nicht in meiner Absicht. Wirklich nicht. Aber manchmal schadet es nicht, sich daran zu erinnern, gegen was wir eigentlich kämpfen. An die Natur der Bedrohung.«

»Wie in Bagdad, seit wir die Irakis ›befreit‹ haben«, erwiderte Marcus. »Wie in Falludscha.«

»Wie in London im Juli 2005. Das sollten Sie vielleicht nicht vergessen.«

»Was war zuerst da? Die Henne oder das Ei? Ich mache nur meinen Job und sehe mir beide Seiten der Münze an.«

»Ah ja.« Delahaye grinste ihn eisig an. »Und ich mache meinen.«

Es folgte ein unangenehmes Schweigen. Marcus wusste nicht so recht, was genau ihn an Delahaye störte: das Lächeln, die Anmaßungen oder die leicht gequält wirkende Aura der Selbstgerechtigkeit, als wisse er, dass er bisweilen Dinge tun musste, die zwar niemand guthieß, aber die im Endeffekt der Allgemeinheit zugutekamen. Oder vielleicht – und Marcus glaubte, das treffe eher zu – war Delahaye schlichtweg enttäuscht, in einem Polizeistaat aufgewachsen zu sein und von den traditionellen Freiheiten Großbritanniens nur träumen zu können: von Dingen, die er aus den Erzählungen alter Menschen kannte, während er selbst mit den Mechanismen des Sicherheitsapparats aufs Intimste vertraut war.

»Was Sie gerade gesehen haben und was 2005 in London passiert ist, könnte jederzeit wieder geschehen. Wir glauben, dass die Bedrohung kritisch und anhaltend ist. Was würden Sie sagen, wenn ich Ihnen erzähle, dass die Sicherheitsdienste in Zusammenarbeit mit der Polizei erst vor wenigen Tagen eine Reihe geplanter Anschläge auf die Londoner U-Bahn vereitelt haben?«

»Ich würde sagen, dass ich hoffe, Ihnen nie Grund zu geben, mich auf die gleiche Art zu *fassen,* wie Sie es bei dem armen Kerl in der Circle Line am 19. Dezember um etwa 17.45 Uhr getan haben. Nicht wenn *fassen* bedeutet, dass einem der Schädel weggeblasen wird.«

Einen Augenblick lang, aber wirklich nur einen Augenblick, wirkte Delahaye überrascht; doch nicht wegen dem, *was* Marcus gesagt hatte, sondern weil er es überhaupt zur Sprache gebracht hatte. »Ja, ich dachte mir schon, dass Sie darauf zu sprechen kommen würden. Natürlich haben wir Sie auf den Kamerabildern der Station identifiziert. Sie waren offensichtlich schockiert, und das auch noch im Zug nach Hause. Andererseits sind Sie noch einmal mit einem blauen Auge davongekommen, wenn ich das so sagen darf. Ich hatte gehofft, der Vorfall – so erschütternd er auch gewesen sein mag – hätte Sie erkennen lassen, wie wichtig unsere Arbeit hier ist.«

»Aber warum die Lügen? Warum verkünden Sie nicht lauthals, eine weitere Katastrophe verhindert zu haben, sonnen sich in Ihrem Ruhm und bitten um zusätzliche Gelder?«

»Mein lieber Freund, das ist doch offensichtlich. Die öffentliche Stimmung ist schon gedrückt genug dank der ausgedehnten Trauerzeit für unsere verstorbene Monarchin, und dann steht auch noch Weihnachten vor der Tür. Der Einzelhandel leidet;

tatsächlich geht es unserer gesamten Wirtschaft nicht gut. Zum Glück war der Fall abgeschlossen, bevor er richtig eröffnet worden war. Akte auf, Akte zu. Das Problem wurde rasch beseitigt, *und* wir haben den Terroristen damit auch noch eine deutliche Nachricht geschickt, wie ich hinzufügen möchte.«

Marcus nickte verunsichert. Tatsächlich hatte er sich im Stillen schon gedacht, was Delahaye ihm gerade bestätigt hatte. Es gab eine Grenze dessen, was die Öffentlichkeit ertragen konnte. Marcus billigte dieses Vorgehen zwar nicht, aber das war auch nicht sein Job.

»Sie haben uns jedoch nicht herbestellt«, sagte Marcus, »nur um uns mit der Effizienz der britischen Sicherheitsbehörden zu beeindrucken, oder?«

Delahaye setzte sich wieder und lehnte sich zurück. Das Bild hinter ihm wechselte zu dem *Regnum Defende-Wappen,* Grau und Blau, mit dem seltsamen Fabeltier in der Mitte. »Nein, das habe ich nicht. Obwohl ich weiß, dass für Sie als Neubürger oder *möglicher* Neubürger«, kurz wirkte sein eingemeißeltes Lächeln nahezu echt, als er demonstrativ zu Nazreem schaute, »das Vereinigte Königreich und seine Sicherheit von genauso großer Bedeutung sind wie für mich.«

Marcus versteifte sich. Hatte Delahaye in ihrem Privatleben herumgestochert? Unmöglich wäre das nicht. Marcus wäre am liebsten aufgestanden und rausgegangen; aber er wusste, dass das keine gute Idee gewesen wäre. Das Wort eines höheren MI5-Beamten hatte ohne Zweifel großen Einfluss auf die Erteilung einer unbefristeten Aufenthaltserlaubnis in diesem Land, ganz zu schweigen von einem Antrag auf Staatsbürgerschaft. Marcus streckte den Arm aus und berührte kurz Nazreems Hand, und anstatt zu antworten, setzten beide ein ebenso eingefrorenes Lächeln auf wie der Mann ihnen gegenüber. Sollte Delahaye sich doch denken, was er wollte. Immerhin bekam er für gewöhnlich ohnehin, was er wollte.

»Folgendes ...«, fuhr Delahaye in der Annahme fort, dass Marcus' und Nazreems lächelndes Schweigen Verständnis bedeutete. »Seit wir uns kennengelernt haben, bin ich von Ihren Fähigkeiten ehrlich beeindruckt, Professor Frey, von Ihrer, sagen wir *Gewohnheit,* die Welt aus einem anderen Blickwinkel zu betrachten. Sie sehen Dinge, die selbst ein Kerl wie ich bisweilen übersieht – obwohl ich ja dafür bezahlt werde, zweimal hinzugucken. Manchmal sehen wir nur, was wir sehen wollen. Wir brauchen Menschen wie Sie, um auch mal eine andere Perspektive zu bekommen, wenn Sie wissen, was ich meine.«

Marcus nickte verständnisvoll. Immerhin war das sein Spezialgebiet. In den Rezensionen seiner beiden Bücher – über Südafrika und den israelisch-palästinensischen Konflikt – hatte man ihn wiederholt dafür gelobt, die vergleichende Historiografie neu zu erfinden. Seine Arbeit beruhte auf der Prämisse, dass es keine objektiven Fakten gebe, sondern nur Ereignisse, die unterschiedliche Menschen auf unterschiedliche Art wahrnahmen. In anderen Worten: Das ›Auge des Betrachters‹ konnte man nie ganz abschalten. Was für den einen Mann eine Geschichte der Unterdrückung und Ungerechtigkeit war, war für den anderen eine Geschichte von Überlebenskampf und Zivilisation. Die Grenze zwischen Gesetzesvollzug und Repression war genauso dünn wie die zwischen Eigentum und Diebstahl oder die zwischen Exil und Besitz. Marcus versuchte, der einen Seite zu zeigen, wie die andere die Geschichte wahrnahm. Sie musste sie nicht glauben, aber sollte doch verstehen, wie sie zustande gekommen war. Beide Seiten konnten lernen, dass die Ereignisse, die ihre jeweilige Geschichte in gleichem Maße beeinflusst hatten, keine isolierten Augenblicke der Vergangenheit waren, sondern lebendige Konzepte in den Köpfen lebender Menschen. Das würde die Probleme der Welt zwar nicht über Nacht lösen, aber es machte sie auch nicht schlimmer.

»Und Sie, Dr. Hashrawi, besitzen eine unbezahlbare linguistische, kulturelle und historische Einsicht in die islamische Welt, der Sicherheitsleute im Westen – so wie ich – nur allzu oft schweres Unrecht tun. Und das kann uns zu Fehlern verleiten.«

Nazreem nickte dankbar. Wenn Delahaye sie mit dieser Lobrede auf seine Seite hatte ziehen wollen – was auch immer er vorhatte –, dann war ihm das gelungen, dachte Marcus. Aber er würde sie nicht blenden. Nazreem verschränkte die Arme vor der Brust, wie sie es manchmal tat, wenn sie einen Streit hatten, beugte sich vor und sagte: »Mr. Delahaye, das klingt mir sehr danach, als wollten Sie, dass einer von uns oder wir beide etwas für Sie tun. Da würde es helfen, wenn Sie uns erklären würden, wie wir Ihnen helfen können. Und warum wir das tun sollten.«

Delahaye erwiderte Nazreems direkten Blick und sagte: »Ich bin mir durchaus bewusst, dass Ihre ›Nationalität‹ …«, er zögerte nur den Bruchteil einer Sekunde, doch Marcus war sicher, dass Nazreem es bemerkte, »… ein paar Probleme verursachen kann, technisch gesehen, meine ich. Ich spreche von Ihren Reisemöglichkeiten und dass die Franzosen mal wieder ganz die Bürokraten sind, was Ihren Pass angeht.«

Nazreem schwieg, doch Marcus sah, wie sie die Lippen schürzte. Das war stets ein Zeichen von Gefahr.

»Ich will damit sagen, Dr. Hashrawi, dass wir, also die britische Regierung, Sie gern um einen Gefallen bitten würden, und im Gegenzug würden wir Ihnen einen erweisen. Es geht um etwas, worum wir nur wenige Menschen bitten würden, und dann auch nur solche, die unter die Kategorie ›hoch qualifiziert‹ fallen.«

»Mr. Delahaye, versuchen Sie, mich mit einem Hochqualifiziertenvisum und einer unbeschränkten Aufenthaltsgenehmigung zu bestechen, wenn ich dem MI5 helfe?«

Delahaye lächelte, und es war jene Art von Lächeln, die Milch sauer werden lassen konnte. »Sie bestechen? Himmel, nein! Ich spreche nur das Offensichtliche aus, nämlich dass eine Hand die andere wäscht. Und was Ihren Migrantenstatus betrifft, so wäre dies das Mindeste, was wir tun könnten. Dr. Frey«, er drehte sich wieder zu Marcus um, »es wird Sie sicher nicht überraschen zu erfahren, dass ich bereits von Ihrem Antrag auf einen britischen Pass weiß. Nach der notwendigen Überprüfung wird es selbstverständlich keinerlei Schwierigkeiten in dieser Hinsicht geben.« Erneut wandte er sich an Nazreem. »Was nun Sie betrifft, Dr. Hashrawi, so haben Sie zwar keinen direkten Anspruch auf die britische Staatsbürgerschaft; aber unter bestimmten Bedingungen, glaube ich sagen zu können, dass die Einwanderungsbehörden Ihrer … ich meine *Seiner Majestät* überzeugt werden könnten, in diesem besonderen Fall eine Ausnahme zu machen.«

»Was wollen Sie, das wir tun?«, fragte Nazreem.

»Zunächst einmal möchte ich lediglich, dass Sie jemanden kennenlernen und sich seine Geschichte anhören.«

6

Delahaye berührte eine Diode auf seinem Schreibtisch und sagte in die Sprechanlage: »Würden Sie Jean-Luc bitten hereinzukommen?«

Eine Tür zur Rechten des ›magischen Fensters‹, die weder Marcus noch Nazreem bisher bemerkt hatten, öffnete sich, und ein großer, hagerer, junger Mann mit gelblicher Haut, den Marcus auf Ende zwanzig, Anfang dreißig schätzte, kam herein. Er trug Jeans und ein dunkel gemustertes Hemd. Der Mann nickte Delahaye überraschend zwanglos zu. In der Hand hielt er einen kleinen, undurchsichtigen Stoffbeutel.

»Das ist Jean-Luc«, sagte Delahaye mit einem Lächeln, das eindeutig besagte, dies sei ein Name ›so gut wie jeder andere‹. »Professor Marcus Frey und Dr. Nazreem Hashrawi.«

Nach der Vorstellung setzte sich ›Jean-Luc‹ ihnen schräg gegenüber und nicht weit weg von der Tür, durch die er hereingekommen war, als sei er bereit, jederzeit zu fliehen. Vielleicht war das auch einfach nur Gewohnheit.

»Sie haben die schrecklichen Bilder des Blutbads in Marseille vergangenen Monat gesehen«, begann Delahaye. »Die ganze Welt hat sie gesehen – zumindest eine freigegebene Version davon. Was jedoch nur wenige Menschen wissen, ist, dass womöglich bloß eine einzige Person das Ziel des Anschlags gewesen ist. Der Rest fällt unter Kollateralschaden.«

Nazreem verzog angewidert das Gesicht; aber sie war nicht überrascht. Sie hatte kleine Kinder und alte Frauen als ›Kollateralschäden‹ auf den Straßen von Gaza gesehen, wann immer eine israelische Bombe einen islamistischen Kriegsherrn ausgeschaltet hatte – und mit ihm jeden in seinem Umkreis.

»Es ist jedoch keineswegs sicher«, fuhr Delahaye fort. »Es könnte genauso gut Zufall gewesen sein. Unsere französischen Freunde hatten schon seit einiger Zeit damit gerechnet, dass da unten irgendwas passiert – angesichts der wachsenden Zahl von Emigranten und der Ressentiments, die von diversen nationalistischen Parteien geschürt worden sind. Tatsächlich waren ihre Befürchtungen sogar so groß, dass sie einen Agenten in die muslimische Gemeinde eingeschleust haben. Ich möchte hinzufügen, Dr. Hashrawi, dass wir hier von Extremisten reden, nicht von gesetzestreuen Bürgern. Ich glaube, Sie verstehen, dass wir keinen Religionskrieg führen. Wir sind keine ›Kreuzfahrer‹, wie einige der extremsten Elemente uns gern nennen.«

Nazreem nickte mechanisch. Kreuzfahrer, Dschihadisten, Zeloten, Märtyrer … All diese Worte meinten unterschiedliche Dinge in verschiedenen Mündern; das hatte Nazreem bei ihrer Arbeit mit Marcus nur allzu gut gelernt.

»Dieser Agent war einmalig gut platziert. Selbst wir haben die Franzosen um diese Quelle beneidet, zumal die islamische Gemeinde dort Kontakt zu Leuten hat, auf die wir hier ein Auge haben.«

Ein Auge haben, jaja, dachte Marcus, und im Geiste sah er Tausende scheinbar unschuldige Überwachungskameras, die jede Ecke von London ausspähten.

»Aus diesem Grund haben wir Jean-Luc, sagen wir, ›losen Kontakt‹ zu dem Agenten halten lassen. Diskret natürlich.«

»Sie haben französische Spione ausspioniert? Hat das den Franzosen nicht in Gefahr gebracht?«

Delahaye ignorierte den Kommentar.

»Wie es das Schicksal wollte, hat Jean-Luc Glück gehabt. Er war auch in diesem Zug, im angrenzenden Abteil. Eine übliche Vorsichtsmaßnahme in unserem Gewerbe, und in diesem Fall hat sie sich wirklich als glücklich erwiesen. Sofort nach der ersten Explosion versuchte er, sich durch die verklemmten Türen ins nächste Abteil zu kämpfen.«

»Damit haben Sie Ihre Tarnung auffliegen lassen«, sagte Marcus zu dem jungen Mann, der bis jetzt geschwiegen hatte.

»Wir sind Verbündete, Professor«, erwiderte Delahaye. »Das Leben eines Kollegen zu retten, egal unter welchen Umständen, ist das Wichtigste. Unglücklicherweise kam Jean-Luc zu spät. Er hatte gerade die Tür erreicht, als die zweite Bombe explodierte. Die hat den französischen Agenten getötet. Ihre Leiche ist die links auf dem Bild.«

Marcus wusste nicht, was ihn mehr schockierte: die Enthüllung, dass es sich bei dem französischen Agenten um eine Frau gehandelt hatte, oder die Tatsache, dass Delahaye wieder auf seine Fernbedienung drückte, um weitere grausame Fotos aufzurufen. Inmitten von alldem Blut und Fleisch war deutlich die verbrannte, nahezu fleischlose Hand einer jungen Frau zu sehen, die die Überreste einer Lederhandtasche hielt. Die Hand war nicht länger mit dem Rest des zerfetzten Leichnams verbunden.

»Haben Sie das aufgenommen?«, fragte Marcus Jean-Luc. Den leicht vorwurfsvollen Tonfall konnte er sich nicht verkneifen.

Der junge Mann nickte, öffnete dann den Mund und sagte mit leiser Stimme und ohne den Hauch eines Akzents – tatsächlich war es die neutralste Stimme, die Marcus je gehört hatte: »Ich kann Ihnen versichern, dass dies nicht die schönsten Bilder meines Lebens waren. Manchmal sind solche Dinge jedoch wichtig.«

»Wie auch der Inhalt der Handtasche«, warf Delahaye ein.

Diesmal war es Nazreem, die schockiert war. »Sie haben einer *Leiche* die Handtasche gestohlen ... oder was davon übrig war?«

Jean-Luc nickte grimmig. Müde. Delahaye sprang ein: »Er hat eine entscheidende operative Maßnahme durchgeführt. Wenn Sie unbedingt sentimental werden wollen, dann sagen Sie sich einfach, er habe ihr Eigentum gesichert. Um genau zu sein, hat er ihr *Erbe* gerettet. Sagen Sie es ihnen, Jean-Luc.«

»Offenbar hatte unsere Kollegin den Durchbruch erzielt, auf den sie hingearbeitet hatte. Sue war auf dem Weg, um sich mit ihrem Vorgesetzten zu treffen, und trug das bei sich, was sie – und wir inzwischen auch – für eine entscheidende Information hielt.«

»In ihrer Handtasche?«

»Hier drin, um genau zu sein.« Jean-Luc öffnete die Stofftasche, die er mit hereingebracht hatte, und holte einen kleinen, in durchsichtiges Plastik eingewickelten Metallzylinder heraus, offenbar aus geschwärztem Silber.

»Das ist ein USB-Stick, 4 Gigabyte«, erklärte Delahaye. »Wenig bemerkenswert, nur dass der hier nahezu unzerstörbar ist, es sei denn unter extremsten Bedingungen.«

»Ich dachte, die Dinger bestünden größtenteils aus Plastik.«

»Das tun die meisten auch. Plastik ist nun mal billiger«, übernahm Jean-Luc wieder das Reden. »Aber selbst auf dem kommerziellen Markt kann man schon seit Jahren Geräte kaufen, die den Spezifikationen von dem hier recht nahekommen. Eine Firma mit Namen Pretec hat zum Beispiel einen ›kugelsicheren‹ Flashdrive herausgebracht, der allem widersteht außer einem direkten Treffer von einer Magnum oder einem Hochgeschwindigkeitsgeschoss aus einem Scharfschützengewehr. Das war 2006. Das Ding hier aber geht weit darüber hinaus.«

Er reichte das kleine Objekt in der Plastiktüte Marcus und Nazreem, damit sie es sich anschauen konnten.

Die junge Palästinenserin untersuchte es, als käme es von einem anderen Planeten. Dann rief sie: »Der hat ja ›Chanel‹ eingraviert!«

Delahaye lächelte. »Typisch französisch. Der Stick war als Lippenstift getarnt. Der hat sogar funktioniert, solange man nicht versuchte, ihn mehr als einen Millimeter herauszudrehen. Wäre ich Q in einem James Bond Film, könnte ich Ihnen alles darüber sagen.« Er schaute zu Jean-Luc.

»Er hat eine mehrschichtige Hülle aus einer Titankohlenstofflegierung und wird im Inneren von hitzebeständigem EPDM-Gummi geschützt. Man kann mit dem Auto darüberfahren oder ihn ins Feuer werfen, und hinterher ist er immer noch zu gebrauchen.«

»Und das haben wir dann auch getan«, ergänzte Delahaye.

»Was ist mit den Franzosen? Ist das nicht ihr ›Erbe‹?«

»In der Tat, in der Tat. Und wir haben es mit ihnen geteilt. Die Inhalte waren verschlüsselt, und wir waren wenigstens so anständig, sie um Hilfe bei der Dechiffrierung zu bitten. Tatsächlich werden wir ihre Hilfe sogar noch einmal in Anspruch nehmen, um weiter vorzugehen. Aber wir – und sie – sind zu der Ansicht gelangt, dass die Informationen auf diesem Stick vornehmlich für die britischen Behörden von Interesse sind.«

»Und was genau ist da drauf?«

»Auszüge aus einer Reihe von E-Mails, von denen wir und die Franzosen nur einen Teil haben entschlüsseln können. Das Ganze wird dabei noch dadurch verkompliziert, dass der Code nur einen Sinn ergibt, wenn man bei der Dechiffrierung sowohl Französisch als auch Arabisch in Betracht zieht. Wie Sie sich denken können, ist das nicht gerade leicht.«

Ja, das konnte Marcus sich denken.

»Das Problem ist nur, dass die Entschlüsselung allein nicht reicht«, fuhr Delahaye fort. »Die Informationen sind hinter einem weiteren Schleier verborgen.«

»Einem Schleier?« Marcus sah ihn skeptisch an.

»Ein Wortspiel, aber unter den gegebenen Umständen scheint es angebracht. Was zählt, ist der Inhalt. Dr. Hashrawi, ich nehme an, Sie kennen sich mit Tausendundeine Nacht aus.«

Nazreem schaute ihn fragend an. Auch wenn die Geschichten von Scheherazade und ihrem Sultan im Westen das bekannteste säkulare Werk der arabischen Literatur waren, so galten sie in der arabischen Welt doch mehr als Kuriosität; fast waren sie den Leuten sogar peinlich. Außerdem waren sie Teil eines weit größeren literarischen Kompendiums von meistenteils religiöser Bedeutung.

»Ich kenne einige der Geschichten.«

»Natürlich sind sie auch in der westlichen Welt bekannt; doch ich fürchte, ohne Führung eines Experten, der sie in einen modernen islamischen Kontext stellt, laufen wir Gefahr, sie fehlzuinterpretieren. Das ist der Punkt, an dem ich hoffe, dass Sie ins Spiel kommen, Professor Frey. Tatsächlich bilden Sie beide unter den gegebenen Umständen ein ideales Team dafür.«

»Für was genau?«, hakte Marcus nach, der sich mittlerweile mehr als nur ein wenig darüber ärgerte, dass der Mann ständig um den heißen Brei herumredete.

»Es ist eine Korrespondenz. Zwischen wem, möchte ich nicht genauer erklären, es sei denn, ich muss unbedingt. Bei diesen Dingen hält man sich besser mit Informationen zurück, und auch wenn ich weiß, dass Sie irgendwann den genauen Kontext erfahren müssen, halte ich es für angebracht, wenn Sie sich den wesentlichen Punkten erst einmal ohne Vorbehalte nähern.«

Marcus nickte. Das war zwar nicht ideal, aber durchaus nachvollziehbar. Trotzdem wollte er den Mann gerade unter Druck setzen, damit er noch ein wenig mehr preisgab, als Delahaye von sich aus offener wurde.

»Hauptsächlich möchte ich, dass Sie die folgenden Phrasen analysieren und mir so viel kulturellen und historischen Background wie möglich dafür liefern – wobei ich wie gesagt nicht nach dem Offensichtlichen suche: Da wären ›Aladins Schatz‹« – Marcus und Nazreem schauten einander skeptisch an, was Delahaye nicht entging –, »dann der Ausdruck ›den Geist aus der Flasche lassen‹, und schließlich ›die Macht der Lampe, die die Welt erhellt‹. Haben Sie das? Es gibt da noch eine Phrase, die sogar noch weniger Sinn ergibt; aber das überlasse ich Thomson.«

Marcus stand kurz davor, laut aufzulachen. Er warf Nazreem einen Blick zu, die mehr verärgert denn verwirrt die Stirn gerunzelt hatte. »Meinen Sie das ernst?«, fragte er.

»Habe ich irgendetwas Lustiges gesagt?«, entgegnete Delahaye.

»Nein … ich meine, ja … Nein, es ist nur …«

Nun war es an Delahaye, verärgert dreinzuschauen.

»Es klingt ein wenig … äh … Wie soll ich sagen? Bizarr. Und dann ist da noch etwas: Wir sind Ihnen einen Schritt voraus.« Marcus holte zwei Theaterkarten aus der Tasche und zeigte sie Delahaye. »Die sind für morgen Abend«, erklärte Marcus. »Oxford Playhouse. Das ist ein Weihnachtsspiel. Nazreem hat noch nie eins gesehen. Ein Don hat es uns gestern Abend beim Dinner empfohlen.«

Delahayes übliches Lächeln kehrte zurück, und diesmal konnte Marcus beim besten Willen nicht sagen, ob es wieder nur eine Maske war oder ob echte Belustigung darin lag. »›Aladin und die Wunderlampe‹«, las Delahaye. »Das nenne ich mal einen Zufall. Lassen Sie sich nicht aufhalten, auch wenn das nicht die Art von Input ist, an die ich gedacht habe. Eines kann ich Ihnen jedoch sagen, und das meine ich todernst: Worum auch immer es in dem verschlüsselten Text gehen mag, den wir abgefangen habe, es ist *kein* Märchen.

Ich hätte gerne, dass Sie so schnell wie möglich nach Paris fahren. Wenn es nach mir ginge, am besten morgen, nur ist das vor den Feiertagen nicht wirklich sinnvoll, also in ein paar Tagen ... Sprechen Sie mit Commissioner Georges Thomson vom DST, dem französischen Gegenstück zu unserem Betrieb hier. Es gibt da ein paar französische Phrasen, die er Ihnen wohl besser erklären kann als ich. Diese ›French Connection‹ – etwas Besseres ist uns nicht eingefallen – könnte der Schlüssel zu dem Mysterium sein und die Bedrohung enthüllen, von der wir glauben, dass sie sich in dem Code verbirgt.«

Marcus schaute zu Nazreem, die mit den Schultern zuckte und lächelte; doch das Lächeln verschwand fast sofort wieder und wurde von einem Stirnrunzeln ersetzt.

»Es gibt da ein Problem«, sagte sie, und Marcus wusste sofort, was sie sagen würde. »Werde ich denn überhaupt reisen können? Auch wenn es nur nach Frankreich und *wieder zurück ist*?« Marcus entging nicht der scharfe Ton, mit dem sie ›wieder zurück‹ betonte. »Und das mit meinen Papieren aus Gaza?«

»Oh, ich denke nicht, dass die notwendig sein werden«, erwiderte Delahaye und strahlte sie an. Er drückte erneut auf die Diode an seinem Schreibtisch. Die junge Frau, die Marcus und Nazreem durch das Labyrinth geführt hatte, erschien in der Tür, durch die auch Jean-Luc gekommen war, und reichte Delahaye einen gepolsterten Umschlag. Delahaye öffnete ihn und holte zwei kastanienbraune kleine Büchlein heraus. Je eines davon reichte er Marcus und Nazreem.

Nazreem hätte das Funkeln in ihren Augen noch nicht einmal verbergen können, wenn sie gewollt hätte, als sie die Worte ›Europäische Union‹ und ›Vereinigtes Königreich‹ in Gold über dem Wappen der britischen Monarchie mit seinem archaischen, normannisch-französischen Motto *Honi soit qui mal y pense* sah. Ein Schuft, wer Böses dabei denkt.

»Die gelten nur sechs Monate.« Marcus konnte nicht anders, als das laut auszusprechen, nachdem er sich die Innenseite des Deckels angesehen hatte.

»Ja«, bestätigte Delahaye reuelos. »Aber wenn alles gut läuft, könnte ich mir vorstellen, dass einer Verlängerung auf zehn Jahre nichts im Wege steht.«

Nazreem schaute von ihrem Foto auf, das erst gut eine Stunde zuvor im Foyer des Thames House aufgenommen worden war, und sagte: »Ich nehme an, ich sollte mich bei Ihnen bedanken.«

»Aber nein«, erwiderte Delahaye. »Ich danke *Ihnen*.«

7

»Und? Was denkst du?«

Caroline Shipp richtete die dunklen Augen auf Sebastian Delahaye und gab ihm die Antwort, von der sie wusste, dass er sie nicht hören wollte: »Ich denke, sie ist sehr hübsch und ohne Zweifel auch klug. Allerdings bin ich nicht so sicher, was sie in ihm sieht. Er sieht zwar ganz gut aus für einen Bücherwurm, ist aber definitiv nicht mein Typ. Ich kann mir vorstellen, mit ihm ins Bett zu gehen … und einzuschlafen.«

»Alte Schlampe«, schnaubte Delahaye. »Du würdest den armen Kerl binnen Sekunden auslaugen. Aber das habe ich nicht gemeint, und das weißt du. Glaubst du, wir können uns auf sie verlassen?«

»Das hängt davon ab, wie viel Leine du ihnen lässt. Sie dürfen nicht merken, dass sie geführt werden. Aber wenn du Zuckerbrot und Peitsche spielst …«

»Du mischst deine Metaphern.«

Caroline verzog das Gesicht. »Ich will damit nur sagen, dass der Professor das mit dem *quid pro quo* schon verstanden hat, was die Dokumente des Mädchens betrifft, und das hat ihm nicht im Mindesten gefallen.«

»Es war ein ehrliches Angebot.«

»Das ist nicht der Punkt. Männer wie er mögen es nicht, sich wie Pferdehändler zu fühlen.«

»Na ja, aber sie ist ein verdammt gut aussehendes Fohlen.«

»Das meine ich nicht, Seb, und das weißt du. Männer wie

der Prof. neigen dazu, äußerst moralisch zu denken. Sie mögen es nicht, wenn ihre ›Integrität‹ kompromittiert wird.« Sie betonte das Wort sarkastisch. Integrität war etwas, woran Caroline Shipp genauso wenig glaubte wie an die Zahnfee; aber sie wusste auch, wie wichtig die Zahnfeegeschichten waren, wenn man kleine Kinder zum Zahnarzt bekommen wollte.

»Irgendwann werden wir ihnen natürlich mehr erzählen müssen«, bemerkte Caroline.

»Irgendwann? Ja. Aber erst einmal möchte ich sehen, was sie ohne weitere Informationen rausbekommen. Hast du die Bücher des Professors gelesen? Falls nein, solltest du das einmal nachholen. Er hat ein geradezu unheimliches Talent, die Dinge aus mehr als nur aus einer Perspektive zu sehen – ein gefährliches Talent, wenn man nicht aufpasst.«

»Ja, bei uns käme dieses Denken wohl nicht so gut an.«

Delahaye schaute sie an. Er war nicht sicher, ob das scherzhaft gemeint gewesen war oder nicht. »Komm schon, C. Du weißt, wie aufgeschlossen ich bin. Sagen wir einfach, ich mag es, wenn unsere Leute wissen, wo sie stehen. Und wir wissen das auch gerne. Aber um ehrlich zu sein, bin ich mir bei dem guten Professor und seiner Freundin nicht so ganz sicher. Finden wir es also heraus. Behalten wir sie im Auge. Ich mag keine Überraschungen.«

»Wie weit willst du gehen?«

»Also wirklich, C, du kennst mich doch. Das volle Programm, Darling, das volle Programm. Kontenbewegungen, Schulden – das kann man sogar herausfinden, ohne Spion zu sein –, Handyverbindungen, erst einmal nur die Nummern und wem sie gehören, E-Mail-Verkehr – lassen wir uns sicherheitshalber Transscripts kommen –, oh, und eine Googlesuche. Ich bin wohlgemerkt nicht an irgendwelchem Schweinkram interessiert, nur an Sachen, die für uns relevant sind. Das gilt natürlich für beide.«

»Ist das alles, Wilco?«

»Im Augenblick, ja.« Er zögerte kurz. »Fällt dir noch etwas ein?«

»Zumindest nicht auf Anhieb.«

»Nun, falls doch, mach es einfach. Deswegen musst du nicht extra zu mir kommen.«

»Ist es sinnvoll, eine Telefonüberwachung zu beantragen?«

Delahaye hob automatisch die Augenbrauen.

»Vor allem, da sie ja wohl zu den Guten gehören«, fügte Caroline fast entschuldigend hinzu.

»Ich denke, im gegenwärtigen Stadium müssen wir die Gerichte nicht mit so etwas belästigen. Ich meine, solange sie zu den Guten gehören, haben wir ja auch keinen Grund dafür, oder? Und wenn nicht … Nun, bis jetzt habe ich noch keinen Innenminister kennengelernt, der Vorbehalte gehabt hätte, so etwas rückwirkend zu genehmigen, besonders nicht, wenn es im ›nationalen Interesse‹ liegt.«

»Verstanden, *El Commandante.*«

»Sehr witzig. Das wäre es fürs Erste, Caroline.«

Mit bemerkenswertem Geschick machte sie auf ihren Pfennigabsätzen kehrt und ging in Richtung Tür. Dabei war sie sich durchaus bewusst, dass ›Seb‹ Delahaye ihr auf den Hintern starrte.

»Oh, und C… noch etwas.«

Caroline blieb kurz stehen, drehte sich jedoch nicht um; doch da Delahaye offenbar nicht weiterreden wollte, bevor sie das tat, wandte sie sich ihrem Boss abermals zu und schenkte ihm ihr spezielles Lächeln.

»Ich denke, ein wenig Manpower wäre auch nicht schlecht.«

»Ein Observationsteam? Wenn du wirklich irgendeinen Verdacht gegen sie hegst, warum hast du sie dann überhaupt an Bord geholt?«

»Nein, nein, das ist es nicht – jedenfalls nicht nur. Es ist nur … Irgendetwas stinkt an der ganzen Sache, und falls wirklich irgendwelche Kameltreiber dahinterstecken, könnten wir ihr Leben in Gefahr bringen.«

»Und das willst du nicht?«

»Was hast du eigentlich für eine Meinung von mir? Nein, das will ich definitiv *nicht!*« Erneut zögerte er kurz. »Zumindest nicht jetzt schon.«

Carolines Lächeln verwandelte sich in eine Grimasse.

»Setz ein paar gute Jungs darauf an«, fuhr Delahaye fort. »Simon Maudesleys Bande, vielleicht. Ach, am besten sag Si, er soll sich selbst darum kümmern. Ich weiß, wo er herkommt, und wir brauchen jemanden wie ihn dafür. Kümmere dich bitte sofort darum.«

Caroline holte ein Handy aus ihrer Tasche und klappte es auf.

*

»Und? Was denkst du?«, fragte Marcus Nazreem, als sie in Westminster den Aufzug zur Jubilee Line hinunter nahmen.

»Was meinst du damit?«, entgegnete Nazreem, deren Blick an den Überresten alter Tudorbalken gehaftet hatte, dem Skelett eines älteren London, das noch immer unter der modernen Metropolis verborgen lag.

»Ich meine, dass wir für solche Leute arbeiten, wenn auch nur in beratender Funktion.«

Nazreem zuckte mit den Schultern. Ihr ganzes Leben war

von Kompromissen geprägt gewesen, und das in Situationen, die sie Marcus noch nicht einmal ansatzweise erklären konnte. »Wenn es die Situation verlangt«, erwiderte sie. »Ich meine, falls es wirklich eine Bedrohung geben sollte, was können wir sonst tun? Und wenn es hilft …« Sie ließ ihre Stimme verhallen.

»Ich weiß es nicht«, sagte Marcus, als der Aufzug unten ankam und sie durch die geschäftige Station zum Nordbahnsteig gingen. Die Rushhour hatte eingesetzt, und die ersten Pendler hatten sich die Kopfhörer ihrer iPods ins Ohr gesteckt oder lasen in den Abendzeitungen, die sie sich gerade an einem Stand geholt hatten. Wieder einmal fiel Marcus die kosmopolitische Natur des modernen London auf, die Hautfarben, die Akzente und die Sprachen aus aller Herren Länder: Afrikaner, Kariben, Inder, Pakistani, Sikh; dazu ein paar amerikanische Geschäftsleute in schicken Anzügen, die viel zu laut über die Büromieten in Canary Wharf diskutierten. Ein australisches Paar tauschte sich über die besten Pubs aus, und chinesische Touristen plapperten in Mandarin oder Kantonesisch. Japanische oder vielleicht südkoreanische Frauen eilten in Nadelstreifenröcken umher, und schließlich war da noch ein ganzer Haufen weißer, angelsächsisch-keltischer Briten, vom großen, schweigsamen Typ, der vermutlich irgendwo in White Hall arbeitete und es für unanständig hielt, in der U-Bahn zu reden, bis hin zu Angehörigen der Unterschicht in alten Trainingsanzügen, die sich in der Nase bohrten und im Takt der Musik aus ihren Walkmen mit dem Kopf wackelten.

»Was genau macht dir eigentlich solche Sorgen?«, fragte Nazreem leise und hob den Blick. Die orangefarbene Anzeige über ihnen verkündete die Ankunft des Zugs Richtung Stanmore in einer Minute.

»Irgendetwas ist komisch an dem Mann. Es ist, als hätte er Augen im Hinterkopf – und dem jedes anderen.«

Nazreem lächelte und zog Marcus an der Hand.

»Du bist einfach nur paranoid«, sagte sie.

Die junge Halbasiatin, die sich mit einem Exemplar der kostenlosen U-Bahnzeitung neben sie drängte, faltete ein Sudokurätsel auf und lächelte, als wolle sie sagen: »Männer!«

8

Es war Magie. Schwarze Magie.

Ein Brüllen freudigen Schreckens ging durch die erwachsenen und kindlichen Zuschauer gleichermaßen, als die Lichter verloschen und ein finster dreinblickender Charakter mit einem chinesischen Kulihut auf die abgedunkelte Bühne schlich. Er folgte einem unschuldigen Jüngling, der mit großen Augen in die aufgeregten Gesichter der ersten Reihe starrte.

Donnergrollen tönte aus den Lautsprechern, die in den dunkelgrünen Dschungelblättern der Bühnendekoration versteckt waren, und ein blauer Theaterblitz enthüllte die böse Gestalt just in dem Augenblick, da sie einen großen Stein hob, um ihn dem jungen Mann auf den Kopf zu schlagen.

»Hinter dir!«, schrien die Zuschauer im Chor. Der finstere Charakter im Hintergrund hob den Finger vor die drohend gefletschten Zähne, während sein ahnungsloses Opfer blöde von einer Seite zur anderen schaute.

»Hinter dir!«, schrie das Publikum erneut, und jene in der ersten Reihe gestikulierten wild. Auf dem unschuldigen, schlichten Gesicht zeigte sich ein erster Hauch von Verdacht. Langsam drehte der Jüngling sich um, doch der Bösewicht drehte sich mit ihm und verbarg den Stein rasch unter einem fließenden Gewand.

»Seht ihr? Ich habe euch doch gesagt, dass niemand hinter mir ist«, wandte Aladin sich ans Publikum und setzte ein übertrieben selbstbewusstes Lächeln auf.

»Doch, da ist wer!«, bellten die jüngsten Zuschauer zurück. Sie schrien aus vollem Halse, und die Erwachsenen stimmten in den Ruf mit ein und lachten einander an, um ihre Verlegenheit zu verbergen.

»Nein, da ist niemand!«, widersprach Aladin und schüttelte energisch den Kopf mit den langen Zöpfen, während der Bösewicht hinter ihm drohende Gesten in Richtung Publikum machte.

»Doch, da ist wer!«

»Nein, da ist nie…!«, begann Aladin, und bevor das Publikum die vertraute Antwort geben konnte, ließ der Bösewicht den Stein auf Aladins Kopf krachen. Die Lichter verloschen, und ein elektronisch verstärktes, böses Lachen hallte über die Köpfe der Zuschauer hinweg.

Das gab den Erwachsenen Zeit, nervös gewordene junge Kinder zu beruhigen. Einige husteten, andere stampften mit den Füßen, und eines heulte zum Beweis, dass sein Elternteil beim Trösten versagt hatte. Dann gingen die Lichter wieder an, und eine grotesk üppige weibliche Figur in einem blauen Kleid mit großen weißen Flecken, plüschigen Clownpantoffeln und strohblonder Zopfperücke erschien. Über ihrem Kopf verkündeten chinesisch gestylte Lettern auf einem grünen Schild: ›Witwe Nases Washeteria. Bei uns ist alles sauber, Witze eingeschlossen‹. Mit übertriebenem Genuss tauchte sie in einen riesigen Waschzuber, stieg wieder hinaus, stemmte die Hände in die Hüfte und erklärte im offensichtlichen Falsett eines männlichen Komikers in Frauenkleidern: »Oooh, ich bin ja sooo aufgeregt!«

Das Lachen wich Kichern, als die falsche Dame ihren umgeschnallten Busen schüttelte und mit einem ihrer riesigen Pantoffeln einem Mädchen mit langen schwarzen Zöpfen in den Hintern trat. »Los, Wischiwaschi! Geh und hol die Wunderlampe deines Bruders, und sieh zu, dass du aus seinem Freund, dieser heißen Luft von einem Dschinn, etwas herausbekommst!«

Das Mädchen nahm eine orientalische Lampe und schaute sie an, als versuche sie, ihr Spiegelbild in dem matten Metall zu erkennen.

»Nicht so, du dummes Ding. Du musst sie reiben. Mach schon! Reib fester! Fester, hab ich gesagt! Du musst richtig hart reiben, wenn er kommen soll. Ach, gib her!« Eine Schnute in Richtung Publikum. »Das bedarf der zarten Hand einer echten Frau.«

Raues Lachen, gemischt mit verlegenem Kichern, ging durch die Reihen der erwachsenen Zuschauer. In der vierten Reihe drehte Nazreem Hashrawi sich um und warf Marcus Frey einen fragenden, anzüglichen Blick zu. Marcus schien jedoch genauso ahnungslos wie all die Kinder um ihn herum, die offenen Mundes auf die Bühne starrten, als mit lautem Knall und aus einer Rauchwolke ein korpulenter Mann mit nacktem Bauch erschien. Mit pinkfarbenen Slippern, bauschiger Hose und orangefarbenem Turban stand er plötzlich mitten auf der Bühne.

»Oooh, das kam ein wenig unerwartet!«, schrie er mit übertrieben tuntenhafter Stimme und tupfte sich die Stirn mit einem leuchtend pinkfarbenen Taschentuch ab.

»Nicht halb so unerwartet wie die Abreibung, die dir blüht, wenn du nicht deinen komischen Finger ausstreckst und das Waschen für mich erledigst«, erwiderte die Witwe Nase, krempelte die gepunkteten Ärmel auf und enthüllte muskulöse Unterarme.

Nun hatte niemand mehr Hemmungen zu lachen. Erwachsene und Kinder grölten förmlich vor Freude, als die Witwe Nase die Zunge durch die lächerlich rot geschminkten Lippen schob und auf den Korb Kleider deutete, die angeblich gewaschen werden mussten.

»Aber das ist eine niedere Arbeit, und ich bin doch der Dschinn, der Geist aus der Lampe«, protestierte die überzogene Figur mit dem Turban.

»Dschinn ist schon ein ziemlich komischer Name für einen Kerl, das muss ich gestehen; aber das ist noch gar nichts im Vergleich zu den Namen, die ich dir geben werde, wenn du dir einen meiner Schlüpfer klaust.«

Nun lachten Eltern und Kinder gemeinsam.

»Und was dich betrifft«, quiekte Witwe Nase, stemmte die Hände in die breiten Hüften und drehte sich zu der kleinen Gestalt mit den Zöpfen um. »Schnapp dir die Bürste und schrubb den Boden, bis ich mein schönes Gesicht darin sehen kann.«

Wieder ging ein kindliches Lachen durch den Zuschauerraum, verstärkt von erwachsenem Kichern, als die brave Witwe eine lächerliche Miene aufsetzte, sich zum Publikum umdrehte und mit lautem Bühnenflüstern erklärte: »Das ist das Einzige, wozu sie gut ist: jemandem einen zu schrubben!«

In der vierten Reihe drehte Nazreem sich mit ungläubigem Gesichtsausdruck zu Marcus um und formte mit den Lippen: »Ist das nicht obszön?«

Marcus erwiderte ihren Blick, legte einen Finger auf die Lippen und flüsterte: »Schau sie dir an.«

Nazreem ließ den Blick durch den vollgepackten Zuschauerraum des kleinen Theaters wandern und sah die Reihen voller strahlender, kleiner Gesichter. Die Kinder hüpften förmlich vor Freude, als die ›Dame‹ auf der Bühne zwischen ihre gewaltigen

Brüste griff und fragte: »Und? Wer will was von meinen Süßigkeiten?«

Binnen weniger Sekunden war das ganze Theater ein einziges Chaos. Die Kinder sprangen auf und ab, und ein Wald winziger Hände wurde in die Höhe gereckt, als die Witwe Nase einen riesigen Beutel voller Karamellen hervorholte und sie in die Menge warf.

»Pass auf!«, rief Marcus, als die Süßigkeiten auch in ihre Richtung flogen. »Autsch!«, sagte er. Ein hartes Bonbon war an seinem Kopf abgeprallt und von dem strahlenden zehnjährigen Mädchen hinter ihm gefangen worden.

»Danke, Mister.«

»Gern geschehen.«

Nazreem lachte in sich hinein. Das war typisch Marcus: im einen Moment so aufgeblasen und im nächsten ganz klein. Tatsächlich war das eines der Dinge, die sie so an ihm mochte. Instinktiv drehte sie sich zu ihm herum.

»Oooh!« Die Witwe Nase hatte von der Bühne aus entdeckt, dass Marcus sich den Kopf rieb. »Tut mir leid, Süßer. Das war wohl ein bisschen hart, oder? Macht nichts. Ich mag die harten auch lieber. Damit hat man länger Spaß. Sag das auch deiner Freundin, ja?«

Die eine Hälfte der erwachsenen Zuschauer brach vor Lachen zusammen, während die andere, einschließlich Marcus, versuchte, die Verlegenheit zu verbergen. Währenddessen krochen die Kinder noch immer auf der Suche nach Beute auf dem Boden herum oder stopften sie sich bereits in den Mund. Nazreem starrte einfach nur nach vorne, als hätte sie eine Ohrfeige bekommen.

»Tut mir leid«, sagte die groteske Dame noch einmal und grinste spöttisch, bevor sie abermals in ihr üppiges Dekolletee griff und eine weitere Wurfladung Süßigkeiten für die Kinder hervorzauberte.

Erst später, als sie wieder draußen waren und die Beaumont Street überquerten, wo das Licht der Laternen sich auf den korinthischen Säulen des Ashmolean Museums spiegelte, kam Nazreem auf das Thema zurück.

Sie hakte sich bei Marcus unter und sagte: »Erstaunlich! Wirklich erstaunlich!«

»Oh, ich weiß nicht«, erwiderte Marcus, um sie aus der Reserve zu locken. »Es war gut, aber nicht *so* gut.«

Nazreem blieb mitten im Schritt stehen. »Gut? Es war schrecklich! Grotesk! Unanständig! Schier … schier … schier …« Ihr fehlten die Worte.

»Schier unglaublich fremdartig ist wohl der Begriff, den du suchst. Ich gebe gerne zu, dass man in der modernen arabisch-muslimischen Kultur nichts Vergleichbares findet.«

»Kultur!« Sie spie das Wort förmlich aus. »Marcus, das war ja schon Pornografie. Diese Dinge, die die Leute gesagt haben … So viel davon hatte eine sexuelle Bedeutung, oder? Und das vor Kindern?«

»Nun, ja und nein. Ich meine, ja, teilweise war es wohl ein wenig schlüpfrig; aber das ist genau der Grund, warum ich es genossen habe. Das ist eben die Tradition des englischen Weihnachtsspiels: unzüchtig und unverfänglich zugleich.«

»Das verstehe ich nicht. Was meinst du mit ›zugleich‹?« Nazreem hatte sich nicht länger bei ihm untergehakt, sondern ging mit vor der Brust verschränkten Armen.

»Ich meine: Es war nicht eindeutig. Noch nicht einmal für dich. Ein, zwei Anspielungen hast du anfangs gar nicht registriert. Erst nach und nach hast du die Blicke bemerkt, die die Worte begleitet haben, und du darfst nicht vergessen, dass es die Abendshow war; bei der Matinee hätte man sich zurückgenommen. Wie gesagt«, er konnte sich ein schelmisches Grinsen nicht verkneifen, »erst später, als du geglaubt hast, es werde persönlich …«

»Marcus, egal, wie du es rechtfertigen willst, diese … diese ›Show‹ war einfach nur obszön, unanständig und beleidigend. Ganz zu schweigen von dieser Flut an rassistischen Vorurteilen!«

Marcus ließ die Arme hängen und seufzte. Sie hatten das Ende der Beaumont Street erreicht, überquerten die Straße bei St. Giles und setzten ihren Weg unterhalb der alles beherrschenden Mauern von Balliol fort. Eine kleine Überwachungskamera hoch über ihnen war der einzige Hinweis darauf, dass sie sich im 21. Jahrhundert befanden.

Die Menge, die mit ihnen aus dem Playhouse gekommen war, löste sich rasch auf. Einige gingen zum Parkplatz von St. Giles, andere zu den Bushaltestellen unten am Cornmarket und wieder andere in Gruppen zu den Pubs auf der Broad Street, dem gemütlichen kleinen *White Horse* oder dem großen, von Studenten bevölkerten *King's Arms.* Heute Abend würde er Nazreem wohl nicht zu einem Pint überreden können, dachte Marcus.

»Das ist so typisch für dieses Land, in dem niemand auf andere Kulturen Rücksicht nimmt!« Nazreem war einer Tirade nahe.

»Ich verstehe dich schon«, sagte Marcus, »aber so, wie die Zweideutigkeiten an den Kindern vorbeigehen, so sind auch die rassistischen Stereotypen einfach nur absurd. Es sind Karikaturen. Ich weiß, dass heutzutage viele sagen, diese Art des Schauspiels sei überholt – und in vielerlei Hinsicht ist es das auch –, aber wir dürfen es mit der *political correctness* auch nicht übertreiben, sonst wird das zum Bumerang. Ich meine, trotz des obszönen Humors wäre es doch ein wenig weit hergeholt, das Ganze als Angriff auf die Geschichte und Kultur des Islam zu sehen, oder?«

Nazreem blieb erneut kurz stehen und sagte: »Natürlich. Darüber habe ich auch gar nicht nachgedacht. Aber es ist schon seltsam, oder? Ich meine, es spielt in China. Die dummen Namen – Wischiwaschi, Witwe Nase – und dazu noch die spitzen Hüte.«

»Kulihüte.«

»Ja, ich meine, es gab weder *Kufiyas* noch sonst irgendwelche arabische Kleidung. Selbst der *Dschinn,* der Geist ... Er hat einen Turban getragen wie ein Sikh oder ein Perser auf Bildern aus der alten Zeit der Sultane.«

»Tatsächlich gab es in dieser Version mit Ausnahme des Namens Aladin überhaupt nichts Arabisches. Das Stück hatte nicht im Entferntesten etwas mit dem Islam zu tun, egal ob alt oder modern. Ich nehme an, es hatte auch nicht das Geringste mit der Geschichte von Aladin zu tun, wie du sie in deiner Kindheit als Teil der klassischen arabischen Literatur kennengelernt hast, oder?«

»Nein, gar nichts. Als Kind habe ich die Geschichte übrigens *nicht* gekannt. Sie ist im Westen weit berühmter als bei uns. Nicht viele Araber lesen so etwas. Allein die Sprache ist heute schon deutlich anders.«

Marcus lächelte vor sich hin. »Ja, das habe ich mir schon gedacht«, sagte er.

»Aber dieses Weihnachtsspiel ... Ist es nur Zufall, oder hatte es wirklich gar nichts mit dem zu tun, was Delahaye von dir – uns – untersucht haben will?«

»Nein, natürlich nicht. Darüber kann man bestimmt keine Einsicht in den islamischen Fundamentalismus gewinnen. Aber es war trotzdem interessant. Es hat mich dazu gebracht zu überlegen …«

»Was zu überlegen?«

Marcus zögerte eine Minute. Sie hatten inzwischen das Ende der Broad Street erreicht, und ein kalter Wind pfiff durch die freien Räume zwischen den formvollendeten Werken klassischer Oxfordarchitektur, der Bodleian Library aus dem 15. Jahrhundert und Christopfer Wrens Sheldonian Theatre. Mittlerweile waren sie fast allein auf der Straße. Wie Marcus erwartet hatte, waren nur wenige Zuschauer nach dem Theater ins *White Horse* gegangen. Er blieb stehen und packte Nazreem so sanft er konnte am Arm, sodass sie fast in einen Kerl mit Wollmütze gestoßen wäre, der zum Schutz vor dem Wind den Mantelkragen hochgeschlagen hatte; vermutlich war er zum *King's Arms* unterwegs.

»Sieh dir zum Beispiel einmal das an«, sagte Marcus und deutete zu den großen, bärtigen Steingesichtern hinauf, die auf Säulen um das Sheldonian und das angrenzende History-of-Science-Gebäude standen. »Ursprünglich stammen sie aus dem siebzehnten Jahrhundert, sind aber häufig restauriert worden. Traditionell kennt man sie als die ›römischen Kaiser‹.«

»Und? Ich verstehe nicht, was das …«

»Nun, das ist genau das, was sie *nicht* sind. Ruf dir einmal sämtliche Büsten römischer Kaiser ins Gedächtnis zurück, die du je gesehen hast. Fast alle sind glatt rasiert. Nur wenige von Bedeutung, wie Marc Aurel oder Julian Apostata, haben Bärte getragen.«

»Und wer ist das dann?«

Marcus zuckte mit den Schultern. »Viele amerikanische Touristen, die hierherkommen, sehen gerne die Apostel in ihnen. Es sind ein Dutzend Köpfe, und die meisten Colleges von Oxford waren religiöse Gründungen; also denken sie, das passt einfach. Aber ich nehme an, das ist nur Wunschdenken. Die Universität mag ja Gelder der Kirche genommen haben, aber sie war stets ein Zufluchtsort für Freigeister.

Obwohl es niemand mit Sicherheit weiß, ist die wahrscheinlichste Erklärung, dass es sich um griechische Philosophen handelt – Sokrates, Aristoteles, Platon und so weiter –, und damit lässt sich sogar eine Verbindung zu den vermeintlichen ›Kaisern‹ herstellen. Zwei der Bärtigen – Marcus Aurelius und Julian – betrachteten sich selbst als Philosophen; der Bart war so etwas wie ein Markenzeichen.«

»Wie lange Haare bei einem Hippie?«

»Genau … mehr oder weniger jedenfalls.«

»Warum haben sie dann alle so einen merkwürdigen Ausdruck auf dem Gesicht? Sie sehen aus, als hätten sie sich gerade an einem Kirschkern verschluckt.«

»Nun«, antwortete Marcus, »die christliche Theorie ist, dass die plötzliche Erkenntnis der göttlichen Wahrheit sie alle in Erstaunen versetzt hat.«

»Und die andere Theorie? Ich nehme an, es gibt eine.«

»Ja, und die scheint mir die richtige zu sein. Sie staunen wirklich, nur nicht über Gott, sondern über die Dummheit der Oxfordstudenten und die Arroganz jener, die sie lehren.«

Nun lachte Nazreem. Marcus hatte das sich rasch bildende Eis zum Schmelzen gebracht. »Aber weshalb lässt all das dich an Aladin denken?«, fragte Nazreem.

»Es erinnert mich nur daran, dass die Dinge nicht immer das sind, was die Menschen haben wollen. Und wenn du das glaubst, kann dich eine unangenehme Überraschung erwarten.«

9

Er hatte beobachtet, wie sie aus dem Theater gekommen waren. Er hatte sich mit unter die Menge gemischt, die auf die Beaumont Street hinausgeströmt war. Das Gelände war ihm unvertraut, aber er kannte seinen Job, und er hatte kein Problem, mit der Menge zu verschmelzen. Auch war es von Vorteil, dass sie die Straße überquerten, um für sich zu sein, während er bei den anderen blieb. Er beobachtete, wie sie seinen Arm nahm. Nicht einmal kam ihnen der Gedanke, sich umzuschauen und sich zu fragen, ob die anderen sich ihrer Existenz bewusst waren, so versunken waren sie ineinander – oder zumindest sah das für ihn so aus. Nicht, dass er je solche Intimität für sich selbst gekannt hätte. Gott verhüte! Immerhin war er nicht verheiratet und würde das auf absehbare Zeit auch nicht sein.

Er beobachtete, wie sie an dem seltsamen Denkmal in der Mitte der breiten Kreuzung am Ende der Straße vorbeigingen und sich einen Weg zwischen den Wagen hindurch suchten, die an der Ampel warteten. Er sah zu, wie sie an der alten Kirche mit den bröckelnden schwarzen Mauern vorbeigingen, und er bemerkte, dass sie seinen Arm losließ und beide eine Weile getrennt weitergingen und erregt miteinander redeten. Er fragte sich, ob sie wohl einen Streit hatten, ob sie ihn vielleicht tadelte, doch dann rückten sie wieder zusammen. Sie hakte sich bei ihm unter, und gemeinsam gingen sie die Straße hinunter, vorbei an dem stinkenden Pub zu ihrer Linken, aus dem Betrunkene stolperten. Und er lächelte in dem Wissen, dass die Art, wie sie ihre Sinne ignorierten, seinen Job umso einfacher machte.

Er beobachtete, wie sie auf die Straße hinaustraten, die man die Broad Street nannte, und er bemerkte, dass sie in der Tat sehr breit war. Solche Dinge schmeichelten dem, was er als seinen klaren, logischen Verstand betrachtete. Auf der Straße waren keine Autos zu sehen; wie so viele andere im Stadtzentrum auch, war sie für Kraftfahrzeuge verboten. Auch das gefiel ihm, wenn die Fußgänger die Straße zurückeroberten, zumal es seine Aufgabe ebenfalls erleichterte. So konnten sie nicht einfach in ein Taxi springen und ihn zwingen, sie wie in den alten, schlechten amerikanischen Filmen zu verfolgen. Nein, sie würden den ganzen Weg zu Fuß gehen. Allerdings war es auch nicht mehr weit bis zu dem Zimmer, das sie sich hinter den hohen Mauern des uralten Colleges teilten.

Oder waren es mehrere Zimmer, Plural? Er hatte Geschichten gehört, dass diese Oxforddozenten in großer Pracht lebten, mit Dienern und Zimmerfluchten, so groß wie in schicken Stadtwohnungen. Allerdings wusste er nicht, ob das auch für dieses College im Allgemeinen und diesen Mann im Besonderen zutraf. Was er jedoch kannte, war die Art, wie er sie anschaute, wie sie ihn anlächelte, wenn sie seinen Arm nahm, und wie besitzergreifend er den Arm um sie legte, als wäre sie seine Frau. Es fiel ihm leicht, sich vorzustellen, wie der Mann sie lustvoll zu sich aufs Bett zog. Wie er sie entkleidete, und das nicht nur mit den Augen, sondern mit den Händen ... O ja, das konnte er sich nur allzu gut vorstellen.

Doch nun waren sie erst einmal wieder langsamer geworden. Natürlich hätte auch er langsamer werden und sich unter die nach Bier und Wein stinkenden Leute vor dem Pub mischen können; aber das wollte er nicht. Außerdem war er in Gedanken woanders gewesen. Dadurch war er so dicht zu ihnen aufgeschlossen, dass er nun nicht mehr stehen bleiben konnte. Ihm blieb nichts anderes übrig, als an ihnen vorbeizulaufen und die Beschattung später fortzusetzen. Tatsächlich hatte der Mann so abrupt angehalten, dass er fast in sie hineingelaufen wäre, und das wäre schlecht gewesen, *richtig* schlecht. Also tat er das Einzige, was er unter den Umständen tun konnte: Er atmete tief ein, duckte sich zur Seite weg und eilte zu dem Pub auf der anderen Seite der Straße.

Obwohl er die Atmosphäre, den Gestank und die volltrunkene Feierei hasste, sah er sich gezwungen hineinzugehen. Eine schnatternde Schar von Studenten stand unweit der Tür und wankte betrunken. Kaum war er hereingekommen, da sprachen sie ihn auch schon an und zogen ihn in ihre Ausschweifungen hinein. Er zwang sich zu einem Lächeln, wimmelte sie aber ab und schob sich durch die schwitzende, dumm grinsende Masse. Vorbei an wie Huren gekleideten Frauen und Männern, die kaum noch stehen konnten, bahnte er sich einen Weg zur Hintertür. Kaum war er wieder draußen, atmete er erst einmal tief durch und genoss die klare, alkoholfreie Luft. Dann ging er wieder auf die Straße und bog nach rechts auf die Holywell Street ab. Der Name ließ ihn lachen. Das war ihr ›holy well‹, ihr ›heiliger Brunnen‹, dieser Pisspott voller Laster.

Vom Ende der Straße aus konnte er sie stehen und zu einer Gruppe großer Steinköpfe hinaufstarren sehen. Und dann gingen sie weiter, zum Glück nicht in seine Richtung. Aber das hatte er auch nicht anders erwartet. Wenn sie zu seinem College zurückgingen, dann mussten sie jetzt links die Straße nehmen, vorbei an der kreisrunden Bibliothek und hin zu dem hoch aufragenden Turm der University Church. Von dort aus würden sie dann auf die High Street einbiegen und zu dem

College des Mannes weitergehen, das sie gotteslästerlich All Souls nannten.

Er war dankbar dafür, dass sie genau das taten, was er erwartet hatte. Er wollte nicht wieder in zu engen Kontakt mit ihnen kommen. Zwar waren sie offensichtlich mit sich selbst beschäftigt gewesen; dennoch konnte er nicht sicher sein, dass sie ihn nicht vielleicht doch bemerkt hatten. In jedem Fall durfte er nicht riskieren, dass sie Verdacht schöpften, verfolgt zu werden. Deshalb schaute er nun auch aus der Ferne zu, wie sie offenbar zu dem Schluss gelangten, für heute Nacht genug gesehen zu haben, und den Weg zum College einschlugen.

Langsam, begleitet von dem anhaltenden Nieseln, das zu einem Schauer zu werden drohte, ging er auf dem gleichen Weg zurück bis zu der Stelle, wo das Paar stehen geblieben war und sich die Steinköpfe angesehen hatte. Warum?, fragte er sich. Und dann, plötzlich, stand er vor ihnen, schaute zu ihnen hinauf und zählte sie neugierig. Im selben Moment überkam ihn eine Erkenntnis. Eine Sekunde lang war er entsetzt wegen dieser Götzenbilder; dann hätte er angesichts der Poesie in ihnen fast gelacht.

Diese großen, bärtigen Köpfe mit den Adlernasen und dem erschrockenen Ausdruck auf den Gesichtern konnten nichts anderes sein als die heiligen zwölf Imame; nur dass Christen es gewagt hatten, sie darzustellen … Hier, entgegen den Gesetzen des Islam aus Stein gehauen, ragten unverkennbar die Bilder jener großen Lehrer auf, die auf den Propheten gefolgt waren, von seinem Vetter und Schwiegersohn Ali, dem ersten Mann, der zum neuen Glauben übergetreten war, bis hin zum geheimnisvollen zwölften Imam, dem Mahdi, geboren im dritten Jahrhundert nach der Flucht von Mekka nach Medina. Bereits in seinem fünften Lebensjahr hatte Gott ihn vor der Welt verborgen, auf dass er beim Jüngsten Gericht wieder zurückkehren und Gottes Königreich errichten möge.

Und dieser Tag, betete er, würde bald sein! Aber nicht bald genug für Nazreem Hashrawi!

10

Marcus saß allein auf seinem Stuhl, schaute voller Ehrfurcht zu der riesigen Gewölbedecke empor und staunte über das Können der alten Ingenieure, die vor fast zwei Jahrhunderten ihre Kathedralen der Technik erschaffen hatten. Marcus lehnte sich zurück und genoss den Anblick der prachtvollen Deckenkonstruktion. Gebäude wie dieses waren entworfen und gebaut worden, um Ehrfurcht und Staunen hervorzurufen, errichtet von Männern, die nicht von Zweifeln geplagt worden waren, sondern unerschütterlichen Glauben an sich selbst, ihr Land und an die Zeit besessen hatten, in der sie lebten.

Marcus hatte den Namen des Heiligen nachgeschlagen, dem dieser Bahnhof gewidmet war. Er war ein vierzehnjähriger römischer Junge aus dem dritten Jahrhundert gewesen, der geköpft worden war, nachdem er sich geweigert hatte, den heidnischen Göttern zu opfern. Sein seltsamer Name war griechischen Ursprungs und bedeutete in etwa ›der Allumfassende‹. In gewissem Sinne war das passend, obwohl es schon recht eigentümlich war, dass ein römischer Junge mit griechischem Namen heutzutage hauptsächlich als Namensgeber eines britischen Bahnhofs bekannt war. Das war Geschichte – Geschichte von jener Art, die man im Kopf behalten musste, wenn man die Bedeutung eines arabischen Märchens entschlüsseln wollte, das in China spielte.

Nichtsdestotrotz war St. Pancras die formvollendete Kathedrale des Eisenbahnzeitalters, ein Wunder viktorianischer Ingenieurskunst und neogotischer Architektur. Deshalb war es ja auch so eine Freude gewesen, als das Bauwerk im 21. Jahrhundert zu neuer Bedeutung gelangt war: als Bahnhof für den Hochgeschwindigkeitszug Eurostar aus Paris. Von der Bar, in der Marcus saß, konnte man auf den gesamten Gleiskörper hinuntersehen, durch den der Eurostar geräuschlos glitt.

Arbeiter auf beweglichen Gerüsten nahmen die Weihnachtsdekoration ab und ersetzten sie durch goldene Kronen und Bilder des lächelnden, neuen Königs. Der Mann, der nun zum Symbol der Nation werden würde, hatte nie wirklich damit gerechnet, den Job anzutreten, für den er sein ganzes Leben lang ausgebildet worden war – besonders nicht in einem Alter, in dem die meisten seiner Landsleute schon an den Ruhestand dachten. Würden all die Zweifel und Skandale, die ihn in der Vergangenheit begleitet hatten, nun unter den roten Teppich gekehrt werden? Der neue König hatte sich einem neuen Großbritannien verschrieben, einem multikulturellen Land, in dem jeder Glaube seinen Platz hatte. Doch in diesem Land gab es auch Menschen, die Emigranten ablehnend gegenüberstanden, und Emigranten, die den Einheimischen das verübelten.

Es fiel Marcus schwer, sich selbst und Nazreem nicht in diesem Kontext zu sehen: er, gebürtiger Südafrikaner, sie, Palästinenserin, und beide waren sie nun als Freiwillige vom britischen Geheimdienst rekrutiert worden. Es gab wohl kaum eine bessere Möglichkeit, seine Treue zu einem Land unter Beweis zu stellen, und doch … Wenn Marcus sich dieser Tage umschaute, fragte er sich, wem oder was genau er sich da eigentlich verschrieb. Er hatte ein gewisses Idealbild von Großbritannien, wie auch vom Rest Europas, aber die Welt veränderte sich schnell. Die Globalisierung sei unvermeidbar, hieß es überall. Aber war sie das wirklich? Und falls ja, bedeutete das nur Veränderung oder auch Konflikt?

Marcus blickte auf das Buch, das vor ihm auf dem Tisch lag: ein dickes Penguin-Taschenbuch von Tausendundeine Nacht, eine uralte Sammlung von Legenden in unbeholfenem modernem Englisch. Verbarg sich darin eine Botschaft? Eine nur halb verstandene Wahrheit über das Zusammentreffen unterschiedlicher Zivilisationen? Oder handelte es sich um irgendeinen Terroristencode? Marcus hatte sich anderthalb Tage lang in den Text vertieft, doch er wusste, dass er damit erst an der Oberfläche gekratzt hatte. Um die Geschichte von Aladin entschlüsseln zu können, mussten sie diese zu ihren Wurzeln zurückverfolgen, und dafür war der erste Schritt Paris. Dort konnten sie dann sogar zwei Fliegen mit einer Klappe schlagen: Sie konnten sich mit dem französischen Geheimdienstler treffen, der die seltsame Botschaft abgefangen hatte, und sie konnten sich die Manuskripte von Antoine Galland ansehen, dem neugierigen Minister am Hofe des Sonnenkönigs, der die Geschichte von Aladin und seiner Lampe überhaupt erst in den Westen gebracht hatte.

Marcus nahm den Blick von dem Cover, einer geprägten Darstellung der arabischen Prinzessin Scheherazade, und sah seine eigene Version dieses Bildes: Es winkte ihm von der anderen Seite des Geländes aus zu, die Augen in spöttischem Entsetzen angesichts der riesigen Skulptur aufgerissen, die vielen Leuten als Treffpunkt diente. Die Skulptur hieß ›Der Kuss‹; in Bronze gegossener Kitsch, zwei sechs Meter hohe Figuren, die einander umarmten. Sie versuchte, Nostalgie, Romantik und Glamour zu vermitteln, doch stattdessen wirkte sie in seinen Augen schlicht vulgär und hatte außer ›Schaut her! Hier bin ich!‹ gar nichts zu sagen. Als Fixpunkt für eine Verabredung eignete sie sich jedoch in der Tat hervorragend.

»Was, glaubst du, würden die Mullahs davon halten?«, fragte Marcus und gab Nazreem einen weit schicklicheren Kuss auf die Wange als den, den die beiden Riesenfiguren austauschten.

Nazreem lachte. »Vermutlich würden sie es als weiteren Beweis dafür nehmen, wie unverbesserlich der Westen ist.« Sie zog das Kopftuch zurück, das ihr Haar bedeckt hatte, ließ die langen rabenschwarzen Locken auf ihren Kragen fallen, setzte sich Marcus gegenüber und schlug die Beine übereinander. »Du hast dir ein wenig leichte Lektüre für die Fahrt gekauft? Ich glaube, heutzutage dauern die Reisen nicht mehr lange genug zum Lesen.«

Marcus schob ihr das dicke Taschenbuch über den Tisch hinweg zu. »Ich habe meine Hausaufgaben gemacht«, sagte er.

Ein Kellner trat an ihren Tisch, und Nazreem bestellte sich einen Espresso und ein Mineralwasser. Sie trank fast immer ein Glas Wasser zu dem starken schwarzen Kaffee, den sie bevorzugte – Marcus glaubte, dass dies eine der wenigen Gewohnheiten aus dem Nahen Osten war, die sie sich bewahrt hatte –, aber ihre Vorliebe für die italienische Kaffeevariante war noch relativ neu.

»Du kennst die Geschichte vermutlich auswendig, doch es wäre sicher nicht schlecht, wenn ich sie auch mal lesen würde«, sagte Marcus.

Nazreem sah ihn skeptisch an. »Ich dachte, ich hätte dir das klargemacht, Marcus. Abgesehen von diesem obszönen Weihnachtsspiel kenne ich von Aladin nur die Disney-Version. Du weißt schon … der Zeichentrickfilm mit dem Affen, dem fliegenden Teppich und Prinzessin Jasmin.«

Marcus lachte. »Hat da Robin Williams nicht den Geist gesprochen, der sich in Ed Sullivan und Elvis verwandelt hat?«

»Ja, genau. Als Kind war das einer meiner Lieblingsfilme. Wir haben ihn in einem Kino in Kairo gesehen.«

»So viel also zu deinen Spezialkenntnissen als Arabistin«, stichelte Marcus. »Aber egal …« Er warf Nazreem einen wissenden Blick zu, der ihr widerwillig das Lächeln aus dem Gesicht vertrieb. »Ich bin zu dem Schluss gelangt, dass wir Mr. Delahaye lieber ernst nehmen sollten – und ich nehme an, das *müssen* wir sogar, und zwar aus mehr als nur aus einem Grund. Da könnte es recht hilfreich sein, mir mal das Original zu Gemüte zu führen.«

»Ach, darum«, sagte Nazreem, nahm mehr als nur ein wenig skeptisch das Buch in die Hand und schlug es auf.

»Nicht wirklich. Das Problem ist komplizierter, als du vielleicht denkst. Allerdings ist das wohl der beste Ausgangspunkt, besonders für jemanden mit so schlechten Arabischkenntnissen, wie ich sie habe.«

Nazreem verzog das Gesicht, um ihm zu zeigen, dass er tiefstapelte; doch Marcus wusste, dass sie schlicht höflich war. Seine Arabischkenntnisse beschränkten sich auf ein paar Höflichkeitsfloskeln und den ein oder anderen Koranvers.

»Alf laila wa-laila«, versuchte er es.

»Tausendundeine Nacht.«

»Nicht schlecht, was? Wie auch immer … Die erste englische Übersetzung stammt von Sir Richard Burton.«

»Dem Filmschauspieler, der genauso viele Frauen hatte wie Heinrich der Achte? Für *so* alt hätte ich ihn nun doch nicht gehalten.«

Marcus lachte leise. »Nein, nicht der. Außerdem war der Waliser. Aber sein Namensvetter – wenn ich so darüber nachdenke, wären sie wohl ganz gut miteinander ausgekommen – war ein Playboy und Abenteurer, der im gesamten Empire herumgekommen ist und sich als so eine Art Renaissancemensch betrachtet hat. Er hat eine recht ausschweifende Version von Tausendundeine Nacht abgeliefert, die – um ehrlich zu sein – mehr ein Stück Pseudoanthropologie des neunzehnten Jahrhunderts als eine ernsthafte Übersetzung ist. Er hatte die Vorstellung, alle Araber seien homosexuell …«

»Was?«

»Schwule Päderasten. Auch du wirst zugeben müssen, dass sich davon tatsächlich eine Menge in diesen Geschichten findet. Und natürlich waren die Leute im Viktorianischen Zeitalter davon fasziniert.«

»Das ist wohl ein Produkt des britischen Schulsystems.«

»Vermutlich. Was ich eigentlich sagen wollte, ist, dass Burtons Version gemeinhin als ausgesprochen unzuverlässig betrachtet wird. Er hat einfach alle alten Geschichten zusammengeworfen, die er finden konnte. Was ich hier habe, ist eine englische Übersetzung des europäischen ›Originals‹, jener Version, die Antoine Galland aufgeschrieben hat, der französische Autor, der Tausendundeine Nacht Anfang des achtzehnten Jahrhunderts als Erster gesammelt und übersetzt hat.«

»Und wie authentisch ist das?«

»Das ist einer der Punkte, die ich in Paris herauszufinden hoffe. Dort haben sie den Originaltext, mit dem er gearbeitet hat. Ich habe mir das Buch hier geholt, um erst einmal die Grundlagen der Geschichte kennenzulernen und nicht immer nur auf die Disney-Version zurückgreifen zu müssen.«

Nazreem lachte. Der Kellner kam und brachte Nazreem Espresso und Wasser. Sie gab zwei Stück Zucker in den Kaffee, nippte vorsichtig an dem starken, süßen Gebräu, spülte mit Wasser nach und lehnte sich schließlich zurück, um Marcus weiter zuzuhören.

»Nun«, fuhr Marcus fort, »es wird dich überraschen zu hören, dass die Version, die wir in dem Weihnachtsspiel gesehen haben, dem Original näher ist, als du vielleicht glaubst. Disney mag Aladin ja nach Arabien versetzt haben, aber in Gallands Version ist er der Sohn eines Schneiders mit Namen Mustafa, der in der Hauptstadt eines ›chinesischen Königreichs‹ lebt.«

»Chinesisch? Wie deine Witwe Twankey?«

Marcus zuckte mit den Schultern. »Eine Menge davon scheint aus China zu kommen, auch wenn Mustafa nicht gerade ein chinesischer Name ist – und Aladin auch nicht, wenn er das bedeutet, was du sagst.«

Nazreem nickte. »Erhabenheit des Glaubens.«

»Genau. Und dann ist da noch die Sache mit dem ›ein chinesisches Königreich‹ anstatt einfach nur China. Natürlich gibt es keinerlei Hinweis darauf, wann all das hätte passiert sein können; andererseits ist es ja nur ein Märchen. Aber wie auch immer … Nicht lange nach dem Tod von Aladins Vater steht auf einmal dieser Wanderzauberer aus Afrika vor der Tür.«

»Aus Afrika? Das ist verdammt weit weg von China.«

»Ziemlich. Ich nehme allerdings an, dass es sich vermutlich um Nordafrika handelt. Marokko oder so.«

»Oder Ägypten.«

»Stimmt. Galland ist da in jedem Fall nicht sehr spezifisch. Zu Anfang jedenfalls nicht. Wo war ich? Ach, ja. Dieser Zauberer überzeugt Aladin davon, dass er der Bruder seines verstorbenen Vaters ist, und er gibt ihm ein paar Goldmünzen als Zeichen seines guten Willens.«

»Der freundliche Onkel.«

»Zu Beginn schon. Moment mal … Hast du das eigentlich auch als Kind immer gemacht?«

»Was gemacht?«

»Leute ständig unterbrochen, wenn sie dir eine Geschichte vorgelesen haben.«

»Ich weiß nicht, ob mir überhaupt je jemand eine Geschichte vorgelesen hat.«

Marcus wollte gerade sagen, das überrasche ihn nicht, doch Nazreems komplizierten Familienhintergrund wollte er im Augenblick lieber nicht erörtern.

»Die Mutter lädt den Zauberer also zum Abendessen ein, und er kommt mit Wein und anderen Köstlichkeiten.«

»Mit Wein? Dann ist er offensichtlich kein Muslim.«

Marcus funkelte sie in gespieltem Vorwurf an, weil sie ihn erneut unterbrochen hatte; aber er wusste, was sie meinte.

»Der Punkt ist«, fuhr er fort, »der Zauberer schleimt sich bei der Familie ein, überzeugt sie davon, dass er wirklich Aladins Onkel ist, kauft ihm schöne Kleider und sagt, dass er den faulen Jungen zu einem wohlhabenden Kaufmann machen könne. So weit, so gut. Dann, eines Tages, führt er Aladin in die Berge hinauf und in ein schmales Tal zwischen zwei fast gleich hohen Gipfeln. Dort machen sie ein Feuer, und der Zauberer wirft ein Pulver hinein. Plötzlich erscheint eine Tür im Feld. Der Zauberer erklärt Aladin, dies sei der wahre Grund, warum er den weiten Weg nach China gekommen sei, und nur er, Aladin, könne die Tür öffnen und den Schatz dahinter finden.«

»Das klingt ein wenig wie König Artus, der als Einziger das Schwert aus dem Stein ziehen konnte.«

»Ja, da hast du wohl recht.« Marcus zögerte kurz und schaute Nazreem seltsam an. »Wie kommt es, dass du diese Geschichte kennst, die von Aladin aber nicht?«

Nazreem nippte erneut an ihrem Espresso und sah Marcus über den Rand der Tasse hinweg an, als wäre er ein wenig dumm im Kopf. »Artus? Floh? Das Schwert im Stein? Ich habe dir doch gesagt, dass ich über eine solide Disney-Grundlage verfüge.«

»Jaja. Wie auch immer … Der Zauberer gibt Aladin also diesen magischen Ring, um ihn vor Gefahr zu schützen, und sagt ihm, er solle in die Höhle gehen und drei Kammern und einen magischen Garten durchqueren; dort werde er dann eine Lampe in einer Nische brennen sehen. Die soll er nehmen, das Öl ausgießen und sie rausbringen. Aladin tut, wie ihm geheißen, und er findet nicht nur die Lampe, sondern auch ein paar ungewöhnlich kleine bunte Steine. Doch als er versucht, wieder aus dem Loch herauszuklettern, bittet er seinen Onkel, ihm die Hand zu reichen und ihn rauszuziehen. Der Onkel sagt, Aladin solle ihm zuerst die Lampe geben, dann ginge es leichter. Aladin erwidert, die Lampe sei kein Problem; er werde sie ihm geben, sobald er wieder raus sei. Da wird der Onkel laut.«

»Aha! Also doch der böse Onkel.«

»Absolut. Wütend verlangt der Onkel die Lampe. Aladin weigert sich, und schließlich spricht der Onkel ein paar Zauberworte, und das Loch im Boden geht zu. Aladin ist eingesperrt.

An dieser Stelle informiert uns der Erzähler, dass der Zauberer doch nicht Aladins Onkel gewesen sei, sondern nur den Ort eines Objekts herausgefunden habe – der Lampe –, das seinen Besitzer zum mächtigsten Menschen auf Erden macht. Aladin weiß das natürlich nicht, und in seiner Angst reibt er den magischen Ring, den der Zauberer ihm gegeben hat. Plötzlich erscheint ein Geist, und …«

»Der Geist aus dem Ring? Ich dachte, er sei aus der Lampe gekommen?«

»Offenbar gibt es verdammt viele Dschinns. Aladin sagt ihm, er wolle aus der Höhle raus, und siehe da, die Erde öffnet sich für ihn. Er läuft nach Hause zu Muttern, zeigt ihr die alte

Lampe und erzählt ihr von dem bösen Onkel. Seine Mutter erwidert, sie sollten die Lampe verkaufen, um für das Geld Essen zu besorgen. Also putzt sie die Lampe, und *Puff!*, ist der nächste Geist da.«

»Robin Williams.«

»Ungefähr. Dieser Dschinn versorgt Aladin und seine Mutter mit Essen, serviert auf Silbertellern. Dann verkauft Aladin das Silber, wird aber von einem Juden betrogen, der ihm zu wenig dafür gibt.«

Nazreem hob die Augenbrauen.

Marcus fuhr fort: »Daraufhin befiehlt der Sultan …«

»Moment!«, unterbrach ihn Nazreem wieder. »Ich dachte, wir wären in China.«

Marcus zuckte mit den Schultern. »Der Sultan befiehlt, dass alle Geschäfte geschlossen werden und die Leute in ihren Häusern bleiben, weil die Prinzessin …«

»Jasmin!«

»Nun, im Original heißt sie eigentlich Badroulbadour, aber ich verstehe schon, warum Disney den Namen geändert hat.«

»Für dich mag das ja komisch klingen, aber im Arabischen ist es romantisch. Badroulbadour heißt ›Vollmond der Vollmonde‹.«

»Klingt ein wenig wie ›Mutter aller Schlachten‹, wie der alte Saddam immer zu sagen pflegte«, spottete Marcus. Nazreem runzelte die Stirn.

»Der Punkt ist«, fuhr Marcus fort, »dass die Prinzessin ins Bad will, und niemand darf sie zu Gesicht bekommen. Aladin will jedoch wissen, ob sie wirklich so schön ist, wie alle sagen, und so versteckt er sich hinter der Tür des Badehauses, weil das der einzige Ort ist, an dem er sie ohne Schleier sehen kann.«

»Ohne Schleier? Ich habe noch nie gehört, dass Chinesen

Schleier tragen. Außerdem … lässt die Tatsache, dass Aladin sich hinter der Tür versteckt, nicht vermuten, dass er mehr will als nur ihr Gesicht sehen? Dein Weihnachtsspiel war vielleicht doch nicht so falsch.«

Marcus lächelte. Der Gedanke war ihm auch schon gekommen. »Okay, Aladin, unser kleiner Spanner, sieht also, was er sehen will, und verliebt sich Hals über Kopf. Er läuft nach Hause und erklärt seiner Mutter, dass er beschlossen habe, die Prinzessin zu heiraten. Seine Mutter erwidert natürlich, das sei nicht ganz so einfach, wie er sich das vorstelle; immerhin sei sie eine Prinzessin und er nur der arme Sohn eines Schneiders. Um sich dem Sultan auch nur zu nähern, brauche er schon ein prachtvolles Geschenk für ihn.

Da holt Aladin die bunten Steine, die er in der Höhle neben der Lampe gefunden hat, und sagt seiner Mutter, das seien wertvolle Edelsteine. Sie gibt nun also die Steine dem Sultan, und der sagt zu ihrer Überraschung, Aladin könne die Prinzessin in drei Monaten heiraten.«

»Yeah!«, rief Nazreem.

»Aber nach zwei Monaten stellt sich heraus, dass der Großwesir ein falsches Spiel spielt und seinen eigenen Sohn mit der Prinzessin verheiraten will.«

»Buuuh!«

»Warte mal ab! Aladin kommt zu seinem Recht, indem er das Paar davon abhält, die Ehe zu vollziehen. Er befiehlt dem Geist, die beiden in ihrer Hochzeitsnacht zu ihm nach Hause zu bringen. Dann sperrt er den Bräutigam die ganze Nacht über in die Toilette, bevor er beide am Morgen wieder zurückbringt, ohne dass etwas passiert ist.«

»Du machst Witze!«

»Nope! Und in der nächsten Nacht tut er das Gleiche.«

»Die arme, alte Badroulbadour.«

Marcus lachte laut. Ihm war durchaus schon der Gedanke gekommen, dass diese absurde Märchenehe in mancherlei Hinsicht seiner eigenen Beziehung zu Nazreem ähnelte, und er fragte sich, ob sie wohl genauso dachte. Doch im Augenblick war das nebensächlich; es zählte nur das Funkeln in ihren Augen.

»Und?«, hakte sie nach. »Wie geht die Geschichte aus?«

»Oh, bis zum Ende ist es noch lange. Die Geschichte geht immer weiter und weiter. Der Erzähler hat noch jede Menge Prüfungen für unseren Helden in petto. In jedem Fall wird die Ehe schlussendlich für null und nichtig erklärt, und Aladin heiratet seine Prinzessin. Dann hört der böse Onkel von Aladins Glück und kehrt wieder zurück, um Rache zu üben.«

»Das ist die Sache mit ›Biete neue für alte Lampe‹. Daran erinnere ich mich.«

»Ja, genau. Wie ein moderner Versicherungsvertreter. Der alte Zauberer taucht auf, als Aladin gerade mal außer Haus ist, und bietet dessen Frau eine neue Lampe für die dreckige, alte an, die ja eh nur in der Ecke herumsteht. Sie geht auf den Handel ein, und bevor sie sich versieht, findet sie sich und den Palast, den Aladin für sie gebaut hat, in der afrikanischen Wüste wieder.«

»Marokko.«

»Oder Ägypten. Als er schon denkt, alles sei verloren, erinnert Aladin sich an den magischen Ring.«

»Der Reservedschinn.«

»In der Tat. Der sagt unserem Helden, er könne den Palast zwar nicht zurückholen, aber er könne Aladin dorthin bringen – ein wenig wie Mohammed, der den Berg dann doch nicht hat bewegen können, und zu ihm gehen musste.«

»Marcus!« Der warnende Unterton in ihrer Stimme war nicht zu überhören.

»Tut mir leid. Ich sehe das Ganze halt mehr von außen. Aladin wird also nach Marokko oder was weiß ich wohin gezaubert und findet die Prinzessin. Die tut dann so, als sei sie dem zweifelhaften Charme des Zauberers erlegen, träufelt ein paar K.-o.-Tropfen in seinen Wein, stiehlt die Lampe und gibt sie Aladin, der sofort alles rückgängig macht und sie nach China zurückbringt – oder wohin auch immer –, wo sie glücklich bis ans Ende ihrer Tage leben und er zum reichsten und berühmtesten aller Sultane wird.«

»Im Wesentlichen haben wir hier also eine Zauberlampe, die jedem, der sie besitzt, schier unglaubliche Macht verleiht, eine Liebesgeschichte und ein Abenteuer, das uns von China nach Marokko – vielleicht – und wieder zurück führt.«

»Ja. Oberflächlich zumindest.«

»Du glaubst, das Märchen hat noch eine andere, dunklere Bedeutung?«

»Offen gesagt«, antwortete Marcus und trank die letzten Tropfen von seinem Bier, »habe ich nicht die geringste Ahnung. Aber wir müssen zum Zug.«

Weniger als fünfzig Minuten später rauschten sie schweigend an den letzten, von Raureif überzogenen Feldern von Kent vorbei, während eine rote Sonne am wässrigen Himmel unterging. Dann erhaschten sie kurz einen Blick auf die große Tunnelbohrmaschine, die sich einst durch den weißen Kalkstein des Shakespeare Cliff gebohrt hatte und nun ein Museumsstück war, und schließlich ging es in die Dunkelheit des Kanaltunnels. Marcus fragte sich, ob sie an dessen Ende wohl ein Licht erwartete – wörtlich wie auch im übertragenen Sinne.

Die gleiche Frage ging auch den beiden Männern im Kopf

herum, die kurz vor der Abfahrt noch in den Eurostar gestiegen waren und nun an beiden Enden des Waggons saßen, in dem Marcus und Nazreem nichts ahnend die Fahrt genossen.

11

Das kleine Restaurant in der Rue de Commerce hatte schwere rote Samtvorhänge, und dunkle Mahagonitische standen in den von Wandlampen erhellten Alkoven. Die Lampen mit ihren dicken Stoffschirmen warfen ein sanftes Licht auf das massive Silberbesteck. Im Restaurant herrschte eine Atmosphäre des konservativen Selbstvertrauens, das immun war gegen kulinarische oder dekorative Moden. Marcus vermutete, dass man im *Le Boscquet* das Kommen und Gehen der Nouvelle Cuisine noch nicht einmal bemerkt hatte. Hier wurde die Vorstellung, dass London heutzutage als eines *der* gastronomischen Reiseziele galt, als exzentrische Entartung betrachtet, und Fusion Food war etwas, das man in den Kantinen von Kernkraftwerken servierte.

Eine große Frau mit hochtoupiertem blondem Haar, das künstlich verlängert zu sein schien, stand am Eingang; die Franzosen hätten von ihr gesagt, sie sei ›in einem gewissen Alter‹. Sie begrüßte Marcus und Nazreem kühl, als sei sie nicht an Laufkundschaft interessiert, vor allem nicht an Ausländern. Doch dann erklärte Marcus, dass sie hier mit Commissaire Thomson verabredet seien. Selbst mit ›Sesam, öffne dich‹ hätte er keine größere Wirkung erzielen können. Sofort wich der missbilligende, kalte Blick einem Lächeln, und die Frau führte das Paar zu einem Alkoven, wo ein Gast Platz genommen hatte und sich hinter einem Exemplar der *Le Monde* verbarg.

Kaum waren sie an dem Tisch angelangt, wurde die Zeitung

heruntergenommen, und ein schmales Gesicht mit Adleraugen und Adlernase erschien. Der Mann lächelte schief.

»Vos invités, Monsieur le Commisaire …«

»*Merci, Madame Cloison, merci*«, und dann wechselte der Mann ins Englische; er sprach mit nur einem Hauch von Akzent und dazu noch mit einem amerikanischen. »Ich freue mich, Sie beide kennenzulernen. Ich wünschte nur, die Umstände wären andere. Bitte, setzen Sie sich doch zu mir.«

Der Eurostar war pünktlich im Gare du Nord eingefahren, und nach einem Kaffee am geschäftigen Bahnhofsvorplatz, um sich zu akklimatisieren und Nazreem Gelegenheit zu geben, sich ihr Französisch ins Gedächtnis zurückzurufen, hatten sie ein Taxi zu dem Restaurant im 15. Arrondissement genommen. Delahaye hatte Marcus die Adresse notiert und ihm gesagt, dass ›der alte Georges Thomson‹ für einen ›Frosch‹ ungewöhnlich früh zu Abend esse, obwohl er ansonsten eher von der alten Schule sei. »Wenn er einen Laden aussucht, dann ist der auch gut«, hatte Delahaye erklärt. »Solide französische Hausmannskost, nicht so ein moderner Unsinn. Oh, und hören Sie gut zu, was er sagt. Er ist deutlich klüger, als er sich anmerken lässt.«

Daran zweifelte Marcus nicht. Delahaye hatte ihnen erzählt, ›der alte Georges‹ sei ein *Commissaire* in jener Behörde, die man bis vor kurzem noch die *DST* genannt hatte – *la Direction de la Surveillance du Territoire.* Seit Sommer 2008 war sie jedoch dem *Renseignements Généraux* angegliedert, dem Inlandsgeheimdienst, von dem linke Kritiker behaupteten, er gehe auf die Geheimpolizei des Sonnenkönigs zurück, während Kritiker aus dem rechten Lager ihn mit Robbespierres Terrorregime in Verbindung brachten. Die DST wiederum war 1944 von General de Gaulle im Londoner Exil gegründet worden. Kaum waren die französischen Truppen dann in ihrem Heimatland gelandet, hatte die DST Widerstandskämpfer und ehemalige Angehörige des Geheimdienstes rekrutiert, der von den Nazis aufgelöst worden war. Deren erste Aufgabe war gewesen, Nazikollaborateure aufzuspüren und zu entscheiden, wer von ihnen eine ernste Gefahr für die neue französische Republik darstellte und wer nur ein Mitläufer gewesen war. Das war keine leichte Aufgabe gewesen, das wusste Marcus. Die deutsche Besetzung Frankreichs von beiden Seiten zu betrachten, war eines seiner Lieblingsthemen, und amüsiert hatte er festgestellt, wie viel von ihrer Geschichte radikal neu geschrieben worden war. Viele Franzosen jener Generation hatten auf einmal behauptet, schon immer bei der Résistance gewesen zu sein, während sich natürlich nur eine Handvoll freiwillig zur SS-Division *Charlemagne* gemeldet hatte. Wenn man sich allerdings die deutschen Zahlen ansah, erzählten die eine ganz andere Geschichte. Und was auch immer man sonst über sie sagen mochte – die Nazis eingeschlossen –, Deutsche waren sehr korrekt, was Zahlen betraf.

Die neue, aus mehreren Diensten zusammengeschlossene DCRI sollte Frankreichs Antwort auf das amerikanische FBI sein. Marcus war sich bewusst, dass die französischen Dienste, besonders die alte DST, einen weit besseren Ruf als die oft selbstgefälligen britischen Dienste genossen, wenn es darum ging, beide Seiten einer Medaille zu betrachten. Vermutlich lag das daran, dass Großbritannien nie von einer fremden Macht besetzt gewesen war – außer natürlich von den Amerikanern, obwohl das gern übersehen wurde. In jedem Fall fragte er sich nun, ob Thomson diesem Ruf wohl gerecht werden würde.

»Ich hoffe, es ist Ihnen nicht zu früh zum Abendessen«, sagte Thomson und deutete auf die Speisekarten, die vor ihm auf dem Tisch lagen. »Die meisten meiner Landsleute betrachten acht Uhr fast schon als barbarisch, aber ich habe einen empfindlichen Magen. Wenn ich zu spät esse, kann ich nicht einschlafen. Außerdem neige ich dazu, mir abends ein Glas Wein zu genehmigen; das hilft auch nicht gerade. Natürlich weiß ich, dass es für Sie noch eine Stunde früher ist; aber vielleicht haben Sie spät zu Mittag gegessen?«

»Nein, nein«, antwortete Marcus. »Das ist uns ganz recht so. Tatsächlich haben wir kaum etwas zu Mittag gegessen. Nur ein wenig Kaffee und einen Snack im Zug. Sie wissen ja, wie das ist.«

Der Franzose verzog das Gesicht. »Ich fürchte ja. Zwar würde ich gerne behaupten, das sei nur bei den Briten so; aber leider muss ich gestehen, dass die SNCF in dieser Hinsicht nicht viel besser ist. Der Eurostar mag ja ein guter Zug sein, aber das Essen dort ist so schlecht wie in jedem anderen auch. Sie sollten mal den TGV nach Marseille nehmen. Der Zug ist fantastisch, aber das Essen bringt Sie um.

Hier jedoch«, er deutete auf ihre unmittelbare Umgebung, »macht das Essen das Leben lebenswert. Es ist nichts Großartiges, nichts Besonderes, nicht dass wir uns falsch verstehen. Hier finden Sie keine extravaganten Skulpturen unter den Warmhalteglocken. Hier gibt es nur altmodische, gutbürgerliche Küche. Falls Sie Hilfe benötigen … Ich kann Ihnen zum Beispiel das *riz de veau* empfehlen.«

»Klingt gut«, sagte Marcus. »Probieren wir es einfach mal.«

Nazreem stieß ihn unauffällig an und schüttelte leicht den Kopf. Marcus schaute sie an.

»Weißt du, was das ist?«, fragte sie. Sie kannte seine Abneigung gegen Innereien. »Eine Drüse – der Thymus, glaube ich – vom Jungbullen.«

Marcus wurde grün im Gesicht. »Ähhh … dann vielleicht doch nicht.«

Nach ein paar Vorschlägen von Nazreem, die Thomson allesamt enthusiastisch aufnahm, entschied sich Marcus für eine Fischsuppe, gefolgt von Ente in Honigsoße. Nazreem nahm einen Artischockensalat und Lammnoisette, während der *Commissaire* sich Languste Thermidor bestellte, gefolgt von geschmortem Schweinskopf in Pfeffersoße. *Kein Wunder, dass er Probleme mit dem Magen hat,* dachte Marcus.

»Mr. Delahaye hat gesagt, Sie würden uns ein wenig zur ›Lampe‹ erzählen und der Korrespondenz, die Ihr Dienst abgefangen hat«, sagte Marcus.

»Ah, ja, mein alter Freund *Sébastien*«, seufzte Thomson. »Es ist schon komisch … Beide sind wir mit der Sicherheit unserer jeweiligen Nation beauftragt, und doch hat er einen Namen, der durchaus französisch sein könnte – vermutlich war er das ursprünglich auch –, während mein Name beinahe englisch klingt.«

Marcus lächelte. Der Gedanke war ihm auch schon gekommen.

»Zum Glück hat die Welt sich weiter gedreht, und wir Europäer sind nicht länger miteinander verfeindet … obwohl ich mir da manchmal nicht so sicher bin, wenn ich so in den englischen Zeitungen lese.«

Marcus tat sein Bestes, um angemessen zerknirscht dreinzublicken. Wenn man längere Zeit in Großbritannien lebte, konnte man sich nur schwer dem Eindruck entziehen, dass das Land noch immer den Zweiten Weltkrieg mit den Deutschen ausfocht … oder den Hundertjährigen mit den Franzosen. Auch Antiamerikanismus war in der Bevölkerung weit verbreitet, obwohl die Regierung sich an Onkel Sams Rockzipfel klammerte, als hinge ihr Leben davon ab. Kaum ein Politiker schien zu erkennen, dass die Amerikaner heutzutage keineswegs die

Kavallerie schicken würden; stattdessen hatten sie Großbritannien in zwei unpopuläre und vermutlich nicht zu gewinnende Kriege hineingezogen. Aber wären nicht die Fiaskos im Irak und in Afghanistan gewesen, fragte sich Marcus, wären er und Nazreem dann heute hier? Vermutlich nicht, beantwortete er seine Frage selbst.

»Wenn ich richtig verstanden habe, haben Sie diese Information kurz nach dem Blutbad in Marseille bekommen«, kam Marcus wieder auf das eigentliche Thema zurück.

»Eine furchtbare Tat«, fügte Nazreem hinzu, damit der Franzose keine Zweifel daran hegte, wem ihre Sympathien galten.

»Ja«, sagte Thomson, tupfte sich ein wenig Soße vom Mund und beugte sich vor. »Wirklich furchtbar – und das nicht nur für jene, die dort getötet oder verletzt wurden, sondern auch für die französischen Nachrichtendienste im Allgemeinen. Wir haben eine unserer besten Agentinnen verloren.«

»Ja, wir haben gehört, dass sie im Zug war.«

»Und es war nicht nur irgendeine Agentin. Sie war wunderschön und sehr, sehr tapfer. Sie sprach fließend Arabisch, aber sie war ja auch zur Hälfte Araberin. Ihre Eltern gehörten einer Generation an, in der solche Dinge bedeutsamer und unbedeutender zugleich waren – das hört sich seltsam an, ich weiß. Sie waren Algerier, aber auch Franzosen. Pascale war Französin, aber sie hat sich immer gefragt, wie es wohl auf der anderen Seite aussah.«

Nazreems Augen funkelten. Sie verstand dieses Mädchen nur allzu gut, das genau wie sie zwischen zwei Welten geboren worden war. Schon seltsam, dass ihr Name ausgerechnet Pascale gewesen war. Das kam von Paques, dem französischen Wort für Ostern: ein passender Name für ein Opferlamm.

»Und Sie waren ihr Agentenführer?«, fragte Marcus. Die Art,

wie der Mann von der Frau sprach, ließ ihn vermuten, dass ihre Beziehung nicht nur rein beruflich gewesen war.

»Sie war eine bemerkenswerte junge Frau«, antwortete Thomson. Nazreem fragte sich, wie alt Pascale wohl gewesen war. Der Mann vor ihr musste jedenfalls so um die fünfzig sein.

»Aber egal«, sagte Thomson unvermittelt und wischte das Thema beiseite, als wäre es zu schmerzhaft und peinlich zugleich, als dass es das Tagesgeschäft hätte beeinflussen dürfen. »Was zählt, ist, dass unsere Freunde in London uns ausspioniert haben. Sie schwören mir, das aus großem Abstand getan zu haben, sodass die Leute, unter denen Pascale sich bewegte, das unmöglich hätten bemerken können. Ich hoffe, sie haben recht.« Doch Nazreem sah ihm an, dass er nicht daran glaubte.

»Wichtig für die Operation ist, dass ihr Mann den *Rouge* gesichert hat.« Auch wenn er nicht alles aussprach, war klar, dass für Commissaire Thomson noch ganz andere Dinge wichtig waren – Dinge, die die Beziehung zu seinen englischen Verbündeten auf absehbare Zeit beeinträchtigen würden.

»Das *Rot*?« Marcus kam nicht mehr mit. Nazreem trat ihn unter dem Tisch.

»*Non, non* … den *rouge à levres*, den Lippenstift.« Der Mann hatte Tränen in den Augen. Er schnäuzte sich die Nase.

»Pascale – unsere Agentin – hat dort in der Gemeinde gelebt, in der die Mehrzahl der Emigranten landet, in der Gemeinde, wo sich die meisten Fundamentalisten finden. Sechs Monate lang war sie eine von ihnen. Sie hat ihren Kopf bedeckt, ist mit den Frauen zum Gebet gegangen und hat sich jeden Freitag angehört, wie der verrückte Imam sein Gift versprüht hat. Sie hat in einer Gemeinschaft gelebt, in der die Frauen sich daran gewöhnt haben, von den Männern als Eigentum betrachtet zu werden, im einen Moment als Spielzeug, im nächsten als Werkzeug.«

»Glauben Sie, dass sie von einem bevorstehenden Anschlag in Marseille wusste?« Falls das der Wahrheit entsprach, dann bedeutete das, dass sie nicht zufällig Opfer des Anschlags geworden war – zumindest nicht notwendigerweise.

Thomson schloss die Augen, öffnete sie wieder und schob mit seinem mit Soße verschmierten Messer den letzten, grausigen Rest Schweinskopf zur Seite, als hätte er nicht länger den Magen dafür. Dann trank er einen kräftigen Schluck von seinem Burgunder und stellte das Glas wieder auf den Tisch.

»Ja, sie wusste, dass etwas passieren würde. Vermutlich in Marseille und vermutlich an einem öffentlichen Ort, um möglichst große Opferzahlen zu haben. Ziel war es, eine radikale Reaktion zu provozieren, von der *Front National* oder anderen Spinnern, wie zum Beispiel Angriffe auf HLM-Wohnblöcke. Es gibt *auf beiden Seiten* Leute, die nichts lieber sähen, als dass der Brand sich auf ganz Frankreich ausweitet.«

»Was heißt denn HLM?« Da er nicht wusste, dass es sich um ein Akronym handelte, sprach Marcus es genauso aus, wie Thomson es getan hatte: *ashelem.*

»*Habitations à Loyer Minimum.* Das sind städtische Sozialwohnungen, in denen die meisten Emigranten untergekommen sind. In Teilen von Marseille leben dort neunzig Prozent Muslime, vielleicht sogar hundert Prozent. Man könnte glauben, in Algier oder Tunis zu sein. Das heißt natürlich nur, wenn man hineinkäme. Wenn man die Sprache nicht spricht, sollte man sich aber besser fernhalten.«

»Und Ihre Agentin, Pascale, konnte das.«

Thomson nickte. »Natürlich war es trotzdem gefährlich. Wir haben sie als Flüchtling aus Beirut eingeschleust, vertrieben von israelischen Luftangriffen. Das hat ihr Sympathien gesichert – zumindest anfangs.«

Nazreem nickte. Sie kannte ganze Familien, und nicht nur Palästinenser, sogar auch Christen, die durch die rabiate, aber schlussendlich sinnlose israelische Invasion heimatlos geworden waren. Zu guter Letzt waren die Israelis gezwungen gewesen zuzugeben, dass das Ganze sowohl militärisch als auch PR-technisch eine Katastrophe gewesen war.

»Das hat uns jedoch nicht davon abgehalten, uns Sorgen um sie zu machen«, fuhr Thomson fort. »Hätten sie sie geschnappt ... Tatsächlich habe ich mir ständig den Kopf darüber zerbrochen. War das vielleicht der Grund, warum sie sich ausgerechnet *diesen* Zug um *diese* Uhrzeit ausgesucht haben? Haben sie gewusst, dass sie ihn nehmen würde?«

»Haben Sie eine Idee, was dieser ›Code‹ bedeuten könnte, wenn es denn ein Code ist?«, kam Marcus wieder auf das ursprüngliche Thema zurück. »Aladins Wunderlampe? Der Geist?«

Der Commissaire schnaubte. »Aladins Wunderlampe, ja? Nennt Delahaye das so? Nun, vielleicht. Ich weiß es nicht. Ich war noch nie gut in Märchen. Aber er fürchtet zumindest das Schlimmste.«

»Und das wäre?«

Thomson zuckte mit den Schultern. »Was hat Delahaye Ihnen erzählt?«

»Nicht viel. Er will, dass wir *ihm* was erzählen.«

»Und? Was glauben Sie? Was wäre das Schlimmste?«

Nun war es an Marcus, mit der Schulter zu zucken. »Ich habe darüber nachgedacht. Eigentlich könnte es alles sein ... oder nichts. Das Schlimmste? Eine Atombombe vielleicht?« Er bemühte sich, ungläubig zu klingen, doch am Ende war es wohl genau das, worüber sie sich den Kopf zerbrachen, der ultimative Albtraum: eine Nuklearwaffe in den Händen von Terroristen.

Zu Marcus' Überraschung schien Thomson leicht amüsiert. »Ja«, sagte der Franzose, »ich nehme an, das wäre das Schlimmste. Und vielleicht ist es das wirklich, was Sébastien so fürchtet. Das wäre wahrlich ein Knall für Ihr kleines Schauspiel nächste Woche.«

Zunächst hielt Marcus das für einen Scherz. Er dachte, Delahaye habe Thomson erzählt, dass sie sich ›Aladin‹ im Theater anschauen wollten, und der Franzose habe das Datum verwechselt. Dann jedoch traf es ihn wie ein Schlag. Thomson redete von keinem Theaterstück, sondern von einem vollkommen anderen, wenn auch gleichermaßen typisch britischen Anachronismus: der bevorstehenden Krönung. Marcus schalt sich selbst wegen seiner Dummheit. Vielleicht lag es ja daran, dass er Südafrikaner und somit keinen Monarchen gewöhnt war; oder vielleicht war dieses ganze archaische Ritual der Trauerzeit auch schlicht zu viel für ihn gewesen, sodass er es irgendwann einfach ausgeblendet hatte. Nun jedoch musste er erkennen, dass die britischen Geheimdienste durchaus Grund für ihre Paranoia hatten.

»Aber Sie glauben das nicht?«, hakte Marcus nach.

Thomson schüttelte langsam den Kopf. »Nein, aber fragen Sie mich nicht, warum. Eine Nuklearwaffe ist nicht leicht herzustellen. Ja, sie ist noch nicht einmal leicht zu kaufen … außer vielleicht für die russische Mafia. Vor zehn Jahren, in den Neunzigern, als Boris Jeltsins Russland für alle offenstand und Raubritter ganze Landstriche in Sibirien gestohlen haben … ja, da war das vielleicht möglich. Aber heute? Ich denke nicht. Doch natürlich kann ich mich auch irren.

Saddam Hussein ist dem Bau einer Bombe zum Beispiel noch nicht einmal *nahegekommen,* und was den Iran betrifft, so lassen die das sehr, sehr langsam angehen.«

»Vielleicht haben sie ja insgeheim schon eine entwickelt und sie an Terroristen weitergegeben«, erwiderte Marcus, doch noch während er das sagte, wusste er bereits, wie naiv das klingen musste.

Thomson sah ihn schief an. »Ich denke, wir wissen beide: Wenn der iranische Präsident eine Bombe hätte – selbst ein Einzelstück –, dann würde er sie auch testen, um es die Amerikaner wissen zu lassen und sie glauben zu machen, dass er jederzeit mit der Serienproduktion beginnen könnte. Der Hauptgrund, heutzutage eine Bombe zu haben, ist der, die Amerikaner von einer Invasion abzuhalten. Deswegen will ja auch jeder eine, und vermutlich ist das auch der wichtigste Grund, warum Frankreich an seinen festhält.«

Marcus lächelte über diesen Scherz, doch Thomson erwiderte das Lächeln nicht.

»Dieser Code könnte alles Mögliche bedeuten«, sagte er. »Vielleicht ist es ja überhaupt kein Code. Vielleicht schreiben sie sich ja nur Gedichte. Und dann ist da noch diese andere mysteriöse Phrase.«

»Was denn für eine mysteriöse Phrase?« Delahaye war eindeutig sparsam mit den Details gewesen. »Ihr Freund *Sébastien*«, Marcus wählte absichtlich die französische Form des Namens, und der Hauch eines Lächelns erschien auf Thomsons Lippen, »hat uns gesagt, da gäbe es noch etwas, das Sie uns erklären würden.«

»Er hat es Ihnen nicht selbst gesagt? Wie merkwürdig.« Thomson schob Marcus ein Stück Papier zu. Es war ein unscheinbarer Computerausdruck, ein paar Worte auf Französisch. ›*On va allumer le bon feu … La Parole: crains mer … Riz de lait.*‹

»Das ergibt keinen Sinn für mich«, erklärte Marcus, »weder auf Französisch noch, glaube ich, auf Englisch.«

»Für mich auch nicht«, meinte Nazreem, die Marcus über

die Schulter geschaut hatte. Ohne Zweifel konnte man etwas Finsteres hineinlesen: *Wir werden das gute Feuer entzünden. Das Wort – Passwort? – Furcht, Meer … Milchreis.*

»Das ist vollkommener Blödsinn«, sagte Marcus. »Oder gibt es da irgendeinen französischen Slangausdruck, den ich übersehe?«

Wieder zuckte Thomson auf seine lässige, gallische Art mit der Schulter.

»Falls ja, *mon professeur,* dann können auch wir ihn nicht erkennen. Wir haben unsere besten Leute darangesetzt und sogar versucht, es ins Arabische zurückzuübersetzen, um zu sehen, ob es da vielleicht eine doppelte Bedeutung gibt, die wir im Französischen übersehen haben. Aber sie haben nichts gefunden.« Er schaute fragend zu Nazreem, die jedoch nur den Kopf schüttelte.

»Ich sehe da auch nichts«, sagte sie und formte die Silben mit den Lippen. »Mir fällt nichts ein.«

»Vielleicht finden Sie ja etwas bei den Dokumenten von Monsieur Galland oder in seinen Quellen. Deshalb wollen Sie morgen sicher in die *Bibliothèque Nationale,* um die alten Manuskripte durchzusehen und herauszufinden, woher Maître Galland seine Inspiration bezogen hat.«

»Ja. Ich nehme an, das wird keine Probleme bereiten. Ich habe entsprechende Schreiben aus Oxford dabei.«

»Ah, Oxford, die größte Universität der Welt.« Thomson zögerte kurz, dann fügte er mit schelmischem Augenzwinkern hinzu: »Gegründet von Gelehrten aus Paris. Ja, ich nehme auch an, dass es keine Probleme geben wird; aber falls doch …« Er griff in seine Jackentasche und holte einen dünnen weißen Umschlag hervor. »Ich denke, das sollte alle Schwierigkeiten beseitigen. Es ist ein Brief der DCRI, in dem wir darum bitten, Professor Frey und seiner Assistentin alle Unterstützung zu gewähren.« Bei dem Wort ›Assistentin‹ zuckte Nazreem unwillkürlich zusammen, doch Thomson bemerkte es nicht. »In einer Angelegenheit von nationaler Bedeutung soll man Ihnen Zugang zu allen Archiven gewähren.«

»Danke sehr«, sagte Marcus, nahm den Brief und ließ ihn in seiner Tasche verschwinden, obwohl er insgeheim hoffte, dass er ihn nicht benötigen würde. Zwei Akademiker, die über alten Manuskripten hockten, würden erheblich weniger Aufsehen erregen als jemand, der mit einem offiziellen Brief des Geheimdienstes wedelte. Außerdem war das Manuskript, an dem er am meisten interessiert war, siebenhundert Jahre alt. Was auch immer es enthielt, eine zweite Relativitätstheorie war es nicht – jedenfalls nicht, solange es bis jetzt nicht fehlgedeutet worden war.

»Nur noch eines, Monsieur le Commissaire«, sagte Marcus. »Warum haben Sie den MI5 darauf aufmerksam gemacht? Was lässt Sie – und Sebastian Delahaye, wenn wir schon dabei sind –, was lässt Sie glauben, das habe irgendetwas mit Großbritannien zu tun?«

»Warum? Weil die Korrespondenz, von der wir reden, mit jemandem in Großbritannien stattgefunden hat.«

»Wissen Sie das mit Sicherheit?«

»Ich? Nein. Aber meine Computerleute sagen mir das, und ich habe keinen Grund, ihnen zu misstrauen. Ihr MI5 ist sich der Sache vollkommen sicher, und ich glaube, dieser Tage haben sie *alles* im Blick, was nach Großbritannien kommt oder es wieder verlässt. Sie haben ein Überwachungssystem, um das sie jede Geheimpolizei der Welt beneidet«, antwortete Thomson und zog ein Gesicht, das klarmachte, dass er diesen Neid nicht teilte.

»Sie nicht?«, hakte Marcus dann auch nach.

»Ich mag ja für einen Teil der Sicherheit Frankreichs verantwortlich sein, aber ich sehe mich nicht gern als *Geheimpolizist.* Davon hatten wir genug im Krieg. Sébastien würde allerdings argumentieren, dass wir uns heutzutage alle in einem Krieg gegen den Terrorismus befinden. Und dieses Argument kann man auch nicht so einfach beiseiteschieben, wie Marseille nur allzu deutlich gezeigt hat. Unter den gegebenen Umständen sollten wir also wohl eher froh sein, dass er und seine Kollegen den ungefähren Standort des Servers bereits ausfindig gemacht haben, über den die Mails gelaufen sind, auch wenn sie die Ursprungsmaschine noch nicht kennen. Aber das wissen Sie ja offensichtlich schon.«

»Was wissen wir offensichtlich schon?«

Thomson schaute leicht verärgert drein, als sei Marcus ein lästiges Kind, das bei Tisch irgendein Gesellschaftsspiel spielen wollte.

»Dass, wer auch immer diese Nachrichten bekommen hat – oder zumindest der Computer, mit dem sie empfangen wurden – nahe dem Stadtzentrum von Oxford sitzt.«

12

Eine bleiche, wässrige Sonne blinzelte durch dünne Schichten pastellfarbener Wolken und scheiterte kläglich bei dem Versuch, ihr Licht im schlammbraunen Wasser der Seine zu spiegeln, als Nazreem und Marcus am Quai de la Gare aus der U-Bahn stiegen. Die Haltestelle der Linie 6 Charles de Gaulle/Etoile-Place de la Nation brachte sie auf den Boulevard Vincent Auriol, unmittelbar nordwestlich der Brücke, die die Schienen zum Gare d'Austerlitz überspannte. Sie mussten nicht umsteigen, und auf die ferne Möglichkeit hin, dass sie verfolgt werden würden – obwohl Marcus das eher für unwahrscheinlich hielt –, war die Linie 6 zumindest unauffälliger als die 14, die vom Gare Saint-Lazare via Bibliothèque François Mitterand nach Olympiades führte.

Seit er früh an diesem Morgen in ihrem bescheidenen Zimmer nahe dem Invalidendom erwacht war, wo sie sich ein Doppelbett teilten, hatte Marcus über die unbeabsichtigte Bombe des Commissaire nachgedacht. Der Mann hatte den Eindruck erweckt, als habe er lediglich das Offensichtliche gesagt, aber war das Absicht gewesen? Da war etwas an der Art gewesen, wie er auf das Thema zu sprechen gekommen war, das darauf hindeutete, er, Marcus, hätte zumindest den Verdacht hegen können, Delahaye sei nicht ganz ehrlich zu ihnen gewesen. Marcus war überzeugt davon, dass Thomson den englischen Spion besser kannte, als er zugab, und mit Sicherheit besser als Marcus oder Nazreem.

Aber wenn Delahaye die Vermutung hegte, der Empfänger der Botschaft sitze in Oxford, dann hätte er ihnen doch bestimmt davon erzählt … oder? Hätte er dann nicht ihre Reaktion sehen wollen? Es sei denn natürlich, er verdächtigte auch sie, dieser Jemand zu sein. Doch das war lächerlich. Marcus las einfach zu viel in das Ganze hinein. Oxford war dieser Tage eine große Stadt, und er und Nazreem bewegten sich in einem verhältnismäßig kleinen Kreis. Die Universität hatte mehr als 12 000 Studenten und die Stadt 80 000 Einwohner, wenn man die Vorstädte und das Industriegebiet in Cowley mitrechnete, wo der Mini für BMW produziert wurde. Dazu kamen noch die städtischen Gettos, denen man den hübschen Namen *Blackbird Leys* gegeben hatte.

Marcus fragte sich, wie viel Prozent der Bevölkerung dort Einwanderer waren. In jedem Fall war es nicht ungewöhnlich, Frauen mit Kopftuch zu sehen, Musliminnen, die am Cornmarket einkaufen gingen. Marcus waren sogar schon ein, zwei Burkas in Oxford aufgefallen. Ihm war klar, dass er hier nur eine Vermutung anstellte; aber jeder, der einen Code sendete, der sich auf die Geschichte von Aladin bezog, musste doch aus dem Nahen Osten stammen … oder? Vielleicht waren es ja auch nur Disneyfans.

Bei alldem Chaos in seinem Kopf war Marcus nicht überrascht, dass er die Aussicht auf einen Morgen mit antiken Manuskripten als Erleichterung empfand. Diese Art reiner Forschung war etwas, das er schon immer um ihrer selbst willen genossen hatte. Andererseits genoss er es auch, an einem frischen, aber nicht kalten Wintermorgen mit einem schönen Mädchen an der Seite über die Uferpromenade der Seine zu spazieren. Nazreem schien in ähnlicher Stimmung zu sein. Unerwartet hakte sie sich bei ihm unter, schob die Hand in seine Tasche, fand die Finger und drückte sie. Eine ältere Frau in dickem Pelz, die einen winzigen Hund hinter sich herführte, lächelte sie an. Ein Junge, der auf dem Bürgersteig vorbeiradelte, drehte sich nach Nazreem um und wäre dabei fast in die ältere Frau gefahren, die ihr Hündchen gerade noch rechtzeitig davor bewahren konnte, zerquetscht zu werden. Marcus versuchte angestrengt, sich ein Lächeln zu verkneifen. Es überraschte ihn nicht, dass Männer sich nach Nazreem umdrehten, besonders nicht, wenn sie so gekleidet war wie heute: enge Jeans und ein knappes weißes Top, das einen schmalen Streifen Bauch unter dem Mantel hervorlugen ließ.

»Das ist zwar nicht Paris im Frühling«, sagte Nazreem und zog Marcus dichter zu sich heran, »aber viel fehlt nicht mehr.«

»Ich dachte, du wolltest nicht hierherkommen«, erwiderte er und erinnerte sich an ihre Sorge, als die Aufforderung zu einem Gespräch zwecks Verlängerung ihres Passes eingetroffen war.

»Das war etwas anderes«, sagte sie nun und nahm ihren Arm weg, um ihn zu bestrafen. »Jetzt sind wir im Auftrag der Regierung unterwegs.«

»Jaja, das sind wir wohl«, sagte Marcus, als sie die Stufen zu dem merkwürdig symmetrischen Gebäude der *Bibliothèque Nationale* hinaufstiegen.

Der verstorbene Präsident François Mitterand war fest entschlossen gewesen, Paris seinen Stempel aufzudrücken, und wie früher die Pharaonen hatte er großartige, staatlich finanzierte Bauprojekte in der ganzen Stadt in Auftrag gegeben. Die Bibliothek war eines von ihnen und vermutlich das kontroverseste. Während man ihrem britischen Pendant Gesichtslosigkeit und Kühle vorwarf – sie sehe wie eine ›Akademie für Geheimdienstler‹ aus, hieß es –, sprach man im Zusammenhang mit dem französischen Hort literarischer Nationalschätze von

›*folie de grandeur*‹. Die *Bibliothèque Nationale* galt als Manifestation von Mitterands Eitelkeit. Hier, so sagte man, diene die Architektur nicht dem Zweck; das Gebäude sei wie ein Schlag ins Gesicht und gefährde eher die Schätze, die es enthielt, als sie zu beschützen.

Das Auffälligste an dem Gebäude waren seine vier Türme, einer an jeder Ecke und jeder wie ein offenes Buch gestaltet. Das war optisch durchaus ansprechend; da die Türme aus Glas bestanden, konnten die Leser ein Maximum an natürlichem Licht genießen. Doch dem Material, das sie studierten, schadete das nur: altem Papier. Deshalb kam die Glasfassade auch nur selten richtig zur Geltung; meist waren die Jalousien und Schutzblenden heruntergelassen. Täte man das nicht, scherzten die französischen Gelehrten mit ihrem typischen schwarzen Humor, liefe man Gefahr, dass die Fenster im Sonnenschein wie ein Vergrößerungsglas wirkten, und dann würde sich Mitterands Erbe im wahrsten Sinne des Wortes in ein ›Fegefeuer der Eitelkeiten‹ verwandeln.

Marcus hatte erleichtert festgestellt, dass zumindest die Abteilung für antike Manuskripte unterirdisch angesiedelt war – im Herzen des Gebäudes und so weit weg wie möglich von der tödlichen Bedrohung durch das Sonnenlicht. Zum Glück musste Marcus Thomsons belastenden Brief nicht vorzeigen. Die Kuratorin, eines steife Frau mittleren Alters, die sich als Claudine Farouque vorstellte, überschlug sich förmlich, einem Professor aus Oxford die größten Schätze des Archivs zu zeigen.

Das orientalische Manuskript aus Gallands Privatarchiv war kein Teil der Dauerausstellung, aber dem Computerindex der Bibliothek sei Dank dauerte es weniger als zwanzig Minuten, um es zu finden. Madame Farouque brachte es mit der Feierlichkeit eines Kellners, der die neueste Errungenschaft der

Nouvelle Cuisine präsentierte, und arrangierte es auf einem speziellen, mit grünem Fries bedeckten Pult, damit Marcus es untersuchen konnte.

»Das hier, *mon cher professeur,* ist das Originalmanuskript, mit dem Antoine Galland gearbeitet hat, die Primärquelle für den größten Teil von Tausendundeine Nacht«, erklärte die Kuratorin. Insgesamt waren es drei Bände. »Ich muss Sie ja nicht ermahnen, dass sie mit äußerster Sorgfalt behandelt werden müssen.«

»Natürlich nicht«, erwiderte Marcus ein wenig verärgert. Einer alten Kuh musste man das Muhen nicht mehr beibringen. Immerhin war er ein anerkannter Wissenschaftler. Die Kuratorin verstand sofort, aber Marcus hatte durchaus Verständnis für ihre Sorge. Es wäre nicht das erste Mal, dass ein vorgeblicher Wissenschaftler ein antikes Dokument beschädigte oder gar eine Seite davon stahl, um persönlichen Gewinn daraus zu ziehen. Die akademische Welt beruhte auf gegenseitigem Vertrauen. Manchmal übertrieb man es damit sogar ein wenig.

»Von wann stammt es, soweit wir wissen?«

»Das kann man nicht mit Sicherheit sagen; allerdings geht man gemeinhin von Mitte des vierzehnten Jahrhunderts aus. Man glaubt, dass Galland es aus Syrien bekommen hat. Das in dem Manuskript verwendete Arabisch stimmt mit dem Syriens in jener Zeit überein. Ich fürchte jedoch, Ihnen das nicht bestätigen zu können, da ich keine Arabistin bin.«

»Das brauchen Sie auch nicht. Es stimmt«, sagte Nazreem und holte tief Luft, als sie sich über die antike Kalligrafie beugte. »Hier stehen Wortformen, die man noch heute im syrischen, aber nicht im ägyptischen Arabisch findet.«

»Soweit wir wissen, stammen nicht nur Schrift und Sprache, sondern auch das Papier aus Syrien, vermutlich aus Damaskus, vielleicht aber auch aus Aleppo in der Mamelukenzeit.« Die Kuratorin wurde allmählich warm mit dem Thema, und die offensichtlich intelligente, gelehrte arabische Frau, die so kühne westliche Kleidung trug und ebenfalls aus Oxford kam, weckte noch zusätzlich ihren Enthusiasmus. »Das waren die …«

»Danke, ja, wir sind mit den Mameluken vertraut«, unterbrach Marcus sie ein wenig scharf, wie Nazreem im Stillen dachte. Immerhin gehörten die Kriegersklaven, die einst den Kalifen gedient und dann ihr Reich übernommen hatten, nicht zur Pflichtlektüre westlicher Geschichtsstudenten.

»Wie Sie wünschen«, sagte die Kuratorin leicht beleidigt. »Aber wie Sie vielleicht wissen wollen: Diese Anmerkungen hier …« Sie deutete auf eine Reihe von Notizen im dritten Band. »Das sind mit ziemlicher Sicherheit die Namen der Vorbesitzer des Manuskripts.«

Nazreem beugte sich noch weiter vor, um sich das anzusehen.

»Ja«, sagte sie aufgeregt, »das sind offensichtlich Namen. Der älteste … Das sieht wie Taj, Sheikh Taj, Bürger von Hama aus; aber da steht kein Datum.«

»Ich glaube, ein Datum finden Sie hier«, erklärte die Kuratorin, die sich wegen Nazreems Enthusiasmus ein Grinsen nicht verkneifen konnte. Nazreem sah sich die Zeile an, auf die Madame Farouque deutete.

»Ja, natürlich. Im Jahre 943 nach der Hadsch. Zu dem Zeitpunkt befand sich das Manuskript im Besitz des Enkels von Sheikh Taj.«

»Von welchem Jahr reden wir hier ungefähr?«, fragte Marcus, der sich ein wenig außen vor fühlte und seine anfängliche Grobheit bereute. »Wenn ich mich nicht irre, müsste das Mitte des sechzehnten Jahrhunderts nach christlichem Kalender sein, oder?«

Nazreem sah kurz zur Decke hinauf und zählte in Gedanken die Jahre. »Entweder 1536 oder 1537 A. D. … In der arabischen Notiz wird kein Monat erwähnt.«

»Unsere Gelehrten sind zu dem Schluss gekommen, dass das Originalmanuskript vermutlich sogar noch älter ist«, erklärte die Kuratorin, »wahrscheinlich gut hundert Jahre. Und dann könnte es natürlich selbst noch die Kopie eines weit älteren Textes sein.«

»Warum sagen Sie das?«, fragte Marcus.

»Nun, es gibt meines Wissens noch andere, ähnliche Manuskripte. Aber natürlich sind die nicht so vollständig und mit Sicherheit nicht so wichtig für die Geschichte von Tausendundeine Nacht, und sie gehören auch nicht zum Besitz von Antoine Galland. Eines befindet sich in der vatikanischen Bibliothek und das andere im India Office der britischen Regierung. Beide gleichen sich im Groben und haben in etwa denselben Umfang.«

»Wenn Sie ›Umfang‹ sagen, von wie vielen Geschichten aus Tausendundeine Nacht reden wir hier? Wenn ich mich recht entsinne, hat nie jemand wirklich tausend gezählt.«

Der Wechsel in Marcus' Tonfall schien die Kuratorin ein wenig milder zu stimmen. »Himmel, nein! Wieder muss ich zugeben, dass ich mir nicht ganz sicher bin, aber ich glaube, das Manuskript enthält in etwa vierzig Geschichten. Allerdings hat der Sultan die Prinzessin viele Geschichten auch in den folgenden Nächten fortführen lassen. Alles in allem haben wir hier also vielleicht zweihundertachtzig oder zweihunderteinundachtzig Nächte, aber nicht viel mehr. Gemeinhin geht man davon aus, dass ›tausend‹ nie wörtlich zu verstehen gewesen war, sondern mehr als ein Symbol für eine unglaublich große Zahl gesehen werden muss.«

»In dem Fall nehme ich an, dass wir uns wohl besser an die Arbeit machen sollten«, sagte Marcus und gab der hilfsbereiten Bibliothekarin damit nicht gerade subtil zu verstehen, dass sie einige Zeit mit dem Manuskript allein sein wollten, auch wenn sie nicht wirklich wussten, wonach sie eigentlich suchten. *Wohl am ehesten nach einem Kontext,* sagte Marcus sich selbst. Vielleicht konnte die Geschichte von Aladin und der Wunderlampe und die Art, wie sie sich in die anderen Geschichten einfügte, ihnen ja bei der Interpretation der vom Geheimdienst abgefangenen Nachricht helfen, oder vielleicht lag der Schlüssel auch in der Sprache selbst. Gallands Übersetzung war da nicht so ergiebig, auch wenn seine blumige Sprache, die er am Hofe des Sonnenkönigs gelernt hatte, vermutlich jener nicht unähnlich war, die ein halbes Jahrhundert zuvor in den Palästen der Sultane gesprochen worden war.

Die Kuratorin lächelte angespannt und sagte, sie würde sie jetzt ihrer Arbeit überlassen, nachdem sie sich widerwillig eingestanden hatte, dass der hochnäsige Engländer sie nicht nur nicht brauchte; vielleicht hätte er ihre fortgesetzte Gegenwart sogar als Beleidigung betrachtet. Marcus wartete, bis die Frau gegangen war; dann nahm er eine Pinzette und blätterte zu der Seite, von der er annahm, dass es sich bei ihr um das Inhaltsverzeichnis handelte. Er war mehr als enttäuscht, als Nazreem ihm erklärte, so etwas gebe es gar nicht, und dass sie alle drei Manuskriptbände würden durchblättern müssen, um die Geschichte von Aladin zu finden. Marcus' Idee, sich einfach an Gallands Reihenfolge zu orientieren und sich direkt dem dritten Band zuzuwenden, erwies sich als falsche Spur.

»Ich fürchte, dir bleibt tatsächlich nichts anderes übrig«, sagte er zu Nazreem, »als dich von vorne bis hinten durchzuarbeiten.«

»Das hältst du für Arbeit? Glaub mir, ich bekomme nicht alle Tage ein Manuskript zu sehen, das vor sechshundert Jahren in Damaskus geschrieben worden ist. Und noch dazu ein Manuskript, das sich nicht mit den Lehren des Propheten – Friede sei mit ihm – beschäftigt. Das ist die reinste Freude.«

Mehr als vier Stunden später war sie noch immer dieser Meinung, als sie bereits fast jede Seite des Manuskripts überflogen hatte. Aufmerksam folgte Marcus Nazreems manchmal flüssiger, manchmal holpriger Übersetzung, während sie mit antikem Satzbau und ausgeblichener Schrift kämpfte. Die meisten Geschichten konnten sie direkt überspringen – was schade war, denn sie waren voller amüsanter Abschweifungen und Zweideutigkeiten.

Einigen Geschichten schenkte Nazreem jedoch mehr Aufmerksamkeit als anderen. Sie suchte nach Beziehungen zu ›der Lampe, die die Welt erhellt‹, jener Phrase, die Delahaye zitiert hatte, die in dieser Form bei Galland jedoch nicht auftauchte – jedenfalls nicht in der englischen Übersetzung. Das bedeutete allerdings nicht, dass sie auch im Original fehlen musste. Tatsächlich glaubten sowohl Marcus als auch Nazreem, dass sie der Schlüssel zu ihrer Arbeit sein würde, sollten sie sie im Original finden. Doch das war offenbar nicht so einfach. Zwar fanden sich jede Menge Zauberer, Fakire, Beschwörer und Prinzessinnen sowie Tiere aller Art, aber nicht eine Geschichte erwähnte einen Geist, der aus einer Lampe sprang. Auch die Phrase ›die Lampe, die die Welt erhellt‹ war nirgends zu sehen. Nur die Geschichte von Aladin versprach eine Antwort, und zu ihrer beider Überraschung hatten sie auch die noch nicht gefunden.

Marcus war bereits der Verzweiflung nahe, als die Kuratorin zurückkehrte, um ihnen zu erklären, die Bibliothek schließe in zwanzig Minuten, und trotz seines hervorragenden Rufs müsse der Professor seine Arbeit auf morgen verschieben. Sie könnten ja morgen früh wiederkommen. Oder hatten sie vielleicht schon gefunden, wonach sie suchten?

»Nein, überhaupt nicht«, antwortete Marcus, dem sein Frust deutlich anzuhören war. »Es ist unglaublich. Wir sind schon neunzig Prozent des Manuskripts durchgegangen und haben die wichtigste Geschichte noch nicht gefunden: Aladin und die Wunderlampe.« Kaum hatte er das gesagt, ärgerte er sich auch schon darüber, nicht den Mund gehalten und das Ziel ihrer Arbeit verraten zu haben. *Ach, vergiss es,* sagte er sich selbst. *Passiert ist passiert. Und sie sieht nun wirklich nicht wie Osama bin Ladens Lieblingstante aus!* Doch dann bemerkte er einen seltsam amüsierten, ja fast grausamen Ausdruck auf dem Gesicht der Frau – einen Ausdruck, den er rasch als eines der grundlegendsten menschlichen Gefühle erkannte: Schadenfreude.

»Allah-dine«, sprach sie es französisch aus, was die beiden Silben ›Allah‹ betonte. »Aber natürlich nicht. Weder die Geschichte von Aladin noch die von Ali Baba und den vierzig Räubern finden sich in dem ursprünglichen Manuskript.«

»Was?«

»Tut mir leid, Professor, aber bis jetzt haben Sie mir ja nicht gesagt, was genau für Sie von Interesse ist.«

»Und wo ist das Manuskript mit Aladin?«

»Oh, das haben wir natürlich auch, aber nicht hier. Es ist oben in der Abteilung für klassische französische Literatur. Dort finden Sie die Erstausgabe von Gallands großartigem Werk.«

»Das meine ich nicht.« Marcus bemühte sich, nicht gereizt zu klingen – und scheiterte. Die sachliche Art der Frau ärgerte ihn. Sie hätte ihnen mehrere Stunden Arbeit ersparen können … wenn er denn zu Beginn die richtigen Fragen gestellt hätte. »Du verdammter Idiot«, hätte er ihr gern an den Kopf geworfen; nur musste er zugeben, dass das auch auf ihn selbst zutraf. Also sagte er stattdessen: »Ich meine, wissen Sie, wo genau in dieser fantastischen *Bibliothèque Nationale* wir das arabische Original von Aladin finden können?«

Madame Farouque zuckte mit den Schultern – weniger, weil sie Marcus nicht helfen wollte, sondern vielmehr, weil sie die Frage wirklich überraschte. »Das weiß niemand. Sollten Sie es finden, hätten Sie sich allein damit schon einen Ruf erworben. Soweit wir wissen, stammen die ältesten bekannten Versionen dieser beiden Geschichten von Maître Galland. Es gibt keine älteren arabischen Referenzen.«

13

Die Erstausgabe von Gallands ›Mille et Une Nuits‹ von 1712 war rasch gefunden. Sie war eines von mehreren klassischen Werken, das zur Dauerausstellung gehörte. So brauchte Marcus auch nicht lange, um zu erkennen, dass Gallands Text dem der englischen Übersetzung weitestgehend entsprach. Nazreem bestätigte das. Kurz gesagt: Sie kannten die Geschichte bereits.

Während sie sie lasen, entschuldigte sich Sylvie Boncourt, die Leiterin der entsprechenden Abteilung, und erzählte, dass sie selbst sich auch schon länger vorgenommen habe, das Thema zu untersuchen. Wenn sie sich nicht irre, habe es in letzter Zeit ein paar neue Entdeckungen in Bezug auf Galland persönlich gegeben. Und weg war sie.

Marcus und Nazreem standen kurz davor aufzugeben, als Madame Boncourt zurückkehrte. Sie strahlte übers ganze Gesicht und hielt eine große, hölzerne Dokumentenkiste in Händen.

»Eine meiner Kolleginnen von der Abteilung für klassische französische Literatur hat das vor kurzem erworben. Es tauchte bei einer Auktion im Pas de Calais auf. Gallands Familie stammte ursprünglich von dort. Meine Kollegin glaubt, die Sachen könnten aus dem Nachlass eines Familienmitglieds stammen. Der Verkäufer hat sie inmitten eines Haufens anderer Papiere auf dem Dachboden eines alten Hauses in Amiens gefunden.«

Sie öffnete die Kiste, und ein Bündel antiker Papiere kam zum Vorschein, vermischt mit modernen Karteikarten. Vorsichtig nahm Madame Boncourt mit ihren manikürten, aber unlackierten Fingernägeln ein paar Schriftstücke heraus und lenkte Marcus' Aufmerksamkeit auf ein ganz spezielles Dokument. Es war eindeutig mehrere hundert Jahre alt, von hoher Qualität, vielleicht sogar Pergament, und darauf stand etwas in sauberer, verschnörkelter, dichter Handschrift.

»Das sind die einzigen bekannten Seiten aus dem Tagebuch von Antoine Galland. Diese Seite hier dürfte Sie ganz besonders interessieren.«

Marcus kniff die Augen zusammen, um die kleine, archaische Schrift besser lesen zu können, und nachdem er sich erst einmal daran gewöhnt hatte, war sie gar nicht mal schwer zu entziffern.

Aleppo, Syrien
September 1679

Die Luft stinkt nach Schweiß, Kardamom und Kamelmist. Ich kann die Gerüche fast schmecken. Meine Sinne sind von dem dunklen, süßen Stimulans geschärft, das mir ein Mohammedaner mit Namen Ismael gegeben hat, während ich hier sitze und im heißen Schatten neben dem Suq warte.

Der von Menschen überquellende, chaotische Marktplatz liegt unmittelbar an den antiken Mauern der mamelukischen Zitadelle. Er sprüht vor Leben. Einheimische Juden in dunklen Gewändern feilschen mit ihren arabischen Nachbarn, und beide sind sie erpicht darauf, die dunkelhäutigen Händler zu schröpfen, die Gewürze und Silber aus den fernen Ländern jenseits des Tigris bringen. Es erstaunt mich immer wieder, die Juden sich so frei unter ihre Mitbürger mischen zu sehen; in Europa würde man so etwas nie erlauben.

Doch meine Seele freut sich, hier zu sein, an diesem Ort, den die meisten meiner Landsleute als unerträglich fremd empfinden würden, als gottlos und bedrohlich. Für mich ist er jedoch eine Heimat fern der Heimat. Es war dem Jungen, der unter dem grauen Himmel an den Ufern der träge dahinfließenden Somme aufgewachsen ist, schon immer bestimmt, hier inmitten der brütenden Hitze und der bunten Farben wiedergeboren zu werden. Ich bin ein Mann mit einem Schicksal.

Dass ich nun die Gelegenheit habe, dieses Schicksal zu erfüllen, dafür bin ich Maître Colbert für immer zu Dank verpflichtet, jenem weisen und überaus aufmerksamen Ratgeber Seiner Glorreichen Majestät Ludwig XIV. Dank der Großzügigkeit Seiner Majestät habe ich mich vor sechs Jahren zum ersten Mal auf den Weg gen Osten gemacht, als Teil der Gesandtschaft des Königreichs Frankreich an den Hof des Osmanischen Reiches in Konstantinopel.

Maître Colbert hat mir erklärt, dass ich diesen prestigeträchtigen Posten meinen Sprachkenntnissen zu verdanken hätte, nicht nur des Lateinischen, jenes Grundwerkzeugs aller Gelehrten, sondern auch des Griechischen wegen, das selbst zweihundert Jahre nach dem Fall des Reiches an die ungläubigen Türken die Sprache des Hofes und der Diplomatie dort geblieben ist.

Meinen Erfolg in dieser Stellung hatte ich jedoch schlussendlich meiner Kenntnis des einheimischen Arabischen zu verdanken, jener Zunge, die der größte Teil der osmanischen Untertanen spricht. Dies ist eine Fähigkeit, die ich mir unter nicht geringen Kosten für meine Selbstachtung erworben habe, als ich einen Mohammedaner kennenlernte, einen Päderasten, wie so viele von ihnen es sind, da ihnen als jungen Männern der Anblick weiblicher Schönheit verwehrt bleibt.

Mein Können in der arabischen Sprache erblühte im Treibhaus des Hofes von Konstantinopel, und zwar so weit, dass ich allein in der Lage war, Berichte abzufassen, die die wahre Natur der Intrigen und der Macht in dieser verdrehten Hierarchie erfassen.

Ohne meine Verbindungen zu den unteren Etagen und den von Palmen beschatteten Gassen um den Topkapipalast hätte Maître Colbert, der den Osthandel zu einem Eckpfeiler der Finanzen Seiner Majestät gemacht hat, nie erfahren, dass die wahre Macht bei Hofe in den Händen der Frauen liegt, während eine ganze Reihe junger Sultane kam und ging – viele von ihnen unter mysteriösen Umständen. Der Großwesir ist lediglich eine Marionette. Hinter den prachtvoll gestalteten Rosenholzschirmen findet der wahre Kampf statt, ein mörderischer Krieg in der unsichtbaren Welt des Harems, wo die Frauen um die Position der Valide Sultan fechten, der Sultansmutter, oder der Haseki Sultan, der Mutter des Erstgeborenen.

Meine Herren in Paris, die fest entschlossen waren, Colberts Compagnie Française des Indes Orientales auf Kosten der verhassten Holländer und Engländer zu vergrößern, empfanden diese Informationen als überaus nützlich. Deshalb finde ich mich auch jetzt hier wieder, in meiner wunderbaren Levante und in dieser uralten, lebendigen, korrupten und so wundervoll prickelnden Stadt Aleppo. Auch darf ich mich mittlerweile des Titels Antiquar Seiner Majestät rühmen, und in dieser Rolle ist es meine Mission, die wissenschaftliche Kenntnis über die Kultur des Ostens zu erweitern.

Auf Geheiß Seiner Majestät bin ich zu einem Sammler von Artefakten geworden. Dabei habe ich vor allem begonnen, jene Schätze zu sammeln, die in meine Expertise fallen: die Geschichten, Mythen und Legenden, die jenseits der Religion einer Kultur erst ihre Identität verleihen.

Und im Herzen dieser Geschichten fand ich einen Knoten, der mich zu meiner Überraschung wieder zu der geschlechtlichen Politik des Topkapi zurückgeführt hat. Es ist ein Knoten, in den alle anderen Geschichten und Legenden verwoben sind, die Erzählung einer sündigen, königlichen Konkubine, der die Todesstrafe droht, doch die kraft ihrer Sprache und Vorstellungskraft nicht nur Aufschub, sondern Macht und Unsterblichkeit erlangt.

In den Suqs und Kahvehanen, wo die Männer sich zum Kaffeetrinken versammeln, bis ihre Hände zittern und ihre Köpfe überhitzen, sodass sie in andere Welten wandern, heißt es, dass es mehr als tausend dieser Geschichten gebe, gesponnen von der Zauberin und Konkubine namens Scheherazade, die dadurch ihr Leben retten und Macht über ihren Herrn erlangen wollte. Auch sagen sie, dass jeder, der sie liest, den Verstand verliert.

Nun ist es meine Mission, ja, mein Schicksal geworden, all diese Stränge zu suchen und das Geheimnis des Knotens zu entschlüsseln, der sie zusammenhält. Alle miteinander und mit der Geschichte von Scheherazade verwoben, mit der Geschichte von Männern und Frauen, von Menschen und Religion. Kann ich all das erfassen? Kann ich es nach Europa bringen? Ich weiß es nicht, aber ich weiß, dass es mein Schicksal ist, es zu versuchen.

Deshalb bin ich auch heute Abend hier und trinke Kaffee im Suq von Aleppo, während die scharlachrote Sonne langsam hinter den Zitadellenmauern versinkt. Ich warte auf einen Mann, der mir die spektakulärste aller Geschichten enthüllen will: eine Geschichte, die ihre Wurzeln in der echten Welt hat und eine Verbindung zu unvorstellbarer Macht darstellt. Ich bin skeptisch. Aber deshalb bin ich ja auch hier.

Ismael bringt mir noch eine Tasse seines dunklen, bittersüßen Gebräus. Die erdrückende Hitze des Tages lässt allmählich nach, und nach und nach leert sich der Markt, da die Mohammedaner von den Minaretten zum Gebet gerufen werden: ein unheimliches, fremdartiges, doch auch vertrautes Geräusch zugleich. Ismael hat den Gebetsteppich auf dem Boden seiner Kahvehane ausgebreitet, und als er sich niederkniet und das Haupt vor seinem Gott verneigt, da teilt sich der Vorhang, der uns vom Suq trennt, und der Mann, auf den ich warte, kommt herein.

Wie ich, so muss auch er dem muslimischen Gebetsruf nicht folgen, denn er schuldet einem anderen Gott die Treue. Es ist der gleiche Gott wie meiner – oder zumindest kommt er ihm sehr nahe. Zunächst war ich überrascht, dass es sich bei diesem großen Kenner der arabischen Legenden ausgerechnet um einen Christen handelt; doch die Sekte der Maroniten, der er angehört, ist seit Gründung der Kirche hier in Aleppo und Antiochia, ja sogar schon seit Christus der Herr auf Erden wandelte, nicht weit entfernt von dem Ort, an dem ich sitze.

Sie haben das Auf und Ab der Kreuzzüge überlebt, die osmanische Eroberung und die Exzesse der Kriegsherren, die man Drusen nennt. Sie blieben hier, während ein Reich dem anderen wich. Wer also sollte besser dafür geeignet sein, Geschichten zu bewahren, die andere vergessen haben?

Er kommt herein und lächelt mich an, ein schmales Lächeln in einem runden Gesicht. Er trägt das braune Gewand eines Mönchs, am Bauch von einer Kordel gehalten, und grobe Ledersandalen, die in starkem Gegensatz zu den elegant geschwungenen orientalischen Schuhen stehen, die auch ich in diesen Ländern trage, wenn auch nur, um meine Affinität zum Hof in Konstantinopel zu zeigen.

Ich erwidere das Lächeln und winke ihm, sich zu setzen. Ismael beachte ich dabei nicht, der in der Ecke weiter Allah anruft. Ich bin sein Gast und der Mönch ist meiner, was bedeutet, dass auch der Maronit Ismaels Gastfreundschaft genießt. Das ist die muslimische Art, und dafür bewundere ich sie.

Aus Ehrfurcht vor seiner und meiner Religion spreche ich ihn auf Latein an, doch schon bald erkenne ich, dass seine Kenntnis der römischen Zunge sich auf den Kirchendienst beschränkt, und so wechseln wir zum einheimischen Arabisch.

»Ich glaube, Ihr habt eine Geschichte für mich, einen Teil des großen Kreises um Scheherazade?«

Unverbindlich zuckt er mit den Schultern, was mich kurz beunruhigt, doch dann sagt er: »Es ist eine große Geschichte. Vielleicht die größte von allen. Glaubt man jenen, von denen ich sie habe, so ist sie eigentlich gar keine Geschichte, sondern mehr eine Fabel: eine Fabel, die nur schwach ein Geheimnis übertüncht, das, ist es erst einmal entschlüsselt, einem Mann zu großer Macht und Reichtum jenseits aller Vorstellungskraft verhelfen kann.«

Ich schaue ihm in die Augen, dunkel, glühend und wachsam, und er erwidert meinen Blick. »Dann erzählt mir diese Geschichte«, sage ich, »wenn Ihr wollt.«

Er lehnt sich zurück und macht es sich auf einem von Ismaels Seidenkissen bequem wie ein Mann, der sich auf eine lange Geschichte vorbereitet. Dann schließt er die Augen und beginnt:

»Es war einmal vor langer Zeit, da lebte ein Junge mit Namen Aladin, der einen bösen Onkel hatte …«

»Das ist alles?« Marcus schrie fast, so enttäuscht war er, als er die Seite umblätterte und nur eine weitere Karteikarte fand mit einem Datum, das den nächsten Eintrag anzeigte: zwei Jahre später, geschrieben in Paris. »Ist das ein Scherz? Er fängt mit der Geschichte an und hört dann auf?«

Die Bibliothekarin sah ihn leicht verwirrt an. »Ja, offensichtlich. Entweder fehlen ein paar Seiten, oder er hat es nicht für nötig befunden, die Geschichte in seinem Tagebuch noch einmal zu wiederholen. Trotzdem sind diese Dokumente wichtig. Glauben Sie nicht?«

Nun war es an Marcus, sich verwirrt zu zeigen. »Bitte, entschuldigen Sie. Habe ich etwas übersehen?«

»Nun«, sagte Madame Boncourt, »das hängt davon ab, wonach Sie suchen: nach dem Text selbst – die Geschichte von Aladin, die Sie gerade gelesen haben – oder nach ihren Ursprüngen.«

Marcus war überrascht. Natürlich hatte sie recht ... irgendwie. »Ich verstehe, was Sie meinen«, sagte er. »Was uns interessiert, ist der Kontext der Geschichte, ihre historische und kulturelle Bedeutung und wie sie heute in der arabischen und damit islamischen Welt wirkt. Dafür ist es natürlich auch extrem wichtig herauszufinden, woher sie stammt und wie sie übermittelt worden ist.«

»Und das ...?«

»Das deutet darauf hin, dass sie aus Syrien stammt. Aber es war ein Christ, der sie ihm erzählt hat, und das ist schon recht seltsam.«

»Vielleicht«, sagte Madame Boncourt, »aber Aleppo war eine frühchristliche Stadt. Die Gemeinde dort reicht bis zu Paulus zurück, und somit ist es nicht unlogisch, dass ausgerechnet ein Christ alte Geschichten bewahrt, die einem Muslim profan erscheinen müssen.

In jedem Fall legt dieser Tagebucheintrag die Vermutung nahe, dass es tatsächlich eine antike Grundlage für die Geschichte von Aladin gibt, immerhin die populärste aus Tausendundeine Nacht. Das war sie schon immer. Sie dürfen nicht vergessen, dass Gallands Buch zu seiner Zeit ein Bestseller war, und die Geschichte von Aladin, die wesentlich länger ist als die anderen, war ein Schlüsselelement dieses Erfolgs. Es hat den Anschein, dass dieser Bericht hier – wenn er denn stimmt – die andere Theorie zum Einsturz bringt, die einige seiner eifersüchtigen Zeitgenossen aufgebracht haben und die noch heute ihre Anhänger hat.«

»Warum sagen Sie ›wenn er denn stimmt‹? Und was für eine andere Theorie?«

Sylvie Boncourt warf ihm einen Blick zu, den sie ansonsten wohl für naive Schulkinder reserviert hatte. »Die andere Theorie ist die, dass Maître Galland sie schlicht selbst erfunden hat. Er hat eine Menge Dinge erfunden.«

»W… was?«, stammelte Marcus.

»Aber Sie brauchen mich nicht, um Ihnen das zu erzählen. Sie haben in England einen weit größeren Experten als mich in dieser Frage. Tatsächlich lebt er direkt vor Ihrer Tür, in Oxford. Er ist der weltweit führende Experte, wenn es darum geht, wie der Westen frühe Bilder des Islam und der arabischen Literatur adaptiert und zuweilen auch verzerrt hat. Sie sollten wirklich einmal mit Dr. Sharif al-Wasidi reden.«

*

Die Kais an der Seine waren verlassen, als Marcus und Nazreem wieder zur Metro gingen. Beide hatten sie die Hände in die Taschen gesteckt und achteten nicht auf das Dröhnen des frühen Abendverkehrs. Sie hatten einen Ansatz gefunden, doch nur, um festzustellen, dass er sie wieder zum Anfang zurückführte.

Über und hinter ihnen, im ›Buchrücken‹ eines der extravaganten Büchertürme Mitterands, in einem angenehmen Eckbüro mit wunderbarem Blick auf den Fluss, schaute Madame Boncourt ihnen hinterher und beobachtete, wie das Paar die geschäftige Straße zur Metro überquerte. Dann schob sie ihr Handy auf und wählte eine Nummer, die nicht in ihrem Adressbuch stand.

»Hier gewesen und wieder weg«, sagte sie als Antwort auf die Stimme am anderen Ende. »Ich wage zu behaupten, dass er sich im Moment ziemlich dumm vorkommt. Aber ich glaube nicht, dass sie das von der Spur abgebracht hat.«

14

Marcus hatte die Pariser Metro noch nie gemocht. Er hatte Freunde, die geradezu lyrisch von den Eingängen im Stil der *Art Noveau* schwärmten, den grün-weißen Kunstschmiedesäulen, Abbildungen exotischer Blumen vor den ältesten Stationen. Auf Marcus hatten sie schon immer mehr wie Tentakel gewirkt und Bilder der ersten Verfilmung von H. G. Wells' Krieg der Welten heraufbeschworen. Und die alten Gänge mit ihren gesprungenen weißen Fliesen sahen für ihn so aus, als führten sie von einer öffentlichen Toilette zur nächsten, zumal sie oft auch so rochen.

Zum Glück war das in dieser Station nicht so. Das Einzige, was Marcus roch, war eine Ratte. Nun blieb lediglich die Frage, ob es eine moderne war oder eine, die schon seit zweihundert Jahren tot war: Antoine Galland. War der Mann wirklich ein Scharlatan gewesen? Man hatte schon immer vermutet, dass er seine Geschichten ausgeschmückt beziehungsweise ›verbessert‹ hatte, um sie lüsterner zu gestalten und so für die dekadente Gesellschaft Anfang des 18. Jahrhunderts interessanter zu gestalten. Aber dass er nicht nur eine, sondern gleich zwei der berühmtesten und längsten Geschichten aus Tausendundeine Nacht *gänzlich* erfunden haben sollte, war doch mit Sicherheit unmöglich … oder falls nicht, dann war das eine der geschicktesten literarischen Betrügereien, die es je gegeben hatte.

Nazreem war ebenfalls verwirrt von ihrem Besuch in der Bibliothek. Aber natürlich hatte sie es auch genossen, einen solch wichtigen Teil der literarischen Tradition ihres Volkes einzusehen. Bis dato hatte sie die alten Geschichten aus Tausendundeine Nacht stets als dumme Fantasterei abgetan, verdorben von Westlern mit rassistischen Vorurteilen; doch nachdem sie nun einige der Texte im Original gelesen hatte, empfand sie neuen Respekt für die alten Geschichtenerzähler, die offenbar in einer Zeit gelebt hatten, da Religion zwar ein bedeutender Bestandteil des Lebens gewesen war, dieses jedoch nicht beherrscht hatte. Sie konnte sich durchaus vorstellen, in jenem arabischen Commonwealth zu leben, in einer Zeit, da in Europa das ›Dunkle Zeitalter‹ geherrscht hatte, während in Arabien die Zivilisation geblüht hatte. Wie war es wohl in Bagdad gewesen, als die Stadt noch die Hauptstadt eines mächtigen und erleuchteten Reiches gewesen war und nicht ein zerstörter Slum, besetzt von einer fremden Armee? Das waren ihre Gedanken, als sie in der Metro um die Ecke bog und ihnen ein Mann entgegenkam, ein Mann mit kleinem, rundem Hut, kurzem Bart und nicht dazu passender Sonnenbrille. Er warf ihr ein seltsames, erstarrtes Lächeln zu und sagte zwei Worte. Auf Arabisch. *»Salam aleikum.«* Friede sei mit dir.

Instinktiv antwortete Nazreem: *»Aleikum es-salam.«* Friede sei auch mit dir. Der Mann lächelte erneut, verneigte sich und wandte sich wieder ab. *Seltsam,* dachte Nazreem. Marcus war einfach weitergegangen, den Blick auf den Boden gerichtet, und hatte nichts bemerkt. Nazreem würde ihm später davon erzählen. Aber wieso hatte der Mann sie so gegrüßt? Vielleicht hatte er sie ja trotz ihrer westlichen Kleidung als Araberin erkannt und wollte einfach nur freundlich sein. Immerhin war das nicht unmöglich. Paris war voller Einwanderer, die Arabisch sprachen: Libanesen, Algerier, Marokkaner. Aber das war es nicht, was ihr so Kopfzerbrechen bereitete. Es war etwas an seiner Stimme –

etwas, das sie ernsthaft beunruhigt hätte, hätte sie Gelegenheit gehabt, darüber nachzudenken. Doch dafür war jetzt nicht die Zeit. Also schob sie den Gedanken so gut sie konnte beiseite.

In der Zwischenzeit hatte Marcus kaum einmal den Kopf gedreht, um sich zu vergewissern, dass Nazreem noch bei ihm war. Er war regelrecht besessen von dem Täuschungsmanöver Delahayes, der ihnen nichts von der Verbindung nach Oxford erzählt hatte, und ihrer ergebnislosen Suche in Gallands Quellmaterial. Hatte Delahaye auch davon gewusst? Die beiden Bibliothekarinnen hatten es jedenfalls. Allerdings hatte Delahaye ihn und Nazreem genau dafür engagiert: um Informationen über das Ursprungsmaterial zu sammeln. Außerdem ging Marcus davon aus, dass Delahaye sich nur für eine Art von Dokumenten interessierte: Kontoauszüge, E-Mails und andere private Schriftstücke ahnungsloser Bürger. Die beiden Dinge hatten also nichts miteinander zu tun.

Dessen war Marcus sich genauso sicher wie der Tatsache, dass es noch eine andere Quelle für die Geschichte von Aladin geben musste. Aber natürlich bestand auch die Möglichkeit, dass die Quelle ohne jede Bedeutung war, dass Delahayes sogenannter Code sich schlicht auf die allseits bekannte Geschichte bezog. Aber wenn dem so war, was sollte er dann aussagen?

Magische Lampen? Eine Prinzessin entführen? Marcus konnte sich nicht wirklich vorstellen, dass Al Kaida beabsichtigte, die Frau des neuen Königs zu entführen. Nein, die Antwort musste anderswo zu finden sein. Marcus musste Delahaye konfrontieren und mehr über den Empfänger der Nachricht herausfinden. Er musste die Oxford Connection genauer unter die Lupe nehmen. Und er musste mit Dr. al-Wasidi sprechen. Er bekam die Frage einfach nicht aus dem Kopf, welche Rolle das Islamische Institut bei alldem spielte.

Auf dem Bahnsteig Richtung Westen wartete bereits ein Zug. Marcus beschleunigte seine Schritte, um ihn noch zu erwischen. Erst als die Türen sich hinter ihm schlossen, drehte er den Kopf, um Nazreem zu verkünden, dass er beschlossen habe, morgen nach Oxford zurückzufahren. Doch Nazreem war nicht da. Weder links noch rechts, nirgends. Und dann setzte der Zug sich in Bewegung, und er sah sie. Mit dem Rücken zum Zug stand Nazreem auf dem Bahnsteig, fest in den Armen eines anderen Mannes, ihr Mund auf seinen gepresst, die Hände fest an die Hüfte gedrückt.

*

Caroline Shipp öffnete die Datei auf ihrem Desktop. Obwohl das Dokument nur für interne Zwecke bestimmt war, ja sogar auf ihre Abteilung beschränkt, war es mit einem 256-Bit-Code verschlüsselt. Das Verschlüsselungsprogramm, das nur auf ihrem, Delahayes und den Rechnern ihrer unmittelbaren Vorgesetzten installiert war, fragte sie nach ihrem Passwort: einer langen und scheinbar sinnlosen alphanumerischen Kette, die sie noch einmal verschlüsselt auf einem Flashdrive verwahrte. Sie kopierte das Passwort in das Eingabefeld, und Nazreem Hashrawis gesamtes Leben entfaltete sich vor ihr.

Schau an, die Jungs im Keller waren ja wirklich mal fleißig. Shipp ging noch einmal die Sache mit der Statue durch, die aus dem Museum in Gaza gestohlen worden war, dem Fall, der Nazreem Hashrawi und Marcus Frey erst für den Dienst interessant gemacht hatte. Alles in allem schien das ein überzeugender Beweis dafür zu sein, dass die junge ehemalige Kuratorin nicht zum Fundamentalismus neigte. Ihr Verhalten, ihre Kleidung und die Tatsache, dass sie einen britischen Pass beantragt hatte, schienen ebenfalls für diese Annahme zu sprechen. Shipp war jedoch der Meinung, dass man in Fällen wie diesem nicht vorsichtig genug sein konnte.

Zunächst einmal ging sie die Einzelheiten von Nazreems Abstammung durch. Ihre französische Mutter, Chantal Auton, war ein typisches Kind der Sechziger gewesen, eine *soixante-huitard* von der Sorbonne, die desillusioniert von der Realpolitik, die auf den Sommer der Liebe und den Sommer der Revolution gefolgt war, ihren sozialistischen Prinzipien gefolgt und nach Israel gegangen war, um in einem Kibbuz zu arbeiten. Offenbar hatte ihr Weltbild dort einen weiteren schweren Schlag erlitten, und nach nur einem Jahr hatte sie den Kibbuz verlassen und war nach Nazareth gezogen, wo sie sich in einen dunkeläugigen palästinensischen Intellektuellen verliebt hatte. Karim Hashrawi war ein Politik- und Wirtschaftsstudent, jene Art kluger, junger Mann, wie ein palästinensischer Staat sie brauchte … hätte es denn einen palästinensischen Staat gegeben.

Kurz war er bei der Fatah, doch anscheinend hatte die Korruption des Kreises um Arafat ihn rasch desillusioniert. Als Nazreem geboren wurde, zog die junge Familie nach Gaza, wo Karim einen Job an der Universität bekam. Das verhieß zwar nicht viel Geld, aber ein regelmäßiges Einkommen in einer Region mit gewaltigen Arbeitslosenzahlen und vielleicht auch eine Rolle bei der Gestaltung einer neuen Generation. Zwei Jahre später war Chantal wieder schwanger, fing sich im sechsten Monat aber eine Virusinfektion ein und wurde ins Krankenhaus eingeliefert, wo sich ihr Zustand verschlechterte. Die Wehen setzten frühzeitig ein, doch das Kind, ein Junge, wurde tot geboren, und die Mutter starb am Blutverlust. Shipp lief unwillkürlich ein Schauder über den Rücken. Sie kannte die Bedingungen in den Krankenhäusern von Gaza: Kaum Medikamente, wenig

Geräte, und die immer wieder einsetzende Blockade seitens der Israelis verschlimmerte die Situation noch zusätzlich.

Nazreem war zuerst in Gaza unterrichtet und dann für mehrere Jahre auf eine Schule in Frankreich geschickt worden. Dort hatte sie bei ihren Großeltern gelebt, doch nach deren Tod war sie sofort in den Nahen Osten zurückgekehrt, an die Universität von Kairo. Ihr Vater war vor einigen Jahren an einem Herzinfarkt gestorben; allerdings hatte er lange genug gelebt, um Nazreem ihren Abschluss machen und einen Job an Gazas neuem Nationalmuseum antreten zu sehen. Der größte Teil ihrer Familie väterlicherseits war in Nazareth geblieben, obwohl gemutmaßt wurde – ›gemutmaßt‹? Warum zum Teufel *wussten* sie das nicht?, dachte Shipp –, dass der jüngere Bruder ihres Vaters aus Galiläa vertrieben worden und in einem Flüchtlingslager im Libanon gelandet war. Dieser Bruder war ein Mitglied der Fatah gewesen; allerdings deutete nichts darauf hin, dass Nazreems Familie in irgendeiner Art mit dem militärischen Flügel der Fatah verbunden oder gar in terroristische Aktivitäten verwickelt gewesen war.

Nazreem Hashrawi hatte also nicht gerade die perfekte Kindheit und den perfekten Familienhintergrund gehabt, aber das war auch nicht das Material, aus dem Terroristen gemacht wurden. Tatsächlich konnte man sich kaum eine Palästinenserin mit einer glücklicheren Geschichte vorstellen. Sicher gab es Gründe für Miss Hashrawi, Israel nicht zu mögen, aber keine, einen Groll gegen den Westen zu hegen. Ihr gesamter Hintergrund und ihre Erziehung deuteten im Gegenteil darauf hin, dass sie das typische Beispiel einer multikulturellen jungen Frau war, auch wenn eine ihrer Kulturen ein gewisses Problem darstellte.

Aus diesen Gründen, schloss der Bericht, bestünde keinerlei Veranlassung, Dr. Hashrawi unter den gegebenen Umständen für unzuverlässig zu halten, selbst wenn einige Familiendinge noch mit einem Fragezeichen versehen waren, die es zu klären galt. *Klären, jaja,* dachte Shipp. Sie klickte auf ›Schließen‹, und die Datei verwandelte sich in ein verschlüsseltes Icon.

*

Nazreem war tatsächlich dicht hinter Marcus gewesen, als sie den Bahnsteig betreten hatten, und sie sah, dass bereits ein Zug mit geöffneten Türen wartete. Doch just in dem Augenblick, da sie in den Waggon hatte springen wollen, hatte sie eine Hand auf ihrer Schulter gespürt. Sie drehte sich um und sah sich einem dunkelhäutigen Mann gegenüber, der eine Baseballkappe verkehrt herum auf dem Kopf trug.

Der Mann packte sie am Hinterkopf und zog sie mit Gewalt nach vorne, um die Lippen so fest auf ihre zu pressen, dass sie nicht mehr schreien konnte. Aber selbst wenn sie hätte schreien können, sie hätte es nicht getan, denn der Kerl hatte gleichzeitig die andere Hand in ihren Hosenbund gesteckt, in ihre Unterhose, und sie spürte eine kalte Klinge an ihrem Bauch, direkt unter ihrem Top. Instinktiv packte sie den Mann an den Hüften und drückte ihn so fest sie konnte beiseite, doch weniger in der Hoffnung, ihn tatsächlich von sich stoßen zu können, als vielmehr, um den Druck des Messers zu lindern.

Die einzige Reaktion war jedoch ein Knurren dicht an ihrem Ohr. Die brutale Hand in ihrem Nacken riss ihren Kopf zur Seite, sodass sie an seiner Schulter zu lehnen schien, und das Kreischen des abfahrenden Zuges hätte ohnehin jeden Protest übertönt.

Der Mann wich zurück und zog Nazreem mit sich in Richtung Wand. Einen furchtbaren Augenblick lang glaubte Nazreem, er würde sie hier und jetzt niederstechen. Vor ihrem geistigen Auge sah sie bereits ihr Blut auf die klinisch weißen Fliesen spritzen und ihre Eingeweide sich in der Station ergießen wie Innereien in einem Schlachthof. Da hatte sie Gott weiß wie viele israelische Luftangriffe überlebt, nur um in irgendeiner Pariser Metrostation von einem französischen Jack the Ripper aufgeschlitzt zu werden. Oder würde er sich vorher noch das Vergnügen gönnen, sie zu vergewaltigen? Fast hoffte sie es. So hätte sie vielleicht noch eine Chance zu überleben.

Aber vielleicht gab es noch eine dritte Möglichkeit. Vielleicht hatte das hier etwas mit dem Job zu tun, wegen dem sie nach Paris gekommen waren. Vielleicht war das hier ein Fanatiker. Vielleicht hatte der Kerl etwas anderes im Sinn als Vergewaltigung und Mord. Seine Stimme ließ das zwar nicht vermuten, aber jede Sekunde, die sie überlebte, vergrößerte ihre Chance zu fliehen. Warum war der Bahnsteig eigentlich so leer? Der Zug war zwar weg, aber jeden Augenblick würde ein neuer einfahren. Wie spät war es überhaupt? Höchstens 19.00 Uhr. Hinter dem Kerl war eine Nische in der Wand. Gott, wenn er sie da hineinzog, würden die Passanten sie womöglich für ein Paar halten, das vom Feuer der Leidenschaft übermannt worden war. Pariser dachten bestimmt so oder so ähnlich, das war ihr Ruf. Wenn man irgendwo auf der Welt mit spontanem Sex in der U-Bahnstation davonkam, dann mit Sicherheit in Paris.

Es war kaum zehn Sekunden her, seit der Zug die Station verlassen hatte. Nazreem wurde weiter nach hinten in die Nische gezogen. Der Mann hatte ihr seine heiße, schweißnasse Hand inzwischen auf den Mund gedrückt, die Klinge war noch immer an ihrem Bauch und die Finger in ihrem Slip. Sie war sicher, dass zumindest die Spitze schon das erste Blut forderte, wenn nicht gar die ganze Schneide. Es war auf beiden Seiten gleich scharf, ein Kampf-, kein Küchenmesser. Nazreem spürte, wie der Mann in ihrer Hose herumfummelte, als wolle er die Knöpfe abreißen oder vielleicht abschneiden.

Und dann, plötzlich, war er weg. Er fiel zu Boden, die Augen weit aufgerissen, doch mehr vor Staunen denn vor Schmerz. Dann schloss er sie; das Messer fiel klappernd auf den Bahnsteig, und an seiner Stelle stand plötzlich ein kräftiger Mann mit kleinem, rundem Hut vor Nazreem. Der Mann bückte sich, trat auf die Klinge und fühlte gleichzeitig den Puls am Hals ihres Angreifers.

»Tut mir leid, Miss«, sagte er mit klarem englischem Akzent. »Ich musste warten, bis er uns den Rücken zugekehrt hat. Ist ein Messer im Spiel, kann man nicht vorsichtig genug sein. Aber dann hat er die Beine gespreizt, und so eine Gelegenheit bekomme ich nicht oft. Es geht doch nichts über einen knackigen Stoß in die Familienplanung, um einem Mann die Tränen in die Augen zu treiben. Der ist mindestens für ein paar Minuten im Lala-Land, nehme ich an. Nicht, dass er das nicht verdient hätte.«

»Wer …? Was …? Wer sind Sie? Und wer ist der?«

»Nun, das kann ich Ihnen nur halb beantworten, Miss. Sagen wir einfach, man hat mich Ihnen hinterhergeschickt, damit Ihnen nichts passiert. War ja auch ’ne gute Idee, wie sich herausgestellt hat.«

*

Erst als der Zug in die Dunkelheit des Tunnels schoss, wurde Marcus das gesamte Ausmaß dessen bewusst, was er gerade gesehen hatte, und eine wahre Flut von Gefühlen brach über ihn herein. Nur dem Augenschein nach hatte er Nazreem in leidenschaftlicher Umarmung mit einem Fremden gesehen, der aus dem Nichts erschienen war.

Zwar konnte er die entfernte Möglichkeit nicht ausschließen, dass plötzlich irgendein alter Freund oder Liebhaber erschienen war und sie im wahrsten Sinne des Wortes von den Füßen gefegt hatte – und da war dieser winzige, lächerliche Rest männlichen Besitzdenkens mit seiner grotesken Eifersucht –, aber sein Verstand wandte sich sofort der wahrscheinlicheren und mindestens genauso furchtbaren Schlussfolgerung zu: Nazreem war auf dem Bahnsteig angegriffen worden. Entweder handelte es sich um einen Raubüberfall oder schlimmer noch um Vergewaltigung und Entführung. Marcus hatte keine Ahnung, ob das irgendetwas mit ihrer Mission zu tun hatte, doch das kümmerte ihn im Augenblick auch nicht.

Er flog förmlich aus dem Zug, als dieser in Chevaleret einfuhr, und beschloss, so schnell wie möglich zurückzufahren. Die Pariser Metrostationen lagen nicht weit voneinander entfernt, aber die Wahrscheinlichkeit, dass er überirdisch den Weg zurückfand, tendierte gen null. Außerdem passierte das, was Nazreem gerade widerfuhr, irgendwo im unterirdischen Labyrinth der Station. Ein potenzieller Entführer hätte Schwierigkeiten, sein Opfer am Stationspersonal vorbeizubekommen … es sei denn, es stand unter Drogen oder war vielleicht mit Chloroform betäubt. Das und unzählige andere unsinnige, widersprüchliche und Furcht erregende Bilder erschienen vor seinem geistigen Auge, während er die Treppen hinaufstürmte und durch den Verbindungsgang zum gegenüberliegenden Bahnsteig rannte. Der ein oder andere, der ihm entgegenkam, funkelte ihn wütend an, wenn Marcus ihn beiseitedrängte, doch ein Mann, der es eilig hatte, seinen Zug zu erwischen, war in der geschäftigen Pariser Metro nicht ungewöhnlich genug, als dass es irgendeine besondere Reaktion hervorgerufen hätte. Außerdem war da noch mindestens eine andere Person, die zu demselben Bahnsteig lief.

Wie das Glück es wollte, fuhr der Zug in Richtung Place de la Nation nach weniger als einer Minute ein. Marcus hatte die Tür fast aufgerissen und zählte die Sekunden, bis endlich das Horn ertönte, die Türen wieder zufuhren und der Zug in die Dunkelheit rollte. Wieder am Quai de la Gare, sprang Marcus aus der Tür und zwang sich, erst einmal auf dem Bahnsteig stehen zu bleiben, als der noch rational funktionierende Teil seines Hirns ihm sagte, dass er den anderen Bahnsteig schneller sehen würde, wenn er darauf wartete, dass der Zug wieder abfuhr. Und das tat er dann auch. Sofort wurde er vom Anblick Nazreems belohnt. Sie kauerte an der Wand, scheinbar unverletzt, doch sie sah sich nicht einem, sondern zwei Männern gegenüber, von denen einer allerdings auf den Fliesen zusammengebrochen war. Marcus öffnete den Mund, wollte ›Bist du okay?‹ schreien; aber er fragte sich, ob das wohl klug wäre, bevor er die Situation verstand, und so kam nur ein ersticktes Krächzen heraus. Dann drehte der Mann neben Nazreem sich plötzlich um und rief über die Gleise hinweg, doch nicht zu Marcus: »Lage gesichert! Verstärkung ist trotzdem willkommen!« Erstaunt wandte Marcus sich um und sah, dass die Worte an einen großen Mann mit einem breiten Grinsen auf dem Gesicht gerichtet waren. Der Mann hielt beide Daumen nach oben. Und rief dann: »Hinter dir!«

Der Mann auf dem gegenüberliegenden Bahnsteig duckte sich, stieß Nazreem zu Boden und wirbelte gerade noch rechtzeitig herum, um dem Messerstoß einer stämmigen Gestalt mit Sonnenbrille auszuweichen. Mit geradezu unglaublicher Schnelligkeit trat Nazreems Retter aus der Hocke wie ein Thaiboxer zu. Er traf die Messerhand des Angreifers, und die Waffe flog im hohen Bogen durch die Luft wie ein glitzernder Bumerang, bevor sie mit einem Knistern auf den unter Strom stehenden Schienen landete. Die Gestalt mit der undurchdringlichen Sonnenbrille machte kehrt und lief davon, kopfüber in die Welle von Passagieren, die von einem anderen Zug kommend auf den Bahnsteig drängten. Mit Gewalt bahnte er sich einen Weg durch sie hindurch, begleitet von wütenden und beleidigten Schreien. Sofort sprang der Mann neben Marcus, der die Warnung gebrüllt hatte, in Richtung Ausgang. Sein Kollege auf der anderen Seite – wer auch immer sie waren, sie arbeiteten zusammen – blieb in der Hocke, ein Knie der zusammengebrochenen Gestalt fest in den Rücken gedrückt und einen Arm schützend über Nazreem, während sein Blick gleichzeitig von einer Seite zur anderen zuckte wie der eines wilden Tiers.

Im Gegensatz dazu stand Marcus auf der anderen Seite und machte einfach nur stumm den Mund auf und zu, bis der Mann drüben ihn entdeckte und über die Gleise hinweg brüllte, während der nächste Zug einfuhr: »Machen Sie, dass Sie hier rüberkommen! Sofort!«

Ein verwirrender Cocktail aus Adrenalin und Entrüstung rauschte durch Marcus' Adern, als er die Stufen hinunterlief und plötzlich eine schwere, aber freundliche Hand auf der Schulter spürte. Er drehte sich um und sah seinen eigenen ›Schatten‹, der – das sagte sein enttäuschter Blick – seine Beute offenbar verloren hatte.

»Tut mir leid, alter Junge. Der kleine Scheißer ist in der Masse verschwunden«, sagte der Mann, allerdings nicht zu Marcus, sondern zu seinem Kollegen, der inzwischen wieder aufgestanden war, aber noch immer den Fuß auf seinem Opfer hatte. Er versuchte, Nazreem zu beruhigen, die offenbar leicht unter Schock stand.

»Was, zum …? Wer …?«, stotterte Marcus.

»Betrachten Sie uns als Ihre Schutzengel, Sir. Ein gemeinsamer Freund schickt uns«, sagte der junge Mann mit dem eisernen Griff als Antwort auf Marcus' unzusammenhängende Fragen. »Mein Kollege«, erklärte er mit einer Selbstverständlichkeit, als wäre das offensichtlich, »hat Ihrer Freundin den Rücken freigehalten, so wie ich Ihren, wenn Sie wissen, was ich meine.« Marcus nickte zum Zeichen, dass er natürlich wisse, was der Mann meinte, obwohl er sich dessen keineswegs sicher war. Instinktiv schüttelte er die beiden ihm angebotenen Hände.

Nazreem packte ihn am Arm und drückte ihn fest an sich, bevor sie sich mit einem Strahlen in den Augen wieder ihrem Retter zuwandte. »Maudesley war der Name, richtig?« Der Mann lächelte unverbindlich und zuckte mit den Schultern in Richtung seines Kollegen, der wegen dieses Ausrutschers tadelnd den Kopf schüttelte. »Er war einfach großartig. Und dieser … dieser …«, stammelte Nazreem und deutete auf die noch immer reglose Gestalt am Boden. »Es war schrecklich. Schrecklich! Ich weiß nicht …«

»Nun, wecken wir ihn mal auf und sehen, was Toytown Terry uns zu erzählen hat, sollen wir?«, sagte der Mann, den Nazreem Maudesley genannt hatte.

»Toytown …?«

Doch keiner der beiden Leibwächter schenkte Marcus auch nur die geringste Aufmerksamkeit, als sie Nazreems Angreifer in die Höhe hievten. In den Augen des Mannes war nur blanker Schmerz zu sehen, während er sich zwang, in die Gesichter vor sich zu schauen. Instinktiv versuchte er, seine geschundenen Genitalien mit beiden Händen zu schützen, doch Marcus' Schatten packte sofort zu und riss eine Hand des Mannes mit hörbarem Knirschen auf dessen Rücken.

Ein paar der anderen Passagiere auf dem Bahnsteig drehten sich bei dem Geräusch um, doch sie wandten sich rasch wieder ab. Die restlichen Gaffer bekamen kurz eine Art Ausweis von Maudesley zu sehen, doch ging es zu schnell, als dass irgendjemand etwas hätte erkennen können – was auch gut so war, denn Marcus bezweifelte, dass es sich um eine französische Diesntmarke handelte. Aber es funktionierte: Es war schon erstaunlich, wie schnell die Leute ein scheinbar offizielles Dokument akzeptierten, wenn sie dadurch Gelegenheit bekamen, einer unangenehmen Situation zu entfliehen.

In der Zwischenzeit hatte der andere Mann den Gefangenen vom Bahnsteig und in eine ruhige Ecke der Station geführt, wo er ihm laut ins Ohr flüsterte.

»Nicht gerade gesprächig, der Junge hier«, sagte er, als Maudesley sich zu ihm gesellte. Marcus und Nazreem blieben ein paar Schritte zurück.

»Mal sehen, wie ihm seine eigene Medizin schmeckt«, sagte Maudesley und holte das Messer hervor, das nur wenige Minuten zuvor gegen Nazreems Bauch gedrückt hatte. Voller Furcht zuckte der Gefangene zurück.

»Du bist wohl doch nicht so ganz der harte Kerl, stimmt's Sonnenschein?«, sagte der große Mann, der Marcus' Schatten gewesen war. Grob filzte er den Kerl, wobei er ihm auch in die Hose griff, was einen Ausdruck blanken Entsetzens in den Augen des Mannes aufblitzen ließ. Offenbar taten ihm noch immer die Eier weh.

»Nichts«, erklärte Marcus' Schatten schließlich. »Kein Fetzen Papier, keine Kreditkarte, kein Ausweis. Nichts. Nur das hier.« Er hielt eine aufgerissene Kondompackung in die Höhe. Nazreem wandte sich ab. »Schon komisch. Der sieht mir gar nicht nach Safer Sex aus.«

»Wir leben aber auch wirklich nicht in einer sicheren Welt, oder?«, spie Maudesley dem panischen Kerl förmlich ins Gesicht. »Warum machst du sie also nicht ein wenig sicherer, indem du uns deinen Namen nennst, uns sagst, für wen du arbeitest, und was zum Teufel du eigentlich geglaubt hast, da zu tun?«, knurrte er. Und dann, eine Sekunde später, als sei es ihm gerade erst eingefallen: *»Ton nom? Pour qui tu travailles? Tu bosses pour qui, espèce de fils du pute!«* Zu Marcus' Überraschung sprach Maudesley fließend Gossenfranzösisch. Außer verängstigtem Schniefen erhielt er jedoch keine Antwort. »Wer auch immer der kleine Scheißer hier ist, ein harter Al Kaida-Mann ist er nicht«, erklärte Maudesley. »Können Sie es vielleicht mal auf Arabisch bei ihm versuchen, Miss? Ich fürchte, meins ist ein wenig eingerostet. Fragen Sie ihn erst einmal einfach nach seinem Namen … nicht, dass mich der sonderlich interessieren würde; ich will nur wissen, ob Sie zu ihm durchkommen.«

Nazreem tat, wie ihr geheißen. Sie war hin- und hergerissen zwischen Wut und Hass auf ihren Angreifer und wachsendem Mitleid für die erbärmliche Gestalt, die vor ihr an die Wand gedrückt wurde. Außer einem unkontrollierten Zittern erhielt auch sie keine Antwort auf ihre Frage.

»Oh, um Himmels willen, *Mann!*«, schnappte Maudesley. »Hast du keine Zunge?«

Und dann, als sei ihm plötzlich ein Gedanke gekommen, stieß er die Daumen zwischen die zitternden Lippen des Arabers und drückte sie auseinander.

»Ich werd verrückt«, sagte er leise. »Irgendein Bastard hat sie ihm tatsächlich rausgeschnitten.«

15

Das Minarett ragte hoch in den für die Jahreszeit untypisch blauen Himmel auf. Seine geschwungenen orientalischen Formen wirkten anormal hier, am Rand eines Cricketfelds in Englands wichtigster Universitätsstadt. Es war das erste Mal, dass Marcus Oxfords neues Zentrum für Islamstudien sah, und es war nicht, was er erwartet hatte. Gleiches galt für die Ereignisse in Paris. Immer wieder und wieder war er in den letzten achtundvierzig Stunden die ganze bizarre Erfahrung im Kopf durchgegangen.

Seine erste Reaktion auf Nazreems Martyrium war große Erleichterung gewesen, nachdem sie vor dem bis jetzt noch nicht identifizierten, stummen Angreifer gerettet worden war. Dann hatte sich eine nagende Unruhe dazugesellt, weil Delahaye sie hatte beschatten lassen. Andererseits war er ihm unter den gegebenen Umständen natürlich dankbar dafür. Wie hätten sie auch nicht dankbar sein können? Vor allem Nazreem war nach wie vor voller Bewunderung für ihren Retter und sein rasches Eingreifen, was Marcus vollkommen verstand, aber es war genauso irritierend wie der Mann selbst. Ihre beiden unsichtbaren Schatten waren ehemalige SAS-Männer; das hatten sie ihnen bei einem kleinen Drink in der Hotelbar erklärt. Mehr hatten sie jedoch nicht gesagt. Dass Maudesley seinen Namen preisgegeben hatte, war wohl ein Fauxpas gewesen. »Eine schöne Frau bekommt alles aus mir heraus«, hatte er erklärt, woraufhin Nazreem ganz untypisch errötet war und Marcus mit einem eingefrorenen Lächeln reagiert hatte.

Anschließend hatte Maudesley demonstrativ erklärt, es sei ›eine Ehre, Sir‹, Marcus endlich persönlich kennenzulernen, doch Marcus' Erfahrung nach verschleierte eine bestimmte Art von britischen Militärs ihr eigenes Überlegenheitsgefühl mit solchen Floskeln, durch die sie scheinbar vorbehaltlos den höheren Rang eines anderen anerkannten. So ähnlich musste ein Labour-Premierminister sich fühlen, dachte Marcus, wenn er dem Herzog von Westminster vorgestellt wurde; natürlich war es in Wirklichkeit andersherum, doch es fühlte sich nicht so an.

Der unbekannte, stumme Angreifer war der Gnade von Commissaire Thomsons Abteilung ausgeliefert worden. Der Commissaire hatte den Gefangenen mit gemischten Gefühlen entgegengenommen. Einerseits war der Mann eine potenzielle Informationsquelle – »Wir werden sehen, ob er schreiben kann. Falls nicht, bringen wir es ihm bei«, hatte er mit eiserner Stimme erklärt –, andererseits missfiel es ihm prinzipiell, wenn britische Sicherheitsleute »das französische Gesetz in die eigenen Hände nahmen«, wie er sich ausgedrückt hatte.

»Betrachten Sie uns einfach als besorgte EU-Bürger, die eine Jedermann-Festnahme durchgeführt haben«, hatte Maudesley mit seinem leutseligen Schuljungenlächeln gesagt und war dafür mit einem eisigen »Wenn Sie das sagen« vom Commissaire belohnt worden.

Die ›Verbrüderung‹ mit ihren Schützlingen war jedoch nur von kurzer Dauer gewesen. Das habe etwas damit zu tun, sich nicht mit den ›Kunden‹ einzulassen, hatte Maudesley gemurmelt, womit er natürlich Marcus und Nazreem gemeint hatte. Seine Kollegen hatten das jedoch weit nüchterner erklärt. Ihre Tarnung sei aufgeflogen, und da sie nun nicht länger unsichtbar wären, wären sie unnütz.

»Wenn Sie sich meiner Gegenwart bewusst sind, Miss«, hatte Maudesley gesagt und Nazreem mit einem Lächeln bedacht, das zu Marcus' Verärgerung ausgesprochen charmant gewesen war, »dann fällt es anderen umso leichter, mich zu entdecken – egal, ob Sie das wollen oder nicht.« Marcus war das ebenso klar gewesen, wie er hatte sehen können, dass Nazreem sich in der Tat Maudesleys *bewusst* gewesen war. Er hätte nie gedacht, dass er eifersüchtig sein könnte, besonders nicht auf so einen ›Schläger‹, doch dieser Mann war mehr als das: Er war eine Mischung aus harten Muskeln und Hirn, zwar Lichtjahre entfernt von einem abstrakt denkenden Intellektuellen, aber durchaus scharfsinnig.

Im Eurostar auf dem Weg zurück nach St. Pancras hatten die beiden Schatten nebeneinander anstatt an beiden Enden des Waggons gesessen, wie sie es auf der Hinfahrt getan hatten. Sie hatten Kaffee getrunken und Zeitung gelesen, als wären sie zwei ganz gewöhnliche Geschäftsleute, die zwischen London und Paris pendelten – zwei ganz gewöhnliche Geschäftsleute mit einem Auge für die Damenwelt, was die regelmäßigen Blicke in Nazreems Richtung und ihr gelegentliches diskretes Lächeln erklärt hatte. Wie Fremde, die miteinander geflirtet hatten.

Alles nur Teil der Tarnung, dachte Marcus mürrisch. Er beschloss, Sebastian Delahaye zu bitten, sie wenigstens im Vorfeld zu informieren, wenn er ihnen jemanden hinterherschickte, auch wenn er ihnen die entsprechenden Personen nicht nannte oder beschrieb.

In St. Pancras hatten sie sich voneinander verabschiedet, oder genauer: Sie hatten einander aus den Augen verloren. Die beiden Schatten waren plötzlich einfach nicht mehr zu sehen gewesen, als wären sie wirklich Fremde im Zug gewesen, die nur ein wenig geflirtet hatten. Vielleicht. Vielleicht waren ›sie‹ ja nicht wirklich verschwunden, sondern einfach nur von zwei anderen Soldaten aus Delahayes Klon-Armee ersetzt worden. Oder vielleicht war der MI5 ja auch hier, im Land des Allsehenden Auges, nicht mehr so abhängig von menschlichem Personal. Den ganzen Bahnsteig des Eurostars entlang waren in regelmäßigen Abständen Kameras aufgestellt. Und Kameras lauerten auch in den Unterführungen, waren im Bahnhofsdach versteckt und beobachteten jede Bewegung, als Marcus in Paddington in den Zug nach Oxford stieg.

Erst da, in der verhältnismäßigen Langeweile des Pendlerzugs, sah Marcus keine Kamera mehr. Allerdings wurden die Kamerabilder meist erst im Nachhinein ausgewertet, sollte irgendwo etwas vorgefallen sein. Es waren schlicht zu viele, als dass man alles hätte ständig auf Monitoren darstellen und beobachten können. Marcus fragte sich, auf wie viele davon Delahaye wohl direkten Zugriff hatte. Er hatte keine Ahnung. Der Kameraeinsatz beruhte auf Vertrauen: Die Menschen vertrauten ihren Herrschenden, dass sie sie nicht missbrauchen würden. Wenn ein Land bedroht war – und unter den gegebenen Umständen zweifelte niemand in Großbritannien daran –, war solch ein Vertrauenspakt lebensnotwendig. Oder?

Selbst hier, in Oxford, war Marcus sich der Kameras bewusst, als er die ländliche Gegend an den Ufern des Cherwell verließ, der sich östlich an den Parks der Universität vorbeiwand, und die King's Ferry Lane hinaufging. Das hier war der Ostrand der von der Universität dominierten Altstadt, wo die antiken, goldenen Mauern der fünfhundert Jahre alten Colleges den tristen Straßen einer Reihenhaussiedlung aus den Fünzigern wichen. Hier war irgendwie passend das neueste Institut einer von Europas ältesten Universitäten angesiedelt: das Zentrum für Islamstudien.

Das war auch der Grund, warum gerade hier so viele Sicherheitskameras waren. Sie dienten dem Schutz der hier Arbeitenden, deren ehemaliges Gebäude, das hinter einer unscheinbaren Fassade aus dem 19. Jahrhundert in der George Street gelegen hatte, mit Stahltüren versehen worden war. Ob man nun wirklich Angst vor ›Vergeltungsanschlägen‹ rechtsgerichteter Gruppen gehabt hatte, das wusste Marcus nicht. Er jedenfalls hatte noch nie von so etwas gehört, obwohl er natürlich wusste, dass es durchaus solche Elemente im überdurchschnittlich großen Proletariat der Stadt gab – größtenteils Arbeiter aus dem BMW-Werk in Cowley am Stadtrand. Diese Leute standen den immer neuen Wellen von Einwanderern nicht gerade freundlich gegenüber. Aber hier draußen, bei den neuen Gebäuden, waren die Kameras eine eher bescheidene Schutzmaßnahme, die man als Vorbeugung gegen kleinere Vergehen wie Wandschmierereien an den schönen, neuen Gebäuden verkaufen konnte. Mit Paranoia habe das nichts zu tun, hieß es.

Und schön waren die Gebäude wirklich, prachtvoll sogar, und zwar auf eine Art, die widersinnig und kühn zugleich war, stolz und verwegen, ganz in der Tradition von Oxford. Im Licht der hellen Wintersonne schimmerten die glatt polierten Kalksteinmauern in einem geradezu ätherischen Licht. Durchbrochen wurden sie von markanten, achteckigen Fenstern mit anachronistischen Brüstungen, die so typisch Oxford waren. Hoch über ihnen ragten eine große Kuppel und das Minarett auf, beide wieder aus poliertem einheimischem Kalkstein.

Das Zentrum für Islamstudien war der Universität angegliedert, aber nicht wirklich ein Teil davon. Diesen Status hatten schon viele Institutionen innegehabt, die dann irgendwann zu Colleges geworden waren. Oxford war eine organische Wesenheit: Es fraß akademische Institutionen in seinem Orbit, solange diese als des Fressens wert befunden wurden. Das Islamzentrum war auch in einer weiteren Hinsicht anders als die übrigen Colleges: Es war eine religiöse Gründung, die sich dem Studium und dem weitergehenden Verständnis des Islam in der westlichen Welt widmete. Einer seiner Gründer war der König von Saudi-Arabien – das war nicht überraschend, zumal, wenn man die kostspielige Ausstattung betrachtete –, ein anderer der neue König von England, dem man die Ehrenmitgliedschaft angetragen hatte.

Doch auch das brachte die schwache, unbegründete, atavistische Unruhe in Marcus' Seele nicht zum Verstummen, als er an der auf Mittelalter getrimmten, anglizierten, islamischen Architektur hinaufschaute. Das Gebäude sah aus, als stamme es aus Philip Pullmans Goldenem Kompass, wie ein Flüchtling aus einem alternativen Oxford in einem Paralleluniversum, wie Oxford hätte aussehen können, hätte Großbritannien sich im Mittelalter zum Islam bekannt. Kurz gesagt, sah es wie ein Kuckucksei aus.

Und es war der Mann, der nun vor Marcus stand, Dr. Sharif al-Wasidi, der dieses Ei gelegt hatte. Der Bau des Zentrums war größtenteils von ihm inspiriert gewesen, und auch jetzt noch war er der Hauptverantwortliche für seine Mission: ein breiteres Verständnis für den Islam im Westen zu schaffen, womit er Toleranz und vielleicht auch noch mehr meinte, nämlich Akzeptanz. Er hatte stets geleugnet, für die Religion des Propheten zu missionieren, aber er war berühmt dafür, Konvertiten niemals abzuweisen. Tatsächlich waren mehr als nur ein paar Universitätsprofessoren – und auch einige Stadträte – alles andere als glücklich über die Vorstellung, dass inmitten der Universität etwas entstanden war, das sie eine ›Madrassa im pakistanischen Stil‹ nannten. Solchen Leuten antwortete die Stiftung immer gebetsmühlenartig, dass man lediglich ›jenen die Tür öffne, die die Wahrheit suchten‹, gefolgt von der Frage, die diese Leute noch mehr ärgerte: ›Die Wahrheit suchen … Ist das nicht westliche Lebensart?‹

Mit Sicherheit war es ein Zugeständnis an westliche Sitten, wie Dr. al-Wasidi nun hier stand: Groß und steif in seinem grauen Armanianzug, streckte er Marcus die Hand entgegen mit einem Lächeln, das mehr geschäftsmäßige Höflichkeit als Freundschaft war. Trotz der ausgestreckten Hand hatte sein Verhalten etwas an sich, als sei er nicht sicher, ob er seinen Besucher willkommen heißen und durch die reich verzierte Tür hereinbitten sollte, die in die Bibliothek führte, auf die er so stolz war. Seine ersten Worte straften diesen Eindruck jedoch Lügen.

»Dr. Frey«, sagte er mit jener ruhigen Stimme, deren Akzent einzig seine akademische Ausbildung in Oxford widerspiegelte. »Ich habe Sie schon erwartet.«

Marcus sah ihn überrascht und ein wenig skeptisch an, konnte jedoch nichts in den fast schwarzen Augen des Arabers erkennen. Er folgte Dr. al-Wasidi durch den Gang und in die Bibliothek, und bei jedem Schritt staunte er mehr über die Materialien, die beim Bau des Instituts Verwendung gefunden hatten: die glänzenden Marmorböden, die mit geometrischen Mosaiken verzierten Travertinwände und die polierten Zedernholzstühle mit den hochkomplexen symmetrischen Mustern. Es gab ein Wort für diese Art von Muster. Marcus suchte in seinem Gedächtnis und fand es dann auch: Arabesken. Und zwischen ihnen, vor einem Erkerfenster, das ebenfalls von Arabesken verziert war, stand eine reich bestickte Ottomane, ein Möbelstück wie aus Tausendundeine Nacht, eine Liege für zwei Liebende. Allerdings war Marcus fest davon überzeugt, dass ein derartiger Kontakt zwischen Mann und Frau hier nie toleriert werden würde. Der große Araber winkte ihm, an einem achteckigen, mit Elfenbein eingelegten Tisch Platz zu nehmen. Marcus nahm an, dass Dr. al-Wasidi auch ein Büro hatte, nur würde er seinen Gast dorthin nicht einladen.

»Ich will direkt auf den Punkt kommen, Dr. al-Wasidi«, begann Marcus. »Mir ist zu Ohren gekommen – ein wenig zu meiner Überraschung, wie ich gestehe, und das muss ich meiner Ignoranz zuschreiben –, dass Sie der richtige Mann sind, um nach dem Ursprung eines Märchens zu fragen: Aladin.«

Al-Wasidi richtete die dunklen Augen auf ihn wie schwarze Laser und zog die Lippen zu einem selbstbewussten, schiefen Lächeln zurück. »Ich würde nicht sagen, dass ich die Geschichte von Aladin im Speziellen studiert habe. Aber Sie haben recht, wenn Sie sagen, dass ich schon lange ein Interesse am Zusammenspiel zwischen der westlichen und islamischen Welt hege. Tatsächlich könnte man sogar sagen, genau das ist der Grund, warum ich hier bin.«

»Ah ja.«

Es folgt ein längeres Schweigen, während die beiden Männer einander musterten; dabei wollte keiner von sich mehr preisgeben als der andere. Marcus fragte sich, ob es wohl besser gewesen wäre, wenn er Nazreem mitgebracht hätte. Er hatte darüber nachgedacht, war schließlich jedoch zu dem Schluss gelangt, dass die Gegenwart einer Frau, egal welcher Religion oder Ethnie, eher kontraproduktiv im Gespräch mit dem islamischen Gelehrten gewesen wäre. Vielleicht hatte er damit ja einen Fehler gemacht. Marcus hatte den Eindruck, als betrachte Dr. al-Wasidi ihn lediglich als einen weiteren Westler, der nicht bereit war, seine Vorurteile über eine vollkommen andere Kultur aufzugeben. Und womöglich hatte er sogar recht damit. Marcus war durchaus schon in den Sinn gekommen – und warum auch nicht? –, dass dieser Mann hier der Empfänger jener Nachricht sein könnte, die zu entziffern Delahaye und Co. so erpicht waren. Aber eine solch urbane, kultivierte Gestalt wie al-Wasidi der Zusammenarbeit mit langbärtigen, wahnsinnigen Mullahs zu verdächtigen, die den Dschihad predigten, schien undenkbar. Mit seiner eleganten, kleinen Schleife sah er mehr wie Gianni Versace als wie Osama bin Laden aus.

Es war Marcus, der das Schweigen schließlich brach. »Sie wissen es vielleicht nicht, Dr. al-Wasidi, aber als vergleichender Historiograf ist es meine Pflicht, Themen, Zivilisationen, Kulturen und Konflikte aus den unterschiedlichsten Blickwinkeln zu betrachten. Ich versuche stets, beide Seiten zu berücksichtigen. Das ist mein Job. Meine Berufung, wenn Sie so wollen. Mit genau diesem Ziel vor Augen habe ich zum Beispiel ein Buch über den israelisch-palästinensischen Konflikt geschrieben.«

Al-Wasidi nickte zum Zeichen, dass er verstehe, worauf Marcus hinauswollte, doch zu hundert Prozent überzeugt war er offenbar nicht. Marcus fuhr fort: »Aus Gründen, von denen ich hoffe, dass ich sie Ihnen nicht im Detail werde erklären müssen« – der Araber kniff die Augen zusammen und musterte Marcus erneut –, »glaube ich, wie Sie vermutlich auch, dass die Legende von Aladin eine jener Geschichten ist, die im Laufe der Zeit stark korrumpiert worden ist, besonders durch ihre Wiedergabe in der westlichen Literatur.

Ich bin daran interessiert, wie moderne Muslime auf eine Geschichte reagieren, die ein Kernstück des – zum Guten wie zum Schlechten – bekanntesten Werks der weltlichen arabischen Literatur ist; noch dazu eine Geschichte, die unglaublich schwer zu ihren Ursprüngen zurückzuverfolgen ist.« Al-Wasidis Augen wanderten langsam von einer Seite zur anderen, doch ob das nun ein Zeichen der Zustimmung war oder ein Kommentar zur westlichen Verliebtheit in Märchen, das war schwer zu sagen.

»Ich habe sogar gehört, dass eine Reihe von Gelehrten, größtenteils Franzosen, glauben, es gebe gar kein Original, und dass Antoine Galland die ganze Geschichte erfunden habe.«

Bei diesen Worten warf al-Wasidi den Kopf zurück und brach zu Marcus' großem Erstaunen in lautes Lachen aus.

»O ja, so was soll schon vorgekommen sein«, sagte al-Wasidi, nachdem das Lachen verklungen war. »So wie es auch gelehrte Männer gibt, die ganze Welten erfinden. Tolkien war zum Beispiel so ein Mann. Er hat eine Welt voller Elben und Orks erfunden und ihre Sprachen erschaffen und gelernt. Und es gibt auch Star-Trek-Fans, die Klingonisch sprechen. Ob wir es aber bei Galland mit einer Erfindung zu tun haben ...?« Er zuckte mit den Schultern.

Marcus war froh, den Mann endlich zum Reden bekommen zu haben. »Dann sind Sie also überzeugt davon, dass die Geschichte eine arabische Quelle hat, die noch heute ihren Widerhall in der muslimischen Welt findet?«

»Mein lieber Dr. Frey«, sagte al-Wasidi und strich sich mit den langen Fingern der linken Hand über den sorgfältig gestutzten Bart. »Ihr plötzliches Interesse verwirrt mich, aber ich bin sicher, dass Sie ein offener, intelligenter Mann sind. Ich muss Ihnen sagen, dass es unglaublich schwierig ist, in solchen Dingen akkurat zu sein. Es stimmt: Offenbar gibt es kein Manuskript, das Material enthält, welches man als Quelle der Geschichte von Aladin betrachten könnte – oder der Geschichte von Ali Baba und den vierzig Räubern, die sich im Westen ebenso großer Beliebtheit erfreut, weil sie gewisse Vorurteile gegenüber der arabischen Welt bestätigt.

Lange Zeit ging man davon aus, dass Galland die Geschichten von Aladin und Ali Baba auf ein heutzutage verschollenes, frühes Manuskript von Tausendundeine Nacht begründete. Ich selbst neige auch zu dieser Ansicht. Ein derartiges Dokument wird in anderen Manuskripten erwähnt.«

»Und wo soll dieses Original angeblich sein?«

»In Bagdad natürlich. Wo sonst?«

Marcus schaute ihm in die Augen. Er glaubte zu wissen, was als Nächstes kam.

»Und wann soll dieses Manuskript entstanden sein?«, fragte er.

»Vor langer Zeit, fürchte ich. Spätestens im neunten Jahrhundert. Natürlich heißt das nicht, das Manuskript oder eine Kopie davon sei nicht auch später noch in Umlauf gewesen, aber ich muss zugeben, dass das zu bezweifeln steht. So viele Dinge sind verloren gegangen. Ich fürchte, amerikanische Soldaten haben keinen sonderlichen Respekt vor antiken Gegenständen, vor allem nicht vor alten Schriftstücken. Die Museen sind nicht bewacht worden, und die Sammlungen und Archive wurden bestenfalls geplündert, schlimmstenfalls zerstört. In Räumen, die kein Dach mehr hatten, den Elementen ausgesetzt, hinfortgeweht vom Wüstenwind. ›Vom Winde verweht‹, würden die Amerikaner wohl sagen.« Er sagte das mit einem reumütigen, sarkastischen Gesichtsausdruck.

Marcus nickte ernst. Er wusste, dass der Mann das keineswegs als komisch empfand. Das Weiße Haus verkündete immer wieder, seine Soldaten seien die Vorhut der Zivilisation; für die Gelehrten in der arabischen Welt waren sie jedoch nicht mehr als gut bewaffnete Barbaren, und die ›Kollateralschäden‹ bei der angeblichen ›Befreiung‹ Bagdads hatten eine kulturelle Katastrophe bedeutet, die nur mit dem Brand der Bibliothek von

Alexandria zu vergleichen war. Es gab Akademiker – und das nicht bloß in der islamischen Welt –, die glaubten, das westliche Credo, ein Leben sei mehr wert als alle historischen Relikte der Welt, sei das genaue Gegenteil von gesundem Menschenverstand. Besonders galt das natürlich, wenn die betreffenden Relikte das kulturelle und literarische Erbe einer der ältesten Zivilisationen der Welt darstellten.

Marcus ließ sich jedoch nicht ködern. »Sie dürfen nicht vergessen«, fuhr al-Wasidi fort, »dass zu der Zeit, in der Galland geschrieben hat – Anfang des 18. Jahrhunderts – die islamische Welt am Beginn eines langen Abstiegs stand, zumindest was ihren Wohlstand und ihren Einfluss in der Welt betraf. Aber es war noch immer eine Zivilisation, die Reisende aus dem Westen als bunt und exotisch erlebten.«

Wieder nickte Marcus. Es fiel ihm leicht, sich die von der Sonne durchdrungenen Städte des Ostens vorzustellen – wie er es auch in Gallands Tagebuch gelesen hatte –, mit ihren prachtvollen Palästen, geheimnisvoll verschleierten Frauen und labyrinthartigen Suqs, die erfüllt waren vom Duft Tausender Gewürze. Welchen Eindruck mochten diese Gerüche wohl bei einem Europäer hinterlassen haben, der mehr an eine offene Kanalisation als an türkische Bäder gewöhnt war? Besonders Bagdad, die sagenumwobene Hauptstadt der Kalifen, musste auf den Reisenden gewirkt haben wie New York auf die heutigen Menschen. Was war das doch für eine Ironie!

»Das ist auch der Grund, warum Gallands Geschichten sich so gut verkauft haben«, erklärte al-Wasidi. »Sie haben ein Bild heraufbeschworen, das für die meisten Europäer schier unvorstellbar war. Aber wie wir heute wissen: Wenn man einen Markt erschafft, frisst er sich irgendwann selbst auf.«

»Ich bin mir nicht sicher, worauf Sie hinauswollen.«

»Das ist eigentlich recht einfach, Dr. Frey. Um es einmal in einer Sprache zu sagen, mit der Ihre Gesellschaft vertraut ist: Die Europäer hatten mehr Geld, und Geld regiert die Welt. Unter diesen Umständen wäre es nicht überraschend gewesen, wenn irgendjemand im Nahen Osten mit etwas angekommen wäre, das nur wie ein altes Manuskript *aussah,* um es für Unsummen an einen Franzosen oder Deutschen zu verkaufen.«

»Meinen Sie gezielte Fälschungen?«

»Natürlich. Warum auch nicht? Wie oft bietet man heutzutage Touristen bei den Pyramiden oder im Tal der Könige ›echte‹ antike Artefakte an? Und wie viele kaufen sie, wohl wissend, dass der Handel für beide Parteien illegal ist? Deshalb können sie sich ja auch nicht beschweren, wenn sie herausfinden, dass es sich um eine Fälschung handelt – nicht, dass sie das je tun würden, sie wollen es ja auch nicht.«

Marcus lachte. Er war selbst schon an diesen Orten gewesen und erinnerte sich noch gut daran, wie er sich im letzten Moment zurückgehalten hatte, für 20 Euro den ›echten Zehennagel einer Mumie‹ zu kaufen. Vermutlich stammte der eher von einem kurz zuvor verstorbenen Bettler in den Straßen von Kairo.

»Die intelligentesten Fälscher«, sagte al-Wasidi, »wussten genau, was ihre Kunden suchten, und sie versorgten sie damit. Gut ein Jahrhundert nach Galland hat ein Schweizer Forscher namens Zotenberg eine Weile geglaubt, ein echtes Manuskript aus dem Bagdad des neunten Jahrhunderts entdeckt zu haben, das ohne Zweifel den ›Ursprung‹ der Geschichte belegt hätte.«

»Aber?«

»Aber es stellte sich als Werk eines außerordentlich talentierten libanesischen Kopisten mit Namen Michael Sabbah heraus, der es aus verschiedenen, viel späteren ägyptischen und syrischen Manuskripten zusammengestellt hat, die er dann ›verbesserte‹, indem er ihnen eine antike Patina verpasste und ein paar seiner eigenen literarischen Ergüsse hinzufügte. Sein einziges Problem war die Geschichte von Aladin, die – wie Sie bereits wissen – nicht Teil der ältesten Manuskripte war, von denen wir glauben, dass Galland Zugang zu ihnen hatte.«

»Und? Was hat dieser Sabbah daraufhin getan?«

Al-Wasidi grinste. »Was glauben Sie denn, was er getan hat? Ein antikes Manuskript aus Bagdad war weit wertvoller, wenn es auch die populärste aller Geschichten Gallands enthielt.«

»Sie wollen damit doch wohl nicht etwa sagen …«

Das Grinsen wurde breiter. »Natürlich. Er hat das Einzige getan, was er unter den gegebenen Umständen hat tun können: Er hat das Französische ins Arabische zurückübersetzt.«

»Aber der Schweizer, Zotenberg … er hat es doch nicht gekauft, oder?«

»O doch. Eine Weile hat er auch an die Echtheit geglaubt, doch schließlich hat er seinen Ruf wiederhergestellt, indem er es selbst als Fälschung entlarvt hat. Aber Sabbah war nicht der Einzige. Es gab auch einen syrischen Priester mit Namen Chavis, der genau das Gleiche getan hat, und bevor Sie sich aufs hohe Ross schwingen und von den ›hinterlistigen Arabern‹ reden, möchte ich Sie darauf hinweisen, dass ein gewisser Jean Warsy, ein französischer Kaufmann, der im späten achtzehnten Jahrhundert in Ägypten gelebt hat, das Gleiche mit der Geschichte von Ali Baba gemacht hat, der anderen Lieblingsgeschichte der Europäer, die sich in keinem von Gallands Manuskripten findet. Und diese Fälschung ist sogar in der Bodleian Library hier in Oxford gelandet, wo sie als antikes arabisches Meisterwerk verehrt wurde, bis jemand merkte, dass auch das aus dem Französischen übersetzt war.«

»Unglaublich!«

»Denken Sie? Mir persönlich fällt es nur allzu leicht, das zu glauben. Tatsächlich wäre alles andere auch nicht plausibel. Nahezu die gesamte Geschichte von Tausendundeine Nacht ist ein Labyrinth kultureller Überschneidungen. Der große Sir Richard Burton persönlich …«

Das sagte al-Wasidi zwar nicht mit Ironie, doch Marcus fühlte sich zu einem Stöhnen genötigt zum Zeichen, dass er kein Freund des viktorianischen Linguisten und Abenteurers war, der die Ansicht verkündet hatte, im Nahen Osten sei man von Homosexualität geradezu besessen.

»Nein, nein, Sie müssen sich nicht entschuldigen«, sagte al-Wasidi. »In Tausendundeine Nacht gibt es mehr als genug Sinnlichkeit. Burton hat schlicht jene Variante gewählt, zu der er selbst eine Neigung verspürte, und die hat er dann versucht, auf alle anderen zu übertragen. Wir suchen keineswegs alle einen Jungen ›mit einem Hintern wie ein Pfirsich‹. Burtons Version von Tausendundeine Nacht ist für sich genommen eine gute Arbeit, ein wenig hochgestochen vielleicht und mehr viktorianisch-englisch als arabisch-mittelalterlich; aber zumindest hat er versucht, die Geschichten in einem starken literarischen Stil wiederzugeben.

Sein Fehler war, dass er sich mehr um Popularität und Verkaufszahlen sorgte als um Authentizität. Alles spricht dafür, dass er die Übersetzungen aus dem Französischen ins Arabische für voll genommen hat. Er war sogar noch begieriger darauf, der Nachfrage zu entsprechen, als Galland – deshalb hat er die Geschichten ja auch noch mal ›gepfeffert‹, wie man so sagt.«

»Was meinen Sie mit ›der Nachfrage zu entsprechen‹?«

»Von allen westlichen Veröffentlichen der *Alf Laila* ist die von Burton diejenige, die versucht, dem Namen am gerechtesten zu werden – im zahlenmäßigen Sinne, meine ich. Zu guter Letzt hatte er sechzehn Bände zusammen mit vierhundertachtundsechzig ›Nächten‹. Das ist zwar noch nicht einmal die Hälfte von tausend, aber immer noch mehr als jeder andere. Das wiederum bedeutet, dass er bei seiner Arbeit recht skrupellos zu Werke gegangen ist. Er hat sogar Geschichten der Hindi-Versionen adaptiert, von denen die meisten Gelehrten glauben, sie seien nur freie Übersetzungen von Gallands Werk.«

»Aber ist nicht auch das Gegenteil möglich? Dass Burton recht hatte? Kann es nicht sein, dass einige von Gallands Geschichten – jene, von denen er sagt, sie seien ihm mündlich übermittelt worden, zum Beispiel – wirklich in der mündlichen Überlieferung überlebt haben, manchmal auch in anderen Kulturen? Der Islam hat Pakistan erreicht. Warum sollten dann einige dieser Geschichten nicht in andere Sprachen übersetzt worden sein? Vielleicht war das, was Burton aufgegriffen hat, ja gar keine Übersetzung von Galland – und auch keine Fälschung –, sondern die gleiche Geschichte, die Galland in Aleppo von einem maronitischen Mönch gehört hat, nur in diesem Fall erst in eine Sprache des Subkontinents übersetzt.«

Al-Wasidi lächelte nun ungehemmt. »Ja, natürlich wäre das durchaus möglich. Tatsächlich glaube ich zum Beispiel, dass es in der Tat so war, dass Galland die Geschichte nicht erfunden, sondern von einer Quelle hat, die weit westlicher lag als ihr Ursprung. Das ist ein Fehler, den man im Westen häufig begeht, auch im Falle des Iran zum Beispiel: Man glaubt, nur weil etwas islamisch ist, sei es auch arabisch.«

»Dann könnte es also wirklich eine Bedeutung haben, wenn bei Aladin von einem ›chinesischen Königreich‹ die Rede ist?«

Kurz huschte ein überraschter Ausdruck über das Gesicht des Arabers. »Aber natürlich. Warum auch nicht?«

»Es ist nur … Ich habe noch nie von einem muslimischen Einfluss in China gehört.«

»Den gibt es auch nicht. Jetzt jedenfalls nicht mehr. Aber das heißt noch lange nicht, dass es ihn nie gegeben hat. Der Onkel des Propheten persönlich – Friede sei mit ihm – hat den wahren Glauben bereits im dreißigsten Jahr der Hejira – das ist 650 n. Chr. im christlichen Kalender – in dieses Land gebracht. Selbst heute noch leben etwa zwanzig Millionen Muslime in China, auch wenn sie damit nur knapp zwei Prozent der Bevölkerung ausmachen. Die Augen der Welt sind ständig auf Tibet gerichtet. Nur wenige wissen, dass die Uiguren mindestens genauso unterdrückt werden.«

»Ich habe zwar schon von den Uiguren gehört, aber ich muss gestehen, dass ich nur wenig über sie weiß.«

»Einst hatten auch sie ihren Platz an der Sonne, ein Reich, das genauso groß war wie China heute. Es lag im Norden und Westen der heutigen Volksrepublik und umfasste alle Stämme Zentralasiens.«

»Von welcher Periode reden wir hier? Zentralasien ist nicht gerade meine Spezialität, fürchte ich.«

»Ja, das gilt wohl für viele westliche Gelehrte. Die Türkei wird als seltsames Land an der Grenze Europas zum Nahen Osten betrachtet und nicht als äußerste, westliche Spitze einer kulturellen und linguistischen Familie, die sich bis in die Mongolei erstreckt. Die Uiguren leben am anderen Ende dieser Familie.«

»Wollen Sie mir damit sagen, das sei die Quelle der Geschichte von Aladin?«

»Ich will damit nur sagen, dass das ein *Möglichkeit* ist. Eine Möglichkeit, die durch das hier untermauert wird.« Er stand auf, durchquerte den Raum und holte eine Dokumentenkiste von einem der Bücherregale. Kurz glaubte Marcus, ein Déjà-vu-Erlebnis zu haben – dass der arabische Gelehrte ihm die fehlenden Seiten aus Antoine Gallands Tagebuch präsentieren würde.

Doch als Dr. al-Wasidi die Kiste öffnete und sie Marcus über den Tisch hinweg zuschob, erkannte er, dass es nichts in der Art war. Die Kiste enthielt ein antikes Pergament, Schaf- oder Ziegenhaut von offenbar wahrlich hohem Alter. Die Schrift darauf war verblasst, aber lesbar ... wenn Marcus sie denn kennen würde. Sie erinnerte an Stöckchen, die ein Kind auf den Boden geworfen hatte, und Würmer wanden sich darum. Es war eine Sprache aus dem Osten, eine alte Sprache. Marcus hatte so etwas noch nie gesehen. Sie glich ebenso wenig Sanskrit wie Keilschrift, und Marcus wusste instinktiv, dass sie sehr viel älter sein musste.

»Diese Schrift hier«, beantwortete al-Wasidi die Frage, die Marcus gar nicht gestellt hatte, »nennt man Brahmi. Das Manuskript hier zeigt eine späte Form davon.«

»Können Sie das lesen?«

»Nein, ich persönlich nicht. Aber ich habe hier eine Übersetzung ins Englische.«

Marcus nahm die Fotokopie, die al-Wasidi ihm gab, und begann zu lesen: »Am Anfang war das Licht der Welt in Dunkelheit verborgen ...« Und während er las, wurde er mehr und mehr überzeugt davon, endlich den Schlüssel in Händen zu haben, nach dem er gesucht hatte. Zwar wurden weder Aladin noch ein Geist erwähnt, doch die Bezüge zur ›Lampe‹ waren unverkennbar, eingebettet in die gleiche Art von Sprache, die Delahaye abgefangen hatte; nur klang sie hier älter, düsterer. »Die Lampe, die die Welt erhellt, war der größte aller magischen Talismane, und er verlieh seinem Besitzer Macht über Leben und Tod.«

»Wo zum Teufel ist das her?«, fragte Marcus staunend.

»Wie so viele andere Schätze wurde auch dieser hier dort gefunden, wo man es am wenigsten erwartete: direkt unter der Nase des Suchenden. Es war hier, in einer von Oxfords erlauchten Bibliotheken, mitten in einem Stapel antiker, bis dato unidentifizierter, zentralasiatischer Pergamente.«

»In der Bodleian?«

Al-Wasidi schüttelte den Kopf. »Nein, die Bodleian mag ja eine der besten Sammlungen der Welt haben, aber dort ist alles schon vor langer Zeit klassifiziert und untersucht worden. Das hier wurde in einer Ihrer großen imperialistischen Räuberhöhlen gefunden.«

»Bitte, wo?«

»In der Sammlung von General Pitt-Rivers.«

Natürlich, dachte Marcus, das große, neogotische Museum in der Parks Road war extra für die riesige, schrullige Sammlung von Erinnerungsstücken und exotischen Souvenirs errichtet worden, die einer der ehrgeizigsten Exzentriker in der zweiten Hälfte des 19. Jahrhunderts zusammengetragen und schließlich seiner alten Universität gespendet hatte. Diese Sammlung bildete den Grundstock für das heutige Museum für Anthropologie. Dass auch obskure Manuskripte zu dieser Sammlung gehörten, war zwar bekannt; nur wurden sie gemeinhin nicht eines eingehenderen Studiums für würdig erachtet.

»Nebenbei … Der Mann, der das hier ausgegraben hat,

war auch von Aladins Geschichte und ihren Ursprüngen fasziniert.«

»Wer war es? Wo kann ich ihn finden? Arbeitet er in der Sammlung?«

Al-Wasidi lächelte ironisch. »Wohl kaum«, antwortete er. »Dr. Khan ist ein Mischling. Unter anderem fließt uigurisches Blut durch seine Adern. Er wollte nicht länger in der britischen Gesellschaft leben. Also ist er wieder zu seinen Wurzeln zurückgekehrt.«

»Nach China?«

Al-Wasidi schaute Marcus zum ersten Mal direkt in die Augen, als wolle er einen Blick in seine Seele werfen. »Nicht ganz«, antwortete der groß gewachsene Araber.

*

Vier Stunden später, nach einer intensiven, nervösen und schließlich aufgeregten Diskussion mit Nazreem, nahm Marcus sein Handy und wählte die Nummer, die ihn so direkt wie möglich mit Sebastian Delahaye verbinden würde – wo auch immer er sein mochte.

Die Stimme am anderen Ende gab wie stets keinerlei Hinweis darauf, wo Delahaye sein mochte. Es gab kein Hintergrundgeräusch, kein Plappern, nur sterile Stille um die Stimme des Mannes herum.

»Sie haben gesagt, dass wir jeden Stein umdrehen und jeder Spur folgen sollen, egal wohin sie uns auch führen mag«, sagte Marcus nach einem kurzen Austausch von Höflichkeiten.

»Jaaa.« Die Stimme klang vorsichtig.

»Und? Wollen Sie das noch immer? Egal, wie viel es kostet?«

»Bis zu einem gewissen Punkt sicher. Sagen Sie mir doch einfach, was Sie von mir brauchen – wenn das über diese Verbindung möglich ist.«

»Es ist an der Zeit, dass Sie die Jungs in Uniform hinzuziehen. Wir müssen eine Reise unternehmen. In einem Flugzeug.«

»Was? Wohin?«

»Ans Ende der Welt … mehr oder weniger.«

16

Die große Hercules kreiste hoch am wolkenlosen Himmel. In der Ferne schimmerten die schneebedeckten Gipfel des Hindukusch. Dann kippte das Flugzeug zur Seite, und die riesige Maschine schoss so plötzlich und steil der Erde entgegen wie ein Falke, der sich auf seine Beute stürzt.

Marcus schlug das Herz bis zum Hals. Er hatte etwas Vergleichbares bisher nur einmal erlebt, auf einem Linienflug nach Tel Aviv. Damals hatte er geglaubt, ein Triebwerk sei ausgefallen, und er hatte sich nichts sehnlicher gewünscht, als einen Gott zu haben, zu dem er hätte beten können. Dann hatte sein Nachbar, ein Journalist des *Guardian,* ihn freundschaftlich in die Seite geboxt, ihm einen Flachmann mit Brandy gereicht und gesagt: »Keine Sorge, alter Knabe. Das ist ein vollkommen normales Verfahren, um an Höhe zu verlieren. Die British Airways tut so was nicht, weil die Passagiere sonst ihren Gin verschütten würden, aber die Sowjets haben das in Afghanistan ständig gemacht, um Stingerraketen zu entgehen, wenn sie in Kabul gelandet sind. Würden wir uns danach erkundigen, so würden wir vermutlich herausfinden, dass unser Pilot früher für die sowjetische Luftwaffe geflogen ist. Viele von denen arbeiten heute für die El Al. Die Welt ist schon komisch.«

Und tatsächlich war damals genau das der Grund für das Manöver gewesen. Nun, ein halbes Dutzend Jahre später, musste Marcus das gleiche nervenzerreißende Manöver ertragen und noch dazu genau an dem Flughafen, wo die Russen es gelernt hatten. Nur dass heute ein Pilot der Royal Air Force am Steuerknüppel saß. Aber sie wichen noch immer Stingerraketen aus, einige davon vielleicht fast dreißig Jahre alt, aber noch immer funktionstüchtig und mit dem Siegel der Herstellerfirma versehen: Short Bros of Belfast. Das Geld der CIA legte bisweilen weite Wege zurück, und manchmal kam es wieder zurück und schlug einen mitten ins Gesicht.

Nazreem packte Marcus' Hand und drückte sie. Er erwiderte den Druck und schenkte ihr das beruhigendste Lächeln, das er zustande brachte. Beide spürten sie, wie sich ihre Mägen hoben, als ihre Körper in die Sicherheitsgurte gedrückt wurden, die sie an den Ladenetzen festhielten. Eine große Palette mit Holzkisten bewegte sich in ihren Halterungen, nur ein paar Millimeter, doch das war genug, um Marcus' Herz einen Schlag lang aussetzen zu lassen. Gott allein wusste, was diese Kisten enthielten. Den Passagieren gegenüber befanden sich vier schmale Krankentragen. Sie hingen untereinander und bewegten sich mit der Schwerkraft wie Hängematten auf einem Schiff im Sturm. Der Copilot hatte ihnen erklärt, eine C-130 könne 74 solcher Tragen transportieren. Marcus hoffte, dass er das nie würde sehen müssen.

Und dann waren sie unten, setzten mit einem Schlag auf, und die große Hercules rumpelte über die unebene Startbahn. Ein paar alte 727 der afghanischen Airline waren am Rand des Rollfelds geparkt, doch die meisten Flugzeuge hier gehörten dem Militär: dunkelgrün für die RAF und sandfarben für die USAF. Kabul war heutzutage in der Hand von Freunden, offiziell jedenfalls, und die Regierung von Mohammed Karzai galt als wichtiger Verbündeter im ›Krieg gegen den Terror‹. Aber wenn das ein ›Krieg‹ war, wie der alte amerikanische Präsident George Bush erklärt hatte, dann verloren sie die meisten Schlachten;

sie kämpften gegen Geister. Und diese Geister waren nicht nur die unsichtbare Armee der Rebellen, es waren auch die Geister der Vergangenheit, die Geister jedes schlecht ausgerüsteten Afghanen, der im Laufe der Jahrhunderte zu den Waffen gegriffen und gegen fremde Eindringlinge gekämpft hatte. Und an denen hatte noch nie Mangel bestanden.

Ruckelnd kam das Flugzeug zum Stehen. Dann erschien der Copilot in der Kabine und öffnete die Passagiertür. Kalte, trockene Wüstenluft strömte herein. Marcus hatte sich Kabul stets als glühend heiß vorgestellt, mit Suqs, Teehäusern und schattigen Gassen, ein wenig wie Amman oder vielleicht Damaskus, in jedem Fall aber nahöstlich. Als sie nun jedoch auf den Boden kletterten, erkannte er sofort, wie falsch er gelegen hatte: Die Stadt war von Bergen umgeben, die nicht viel niedriger waren als die höchsten der Welt. Nur knapp eine Flugstunde trennte sie von Tibet. Kabul lag in einem Ausläufer des Dachs der Welt.

Außerdem wirkte die Stadt irgendwie erschöpft. Theoretisch herrschte in der afghanischen Hauptstadt seit gut einem Jahrzehnt Frieden, nachdem man die Taliban vertrieben und ›die Demokratie wiederhergestellt‹ hatte. Das Flughafenterminal vermittelte jedoch einen anderen Eindruck. Überall wimmelte es nur so von Soldaten, die meisten davon Afghanen in Kampfuniform mit automatischen Waffen über der Schulter und Turbanen. Die Luft dröhnte vom Lärm der Schlagbohrer, Betonmischmaschinen und Männer mit Spitzhacken. Dem Aussehen des Terminals mit seinen vorstehenden Stahlstreben und den Schrapnelllöchern nach zu urteilen, war allerdings fraglich, ob die Leute es nun reparierten oder abrissen.

Männer der RAF führten Marcus und Nazreem zur Seite, wo sie rasch die Einreiseformalitäten erledigten. Nazreem zog dafür kurz ihr seidenes Kopftuch zurück, mit dem sie ihr Gesicht bedeckt hatte. Sie war wieder eine muslimische Frau in einem muslimischen Land. Das hatte einen gewissen Chamäleoneffekt; von einem Augenblick auf den anderen war sie jemand vollkommen anderes geworden. Kurz fragte Marcus sich, welches ihrer Gesichter wohl das echte war: dasjenige, das sie im Westen zeigte, oder das andere, das sie in Gehorsam zu ihrer Tradition verbarg.

Die Visa warteten auf sie. Delahaye hatte sich im Vorfeld darum gekümmert. Wenngleich sie im Schutz der britischen Armee eingetroffen waren, würden sie nicht die ganze Zeit ihres kurzen Aufenthalts über eskortiert werden, weshalb die Formalitäten auch eingehalten werden mussten; Delahaye hatte darauf bestanden. Immerhin war Afghanistan ein souveräner Staat. Marcus hatte gelächelt und gesagt, das hätten auch die Nazis von ihrer slowakischen Marionette im Jahr 1940 behauptet. Vergleichende Historiografie war alles Mögliche, aber mit Sicherheit nicht politisch zurück – das predigte Marcus seinen Studenten in jeder Vorlesung.

Ein verstaubter Army Land Rover wartete auf sie mit einem Corporal in ebenso verstaubter Uniform am Steuer. Marcus hätte es vorgezogen, nicht so deutlich mit der britischen Armee in Verbindung gebracht zu werden, doch Delahaye hatte erklärt, wenn sie die Armee schon als Transportunternehmen in Anspruch nähmen, dann müssten sie auch nach ihren Regeln spielen. Und Marcus hatte widerwillig nachgegeben. Immerhin war es ja nicht so, als hätten sie sich einfach einen Wagen mieten und ins Wakhantal fahren können. Die Reise würde mindestens zwei Tage dauern … falls sie es denn durch die von Kriegsherren beherrschten Gebiete schafften, gab der Nachrichtenmann offen zu, und das war das meiste Land jenseits des zerbrechlichen Kokons um die Hauptstadt. Aber wenigstens ging es nach

Norden und nicht in die berüchtigte Provinz Helmand, wo die meisten britischen Truppen stationiert waren. Soweit Marcus gehört hatte, war das Wakhantal sogar einer der sichersten Orte in ganz Afghanistan, nicht zuletzt, weil es nur dünn besiedelt und eines der unzugänglichsten Gebiete des Landes war. Sie mussten einfach nur dort ankommen.

Und dann mussten sie ihren Mann auch noch finden, fügte Marcus im Geiste hinzu.

Der Land Rover rumpelte über die von Schlaglöchern durchzogene Straße. Immer wieder deutete der Corporal auf Flecken am Straßenrand, die mit rot gestrichenen Felsbrocken markiert waren. »Falls Ihnen das noch niemand gesagt haben sollte«, erklärte er, »halten Sie sich von diesen Gebieten fern. Sollten Sie trotzdem einmal in solch ein Gebiet kommen, dann halten Sie sich auf der weißen Seite des Steins. Das sind Minenfelder. Das ganze Land ist voll davon. Einige reichen bis Anfang der Achtzigerjahre zurück, zu den Russen. Auf der weißen Seite der Steine ist angeblich alles geräumt.«

»Angeblich? Ist das nicht immer so?«, hakte Marcus nach.

Der Corporal zuckte mit den Schultern. »Die heutigen Detektoren sind ziemlich gut, aber hey, nobody is perfect. Menschen begehen Fehler.«

Stimmt, dachte Marcus und beschloss, angemalte Steine gänzlich zu meiden, auch wenn er sah, dass sich jede Menge davon an der Straße vom Flughafen befanden, die die äußere Stadtgrenze bildete.

Nach einer nicht allzu langen Fahrt zwischen alten Ladas, japanischen Pick-ups und verrosteten LKWs hindurch hielten sie vor dem Mustafa Hotel, einem unscheinbaren, vierstöckigen Betonklotz an einer geschäftigen Kreuzung, nicht weit entfernt vom Markt im Stadtzentrum. Der Corporal versicherte ihnen, dass dies ›das beste Haus am Platze‹ sei. »Es hat einen Billardtisch und Kabelfernsehen, und manchmal bekommt man sogar einen Drink.« Das war natürlich nur ein Mindestmaß an Komfort, aber der Manager war überschwänglich und die Mitarbeiter höflich und bemerkenswert effizient, besonders als Marcus ein paar Ein-Dollar-Scheine aus der Geldrolle nahm, die er extra für solche Gelegenheiten bei sich trug. Die grünstichigen Bilder alter Präsidenten mochten ja auf dem westlichen Währungsmarkt immer mehr fallen und inzwischen nur noch ein paar Eurocent wert sein, doch in großen Teilen der Welt waren sie noch immer das Bakschisch der Wahl.

Aus Anstandsgründen bekamen sie getrennte Zimmer. Nachdem sie geduscht – die Wasserversorgung war überraschend gut, das Wasser warm – und sich umgezogen hatten, gingen sie zum Essen runter. Nazreem hatte einen angemessen sittsamen Hosenanzug gewählt, trug aber im Hotel keinen Schleier, da hier ausschließlich Westler verkehrten. Das Hotel rühmte sich eines ›italienischen Restaurants‹ mit pink gestrichenen Wänden und gelben sowie orangefarbenen Tischdecken. Vor seinem geistigen Auge sah Marcus schon verkochte Pasta in dünner Tomatensoße.

Doch dann erklärte ihnen Amir, der Manager, voller Enthusiasmus, heute sei ein besonderer Tag, und es gebe frisches Lammkebab. Und es war wirklich etwas Besonderes: Das auf Holzspießen servierte und mit Minze gewürzte Lamm zerging einem förmlich auf der Zunge und hinterließ den angenehm rauchigen Nachgeschmack von über dem offenen Feuer geröstetem Fleisch. Dazu gab es einen Salat aus dünn geschnittenen roten Zwiebeln, gewürzt mit gemahlenen Sumachblättern und einer Minzjoghurtsoße. Als Getränk hatten sie Tee, heiß, schwarz und süß und mit Limonenscheiben, die schon bessere Zeiten gesehen hatten. Des Weiteren hatte der Kellner Marcus gegenüber angedeutet, dass er sich durchaus diskret ein Bier oder eine Flasche Wein bestellen könne. Das war zwar ein verlockendes Angebot, doch Marcus wusste, dass Nazreem nicht mit Alkohol am Tisch gesehen werden wollte, und außerdem brauchte er morgen einen klaren Kopf. Marcus *hasste* Helikopter, um es vorsichtig auszudrücken, und 06.30 Uhr war auch nicht gerade seine Zeit. Trotzdem zauberte er ein breites Lächeln auf das Gesicht des Kellners, indem er ihm fünf Dollar Trinkgeld gab. Vielleicht würde der Mann sich ja daran erinnern, wenn sie in ein, zwei Tagen wieder hier durchkamen, und dann – dessen war Marcus sicher – würde er einen Drink brauchen.

Zwei Amerikaner spielten Pool im Raum neben dem Restaurant, während ein paar andere auf einem Kunstledersofa lagen und mit einer Fernbedienung durch die Programme auf einem klobigen, alten Breitbildfernseher zappten. Auf BBC World lief ein Bericht über die Krönungsvorbereitungen. Vor der Westminster Abbey waren Menschenmassen zu sehen; dann folgten Bilder von den zukünftigen Banknoten mit dem Konterfei des neuen Monarchen darauf. Und natürlich würde es auch neue Münzen geben. Der Mann mit der Fernbedienung war von dem Bericht offenbar unbeeindruckt und schaltete zu den neuesten Footballergebnissen auf Fox News weiter. Den New York Giants ging es offenbar sehr gut. Marcus fragte sich, was für eine Art von Männern – und es waren ausschließlich Männer – wohl im Mustafa herumhing. Möglicherweise handelte es sich um Journalisten, obwohl Afghanistan den Rest der Welt nicht mehr wirklich kümmerte. Diplomaten waren es wohl eher nicht, denn die würden in den Bars ihrer Botschaften bleiben. Am wahrscheinlichsten waren es wohl ›freie Unternehmer‹, ein bewusst nichtssagender Begriff, mit dem die ›Koalition‹ alle belegte, die freiberuflich daran mitarbeiteten, die Regierung im

Sattel zu halten: Söldner größtenteils. Das war definitiv nicht die Art von Leuten, mit denen Marcus auf ein gepflegtes Gespräch aus war; andererseits gehörten sie jedoch zu den wenigen, die genau wie er in der Lage waren, den Konflikt von beiden Seiten zu sehen.

Auf dem Weg nach oben blieben sie kurz auf dem Absatz stehen, und Marcus gab Nazreem einen Gutenachtkuss auf die Wange.

»Ich hoffe, wir tun das Richtige«, sagte er.

»Ich weiß, dass wir das tun. In jedem Fall ist es ein Abenteuer. Und morgen werden wir eines der schönsten Länder der Welt sehen.«

*

Es stimmte, sagte Marcus sich selbst, als der britische Armeehelikopter vom Typ Lynx über eine ursprüngliche Berglandschaft mit schneebedeckten Gipfeln unter einem pastellblauen Himmel knatterte. Es fiel schwer, sich vorzustellen, dass das Land dort unten alles andere als ein Ort des Friedens war, wenn auch nicht der gefährlichste Teil des Landes. *Und das alles nur wegen der Menschen,* sinnierte Marcus. Doch waren nun die dafür verantwortlich, die dort lebten, oder jene, die gekommen waren, ihnen Ärger zu bereiten? Leute wie er und Nazreem. Plötzlich wurde Marcus klar, wie sehr er sich damit geirrt hatte, dass die Menschen hier Nazreem als eine der ihren betrachten würden, nur weil sie Muslimin war. Eine Palästinenserin war hier genauso daheim wie ein Spanier in Spitzbergen.

»Wir werden in Baharak landen! Das ist so ziemlich der letzte größere Ort hier oben!«, schrie der Copilot über das Dröhnen des Rotors hinweg, nachdem er Marcus gewinkt hatte, er solle mal kurz die Ohrschützer abnehmen. »Dort werden Sie sich dann irgendein Vehikel und einen einheimischen Führer suchen müssen, um weiterzukommen. Sie brauchen jemanden, der Wakhi spricht, Farsi und am besten auch Tadschikisch. Zum Glück für Sie ist das nicht so schwierig, wie es sich anhört. Das da unten ist ein ethnischer Schmelztiegel. Aber wenigstens dürfte Ihnen der schlimmste Ärger erspart bleiben. Terry hat hier oben nicht viel zu sagen.«

›Terry Taliban‹ war der Spitzname, den die britischen Soldaten ihrem Feind gegeben hatten, so wie sie die Deutschen im Zweiten Weltkrieg ›Jerry‹ genannt hatten. Die Armee hatte Marcus und Nazreem einen Helikopterflug bis nach Wakhan selbst angeboten, doch Marcus hatte dankend abgelehnt. In einer Gegend, wo man bewaffneten Ausländern mit großem Misstrauen begegnete, wollte er nicht als Teil des Militärs auftreten. Sie würden unbewaffnet dorthin gehen, und Marcus wollte, dass man ihnen das auch ansah. Allem nach zu urteilen, was er gehört hatte, war Wakhan der friedlichste Teil des Landes, und er hoffte, dass es auch so bleiben würde.

Der Helikopter setzte auf einer unbefestigten Straße auf, mitten auf einer kleinen Ebene zwischen hohen Bergen und ein paar hundert Meter von dem Dorf entfernt, allerdings nicht, ohne Aufmerksamkeit zu erregen. Der Rotor hatte kaum aufgehört, sich zu drehen, als bereits eine Gruppe Berittener mit Gewehren an den Sätteln sich zwischen ihnen und dem Dorf sammelte. Eine Gruppe kleiner Jungen grölte aufgeregt, bewarf sich mit Steinen und gelegentlich auch den Helikopter, bis einer der Reiter sie wütend anbrüllte. Marcus hatte gehört, dass die Einheimischen hier oben relativ freundlich seien. Natürlich wusste er nicht, inwieweit das der Wahrheit entsprach, doch eines war sicher: Angst hatten sie keine.

Einer der Reiter näherte sich langsam und berührte zum Gruß die Stirn mit der Hand. Der Copilot, der mit Marcus und Nazreem ausgestiegen war, erwiderte den Gruß mit einem zackigen britischen Salut. Das war, so bemerkte Marcus, eine überraschend passende Antwort. Die anderen Bewaffneten rührten sich nicht, obwohl ihre Blicke ständig von Marcus zu der verschleierten Nazreem und zurück zu dem Soldaten wanderten. Der Pilot war im Cockpit geblieben. Marcus fragte sich, wie oft sie wohl einen Notstart geübt hatten. Der Copilot sagte etwas zu dem Reiter, der daraufhin nickte. Offenbar beherrschte der Soldat die hiesige Sprache gut genug, um sich verständlich zu machen. Dann drehte er sich zu Marcus und Nazreem um und erklärte:

»Sie werden Sie zu Jassir Khalil bringen. Er ist so etwas wie der Häuptling hier. Ein ziemlich harter Bursche, aber er weiß, woher die Butter auf seinem Brot kommt. Er wird Ihnen ein Transportmittel besorgen – für einen stattlichen Preis – und auch einen Führer, der Sie mindestens bis Eshkashem bringen kann. Das ist der Eingang zum Wakhantal, und mit ein wenig Glück bringt er Sie auch noch weiter. Da oben haben sie noch ein richtiges Feudalsystem. Es gibt eine eiserne Regel für Gastfreundschaft; sollten Sie sie jedoch missbrauchen, ist die Reaktion hart. Es ist alles eine Frage, es richtig hinzubekommen. Glauben Sie mir, wir wissen das. In drei Tagen kommen wir wieder zurück, vielleicht auch früher, wenn Sie wollen und es uns irgendwie mitteilen können. Viel Glück.«

»Danke«, sagte Marcus und schüttelte dem Mann die Hand. Der skeptische Ausdruck auf dem Gesicht des Soldaten war nicht zu übersehen. *Er ist hundertprozentig davon überzeugt, uns niemals wiederzusehen,* dachte Marcus. Dann setzte der Rotor sich wieder in Bewegung, und Marcus und Nazreem traten außer Reichweite, während die Pferde mit den Hufen scharrten. In einer Staubwolke stieg der Lynx ein paar Meter auf, kippte dann nach vorne und verschwand in der klaren blauen Luft wie eine wütende Schmeißfliege durch ein offenes Fenster.

Der Reiter, der offensichtlich der Sprecher der Gruppe war, nickte Marcus und Nazreem zu und sagte: »Kommt.« Marcus legte den Arm um Nazreem, allein um klarzumachen, dass sie unter seinem Schutz stand; zumindest einer der Reiter hatte sie auf eine Art angeschaut, die Marcus eindeutig missfiel. Die Reiter verteilten sich um sie herum; sie hätten eine Ehrengarde, aber auch die Wärter einer Chain Gang sein können. Als sie sich dem Dorf näherten, lockerte sich die Stimmung auf. Ein Haufen lärmender Kinder in einer Mischung aus traditioneller und westlicher Kleidung lief aufgeregt auf sie zu, um sie zu begrüßen. Ein paar Mädchen von vielleicht zehn oder elf Jahren, barfuß und mit leuchtend blauen Baumwollkopftüchern, rannte zu Nazreem. Zuerst lächelten die Mädchen scheu; dann versuchten sie, ein Gespräch in einer Sprache anzufangen, die Nazreem nicht verstand, und schließlich ergriff das kühnste der Mädchen ihre Hand und strahlte freudig zu ihr hinauf.

Zur gleichen Zeit war Marcus der Mittelpunkt der Aufmerksamkeit für eine Gruppe von Jungen geworden. Sie waren laut schreiend herbeigerannt, als sie an den ersten der recht schlichten Ziegelsteinhäuser vorbeigekommen waren, die die ›Stadt‹ Baharak bildeten. Ein, zwei der älteren taten so, als hätten sie Gewehre in der Hand und zielten auf Marcus, doch dann trabte der Anführer der Reiter zu ihnen und scheuchte sie davon. Als er zu Marcus zurückkehrte, schwang er sich aus dem Sattel und grinste ihn breit an. »Böse Jungen!«, sagte er und lachte. »Kommt. Jassir Khalil warten. Er guter Mann.«

Und er mochte ja wirklich ein guter Mann gewesen sein, doch er sah aus wie ein lebender Albtraum. Khalil war ein großer, bärtiger Tadschike mit nur einem Auge und einer Hakennase, die selbst einen Adler vor Neid hätte erblassen lassen. Und Khalil lächelte offenbar auch nicht viel. Mit feierlichem Ernst begrüßte er sie auf einem staubigen Marktplatz. Sein Blick, als er ihnen die Hände schüttelte, verriet, dass er nicht verstand, warum sie hier waren, und er vertraute ihnen offenbar auch nicht. Außerdem sprach er so gut wie kein Englisch. Als Marcus versuchte, ihn anzusprechen, hob er die riesige, vernarbte Hand mit nur noch drei Fingern, drehte sich zu den Zuschauern um und bellte: »Karim!«

Karim war ein kleiner, drahtiger Mann mit einem Mund voll abgebrochener Zähne und einem Lächeln, das bewies, dass ihm sein miserables Gebiss nichts ausmachte. Khalil bellte ihm ein paar Befehle zu, woraufhin Karim sich an Marcus und Nazreem wandte und in gebrochenem, aber gut verständlichem Englisch sagte: »Jassir Khan sagt, Engländer gute Menschen. Sagt ihm, was ihr braucht. Er wird euch helfen sehr viel. Über Preis reden später.«

»Ein Fahrzeug«, erwiderte Marcus. »Mit einem Fahrer und einem Dolmetscher, der Wakhi, Tadschikisch und Dari spricht.«

»Das Letzte ist schon kein Problem«, sagte Karim und grinste. »Ich bin der Mann. Ihr zahlt mir US-Dollars.«

Marcus lächelte. Damit hatte er schon gerechnet. »Aber zuerst«, sagte er, »das Fahrzeug.«

Jassir Khan nickte, als hätte er das auch ohne Dolmetscher verstanden. Kurz sprach er mit Karim, der sich anschließend wieder zu Marcus umdrehte. »Wie viel ihr zahlt?«

»Einhundertfünfzig Dollar am Tag.« Das sei die übliche Rate, hatte ihm die Armee gesagt.

»Er sagt, mindestens zweihundertfünfzig. Für dreihundert ihr bekommt bestes Auto in Baharak. Seins.«

Marcus schüttelte den Kopf. Er hatte so etwas erwartet, aber er hatte schon vor langer Zeit die hohe Kunst des Feilschens erlernt. Allerdings galt: Wenn man etwas wirklich brauchte, dann zahlte man, was man sich leisten konnte, wohingegen man zahlte, was man wollte, wenn man es nicht so dringend benötigte. In diesem Fall war Marcus jedoch zwingend auf ein Fahrzeug angewiesen, und der Mann, mit dem er verhandelte, wusste das. Zu guter Letzt einigten sie sich auf 250 Dollar für Jassir Khalils eigenes Fahrzeug, angeblich der einzige Allradwagen in der Stadt. Und ein Allradfahrzeug würden sie auch brauchen, dachte Marcus, als Karim sie ein wenig herumführte.

Er sei zwar Tadschike, erklärte Karim auf dem Weg, aber sie alle seien auch Afghanen. Sein Vater hatte Anfang der Achtziger an der Seite von Jassir Khalil, für den er offenbar den allergrößten Respekt hegte, gegen die Sowjets gekämpft. Seine Muttersprache war Dari – das sei das Gleiche wie Farsi, sagte er, nur besser. Whaki wiederum, der obskure Dialekt, den die Stämme in dem abgeschiedenen Tal sprachen, sei ebenfalls Dari, nur ›in älterem Stil‹. Auch behauptete er, Paschtu zu sprechen, die Hauptsprache des Südens und Muttersprache des Präsidenten. Marcus hoffte, dass sie die nicht brauchten, denn Paschtu war auch die Sprache der Taliban.

Nazreem wurde in der Zwischenzeit von zwei Mädchen durch die Stadt geführt, die mittlerweile sämtliche Scheu abgelegt hatten. Neben den paar Marktständen gab es noch eine Reihe heruntergekommener Läden in den niedrigen Lehm- und Ziegelhäusern. Nazreem war entsetzt. Verglichen mit der Armut dieser Menschen, war die Situation in Gaza geradezu tolerierbar. Allerdings konnten die Leute hier kommen und gehen, wie sie wollten. Nazreem ließ den Blick über die gebirgige, von Schnee bedeckte Wildnis um die Stadt herum schweifen; ein Großteil davon war vermint. Wo, um Himmels willen, würden sie hingehen?

Am Spätnachmittag, als die Sonne rasch hinter den hohen Gipfeln versank, fiel die Temperatur rapide ab. Marcus und Nazreem waren im Haus von Jassir Khalil einquartiert worden, einem niedrigen Gebäude mit zwei Räumen, kaum besser als die restlichen. Die anderen Gäste beim Abendessen waren allesamt Männer. Sie saßen mit untergeschlagenen Beinen auf reich verzierten, aber abgenutzten Teppichen, die einen Boden aus festgestampfter Erde bedeckten. Ein Paraffinbrenner sorgte für Wärme und eine einzelne Glühbirne für Licht, die von einem Generator draußen angetrieben wurde. Jassir Khalil war der einzige Privatmann in dieser Stadt, der Zugang zu Strom hatte. Außer seinem gab es noch einen weiteren Generator, der den Betonverschlag mit Energie versorgte, den sie hier eine ›Klinik‹ nannten. Oft fehlte es jedoch an Brennstoff, auch nur einen der beiden Generatoren zu betreiben.

Unter den gegebenen Umständen war das Abendessen geradezu üppig: Es gab frisch gebackenes Naanbrot mit sanft gewürztem Curry aus Schaf oder Ziege und dazu einen scharfen Joghurt. Sie aßen von einem einzigen, großen Teller in der Mitte mit den Händen, die ihnen ein Junge vor dem Essen gewaschen hatte. Fleisch und Soße nahmen sie mit dem Brot auf. Die Luft war vom Geruch des gebratenen Fleischs und des grob geschnittenen Tabaks erfüllt. Alles war primitiv, doch für Marcus war es eine der besten Mahlzeiten, die er je gehabt hatte. Es sei Tradition, erklärte Karim, dass die Gastfreundschaft, die ein Mann seinem Besucher erwies, seine Stellung in der Gemeinschaft widerspiegelte. Marcus bedankte sich überschwänglich bei Jassir Khalil, und der große Krieger schenkte ihm etwas, was man nur als ein ehrlich freundliches Lächeln deuten konnte.

»Sonnenaufgang morgen wir brechen auf«, verkündete Karim hinterher, »solange Wetter hält. Ich warne euch jetzt: Es wird hart. Wakhan ist hoch und kalt, und Winde sind stark, jetzt in Winter. Nicht mehr so schön leben wie hier. Wakhan ist harter Ort.«

17

Marcus und Nazreem verbrachten die Nacht zusammengekauert vor einem Paraffinbrenner, der in einer Ecke des Hauptzimmers Wärme verbreitete. Zu Nazreems Erstaunen schlief Marcus fast sofort ein, während sie sich zu einer Kugel zusammenrollte, an Marcus drückte und von dem übel stinkenden Brenner und Marcus zugleich wärmen ließ. Immer wieder döste sie kurz ein und sah im Kopf seltsame Worte in arabischer Schrift, doch in einer Sprache, die sie nicht verstand. In klaren Momenten fragte sie sich, ob das wohl echte Worte in Dari oder Tadschikisch waren oder ob sie sich einfach nur irgendeinen Unsinn einbildete.

Als sie am Morgen aufwachte, konnte Nazreem sich an nichts davon klar erinnern. Die Tür stand offen. Ein eisiger Wind wehte herein und wirbelte Staubwolken von dem kahlen Erdboden auf. Marcus war bereits aufgestanden. Er kam herein, stampfte mit den Stiefeln und rieb sich die Hände, um sie aufzuwärmen.

»Guten Morgen, Schlafmütze«, sagte er und bückte sich, um Nazreem eine Haarsträhne aus der Stirn zu streichen. »Zeit loszuziehen. Es ist kalt da draußen, und uns steht ein langer Tag bevor.«

Nazreem widerstand der Versuchung, etwas Sarkastisches zu erwidern. »Wie viel Uhr haben wir?«, fragte sie.

»Schon nach sieben, und laut Karim brauchen wir mindestens fünf, sechs Stunden allein bis Eshkashem; das ist der Taleingang.«

Draußen lud Karim alles Mögliche in einen heruntergekommenen, alten Jeep: große Rollen Nylonseil, einen Aluminiumeimer und ein Kilo Salz in einem Plastikbeutel. Das seien Geschenke für die Einheimischen, erklärte er, wenn alles gut lief. »Wenn nicht, dann die Sachen für uns.« Notfallrationen. Misstrauisch musterte Nazreem das Gefährt. Der Wagen schien irgendein ausgemustertes Militärvehikel zu sein.

»Das ist ein sowjetischer UAZ-469, eine Kopie des amerikanischen Jeep, nur besser, laut den Jungs hier«, erklärte Marcus und deutete mit dem Daumen auf den grinsenden Karim und die anderen Tadschiken. »Der hier ist fast dreißig Jahre alt. Offenbar haben die Iwans ihn hier vergessen, als sie Hals über Kopf wieder nach Hause sind.«

»Sehr gutes Auto. Wie Jeep, aber besser.« Karim lächelte. »Ihr seid sehr glücklich, dass Jassir Khalil euch dieses Auto haben lässt. Wir müssen wieder zurückbringen«, fügte er mit plötzlichem Ernst hinzu.

Zuerst war die Fahrt aufregend. Sie verließen das hochgelegene Baharaktal, und die Aussicht auf die wilde Landschaft und die Gipfel in der Ferne war einfach nur atemberaubend. Die alte russische Karre rumpelte durch die Schlaglöcher und folgte dabei dem Tal des Vardoj in Richtung Osten, einem sich windenden Kanal zwischen den Bergen hindurch. Im Frühling, erklärte Karim, sei die Straße oftmals überschwemmt, und noch kurzem hatten Schneewehen eine Durchfahrt unmöglich gemacht.

»Aber entspannen, meine Freunde. Im Vergleich zu Wakhan das hier ist eine Autobahn.« Er grinste.

Und Marcus erwiderte das Grinsen. Offenbar konnte nichts – noch nicht einmal die Aussicht auf sechs Stunden Fahrt in einer Rostlaube und über eine Buckelpiste – seine gute Laune erschüttern.

»Ist dir eigentlich klar«, sagte er mit jungenhaftem Enthusiasmus zu Nazreem, »dass das hier eine der großartigsten Reiserouten der Welt ist? Wir reisen in den Fußstapfen von Marco Polo!«

Nazreem schaute ihn skeptisch an.

»Marco Polo ... der Mann, der für Asien das war, was Kolumbus für Amerika gewesen ist.«

»Ich weiß schon, wer Marco Polo war, danke. Wie kommst du darauf, dass er hier war?«

»Weil er es beschrieben hat ... mehr oder weniger jedenfalls. Sein Bericht ist ziemlich komprimiert, aber die Historiker sind sich sicher, dass er durch das Vardojtal, über den Eshkashempass und durch Wakhan nach China gezogen ist. Damals, im 13. Jahrhundert, hat man im Westen so gut wie gar nichts über China gewusst, nur dass irgendwo im Osten ein sagenhaftes Reich liegt, aus dem die Seide kommt.«

»Ist das auch heute noch möglich? Und wenn ja, warum gibt es dann keine große Ost-West-Straße, sondern nur einen Bergtrampelpfad?«

»Nicht möglich, ganz und gar nicht möglich«, mischte Karim sich ein und grinste sie mit seinem zahnlosen Mund auf eine Art an, die Marcus instinktiv nach dem Lenkrad greifen ließ, damit sie auf der Straße blieben.

»Aber das Wakhantal führt doch nach China.«

»Ja, ja, da ist Pass, über den Großen Pamir. Die Leute von Wakhan gehen manchmal da rauf, im Sommer, mit ihren Ziegen. Gras ist sehr gut.«

»Aber sie gehen *nicht* rüber.«

»Nein, nein. Niemand geht rüber. Nicht seit vielen Jahren. Vielleicht nie mehr. Auf der anderen Seite, chinesische Seite, sind viele Soldaten. Ist Militärzone. Uiguren – Moslems wie wir, nicht wie Chinesen. Auch ist nah an Tibet. Viele, viele Soldaten, selbst vor Ärger letztens.«

»Der Mann, nach dem wir suchen, Ali Akhbar Khan … Kennst du ihn?«

Karim schüttelte den Kopf. »Nicht viele Leute da oben. Aber auch nicht viele Namen. Khan ist üblich.«

Wie Khalil, dachte Marcus.

»Er ist Halb-Uigure.«

»Nicht viele Uiguren, aber einige. Sie sehen wie Kirgisen aus. Feinde der chinesischen Soldaten. Aber viele chinesische Soldaten. Viele, viele, viele.«

»Es ist eine Pufferzone«, erklärte Marcus Nazreem. »Sie stammt aus einer anderen Zeit, ist aber heute noch nützlich.«

»Was meinst du mit ›aus einer anderen Zeit‹?«, hakte Nazreem nach.

»Aus einer anderen Zeit eben. Das Wakhantal ist eine natürliche Grenzlinie. Anfang des neunzehnten Jahrhunderts, zur Hochzeit des europäischen Imperialismus, haben sowohl Russland als auch Großbritannien ihre Besitzungen in Asien so weit ausgedehnt wie möglich. Sie nannten es ›das Große Spiel‹.«

»Wie europäisch. Alles ist immer nur ein Spiel, nie eine Frage von Leben und Tod. Nicht für den weißen Mann.«

Marcus blickte sie scharf an; er wollte sich nicht ködern lassen. Nazreem wusste, dass er in Südafrika aufgewachsen war, und sie wusste auch, wie er über den Kolonialismus und die Apartheid dachte.

»Wie du meinst«, erwiderte er. »Tatsache ist jedenfalls, dass Großbritannien immer wieder nach Norden vorgestoßen ist, obwohl sie sich in Kabul von Karim und seinesgleichen hier eine blutige Nase geholt haben …« Der Afghane grinste von einem Ohr zum anderen. Das Massaker an den Briten in Kabul im Jahre 1842 war eine glorreiche Erinnerung für die afghanische Kriegerkaste, zu der nahezu neunzig Prozent der männlichen Bevölkerung gehörten. »Gleichzeitig trieben die Russen, angeführt von den fanatisch loyalen Kosaken, in Zentralasien alles vor sich her, und in der zweiten Hälfte des neunzehnten Jahrhunderts hatten sie sich Taschkent, Samarkand und alle anderen berühmten Städte an der antiken Seidenstraße auf der gegenüberliegenden Seite der Berge geschnappt.« Vage deutete er aus dem verdreckten Fenster des Jeeps in Richtung der nördlichen Berge. »Die Briten fürchteten nun, früher oder später würden die Russen nach Indien vorstoßen, dem sogenannten Kronjuwel des Empire, und das wiederum hätte unweigerlich zu Krieg geführt, vermutlich auch mit Konsequenzen für Europa.«

»Und das wäre natürlich untragbar gewesen.«

Marcus ignorierte Nazreems Bemerkung. »Am Ende des Jahrhunderts haben sie sich auf ein Patt geeinigt, woraus dann ein nominell unabhängiges Afghanistan entstanden ist. Anschließend haben sie sich hingesetzt, ihre Karten rausgeholt und den Wakhankorridor als demilitarisierte Zone zwischen der britisch-indischen Nordwestprovinz – dem heutigen Pakistan – und dem Russischen Reich festgelegt.«

»Aber Russland liegt doch gar nicht auf der anderen Seite der Berge.«

»Heute nicht, das stimmt; aber es war so bis zum Zusammenbruch der Sowjetunion im Jahr 1991. Heute liegt dort Tadschikistan. Das Land ist zwar unabhängig, gehört aber nicht gerade zu den stabilsten in der Region.«

»Wenigstens *haben* sie einen Staat.«

»Stimmt«, räumte Marcus ein. Selbst eine gebirgige Bananenrepublik wie Tadschikistan war immer noch besser als das, was Nazreems palästinensische Landsleute hatten: nämlich nichts.

In der Stadt Zebak – eigentlich wenig mehr als ein Dorf, aber der einzige Ort auf der Karte, die Marcus vom Militär bekommen hatte – bog die Straße wieder nach Norden ab, folgte einem stetig ansteigenden Flusstal und erreichte schließlich den Eshkashempass mit dem gleichnamigen Ort. Stundenlang war es bergauf gegangen, und Marcus schätzte, dass sie sich schon gut 3000 Meter über dem Meeresspiegel befinden mussten.

»Wohin fahren wir nach Eshkashem?«, fragte er Karim, als sie um eine besonders scharfe Kurve rumpelten.

»Vielleicht nirgendwohin.« Der Fahrer lächelte. »Erst wir brauchen Pass. Papiere, um ins Tal zu kommen. Von Wohid Khalil. Manchmal ist er weich, manchmal hart. Manchmal ist er hart zu finden.«

»Wohid Khalil? Ist er mit Jassir Khalil verwandt?«

Karim ließ seine entstellten Zahnreihen aufblitzen. »Sie sind Brüder. Hier oben wir sind alle Brüder.«

Am aufhellenden Himmel vor ihnen sah Marcus riesige kreisende Vögel, Wesen mit gewaltiger Spannweite, als seien sie über ein vergessenes Nest von Flugsauriern gestolpert, dachte er. Es waren Raubvögel oder vielleicht Aasfresser – Geier. Letzteres war ein Gedanke, der ihm nicht gerade tröstlich erschien.

Am Nachmittag erreichten sie schließlich Eshkashem. Ihnen taten sämtliche Knochen weh von einer Fahrt, von der Karim ihnen versicherte, sie sei diesmal ›richtig leicht‹ gewesen. »Ihr viel Glück gehabt.«

»Und das ist der Hauptort des gesamten Gebiets?«, fragte Marcus und ließ den Blick über die Handvoll heruntergekommener Behausungen schweifen, die sich an nur einer Straße reihten. Das Ganze sah aus wie ein Haufen terrassenförmig angeordneter Lehmgaragen mit Holztüren. Die meisten Familien hatten nur einen einzigen Raum in diesen niedrigen Häusern zur Verfügung. Lediglich das Verwaltungsgebäude besaß noch einen zweiten Stock … mehr oder weniger jedenfalls, denn soweit Marcus sehen konnte, fehlte es dem oberen Stock an etwas, das man gemeinhin mit behaglichem Wohnen in Verbindung brachte: ein Dach. Wie alt das Gebäude war, konnte man schwer sagen, stellte es doch eine Mischung aus Steinzeitbehausung und prämoderner Betonarchitektur dar.

Zum Glück stellte sich heraus, dass Wohid Khalil keineswegs ›hart‹, sondern im Gegenteil sogar recht leicht zu finden war. Er saß auf einer Bank vor der Tür, rauchte eine lange Tonpfeife und genoss die wenigen Strahlen der Frühlingssonne; nur die Augen hatte er mit dem Schirm einer alten Militärmütze beschattet. Für Marcus' unerfahrenes Auge war es durchaus möglich, dass er der Bruder des Mannes war, der ihnen den Wagen geliehen hatte … andererseits hätten für ihn auch all die anderen großen, dunkelhäutigen, hakennasigen Männer miteinander verwandt sein können, die er in den vergangenen achtundvierzig Stunden gesehen hatte. Wohid Khalil lächelte kurz und erklärte, man hätte ihn bereits von ihrer bevorstehenden Ankunft in Kenntnis gesetzt. Kurz war Marcus verwirrt, doch als er einen Blick ins Innere des Gebäudes warf, sah er ein antikes Telefon auf dem Schreibtisch. Manchmal konnte man nur allzu leicht vergessen, dass auch dieses Land Beziehungen zur modernen Welt hatte. Der große Mann folgte Marcus' Blick, drehte sich dann wieder um und lachte laut. Ein breites Grinsen erschien auf seinem Gesicht. Er sprang auf und hielt etwas Kleines, Rotes in der Hand.

»Nein, nein, mein Freund«, erklärte er, und Karim übersetzte. »Ich habe ein Handy. Siehst du? Nokia!«

Marcus starrte ihn offen erstaunt an, und sein Gesichtsausdruck verstärkte die Belustigung des großen Mannes noch. »Du glaubst wohl, wir leben noch im Altertum«, sagte er mit einem breiten Grinsen, trat zu Marcus und schlug ihm freundschaftlich auf den Rücken. »Ich weiß, wenn es nach den Taliban ginge, wäre das auch so. Auch jetzt noch, im Süden, selbst in der Nähe von Kabul, kommen sie nachts aus ihren Verstecken und jagen Telefonmasten in die Luft. Aber hier nicht. Die Masten sind hoch in den Bergen.« Mit einer weit ausholenden Geste deutete er auf das Gebirge, das Pass und Stadt wie ein Kessel umschloss. »Hier wagen sie sich nicht hin. Hier gibt es nur Adler, Geier und mich!« Er brüllte vor Lachen.

Diese Art von Empfang war ausgesprochen ermutigend, vor allem angesichts der Befürchtungen, die Karim bei ihnen geweckt hatte. Wäre Wohid Khalil ihnen nicht wohlgesinnt gewesen, so hätte ihre Reise hier geendet. Im Auftrag der Regierung in Kabul befehligte Khalil zweihundert Männer, und auch der Diktator in Duschanbe, der Hauptstadt Tadschikistans, unterstützte ihn darin. Seine Aufgabe war es, die wilde, gebirgige und 500 Kilometer lange Grenze zu sichern. Auf sein Handy konnte er sich dabei nicht verlassen, musste es aber auch nicht. Hier oben war nach wie vor Funk das Mittel der Wahl, um mit den weit verstreuten Grenzpatrouillen in Verbindung zu bleiben. An der Wand in Khalils Büro hingen Karten von Afghanistan, auf denen die einzelnen Provinzen in unterschiedlichen Farben dargestellt waren. Dazu kam noch eine Reliefkarte von Wakhan, wo die Hauptgipfel gesondert hervorgehoben waren wie in einem Schulatlas. Marcus konnte nicht anders, als über die Genialität der Diplomaten des 19. Jahrhunderts zu staunen, die dieses Gebilde geschaffen hatten. Am Dach der Welt entlang hatten sie eine Pufferzone geschmiedet, die diesen ganzen, schmalen, öden Bergkorridor umfasste, der wie eine Vogelkralle von Afghanistan bis direkt an die chinesische Grenze reichte.

Wohid Khalil folgte Marcus' Blick und strahlte. Karim übersetzte: Das hier sei sein Land, und zwar ein *sicheres* Land. Hier könne man unbesorgt reisen. Und Wohid Khalil war nicht nur vorbehaltlos bereit, ihnen die für Wakhan nötigen Papiere auszustellen; er hatte auch Neuigkeiten. Dieses Jahr war der Winter besonders hart gewesen, und viele Nomaden vom Ostende des Wakhan hatten den Pamir nach Westen überschritten, um in den Dörfern dort Schutz zu suchen. Das hieß, die Chancen standen gut, dass zu diesen Leuten auch solche aus Sarhadd-e-Boroghil gehörten, die nun nach Qala-e-Panj gegangen waren, und das wiederum bedeutete, dass Marcus und Nazreem sich womöglich weitere 60 Kilometer durch tückisches Terrain würden sparen können. Marcus war aufgeregt. Wenn sie direkt aufbrachen, könnten sie Qala-e-Panj leicht noch vor Einbruch der Dunkelheit erreichen.

Der große uniformierte Mann lachte. ›Leicht‹ war offenbar ein Wort, das er schon früher gehört hatte. »Das ist ganz und gar nicht leicht«, erklärte er über Karim. »Möglich vielleicht; trotzdem wäre es besser, über Nacht hierzubleiben. Morgen ist auch noch ein Tag.« Und Karim stimmte dem zu. Sie sollten sich lieber ein wenig ausruhen, bemerkte er, und nicht unnötig riskieren, in der Nacht im Tal stecken zu bleiben, wenn die Temperatur drastisch fiel. Auch, sagte er mit einem Unterton, von dem Marcus vermutete, dass der nicht Teil der Kommentare des Kommandanten war, gebe es noch andere Risiken. Ein kleines, allein fahrendes Fahrzeug war stets eine

Versuchung für Banditen. Der Kommandant schien zu verstehen, was Karim da erzählte. Streng redete er auf Karim ein, doch dann rollte er mit den Augen und wandte sich wieder an Marcus. Karim übersetzte: »Er sagt, es tut ihm leid, zugeben zu müssen, dass selbst in dieser friedlichen Ecke von Afghanistan Banditen nicht unbekannt sind.« Nazreem, die nur zuhörte, zumal sie von allen ignoriert wurde, erkannte, worauf das hier hinauslief. Was Karim sagte, ergab Sinn, doch Marcus hatte sich entschieden: Wenn Ali Akhbar Khan 60 Kilometer näher gekommen war, dann war es sinnvoll, sofort zu ihm zu gehen. Ansonsten bestand jederzeit die Gefahr, dass er wieder nach Osten zurückkehrte, und das würde sie Tage kosten. Damit war das also beschlossene Sache, das wusste Nazreem. So schoben sie also den gesunden Menschenverstand beiseite und machten sich noch in derselben Stunde in ihrem alten Sowjetjeep auf den Weg aus Eshkashem hinaus und am Ufer des teilweise zugefrorenen Flusses Panj entlang, der die Grenze zu Tadschikistan bildete.

Hier und da trafen sie auf kleine Ansammlungen von Hütten, die in diesem spärlich besiedelten Teil der Welt offenbar Dörfer darstellen sollten. Ein Kind mit zerrissener Hose und blauen chinesischen Stiefeln lief kurz hinter dem Wagen her. Marcus warf ihm einen Kugelschreiber zu und sah zu seiner Freude, wie die Augen des Jungen zu leuchten begannen. In einem der Dörfer, durch das sie kamen, gab es sogar ein größeres Gebäude, das moderner wirkte. Es war aus Beton, der in dem rauen Klima jedoch schon bröckelte. Das hier, erklärte ihnen Karim, sei Khandud. Das Gebäude war eine Klinik. Ein paar Frauen, unverschleiert, aber gegen die Kälte mit dicken, bunten, schmutzigen Decken geschützt, kamen aus ihren Häusern, um sie vorbeifahren zu sehen. Selbst Nazreem, die das Elend in Gaza gewöhnt war, starrte sie voller Entsetzen an. Bis dato hatte sie sich nicht vorstellen können, dass es Menschen gab, die unter noch ärmlicheren und primitiveren Bedingungen lebten wie die Flüchtlinge in Gaza, doch das hier war in der Tat eine andere Welt. Insgesamt dauerte es gut über zwei Stunden, bis sie den Punkt erreichten, an dem sich die Flüsse Pamir und Wakhan voneinander trennten und sie das eigentliche Wakhantal erreichten. Zu Marcus' Überraschung verbesserten sich die Straßenverhältnisse – zumindest zu Anfang. Die sporadisch mit Metallplatten gesicherte Straße wich einer aus großen Betonblöcken.

»Von den Russen«, erklärte Karim, »für Panzer. Hält aber nicht.«

Kurze Zeit später sahen sie, was er meinte. Als die Straße ins Tal vor ihnen abfiel, löste sie sich vor allem an den Stellen auf, wo Sturzbäche die Betonplatten weggeschwemmt hatten; aber auch das Material selbst hatte den Bedingungen nicht standgehalten. Kein Wunder, dass die Sowjetunion mit all ihrer Macht hier gegen die Wand gefahren war, zumal sie es mit einem unbeugsamen Feind zu tun gehabt hatten, für den Grausamkeit zur Natur gehörte. Manchmal rumpelten sie über kaum mehr als Geröllhalden. Nazreem betrachtete das Land um sie herum und wünschte sich, sie hätte Marcus in seinem Vorwärtsdrang gebremst. Der Weg schien endlos zu sein – ein Weg aus Dreck, Eis und Felsen, zu beiden Seiten flankiert von zerklüfteten Bergwänden. Im Norden reichte die Straße bis zum tadschikischen Teil des Pamir, im Süden bis zum Hindukusch. Es war, dachte Nazreem und schauderte unwillkürlich, als schaue man in den Rachen eines riesigen Wolfs.

Zweimal mussten sie Flüsse überqueren, die im wahrsten Sinn des Wortes über die Straße flossen. Karim schüttelte den

Kopf. »Normal«, sagte er, »nun, das hier ist Eis.« Sie waren gezwungen, auf Schritttempo abzubremsen, um das gefrorene Wasser heil zu überqueren. Währenddessen starrte Nazreem die ganze Zeit über in den bleichen Himmel hinauf und zu den finster aussehenden Vögeln, die hoch über ihnen kreisten. Langsam wurde es dunkler. Ihre Chancen, noch vor Einbruch der Nacht einen Unterschlupf zu finden, schwanden rapide, doch zu versuchen, des Nachts durch dieses Gelände zu fahren, kam einem Selbstmord gleich. In der Ferne hörte sie etwas, das wie ein Heulen klang, und sie erinnerte sich an die Schneewolfspelze, die sie an einem Marktstand vor dem Hotel in Kabul gesehen hatte.

»Wir müssen bald anhalten«, verkündete Karim, und selbst Marcus schien das für vernünftig zu halten. Es dämmerte bereits, und in einer Stunde würde es dunkel sein. »In Sheulk«, sagte Karim. »Nicht weit. Vielleicht fünf Kilometer. Dort ist ein gutes Haus für Reisende, eine Quelle, Wasser. Da bekommen wir Unterkunft, Essen, und morgen fahren wir vielleicht weiter.«

»Vielleicht?«, hakte Marcus nach und schaute ihren Führer hart an. »Warum vielleicht?«

Karim deutete zum Himmel hinauf. In der zunehmenden Dämmerung war deutlich ein weißes Schimmern zu sehen. »Vielleicht Schnee. Vielleicht viel Schnee.«

»Dann sollten wir besser weiterfahren«, sagte Marcus. Dann lachte er ironisch und klopfte dem Afghanen auf die Schulter. »Nein, natürlich hast du recht. Wenn es dunkel ist, können wir nicht mehr viel weiter, und wenn es schneit, dann schneit es. Das Schicksal ist schon manchmal komisch. Aber sehen wir erst einmal zu, dass wir Sheulk erreichen, oder wie auch immer das heißt.«

Nazreem seufzte erleichtert. Inzwischen war Wind aufgekommen und saugte die Wärme der Autoheizung durch die Ritzen in der Karosserie. Sie spürte, wie die Kälte in ihre Knochen kroch. Zum Glück sah die Straße unmittelbar vor ihnen passierbar aus; allerdings konnte man nicht mehr viel weiter als hundert Meter sehen. Rechts, am Rand ihres Sichtfeldes, erkannte Nazreem schwach ein paar klumpige Umrisse, die scheinbar nichts mit der Felslandschaft zu tun hatten. Waren sie dem Dorf vielleicht schon näher, als sie gedacht hatten? Dann glaubte Nazreem ein Licht zu sehen, ein schwaches Licht nur, aber ein Licht. Jedoch war es wohl eher unwahrscheinlich, dass es hier oben elektrischen Strom gab.

Und dann, ganz plötzlich, blitzte vor ihnen etwas auf, und ein Schuss zerriss die Luft. Karim kniff grimmig die Augen zusammen und gab Gas.

»Was machst du da?«, schrie Marcus im selben Augenblick, da ihm klar wurde, dass die größte Angst eines Westlers in Afghanistan nicht die war, getötet, sondern gekidnappt zu werden. Der Afghane ließ den Motor aufheulen. Dann ertönte ein weiterer Schuss, diesmal viel näher, und vor ihnen sah Marcus drei Reiter quer auf dem einzig passierbaren Stück Straße.

Plötzlich erklang ein Schrei, doch in keiner Sprache, die Marcus verstand, ein Schrei, der eindeutig ein Befehl war. Zuerst sah Karim verwirrt aus; dann antwortete er etwas in derselben Sprache, bevor er Marcus zuflüsterte: »Er sagt: Anhalten. Das ist Wakhi, aber seltsames Wakhi.«

Rumpelnd kam der Jeep zum Stehen. Karim griff nach der Pistole unter seinem Sitz, doch Marcus hielt ihn zurück. Sie waren Akademiker, keine Soldaten. Und sie hatten eine Frau dabei. Möglicherweise waren die Reiter nur Einheimische, die über den sich ihnen nachts nähernden Jeep besorgt waren.

Dann lief von irgendwoher ein Mann an den Wagen heran, riss die Tür auf und sagte etwas, das Karim mit »Bitte aussteigen« übersetzte. »Das ist Wakhi«, fügte er hinzu, »nicht Dari, nicht Paschtu, nicht Talibansprache. Wir sollten das tun.«

Zögernd stiegen Marcus und Karim auf ihrer jeweiligen Seite aus. Nazreem folgte ihnen und klammerte sich an Marcus' Arm. Die Luft war beißend kalt, und die Dunkelheit kam rasch. Trotzdem konnte Marcus Gesichter zwischen den Felsen erkennen: adlerhafte Augen unter Turbanen, die sie allesamt über Kimme und Korn ins Visier nahmen.

Die drei Reiter standen noch immer mitten auf der Straße. Einer von ihnen schnaubte verächtlich, und Marcus war sicher, das Wort ›Amerikaner‹ gehört zu haben.

»Nein, nein«, sagte er rasch, doch ohne zu wissen, ob das gut war oder nicht. »England.« Das war mehr Gewohnheit denn die Wahrheit. Dann deutete er auf Nazreem. »Palästina.«

Das zeigte Wirkung. Die beiden Männer links schauten einander an und drehten sich dann zu dem dritten um. Vielleicht war das ihr Anführer oder auch nur der einzige von ihnen, der ansatzweise Englisch sprach. »Sag es ihnen, Karim«, drängte Marcus verzweifelt. »Sag ihnen, dass wir nach Ali Akhbar Khan suchen.« Bei diesen Worten waren alle drei Reiter sichtlich überrascht, und Marcus spürte, wie sich draußen in der Dunkelheit Augen auf ihn richteten. Karim begann Marcus' Worte ins Wakhi zu übersetzen; doch der Anführer beugte sich im Sattel vor, hob die Hand und sagte in bemerkenswert gutem Englisch: »Die angenehme Nachricht ist, dass Sie ihn gefunden haben. Die Jungs hier draußen nennen mich Ali, aber aus dem Mund eines Briten klingt das irgendwie komisch. Ich schlage vor, Sie nennen mich Al. Das ist kurz für Alasdair, wissen Sie?«

Marcus starrte den Mann offenen Mundes an. Es war nicht nur die Sprachbeherrschung, sondern der Akzent. Ali Akhbar Khan mochte ja Halb-Uigure sein, aber er klang wie ein Schotte.

18

»Sie sind Schotte?«, war alles, was Marcus hervorbrachte, obwohl der Mann, um fair zu sein, wie kein Kelte aussah, den Marcus je gesehen hatte. Seine Haut war dunkel und wettergegerbt, und an den oberen Augenlidern hatte er eine Falte, die seine Augen leicht schräg wirken ließen.

»Aye, das könnte man so sagen, und Sie sind Dr. Livingstone, nehme ich an. Oder war das Stanley? Ich konnte die beiden noch nie auseinanderhalten.«

»Aber was machen Sie hier oben?«

»Ich denke, ich sollte eher Sie das fragen, zumal Sie ja offenbar nach mir gesucht haben. Aber kommen Sie. Wenn möglich, sollten wir vor Einbruch der Nacht ein Dach über dem Kopf haben. Und dann können Sie mir sagen, was verdammt noch mal Sie von mir wollen.«

Nun war es an Karim, verwirrt dreinzuschauen, als sie wieder in den Jeep stiegen und ›Al‹ Khan und seinem Trupp folgten: Khan und seine zwei Kollegen zu Pferd und rund fünfzehn Bewaffnete, die neben ihnen her zu einem kleinen Jurtenlager liefen, weniger als eine Meile von der Straße entfernt. Es waren sechs dieser Jurten, die im Kreis um einen Pferch angeordnet waren, wo gut ein Dutzend dürre Ziegen und weniger als halb so viel zerzauste Schafe standen.

»Sie kennen diesen Mann? Er ist der, den Sie suchen? Er ist Engländer?«

»Nein, ja und nein. In der Reihenfolge. Ich verstehe das genauso wenig wie du, Karim.«

»Er spricht wie Sie, nur mit seltsamem Akzent. Auch sein Wakhi ist seltsam; deshalb habe ich auch zuerst nicht verstanden.«

»Na ja, so seltsam ist das eigentlich nicht«, erwiderte Marcus, »nur unerwartet.« Tatsächlich war es mehr als nur unerwartet. Ali Akhbar Khan stellte sich als Rätsel in einem Rätsel heraus, eingewickelt in eine afghanische Decke.

Kurz darauf waren sie jedoch alle froh um die warmen, afghanischen Decken, als sie mit untergeschlagenen Beinen auf dem mit Streu eingedeckten Boden einer der runden Jurten saßen. Marcus war überrascht zu sehen, dass es auch hier Strom in Form einer einzelnen Glühbirne gab, die an einem Draht vom Dachgestell baumelte. Sie hätten ein Dutzend Sonnenkollektoren, hatte Khan erklärt, als Marcus beim Betreten der Jurte eine entsprechende Bemerkung gemacht hatte. Im Winter versorgten diese sie mit genügend Strom, um abwechselnd Licht in die Jurten zu bringen. Es roch nach menschlichem Schweiß und nassem Schaf. Draußen kümmerten sich die anderen um die Pferde. Blöken war im Hintergrund zu hören, als weitere Tiere in den Pferch getrieben wurden. Karim hatte darauf bestanden, bei Jassir Khalils Jeep zu bleiben. Marcus nahm an, dass ihr afghanischer Führer eher darin schlafen würde, als ihren Gastgebern zu vertrauen. Er hatte deutlich gemacht, dass sein Leben nicht mehr lebenswert sein würde, sollten sie ohne den Wagen zurückkehren; vermutlich würde sogar das mit dem Leben an sich schon ein Problem sein.

Khan setzte sich Marcus gegenüber, noch immer flankiert von seinen Stammesbrüdern. Er nahm den Turban ab, und darunter kam der offenkundige Beweis seiner gemischten Herkunft zum Vorschein: rötlich braunes Haar. Erst als er sich im Licht der einsamen Glühbirne zu Marcus umdrehte, sah dieser das zweite Merkmal: blasse grau-blaue Augen, so kalt und klar wie ein Highland-See. *Oder wie die gefrorenen Wasserfälle im Wakhantal,* sinnierte Marcus. Er schätzte den Mann auf etwas älter als sich selbst, Ende vierzig vielleicht, aber das Funkeln in seinen Augen legte nahe, dass er auch deutlich jünger sein könnte und dass die Falten mehr von dem Wetter hier oben als vom Alter stammten.

»Nun denn«, begann Khan und machte es sich bequem, während eine Frau, deren Alter man noch schlechter schätzen konnte, eine Kanne Tee aufsetzte. »Was führt einen Briten und eine hübsche, junge Frau, die sagt, sie komme aus Palästina, auf die dunkle Seite des Hindukusch?«

»Wir suchen nach dem Ursprung einer Legende«, erklärte Marcus und nahm den zerbeulten alten Emailbecher mit heißem, milchigem Tee entgegen, den die Frau am Herd ihm reichte. »Einer Legende über eine Lampe – ›die Lampe, die die Welt erhellt‹.« Er betonte die Phrase bewusst, um zu sehen, welche Reaktion sie hervorrief. Er wurde enttäuscht. Auf Ali Khans Gesicht war nicht das Geringste zu sehen.

Dann schaute Khan Marcus misstrauisch an und ließ anschließend den Blick über die spartanische Einrichtung der Jurte schweifen; dabei hatte es den Anschein, als könne er gleichzeitig durch die mit Fellen behängten Wände in die Welt da draußen schauen. »Sie haben es vielleicht nicht bemerkt«, sagte er mit unverkennbarem Spott in der Stimme, »aber das hier ist eine Wildnis. Falls Sie hierhergekommen sein sollten, um in den hiesigen Bibliotheken zu forschen, dann fürchte ich, haben Sie Ihre Zeit verschwendet.«

»Nein. Wir sind hierhergekommen, weil wir glauben, dass

Sie etwas in einer Bibliothek in Oxford gefunden haben. Ein antikes Pergament, geschrieben in einer wenig bekannten Schrift aus Zentralasien, in dem vom ›Licht der Welt‹ die Rede ist.«

»Wäre das nicht Jesus Christus? Jedenfalls hat man mich das in Glasgow in der Sonntagsschule gelehrt, wenn ich mich recht entsinne.«

»Wir alle finden unsere Götter stets dort, wo wir nach ihnen suchen«, erwiderte Marcus.

Khan hob sein Teeglas. »Wohl gesprochen, Professor. Ich hoffe allerdings, Sie haben noch ein wenig mehr zu bieten als nur ein paar kluge Phrasen.«

Khans Blick verhärtete sich. Auf eine kaum wahrnehmbare Bewegung seiner Augen hin positionierten sich seine zwei Stammesbrüder näher am Ausgang, sodass sie, wenn sie wollten, jeden am Reinkommen oder Rausgehen hindern konnten.

Im selben Augenblick, da Marcus den Mund öffnete, um etwas darauf zu erwidern, beschloss Nazreem einzugreifen. Sie wusste, wie Marcus' Hirn funktionierte: Er würde die ehrliche Karte spielen in der Hoffnung, auch Ehrlichkeit zurückzubekommen. Jeden Moment würde Marcus Khan sagen, dass sie dem britischen Geheimdienst dabei behilflich waren, eine terroristische Verschwörung aufzudecken. Doch irgendetwas an diesem Mann weckte Nazreems Misstrauen, nicht zuletzt der Umstand, dass er so etwas wie eine kleine Privatarmee sein Eigen nannte. Und sie waren ihm hier, mitten im Nirgendwo, auf Gedeih und Verderb ausgeliefert.

»Er sagt die Wahrheit«, erklärte Nazreem rasch. »Wir sind Wissenschaftler.«

»Das bezweifle ich ja nicht«, entgegnete Khan. »Ich frage mich nur, wer Ihnen gesagt hat, wo Sie mich finden können.«

Und dann tat Marcus das Unvermeidliche: Er sagte die Wahrheit … nur dass es nicht die Wahrheit war, mit der Nazreem gerechnet hatte. »Sharif al-Wasidi.«

Sofort leuchteten Khans Augen auf, und er brach in lautes Lachen aus. »Also darum geht es hier: eine alte Krähe, die die Geheimnisse einer anderen verrät.«

»Sie kennen ihn offenbar.«

»Und ob ich ihn kenne. Ich kenne ihn sogar sehr gut – *zu* gut, um genau zu sein. Und da habe ich schon gedacht, Sie seien Spione.«

Nazreem bemerkte den Ausdruck in Marcus' Augen und hoffte, dass Khan ihn übersehen hatte. »Wir sind noch nicht einmal Briten«, erwiderte Marcus unerwartet. »Ich habe einen südafrikanischen Pass, und meine Kollegin« – Nazreem konnte sich ein Lächeln nicht verkneifen; er hatte sie noch nie mit diesem Wort bedacht – »stammt aus Palästina.«

Unvermittelt drehte Khan sich zu Nazreem um und musterte sie von Kopf bis Fuß.

»Ist das der Grund, warum Sie sich mit Bewaffneten umgeben?«, fragte sie. »Spione?«

Khan schaute sie mit seinen großen Augen an, als betrachte er sie zum ersten Mal als intelligentes Wesen.

»Ja und nein«, sagte er. »Hier draußen gehört das Gewehr zum Leben dazu. Wilde Tiere werden damit gejagt, und man schützt sich auch damit vor ihnen.«

Wie aufs Stichwort heulte in der Ferne ein Wolf.

»Und es sind nicht nur Wölfe, sondern auch Luchse und Schneeleoparden. Wir jagen sie allerdings nicht aktiv, wie die Menschen es früher getan haben. Vor allem die Luchse sind sehr selten geworden. Andererseits kann auch ein seltenes Tier sehr gefährlich werden, wenn es in die Ecke getrieben wird. Und hier in den Bergen, so weit weg von der Welt, sind wir ganz auf uns allein gestellt.

Außerdem darf man einem Raubtier nie den Rücken zukehren. Nehmen wir zum Beispiel den Luchs. Sie können sich hervorragend an einen anschleichen.«

Nazreem hielt seinem Blick stand; sie wusste, dass Khan Spielchen mit ihnen spielte. Luchse gab es hier gar nicht, aber der Luchs, Lynx, war der Standardhelikopter der britischen Armee. Wie viel wusste der Mann? Und wie viel ahnte er?

»Gibt es einen besonderen Grund, warum ausgerechnet der britische Geheimdienst Ihnen solche Sorgen bereitet?«, fragte Marcus, und Nazreem schloss die Augen und zuckte unwillkürlich zusammen. »Vor allem angesichts der Tatsache, dass Sie ja britischer Staatsbürger sind.«

Khan lachte; es war ein hartes, bitteres Geräusch. »Eben *weil* ich britischer Staatsbürger bin. Warum, glauben Sie wohl, lebe ich hier oben?«

»Ich wünschte, ich wüsste es. Aber das mal beiseite … Haben Sie vorhin nicht gesagt, Sie würden hier die Fragen stellen?«

Khan lachte erneut, diesmal nicht ganz so hart und bitter. Hätte Nazreem den Kopf schütteln können, ohne sich zu bewegen, sie hätte es getan. Sie war absolut sicher, dass Marcus es vollkommen falsch anpackte. Andererseits schien das bis jetzt keine nachteilige Wirkung zu haben. Außerdem war es wirklich seltsam, einen afghanischen Stammeskrieger mit Glasgower Akzent sagen zu hören: »Nun, Sie sind ja vielleicht nicht als Fremder in einem Land aufgewachsen, das eigentlich Ihre Heimat hätte sein sollen.«

Das war nicht der richtige Zeitpunkt, seine Jugend in Südafrika zu erwähnen, an die er sich nur mit Abscheu erinnerte. Also sagte Marcus schlicht: »Ich bin nicht sicher, ob ich Sie verstehe.«

»Nein, das können Sie wohl auch nicht. Meine Mutter war Schottin, während die Familie meines Vaters in den Sechzigern aus Pakistan eingewandert war. Sie stammten aus der nordwestlichen Grenzprovinz. Sie haben in Glasgow ein Curryhaus aufgemacht. Natürlich nannten sie es ein ›indisches‹ Restaurant, obwohl es uigurisch-pakistanisch geführt worden ist. Das macht mich so schottisch wie Curry-Haggis – so haben sie mich übrigens auch in der Schule genannt. Die meiste Zeit über schimpften sie mich allerdings einen Pakibastard.«

Marcus zuckte unwillkürlich zusammen.

»Aber das war egal. Darüber kommt man hinweg. Und es wurde tatsächlich besser. Mitte der Neunziger, als ich ein Teenager war, gab es in Großbritannien Anzeichen dafür, dass das mit der multikulturellen Gesellschaft vielleicht doch funktionieren könnte. Damit meine ich, dass es so aussah, als akzeptiere die Gesellschaft endlich, dass sich andere Kulturen unter sie mischten. Das war in der schönen, neuen Zeit des Tony Blair, der uns ein neues Großbritannien versprochen hat.

Nun, ein neues Großbritannien haben wir ja auch bekommen. Es waren die Kriege, die es schlussendlich gestaltet haben. Die multikulturelle Gesellschaft oder zumindest das, was man so nannte, manifestierte sich vor allem in einer Gettoisierung. Sicherheit für alle wurde zu Überwachung aller. Und wenn man ein asiatisches Aussehen hatte und noch dazu Muslim war, dann war man automatisch verdächtig. Ist Ihnen je aufgefallen, wie viele Überwachungskameras es inzwischen in Großbritannien gibt?«

Marcus nickte ernst.

»Es sind mehr pro Kopf als in jedem anderen Land der Welt. Sie dienen unserer Sicherheit, sagt man uns. Aber verhindern sie auch Verbrechen? Oder gar Terroranschläge? Nein. Vielleicht helfen sie ihnen ja, hinterher die Täter zu schnappen; aber einen erfolgreichen Selbstmordattentäter kann man nicht festnehmen.«

»Sie klingen, als hätten Sie am eigenen Leib Erfahrung damit sammeln können.«

»Welcher junge Brite asiatischer Herkunft hat das heutzutage nicht? Ich habe nach meinem Erbe geforscht, versucht herauszufinden, woher meine Familie gekommen ist. Ich habe mich über die Wakhistämme informiert und das Land, in dem sie leben. Die Polizei hat mich überwacht, meine Freunde und meine Internetverbindung. Ich war ein Einserkandidat an der London School of Economics, als sie mich verhaftet haben. Man hat mir vorgeworfen, in Opposition zum Irakkrieg zu stehen. Aber galt das nicht für jeden? Man hat mir vorgeworfen, Verbindungen nach Afghanistan zu unterhalten. Das ist die Heimat meiner Vorfahren. Achtundzwanzig Tage lang haben sie mich ohne Anklage festgehalten, und sie hätten mich auch noch länger festgehalten, wenn sie gekonnt hätten. Heutzutage können sie das vermutlich. Als sie mich freigelassen haben, verspürte ich nicht länger den Willen, meine Forschungsarbeit in England fortzusetzen. Also bin ich hierher gegangen, um ein wenig Feldarbeit zu leisten. Eines Tages werde ich die definitive Kulturgeschichte des Wakhantals zusammengestellt haben, und vielleicht werde ich sie sogar veröffentlichen, vielleicht aber auch nicht.«

Das rote Glühen des Herds warf lange Schatten auf die Wände. Khans Gesicht war ernst, und seine Augen, in denen zuerst Belustigung und dann Zorn zu sehen gewesen war, schauten nun traurig und resigniert drein.

»Aber vielleicht werde ich Ihnen ja helfen«, fuhr er fort, »wenn Sie mir sagen, was Sie wirklich wissen wollen.«

Marcus griff in seine Mappe und holte eine Kopie des Dokuments aus dem Zentrum für Islamstudien heraus. »Selbst das Original ist eine Kopie«, sagte er, »von Tontafeln. Aber wir wissen nicht, woher sie gekommen sind.«

Khan senkte den Kopf und studierte das Dokument vor sich. »Das ist Sanskrit«, sagte er. »Die Hindus nennen es die Mutter aller Sprachen.«

»Können Sie es lesen?«

Khan schaute Marcus an, als hätte der ihn einen Idioten genannt.

»Natürlich kann ich das lesen. Und ich kann Ihnen sagen, was auch immer die Originalquelle hiervon ist, ich denke, sie ist sehr alt. Ich würde sagen, der Kopist dieses Dokuments hier war mit einer späteren, klassischen Version der Sprache vertraut, während das Original wohl eher einer späten Variante des Vedischen zuzuordnen ist.«

»Einer späten Variante?«

»Ja, aber das Vedische hatte seine größte Bedeutung vor etwa zweitausendfünfhundert Jahren. Es war die Sprache, von der manche vermuten, dass alle anderen eurasischen Sprachen aus ihr hervorgegangen sind; ihre Hauptnachfolger sind jedoch das Altindische und die iranischen Sprachen. Sie sind in der Tat an den richtigen Ort gekommen, meine Freunde.«

Marcus schaute im Feuerschein zu Nazreem, und sie sah den Enthusiasmus in seinen Augen, der stets aufflackerte, wenn er sich einer intellektuellen Herausforderung gegenübersah. Warum hier?, wollte er verzweifelt fragen. Sie sah es ihm an, gebot ihm jedoch mit dem Finger zu schweigen. Khan würde schon darauf zu sprechen kommen. Khan bewegte die Lippen, während er las, als müsse er sich die Laute, die zu den Schriftzeichen gehörten, vor einem anderen, vertrauteren Hintergrund vorstellen.

»Die Sprache des modernen Iran«, erklärte er schließlich, »das Farsi, geht auf das vedische Sanskrit zurück. Gleiches gilt für Dari, die regionale Variante des Farsi, die von den meisten Menschen in Nordafghanistan gesprochen wird. Aber am nächsten ist immer noch Wakhi der alten Sprache, das seinen Ursprung hier oben in diesem gesegneten Tal hat.«

»Dem Tal von Vaq«, sagte Marcus.

Ein Lächeln erschien auf Khans Lippen, als er sich wieder dem Dokument zuwandte.

»Ja, ich denke, das stimmt.«

»Aber die Legende … die Lampe, auf die Bezug genommen wird … Klingelt da etwas bei Ihnen? Gibt es vielleicht heute noch irgendeine Tradition oder Überlieferung der Menschen hier oben, die damit in Verbindung gebracht werden könnte?«

Khan schaute Marcus in die Augen. »Ich würde Ihnen gern sagen«, antwortete er, »dass die Menschen von Wakhan über große Bände voller uralter Legenden verfügen, dass wir einen Homer haben, dessen Epen vor tausend oder mehr Jahren niedergeschrieben wurden und noch immer in den Schulen gelehrt werden. Doch so etwas gibt es nicht. Die Menschen hier sind Landbewohner, Ziegenhirten. Nur wenige von ihnen können überhaupt lesen und schreiben.«

Nazreem sah, wie das Funkeln in Marcus' Augen verlosch und einer wachsenden Unsicherheit wich.

»Aber«, fügte Khan hinzu, »es gibt natürlich mündliche Überlieferungen. Zwar sind es nicht viele Geschichten, doch ein paar Dinge haben die Zeiten überdauert. Die Menschen erinnern sich an große Ereignisse … oder an große Magie.«

»Magie?«

»Aye, an Magie. Die Menschen hier glauben an Magie in

Gestalt ihrer Schamanen. Sie werden das natürlich für primitiv halten und mit all den Hausmütterchen in Glasgow vergleichen, die tagtäglich in ihr Zeitungshoroskop schauen.«

»So habe ich das nicht gemeint.«

Khan hob die Hand. »Ich weiß, ich weiß. Bitte, entschuldigen Sie, aber das hier ist das erste Mal, dass ich das niedergeschrieben sehe.«

»Heißt das, Sie erkennen es?« Das Funkeln war wieder da, und es brannte heller denn zuvor, und diesmal wurde auch Nazreem allmählich warm.

»O ja … oder zumindest glaube ich das. Die Sprache – ich meine die verwendeten Begriffe – sind zwar anders, ein wenig obskurer, aber es besteht kein Zweifel. Der Fluss Chuksa kann nur derselbe sein, der im Matsya Purana den Namen Chakshu trägt.«

»Was ist denn das Matsya Purana?«

»Nur die älteste und heiligste Hinduschrift, die Geschichte von Wishnus erster Inkarnation auf Erden, als Fisch. Aber das ist nicht der Punkt. Der Chakshu ist der Fluss, den die alten Griechen Oxus genannt haben, und im Arabischen heißt er Jayhun oder manchmal auch Gihon.«

»Das ist der Fluss, der angeblich durch den Garten Eden geflossen ist!« Nazreem konnte sich nicht länger zurückhalten.

»Da haben Sie recht, mein Mädchen«, bestätigte Khan anerkennend. »Allerdings werden Sie wohl nicht viele Leute finden, die das Wakhantal als potenziellen Ort des Gartens Eden auch nur in Betracht ziehen würden. Ich selbst habe ihn mir immer ein wenig wärmer vorgestellt. Es besteht jedoch kaum Zweifel daran, dass der Fluss, der als Quelle des Chakshu genannt wird, kein anderer ist als unser zugefrorener Panj, auch als Pamir bekannt.«

»Und die Lampe?«, hakte Marcus nach, der Angst hatte, zu weit vom Thema abzukommen.

»Ja, die Lampe«, sagte Khan. »Nun, das untermauert zumindest die Geschichte, dass die Hügel hier die größten Schätze der Welt beherbergen, obwohl ich selbst nur wenige Belege dafür gesehen habe – Gott sei Dank. In einer alten Geschichte heißt es, vor tausend Jahren, in der Zeit der Drachen«, er lächelte, »habe jemand einen so großen Schatz gefunden, dass der, der ihn besaß, die Welt beherrschen könne … Das sind fast genau die gleichen Worte wie in Ihrem Text hier.«

Eine Minute lang sah Marcus vor seinem geistigen Auge, wie im Wakhantal Uran entdeckt wurde: das Rohmaterial für Delahayes Albtraum von einer Nuklearwaffe der Al Kaida.

»Und diesen Schatz nennt man ›die Lampe der Welt‹?«

»Das ist eine genauso gute Übersetzung wie jede andere auch, aber das war nicht der einzige Name, den man ihm im Lauf der Jahrhunderte gegeben hat. Angesicht dessen, wo er sein soll und woher er kommt, ist er auch als ›Berg aus Licht‹ bekannt, und der Name ist dann hängen geblieben.«

»Eine hübsche Phrase«, bemerkte Nazreem. Khan schaute zu ihr und lächelte seltsam.

»Warum kommt mir das nur so bekannt vor?« Marcus legte die Stirn in Falten. »Mir ist, als hätte ich das schon einmal gehört, ich weiß nur nicht mehr, wo. In einem anderen Kontext.«

Khans Lächeln verbreiterte sich, doch es hatte etwas an sich, das verriet, dass er nicht lachte. Es war, als genieße er eine unterschwellige Ironie. Anstatt jedoch auszusprechen, was er dachte, schaute er Marcus direkt in die Augen und sagte: »Aye, das überrascht mich nicht. Sie kennen das ja von der Konkurrenz, nicht wahr? Immerhin sind Sie Südafrikaner.«

»Was soll das denn heißen?«

Khan war Marcus' defensiver Tonfall nicht entgangen.

»Nichts, nichts«, sagte er. »Ich dachte mir nur, Sie müssten einiges über Diamanten wissen.«

19

»Diamanten?«

»Aye. A girl's best friend. Doch dieser spezielle hat sich recht leicht Freunde gemacht. Angeblich ist es der größte, der je entdeckt wurde. Deshalb nennt man ihn ja auch einen ›Berg‹. Die meisten Leute glauben, er komme aus Südindien; die Legende, er stamme von hier oben, ist nie bewiesen worden. Tatsächlich habe ich überhaupt noch nie eine Textreferenz dazu gesehen – bis jetzt –, aber die Leute hier haben es schon immer geglaubt.«

»Wollen Sie mir sagen, dass es hier um einen echten, historisch verifizierten Stein geht?«

Khan zuckte mit den Schultern. Draußen ertönte Lärm, gefolgt von einem Tier, das vor Schmerzen schrie, dann die Stimmen von Männern.

»Wer weiß schon, ob all diese Geschichten zusammengehören und sich auf ein und dasselbe Objekt beziehen? Aber es gibt Legenden, die diesen Stein in die Zeit vor Christus zurückdatieren.«

Marcus schaute ihn verwirrt an. »Haben Sie nicht gesagt, dass Sie gerade zum ersten Mal etwas Geschriebenes …?«

»Etwas Geschriebenes, das in *Wakhan* gefunden worden ist. Die Legenden über den Stein reichen sehr weit zurück. In den meisten wird er auf mindestens zweitausendfünfhundert Jahre datiert, in manchen sogar auf das Doppelte. Alle stellen ihn in einen Kontext mit einer wedischen Inschrift. Er könnte sogar mit dem Syamantaka Jani identisch sein.«

»Dem bitte was?«

»Das ist der alte Name für ein magisches Juwel, ein Geschenk des Sonnengottes persönlich. Wer auch immer ihn trägt, trägt das Licht der Sonne … weshalb er in Ihrem Dokument wohl auch als ›das Licht‹ bezeichnet wird, ›das die Welt erhellt‹. Man glaubte, wer auch immer ihn besaß, würde stets wohlhabend sein, und sein Volk würde nie Hunger, Flut oder Erdbeben erleiden.«

»Aber das ist doch nur ein Mythos, oder?«

Khan hob die Hand. »Eine Minute. Jetzt ist erst einmal Zeit zum Essen. Sie sind meine Gäste, und ich verspreche Ihnen eine Mahlzeit, wie Sie sie bei keinem Inder in London bekommen werden.«

Die Fellklappe der Jurte wurde geöffnet, und zwei Männer kamen mit einem noch blutenden Schaf herein. Das legten sie auf eine Zinnplatte, welche die Frau am Ofen hervorgeholt hatte, und schlachteten es. Bald darauf war die gesamte Jurte vom Geruch gebratenen Hammels erfüllt. In der Mitte der Platte lagen zwei Fettklumpen, der Kopf des Tieres und zwei runde, fleischige Bälle. Marcus drehte sich der Magen um. Khan lachte und erklärte: »Das sind die besten Stücke: der Hintern, der Kopf und die Hoden.«

»Das ist kein Langhornschaf«, bemerkte Nazreem. Es war weniger eine Bemerkung als vielmehr eine Frage und lenkte die Aufmerksamkeit weg von Marcus' Unbehagen.

»Ein Marco Polo? Nein«, bestätigte Khan. »Das sind zwar wunderbare Tiere, aber schwer zu domestizieren. Wissen Sie, ich habe mal eines mit geschwungenen Hörnern von mehr als vier Fuß Länge auf beiden Seiten gesehen. Inzwischen stehen sie unter Artenschutz, doch die Kirgisen jagen sie noch immer. Aber wenigstens tun sie es aus Nahrungsgründen.«

»Im Gegensatz zu?«

»Sport. Kurz nach der Absetzung der Taliban sind eine Zeit lang reiche Amerikaner hierhergekommen und haben sie aus Spaß abgeknallt, um sie daheim als Trophäen an die Wände zu hängen.«

Nazreem schüttelte den Kopf zum Zeichen, dass auch sie das einfach nur widerlich fand.

»Nein, sagte Khan, »das hier ist ein typisches Hausschaf für diese Gegend. Der einheimische Name dafür lautet *Turki Qoey*, und das Beste an ihm ist der fette Hintern. Der wärmt das Tier bei einem Wetter wie diesem, und er wärmt auch den Menschen, wenn er ihn isst. Möchten Sie mal probieren?« Er reichte Marcus die Platte mit der dampfenden, fettigen Masse. Marcus sah aus, als würde er sich gleich übergeben.

»Das sieht köstlich aus«, sagte Nazreem, streckte lahm die Hand aus und schnitt sich mit dem scharfen Jagdmesser, das neben dem Fleisch lag, ein Stück ab. Aus ihrer Zeit in Gaza war sie Hammelfleisch in großen, groben Stücken gewöhnt, doch das hier war weit fetter als alles, was sie je zuvor probiert hatte. Allerdings war es in der Tat nicht ungenießbar, sondern hatte einen kräftigen, rauchigen Geschmack.

»Was ist mit Ihnen? Sie sind doch ein Mann, oder?«, neckte Khan Marcus.

Marcus verzog so höflich er konnte das Gesicht und nahm ein Stück Fleisch auf Naanbrot an. An der Tür, nicht weit von Nazreem, hatten ein paar Männer schon fertig gegessen und zündeten nun eine Pfeife an, sodass alsbald die ganze Jurte von seltsam süßem, zu Kopf steigendem Rauch erfüllt war.

»Und? Ist es nun ein Mythos oder nicht?«, hakte Marcus noch einmal nach. Er wollte endlich wieder von der körperlichen zur intellektuellen Nahrung zurückkehren.

»Nicht wirklich«, antwortete Khan und sog genüsslich das Aroma der Pfeife ein, obwohl er keinerlei Anstalten machte, selbst zu rauchen. »Die ältesten historischen Erwähnungen des Steins gehen auf den Anfang des fünfzehnten Jahrhunderts zurück. Sie finden sich im Baburnama.«

»Sie haben mich schon wieder abgehängt«, sagte Marcus inzwischen leicht irritiert.

Khan lächelte nachsichtig. »Ich dachte, Sie seien Historiker.«

»Das ist nicht gerade mein Spezialgebiet.«

»Die Memoiren von Babur – das heißt ›der Löwe‹ –, dem großen Mogulkaiser von Indien. Väterlicherseits stammte er von Tamerlan ab, mütterlicherseits von Dschingis Khan. Das nenne ich mal einen Stammbaum.«

Nazreem lehnte sich auf dem groben Kissen zurück. Sie war pappsatt, ihre Nase erfüllt von dem aromatischen Pfeifenrauch, und sie fühlte sich seltsam fasziniert. Sie saß hier an einem der höchsten zugänglichen Orte der Erde, auf der Seidenstraße, über die auch Marco Polo gezogen war, auf dem Pfad der Mongolenkrieger und in einer Jurte, die vermutlich jenen nicht unähnlich war, die auch schon vor siebenhundert Jahren Verwendung gefunden hatten; und sie versuchte, den Ursprung eines Märchens zu ergründen, das irgendwie die Gegenwart bedrohte.

»Und das sind alles Tatsachen? Keine Legenden?«, fragte Marcus, als sei er gegen den Zauber immun und interessiere sich nur für seine Suche nach Wissen.

»O ja, das sind Tatsachen, und der junge Babur stellte sich als einer der bedeutendsten Mogule heraus. Er eroberte den größten Teil des modernen Indien und Pakistan und fand dabei noch Zeit, Tagebuch und ein paar historische Werke zu schreiben.«

»Und er erzählt von diesem Diamanten?«

»Ja, das tut er. Er bezeichnete ihn als den größten Stein, den die Welt je gesehen hat, und versuchte, so viel über ihn herauszufinden, wie er konnte. Er hat ihn in einer Geschichte seiner Vorgänger beschrieben, besonders des größten von ihnen. Sie beginnt als Geschichte über einen jungen Mann, der wegen eines Schatzes mit seinem Onkel in Streit geraten war. So wie Babur die Geschichte erzählt, geht sie wie folgt: Sein Vorgänger war ein junger Prinz im Heer seines Onkels, als er den Diamanten bei einer Schlacht in Nordindien erbeutete. Wir wissen mit ziemlicher Sicherheit, dass das ungefähr zweihundert Jahre vor Babur gewesen sein muss, etwa in der zweiten Hälfte des dreizehnten Jahrhunderts.«

Nazreem beugte sich wieder vor. Die Frau, die sich um den Herd kümmerte, legte etwas nach, das wie gepresstes Holz aussah. Nazreem versuchte, Marcus' Aufmerksamkeit zu erregen: der junge Mann im Streit mit seinem Onkel; der Schatz, den er gefunden hatte und nicht abgeben wollte ... Die Ähnlichkeiten waren einfach zu groß, als dass das nur Zufall hätte sein können.

»Was ist mit ihm und dem Schatz passiert?« Marcus' Stimme war deutlich anzuhören, dass auch er die Parallelen erkannt hatte.

»Er hat sich geweigert, den Schatz abzugeben, den alten Mann kaltblütig erschlagen und seinen Thron übernommen. Bitte vergessen Sie nicht, dass er zu einem der größten Herrscher in der Geschichte des mittelalterlichen Indien geworden ist. Während seiner einundzwanzigjährigen Herrschaft als Sultan von Delhi hat er mehr Paläste errichtet und die Stadt ausgebaut als alle vor ihm, und auch in den folgenden Jahrhunderten sollte niemand ihn übertreffen. Die Khalji-Dynastie herrschte von Delhi bis hier hinauf ins Tal von Wakhan. Sie waren wahrscheinlich paschtunischer Abstammung, also Afghanen, und natürlich Muslime. Die Dynastie umfasste nur drei Herrscher, aber er war der größte von ihnen.«

»Khalji war der Familienname?«, fragte Marcus innerlich ein wenig enttäuscht, dass es nur den Streit mit dem Onkel um einen Schatz als Bindeglied zwischen der Historie und dem Märchen gab.

»Khalji oder Khilji, je nachdem, welchen paschtunischen Dialekt Sie vorziehen. Das ist eine afghanische Stammesbezeichnung. Sein richtiger Name lautete Juna Khan – nicht mit mir verwandt, hoffe ich. Nur um die Moral seiner muslimischen Truppen im Kampf zu stärken, hat er einen formellen islamischen Namen angenommen.«

»Und der lautete?«

»Ala-ud-din.«

Am liebsten wäre Marcus aufgesprungen und hätte laut »Bingo!« geschrien.

»Das passt.« Unfähig, sich noch länger zurückzuhalten, drehte er sich zu Nazreem um. »Das passt perfekt.« Nazreem strahlte ihn an. Sie war genauso aufgeregt wie er, gleichzeitig aber auch seltsam gelassen.

Khan schaute Marcus überrascht und verwirrt an. »Wovon reden Sie da?«, fragte er.

Aber Marcus war inzwischen voll in Fahrt, und Nazreem konnte nur noch nicken und versuchen mitzukommen. »Das ergibt alles Sinn«, erklärte sie. »Ein Soldat mit Namen Ala-ud-din findet einen großen Schatz, während er einen Job für seinen Onkel erledigt, versucht aber, ihn für sich zu behalten. Selbst das passt zum Original. Es ergibt Sinn, dass der Finder gleich mehrere Diamanten gefunden hat: die ›seltsamen Blumen‹. Aladin findet sie in derselben Höhle wie die Lampe: weitere Rohdiamanten. Im Naturzustand haben sie alle möglichen Farben.

Der Onkel verlangt von ihm, sie herauszugeben, und sie geraten darüber in Streit. Der Unterschied der historischen Version ist nur, dass Ala-ud-din den alten Mann ermordet und ihm den Thron abnimmt.«

»So steht es aber nicht im Märchen.«

»Es kommt dem aber verdammt nahe. Der Rest ist PR. Spin. Die ganze Geschichte vom ›bösen Onkel‹ dient nur dazu, den Ruf des Sultans reinzuwaschen, und es hat ja auch funktioniert. Die Geschichte hat sogar länger überlebt, als er es sich je hätte vorstellen können. Der Geist repräsentiert schlicht die Macht, die einem solch ein Reichtum gewährt.« Marcus drehte sich zu Khan um. »Sie haben gesagt, Babur glaubte, das sei der größte, je gefundene Stein gewesen, korrekt?«

Khan nickte. »Er bezifferte seinen Wert auf genug, um die gesamte Welt zwei Tage lang zu ernähren.«

»Sehen Sie, was ich meine?«, sagte Marcus. »Allein der Besitz von so viel Reichtum würde ausreichen, dass die Menschen Wunder für einen vollbringen. Das ist wie in dem alten Schwarzweißfilm … Wie heißt der noch? … ›Sein größter Bluff‹. Gregory Peck bekommt eine Million-Pfundnote, die ihm natürlich niemand wechseln kann. Weil er aber so reich ist, geben ihm alle etwas umsonst. Einen solchen Edelstein zu besitzen, muss ehrfurchtgebietend sein. Und dann sind da die Gebäude: Der Aladin im Märchen baut die wunderbarsten Paläste, die man je gesehen hat. Es ist verrückt, aber es muss einfach stimmen. Das erklärt auch die orientalischen Elemente in der Geschichte. Wir sind hier fast schon in China. Ala-ud-din kam aus dieser Region und war Muslim – wie die Uiguren, die noch heute in China leben. Es passt einfach alles. Das ist das klassische Beispiel für eine Geschichte, eine Legende, die aus einem Gerüst historischer Fakten erwachsen ist.«

»Aladin … Ah, die Lampengeschichte aus Tausendundeine Nacht.« Khan schaute offensichtlich verwirrt von einem zum anderen. »Ist das die Verbindung, die Sie herzustellen versuchen?«

»Da ist mehr als nur eine Verbindung«, sagte Marcus. »Es muss so sein.«

»Ich bin nicht sicher, ob ich …«

»Zerbrechen Sie sich nicht den Kopf«, unterbrach ihn Marcus. »Bitte, erzählen Sie weiter. Was ist mit dem Stein passiert? Wann ist er verschwunden?«

»Verschwunden? Er ist nicht verschwunden. Als der große Kaiser Schah Jahan, der Mann, der das Taj Mahal als Mausoleum für seine Frau gebaut hat, im siebzehnten Jahrhundert den Mogulthron bestieg, ließ er den Stein in seinen prachtvollen Pfauenthron einbauen. Als sein Sohn ihn schließlich für verrückt erklärte und absetzen ließ, hat der neue Schah das Juwel angeblich neben das Fenster gesetzt, um die Spiegelung des Taj Mahal darin zu sehen.«

»Das ist ja mal eine schöne Geschichte«, rief Nazreem, »hoffnungslos romantisch.«

»Hoffnungslos? Durchaus möglich«, sagte Khan. »In der Legende heißt es nämlich außerdem, der Stein bringe nur Unglück. Den Sultanen von Delhi hat er jedenfalls nicht geholfen. Mitte des achtzehnten Jahrhunderts ist der persische Herrscher Nadir Schah in ihr Reich eingefallen, hat Agra und Delhi geplündert und den Pfauenthron mitsamt Stein geraubt.«

»Er ist nach Persien gekommen, in den Iran?«

»Aber nicht für lange. Tatsächlich ist er hierher zurückgekehrt. Als Nadir Schah einem Anschlag zum Opfer fiel, ist der Stein in den Besitz eines Mannes mit Namen Ahmed Schah Abdali gelangt. Viele Afghanen nennen ihn heute noch immer Baba, ›kleiner Vater‹. 1747 haben die paschtunischen Stämme ihn in der *loya jirga* zu ihrem Anführer gewählt. Er wurde der erste König von Afghanistan. Zu jener Zeit herrschte er über das größte islamische Reich der Welt.«

»Aber es war nicht von Dauer«, sagte Marcus.

»Oh, Sie sind also doch ein echter Historiker.« Khan lächelte. »Nein, die Sikhs haben im Jahre 1813 rebelliert. Ihr Führer war Ranjit Singh, der selbsternannte Maharadscha des Punjab. Er hat die Afghanen vertrieben und ein unabhängiges Sikh-Königreich errichtet.«

Marcus schloss die Augen. Plötzlich sah er alles in seinem Geist: eine furchtbare Ahnung der Wahrheit.

»Und auch das war nicht von Dauer«, sagte er.

Khan lächelte ihn weiter an wie jemanden, der gerade erst einen Witz verstanden hatte, dessen Pointe doch von Anfang an klar gewesen war.

»Nein, natürlich war es nicht von Dauer. Sein Sohn war nutzlos, und für einen Herrscher auf dem Subkontinent war es nicht gerade die beste Zeit, nutzlos zu sein. Die Briten kamen. Im Jahre 1849 haben sie schließlich die Sikhs besiegt und den Union Jack über der Zitadelle von Lahore gehisst. Ranjit Singhs nutzloser Sohn Duleep war gezwungen, einen demütigenden Friedensvertrag zu unterzeichnen und den Diamanten abzugeben. Der größte Edelstein der Welt war nun in der Hand der britischen Besatzer.«

Marcus nickte stumm vor sich hin. Er kam sich unglaublich dumm vor, dass er das nicht schon früher erkannt hatte. Nazreem sah ihn verwirrt an. Sie hatte nicht die geringste Ahnung, worum es hier eigentlich ging.

»Deshalb hat das so vertraut geklungen«, sagte Marcus und lachte frustriert. »Wie verdammt dumm von mir! Ich hätte es mir denken müssen.«

»Ja«, sagte Khan leise und schaute ihn mitfühlend an. »Wissen Sie, zuerst dachte ich, das sei der Grund, warum Sie überhaupt daran interessiert sind.«

»Bitte, entschuldigt«, meldete sich Nazreem wieder zu Wort. »Hier gibt es offenbar irgendwas, das ich nicht verstehe.« Es fiel ihr schwer, sich zu konzentrieren.

»Nun, du hast ja auch keinen Grund dafür, es zu verstehen«, sagte Marcus. »Aber *ich* hätte es verstehen müssen. Der Stein ist nicht länger der größte Diamant der Welt – in Südafrika sind gleich mehrere größere entdeckt worden –, aber er ist noch immer der vielleicht wertvollste. Und mit Sicherheit ist er der berühmteste. Ich hätte ihn sofort anhand seines Namens erkennen müssen: ›Berg aus Licht‹ … Es ist der Koh-i-Noor.«

»Den Namen habe ich schon mal gehört.«

»Man könnte ihn wohl das ursprüngliche ›Kronjuwel‹ nennen, ein Begriff, den man in der Hoch-Zeit des Empire auch für Indien verwendete.«

»Und wo ist er heute?«

»Das ist wirklich ein Scherz. Hier sitzen wir, sind mehrere tausend Meilen weit gereist, in eines der abgelegensten Gebiete der Erde, und das alles nur, um herauszufinden, dass das, was wir suchen, an unserem Ausgangsort ist: im Tower von London. Der Koh-i-Noor ist der wertvollste Stein der britischen Kronjuwelen.«

Nazreem inhalierte eine weitere Wolke süßen Rauchs von der Pfeife hinter ihr und stellte fest, dass sie nur noch lächeln konnte.

20

Er bewegte sich durch die Menge wie ein Halbblinder, suchte sich seinen Weg anhand der Umrisse jener am Rand seiner Wahrnehmung, als wären sie Geister … oder als wäre er einer.

Nur einmal stand ihm jemand im Weg, und einen Blick lang sah es so aus, als wolle dieser Jemand die leicht wankende, kriegerische Gestalt herausfordern, die erbarmungslos auf ihn zukam, doch dann besann er sich eines Besseren und tat ihn als schlichten Säufer ab. Mit so jemandem musste man sein Macho-Ego nicht messen. Oder vielleicht lag es ja auch an dem kräftigen Körperbau des Mannes, der dunklen Haut und dem dichten schwarzen Stoppelbart am Kinn, das unter der verdreckten grauen Sweatshirtkapuze hervorlugte, was den anderen zu dem Schluss kommen ließ, es sei besser, diesem Kerl aus dem Weg zu gehen.

Die ganze Strecke nach Whitehall hinunter traten Touristen ihm aus dem Weg und achteten peinlich genau darauf, dass er nicht versehentlich auf ihre Fotos kam. So jemand sollte schließlich nicht die hübschen Bilder von den Krönungsvorbereitungen verderben.

Lediglich einmal zuckte er selbst unwillkürlich zusammen, und zwar vor den Wachhäuschen der Horseguards, wo zwei große Trooper in ihren lächerlichen Zeremonialuniformen standen: lange rote Capes und hohe, messingbeschlagene Helme mit langen Pferdeschwänzen – Uniformen, die sich seit mehr als einem Jahrhundert nicht mehr verändert hatten. Sie nannten sich selbst die Life Guards der Königin … des Königs sollte es jetzt wohl eher heißen. Sie sahen wie Zinnsoldaten aus, Spielzeuge einer Showmonarchie, und in einer Woche würden sie den Job tun, für den sie auf der ganzen Welt berühmt waren: auf edlen Pferden neben einer vergoldeten Kutsche herzureiten. Aber sie waren auch eine Kampftruppe, oder zumindest galt das für einige von ihnen. Sie hatten im Irak gedient. Das wusste er nur allzu gut.

Das Zögern dauerte eine Sekunde, nicht länger, als jeder Passant vor den Kavalleristen verharrt hätte. Und das war zumindest deutlich kürzer als die Zeit, die die Touristengruppen hier verbrachten, selbst in diesem furchtbaren Januarwetter, um sich kichernd vor den todernsten Soldaten fotografieren zu lassen, die so taten, als ignorierten sie die Menschen.

Und dann war er wieder auf dem Weg die Straße hinunter, von der einst die Welt beherrscht worden war. Vorbei an den Portlandsteinmauern alter Ministerien, wo einst in Privatschulen erzogene Bürokraten Anweisungen erteilt hatten, die das Schicksal von Millionen auf der ganzen Welt beeinflusst hatten. Es war ein Empire gewesen, ›in dem die Sonne niemals unterging‹, wie sie gesagt hatten. Nun war sie allerdings doch untergegangen, und das schon vor einem halben Jahrhundert. Trotzdem gab es noch immer Männer hinter diesen Mauern, die sich weigerten, das anzuerkennen.

Der Mann blieb nicht an der Zufahrt der berühmtesten Nebenstraße der Welt stehen, deren wenig bemerkenswerte Reihenhäuser aus dem 18. Jahrhundert für Großbritannien das waren, was der Élyséepalast für Frankreich und das Weiße Haus für die USA darstellten. Er hatte gehört, dass es einst eine Zeit gegeben habe, da hatten sie Leute – ganz gewöhnliche Leute – in die Straße gelassen, wo sie vor der berühmten Eingangstür hatten posieren können. No. 10 nannten sie sie. Nach wie vor. Als wäre der Straßenname – Downing Street – egal. Es war jedoch schon lange her, seit zum letzten Mal jemand ohne offiziellen Passierschein, Akkreditierungsschreiben oder andere hochoffizielle Papiere in die Downing Street gelassen worden war. Hinter den schwarzen Eisengittertoren wachten Polizisten vierundzwanzig Stunden lang über die Straße, unterstützt von allsehenden Kameraaugen.

Es war die sogenannte Eiserne Lady gewesen, Margaret Thatcher, die die Kameras – gar nicht so unverwundbar, wie ihr Spitzname vermuten ließ – zum Schutz vor der IRA hatte anbringen lassen. Und in den darauffolgenden Jahrzehnten hatte nicht einer ihrer Nachfolger es als angemessen erachtet, sie wieder zu entfernen, auch wenn die IRA längst keine Bedrohung mehr darstellte. Schließlich gab es ja auch andere Organisationen, die den Platz der IRA übernommen hatten, und die würde es auch immer geben – egal ob in Wirklichkeit oder fabriziert. Sie waren die Rechtfertigung für die Kameras und die Augen dahinter, den Kontrollapparat. Der Mann zog die Kapuze tiefer über die Augen. Er konnte sich ein Grinsen darüber nicht verkneifen, dass ein Establishment, das über die Bedrohung durch so viele ›Vermummte‹ auf der Straße jammerte, gerade diese ›Mode‹ förderte, indem es immer mehr elektronische Hilfsmittel einführte, um das Leben seiner Bürger auszuspähen. Was fiel den Briten ein, sinnierte der Mann, dass sie es wagten, der Welt Freiheit und Demokratie zu predigen? Scharlatane und Heuchler allesamt.

Inzwischen hatte er das Ende der Straße erreicht, gegenüber dem großen Uhrenturm, der weltweit als Symbol ihrer angeblichen Demokratie galt. Der kleine Rasen davor hieß Parliament Square, obwohl er nur wenig mehr als eine Verkehrsinsel war, lediglich hervorgehoben durch ein paar Statuen, die die wechselhafte Geschichte des Landes reflektierten. Er hatte sich einmal zwischen hupenden Bussen und Taxis hindurch auf den Rasen gewagt, um sich die Figuren ein wenig genauer anzusehen, diese antiken Helden eines untergegangenen Reichs. Aber wer war George Canning? Er hatte keine Ahnung. Und der Earl of Derby? Winston Churchill kannte er natürlich, die große, stämmige Gestalt in ihrem langen Mantel. Churchill hatte sich seinen Platz in der Geschichte gesichert. Aber was war mit diesem dürren, kleinen Mann, diesem Whippet in großspuriger Pose, der seine Nase so arrogant gen Himmel reckte? Jan Smuts. Er hatte ihn nachgeschlagen und war nicht überrascht gewesen, als er herausgefunden hatte, dass dieser Smuts ein südafrikanischer Militär gewesen war, ein starker Befürworter des Apartheidregimes. Inzwischen hatten die Briten ihr Gewissen beruhigt, indem sie auf demselben Platz ein Bronzeabbild von Nelson Mandela errichtet hatten. Dass sie Jan Smuts jedoch stehen gelassen hatten, sagte alles.

Von der Ecke zu Whitehall schaute er die breite Durchgangsstraße zu dem kalten, steinernen Klotz des Kenotaphs hinauf, dem Gedenkstein, der zu Ehren jener errichtet worden war, die in zwei Weltkriegen gefallen waren. Nun legten sie dort auch Kränze für diejenigen nieder, die zum Töten und Sterben in den Irak und nach Afghanistan geschickt worden waren. Gleichzeitig verboten sie ihren Kriegsversehrten jedoch, an Paraden teilzunehmen, damit die Öffentlichkeit nicht sah, welchen Preis der Krieg forderte. Ob sie wohl je auch nur einen Gedanken an die andere Seite verschwendet hatten? An den Preis, den unbewaffnete Zivilisten zahlen mussten? Zu Tausenden? Natürlich nicht. Das hier waren alles Heuchler und Feiglinge, Leute, die davon redeten, in anderen Ländern ›für den Frieden‹ zu kämpfen und dann ›Unfair!‹ jammerten, wenn der Konflikt, den sie heraufbeschworen hatten, auf ihre Straßen überschwappte.

Er hatte gesehen, wie die Regeln des Krieges funktionierten. Er hatte ganze Gemeinden von Zivilisten gesehen, die vernichtet worden waren, ganze Familien, ermordet vor seinen Augen. Rücksichtslos. Nein, willkürlich. Als seien sie vollkommen ohne Bedeutung. Damals war ihm im wahrsten Sinne des Wortes schlecht geworden, als er erkannt hatte, dass er nichts dagegen unternehmen konnte. Hinterher hatte er es versucht. Aber er war gescheitert. Das Gerede von Fairplay und Rechtsstaatlichkeit, das vor der Invasion verbreitet worden war, hatte sich bald als Schall und Rauch erwiesen, hinter dem sich die eigenen Leute verstecken konnten. Stattdessen hatten sie ihm das Leben zur Hölle gemacht. Er schuldete dem Lehrer Dank dafür, dass er ihm den Weg da hinaus gewiesen hatte. Und der Lehrer würde auch am Ende bei ihm sein.

Nun, wenigstens würde er jetzt sehen, wie weit ihr Sinn für Fairplay ging. Nicht weit, nahm er an. Tatsächlich würde er sogar sein Leben darauf verwetten.

Und er war bereit zu verlieren.

21

Das Wetter hatte sich verändert. Von der Themse wehte eine für die Jahreszeit ungewöhnlich milde Brise über die Stadt; allerdings war die Luftfeuchtigkeit so hoch, dass die Fußgänger die Kragen hochschlugen. Marcus und Nazreem waren dankbar dafür, nicht länger draußen zu sein, auch wenn sie jetzt in dem surrealen Einsatzraum im Hauptquartier des MI5 saßen mit seinen ›Fenstern zur Welt‹, die alles Mögliche zeigten, nur nicht, wo sie gerade waren.

Ihre Rückkehr aus der Wildnis des Wakhan war relativ schmerzfrei verlaufen. Sie hatten einen Tag in Gesellschaft von Alasdair ›Ali‹ Khan verbracht und das exotische Spektakel genossen, ihn und seine Männer beim Buskashi zu beobachten, einem wilden Spiel, das Polo nicht ganz unähnlich war. Allerdings kämpften hier zwei Teams von Reitern um die zweifelhafte Ehre, einen mit Sand ausgestopften Ziegenkadaver unter ihre Kontrolle zu bekommen. Nazreem war bisweilen versucht gewesen wegzuschauen, hatte sich aber gezwungen, es nicht zu tun. Ali Khan hatte ihr nämlich gesagt, für eine Frau sei es ein seltenes Privileg, diesem Schauspiel beiwohnen zu dürfen. In diesem konkreten Fall sei es jedoch nur ein Übungsspiel unter Freunden, hatte er erklärt. Aus diesem Grund hatten sie auch Karim eingeladen mitzumachen, doch der hatte taktvoll abgelehnt und hinter vorgehaltener Hand eingeräumt, dass er besser mit Maschinen als mit Pferden umgehen könne. Am Abend hatten sie dann die Reste des Hammels gegessen, der schon für das Mahl am Vorabend geschlachtet worden war. Und diesmal hatte Nazreem sich weggesetzt, als die Männer die Pfeifen ausgepackt hatten. Nach der ersten Nacht hatte sie den ganzen darauffolgenden Morgen durchgeschlafen und war mit dem aufgewacht, was Khan ihr mit einem gemeinen Lächeln als ›Opiumkopf‹ beschrieben hatte.

Früh am nächsten Morgen hatten sie sich voneinander verabschiedet und sich entlang des rasch mit Schmelzwasser anschwellenden Panj auf den Weg zurück nach Eshkashem gemacht. Die Straße selbst war ein wenig passierbarer geworden, doch es konnte jederzeit wieder schneien, und so waren sie nonstop weitere sechs Stunden gefahren und bei Einbruch der Nacht in Baharak angekommen. Marcus hatte Kontakt zu dem Piloten der Royal Air Force aufgenommen, der froh gewesen war, seine Stimme zu hören. Am nächsten Morgen hatte der Lynx sie dann abgeholt und sie gerade noch rechtzeitig nach Kabul zurückgeflogen, dass sie den Nachmittagsflieger zur Luftwaffenbasis London Northwood nehmen konnten. Dort hatte dann ein Wagen von Delahaye auf sie gewartet.

Es war gerade einmal zwölf Stunden her, seit sie Baharak verlassen hatten, und doch hatten sie das Gefühl, als seien sie in eine andere Welt und ein anderes Jahrhundert gereist. Kurz vor der Rushhour waren sie schließlich in der Stadtmitte gewesen und direkt in den fünften Stock des Thames House geführt worden. Marcus hätte sich gern zuerst gewaschen und rasiert oder auch ein wenig geschlafen, doch Delahaye brannte darauf zu erfahren, ob die Sache den Aufwand wert gewesen sei.

»Sind Sie sicher?«, war alles, was er immer wieder und wieder fragen konnte. Sicher, dass der Aladin aus dem Märchen und Ala-ud-din, der Kriegerfürst, ein und dieselbe Person waren. Sicher, dass Baburs Juwel wirklich der Diamant war, den Duleep Singh an das Raj übergeben hatte. Sicher, dass ›die Lampe, die die Welt erhellt‹, nur ein anderer Ausdruck für den ›Berg aus Licht‹ war und dass beides sich auf den Koh-i-Noor bezog. Marcus war sich bei keiner dieser Fragen sicher. Und wenn das alles stimmte, hakte Delahaye nach, wie war die Geschichte dann in einer arabischen Folkloresammlung mit Namen Tausendundeine Nacht gelandet, übersetzt und herausgegeben von einem Franzosen?

»Schauen Sie. Wir reden hier von *Möglichkeiten*«, sagte Marcus schließlich. »Wir konstruieren Theorien. Das ist der Job von Akademikern … Das ist *Ihr* Job, verdammt noch mal. Allerdings gibt es viel zu viele Übereinstimmungen, als dass alles einfach nur Zufall sein könnte. Und Galland war alles Mögliche, aber bestimmt kein Historiker. Er war eher so etwas wie der Walt Disney seiner Zeit. Er hat ein gut gesponnenes Garn aufgenommen und es für die Massen in eine neue Verpackung gesteckt.

Tatsache ist, dass ›die Lampe‹ schlicht zufällig von der historischen Person getrennt worden ist. Ala-ud-Din war einer der größten Herrscher seines Landes, und da haben die Menschen nun einmal Geschichten um ihn erfunden. Dass er seinen Onkel wegen des Besitzes eines ›Geschenks des Sonnengottes‹ getötet hat, das ihn daraufhin zum mächtigsten Mann der Welt gemacht hat, wurde natürlich in der Nacherzählung verfälscht – teilweise auch absichtlich, um Ala-ud-Din als guten Kerl dastehen zu lassen, also letztlich aus politischen Gründen.

Als die Geschichte schließlich zu Galland gelangte, waren die Ursprünge verloren gegangen: Es war nur ein Hauch von Orient geblieben, die chinesische Grenze, die Exotik Indiens und ein muslimischer Sultan in einer nichtislamischen Gesellschaft. Aber Galland war das egal. Er hatte noch nie etwas von Ala-ud-

Din gehört. Das hatte niemand in Europa. Er hatte nur eine gute Geschichte gehört, und da er sie weiterverkaufen wollte, war es für ihn das Sinnvollste, sie in die sogenannten ›Geschichten aus tausendundeiner Nacht‹ zu integrieren, die ohnehin nie diese Zahl erreichen würden.

Was ich jedoch nicht verstehe, ist, was das mit Ihrer Sorge um islamische Extremisten zu tun hat. Ich meine, das Ding ist jetzt schon seit hundertfünfzig Jahren in Großbritannien.«

»Eigentlich ist es nicht mehr derselbe Diamant.«

»Was meinen Sie damit?«

»Sie haben Mist gebaut, diese verdammten Royals … Bitte, entschuldigen Sie meine Ausdrucksweise. Der verfluchte, besserwisserische Prinz Albert war enttäuscht von ihm, trotz seiner Größe; er hat ihm nicht genug gefunkelt. Also hat er ihn neu schleifen lassen, ihm mehr Facetten gegeben, um ihn brillanter wirken zu lassen. Dabei hat das Ding gut vierzig Prozent seines Gewichts verloren, das dann wiederum zu kleineren Diamanten verarbeitet worden ist. Das Endergebnis hatte dann nicht mehr hundertsechsundachtzig, sondern nur noch knapp über hundertfünf Karat, und selbst dann hat der Stein ihm noch immer nicht gefallen.«

»Wie ich sehe, haben Sie Ihre Hausaufgaben gemacht«, sagte Marcus. »Sind Diamanten eines Ihrer Hobbys?«

»Gemeinhin nicht, aber dieses spezielle Steinchen war schon immer etwas anderes. Es gibt dort draußen viele Leute, die nie akzeptiert haben, dass der Koh-i-Noor nun England gehört. Den Durchschnittsbürger interessiert das natürlich nicht sonderlich, und was mich betrifft, so ist es mir ehrlich gesagt auch scheißegal. Aber der Koh-i-Noor sorgt schon seit Ewigkeiten für Streit zwischen uns und dem Subkontinent.«

»Bitte?«

»Glauben Sie etwa, solche Dinge kümmern die Leute nicht? Dabei ist noch nicht einmal der reine Wert des Steins das Problem. Er ist ein Symbol der nationalen Identität. Stellen Sie sich einmal vor, wie wir uns fühlen würden, hätte man uns gezwungen, die Kronjuwelen an Deutschland zu übergeben. Oder schlimmer noch: an die Franzosen!«

Marcus schüttelte den Kopf, aber er wusste, dass Delahaye recht hatte. Gerade die Briten waren erpicht auf derartige Nationalsymbole: das Pfund, die Längenmaße, der Linksverkehr … Da sollte es sie eigentlich nicht überraschen, wenn ihre einstigen Untertanen sich über den Verlust des Diamanten aufregten.

»Zum ersten, größeren Streit deshalb kam es vor über dreißig Jahren, 1976. Damals hat Zulfikar Ali Bhutto, der Vater der hochverehrten, aber leider verstorbenen Benazir Bhutto, ihn in einer geheimen, diplomatischen Note an den damaligen Premier Jim Callaghan zurückverlangt. Er schrieb, Großbritannien habe ›ein Gefühl des kulturellen Entzugs oder der historischen Enterbung‹ geschaffen, indem es sich weiter an die Trophäen des untergegangenen Empires klammere. Er bezeichnete es als ›Gräueltat‹, dass der Stein aus Lahore fortgeschafft worden sei, aus ›Pakistans Kulturhauptstadt‹, wie er es nannte – was wohl ein bisschen übertrieben ist, da Lahore damals die Hauptstadt der Sikhs war; der islamische Staat Pakistan sollte erst mehr als ein Jahrhundert später gegründet werden.«

»Wirklich?«, entgegnete Marcus. »Ich war damals zwar noch ein Kind, aber ich kann mich nicht erinnern, etwas darüber in den Nachrichten gehört zu haben. Ich bin sicher, zu der Zeit hätte die südafrikanische Presse sich mit Freuden darauf gestürzt.«

»Wie gesagt, es war eine *Geheimnote.* Sie haben es nicht herausgefunden«, sagte Delahaye. »Callaghan, ein Labourmann in der Zeit, da alle bei Labour links gerichtet waren – heutzutage schwer vorzustellen, ich weiß –, hat die Forderung tatsächlich ernst genommen und seine Beamten prüfen lassen, ob Pakistan tatsächlich einen rechtlichen Anspruch auf den Stein habe. Zu guter Letzt hat man entschieden, es sei das Beste, die Inder und Perser hinter vorgehaltener Hand über die pakistanische Forderung zu informieren …«

»Weil sie ebenfalls Anspruch erheben würden!«

»Genau. Und keiner von beiden hätte untätig zugeschaut, wie der Stein nach Pakistan gegangen wäre. Unter den gegebenen Umständen kamen die Beteiligten schließlich zu der Übereinkunft, dass Großbritannien das geringere Übel sei.«

»Damit war die Sache also erledigt.«

»Nicht ganz. Das Außenministerium hat sein Bestes getan, um die Story aus den Medien zu halten, und das mit großem Erfolg. Allerdings hatten sie in den anderen beteiligten Ländern ja die Katze aus dem Sack gelassen, und das entwickelte sich zum Bumerang. Als Ihre Majestät im Jahre 1997 Indien und Pakistan besuchte, um deren fünfzigsten Jahrestag der Unabhängigkeit zu feiern, nutzten auf einmal die Sikhs die Gelegenheit, um den Stein lauthals für sich zu fordern.«

»Autsch!«

»Und auch da haben Sie wieder recht. Mal abgesehen von den ganzen Sikhs an der indisch-pakistanischen Grenze gibt es auch mehr als eine halbe Million von ihnen hier in Großbritannien. Und sie haben auch rasch ihren Helden in einem verarmten Bauern aus dem Punjab gefunden, der behauptete, der legitime Nachfahre ihres letzten unabhängigen Herrschers zu sein.«

»Duleep Singh, der Junge, den man nach London geschleppt hat, damit er den Stein persönlich hat übergeben können.«

»Sie wissen, worauf ich hinauswill. Und sicher muss ich Ihnen nicht sagen, dass die Sikhs ein traditionell kriegerisches Volk mit ausgeprägtem Stolz sind. An diese spezielle Demütigung erinnern sie sich immer noch als eine der größten in ihrer Geschichte. Schlimmer noch: Hätte dieser Bauer den Diamanten allein für sich beansprucht, er hätte mit Sicherheit nicht viele Sympathisanten gefunden, aber er hat gesagt, er wolle ihn dem Goldenen Tempel in Amritsar schenken.«

»Der heilige Schrein des Sikhismus. Einfacher hätte er es sich nicht machen können, um die gesamte Sikhgemeinde hinter sich zu bekommen.«

»In der Tat. Am Ende – wenn man es denn ein ›Ende‹ nennen kann – und mit ein wenig Kooperation der Gastgeberländer ist es uns gelungen, das Ganze zumindest während des königlichen Besuchs unter den Teppich zu kehren. Glücklicherweise hat Ihre verstorbene Majestät die pragmatischen Argumente verstanden, und sie hegte auch mehr als nur ein wenig Nostalgie für ihr verlorenes Empire. Heutzutage ist das vielleicht anders. Wenn man sich auf diese Klatschmäuler, die sich im St.-James-Palast Höflinge schimpfen, verlassen kann – und dafür sorgen wir, zumindest in wichtigen Angelegenheiten –, dann spielt unser neuer König mit dem Gedanken, nicht nur den Koh-i-Noor, sondern ganze Wagenladungen von anderem Zeug zurückzugeben. Der einzige Grund, warum er noch keine dementsprechende Geste gemacht hat, ist der, dass es mit ein wenig sanftem Druck gelungen ist, diesem nicht allzu hellen Kopf die Umstände beizubringen. Geben wir die Sachen nämlich zurück, könnte Joe Public den Eindruck gewinnen, als entledige sich der Kaiser seiner Kleider, und nackt betrachtet würden die Menschen erkennen, was für eine klapperige Institution unsere Monarchie wirklich ist.«

Marcus lächelte bei der Vorstellung, der neue König könne

plötzlich feststellen, dass er den Job, auf den er sein ganzes Leben lang gewartet hatte, durch sein eigenes Tun in Frage stellte.

»Nach der Sache 1997 verschwand das Thema weitgehend aus den Medien, und man könnte sagen, dass es auch ein klitzeklein wenig Druck auf die Presse Ihrer Majestät gegeben hat.«

»Ach, da übertreiben Sie doch sicher«, sagte Marcus mit unüberhörbarem Spott. Die britische Presse rühmte sich zwar ihrer Unabhängigkeit, doch die milliardenschweren Medienmogule neigten dazu, dafür zu sorgen, dass das ›Establishment‹ nicht beleidigt oder gar das ›nationale Interesse‹ gefährdet wurde, was wiederum stets mit dem Interesse ebenjenes Establishments zusammenfiel.

»Aber die Sikhs in Großbritannien haben doch noch nie ein Problem dargestellt«, bemerkte Marcus.

»Bis jetzt nicht, aber man weiß ja nie, ob nicht vielleicht doch einmal ein Tropfen das Fass zum Überlaufen bringt. Im Zuge des elften Septembers und der Anschläge im Juli 2005 auf die Londoner U-Bahn hat es genug Angriffe auf Sikhs gegeben, weil der dämliche Teil der eingeborenen Bevölkerung noch immer Turbantragen automatisch mit Islam gleichsetzt. Wäre ich ein Sikh, ich wäre allmählich richtig sauer. Aber das ist nicht der Punkt. Was zählt, ist, dass die islamistischen Hardliner im Jahre 2000 Gelegenheit bekommen haben, auf den Diamantenzug aufzuspringen.«

»Das heißt …?«

»Sie erinnern sich vielleicht daran, dass der Koh-i-Noor in seiner wechselhaften Geschichte auch einmal einem Mann gehört hat, der als erster König des modernen Afghanistan betrachtet wird.«

»Aber 2000 war Afghanistan …«

»... unter der Kontrolle der Taliban. Genau. Doch zu der Zeit, ein Jahr vor dem elften September, haben wir die Taliban zwar nicht gemocht, aber wir haben sie als rechtmäßige Regierung Afghanistans anerkannt. Sie hatten sogar eine Botschaft hier. Und über diese Botschaft haben sie dann die ›Rückgabe‹ des Diamanten an Kabul gefordert.«

»Er stammte ursprünglich ja auch aus dem Wakhan. Also hatten sie vielleicht gar nicht mal so unrecht.«

Delahaye hob die Augenbrauen. »Sie glauben doch wohl nicht, dass die britische Regierung die Rückgabe jedes Artefakts von Wert, das irgendwo auf der Welt in einem Museum liegt, an sein Ursprungsland befürwortet, oder? Die Griechen haben schon genug Ärger gemacht, was die Rückgabe des Parthenon-Frieses aus dem Britischen Museum betrifft. Oder glauben Sie, die Franzosen wären uns dankbar dafür, wenn wir so einen Präzedenzfall schaffen würden? Glauben Sie, die wollen die Mona Lisa wieder an Italien geben? Oder Deutschland den Pergamonaltar an die Türkei? Dabei war ja noch nicht einmal ein einziger Türke in dem Land, als er gebaut worden ist.«

»In einigen Fällen gibt es eben bessere moralische Argumente als in anderen.«

»Das mag ja sein, aber ich denke nicht, dass das auch die Taliban mit einschließt – besonders nicht, nachdem sie die Buddhas von Bamiyan in die Luft gejagt haben.«

»Andererseits ist die britische Geschichte mit dem Koh-i-Noor auch nicht ganz makellos, oder? Ich meine, der Ehemann von Königin Viktoria, Prinz Albert, hat ihn doch förmlich ruiniert. Das haben Sie vorhin selbst gesagt.«

Delahaye seufzte müde. »Manchmal, Professor Frey, frage ich mich, auf wessen Seite Sie eigentlich stehen.«

»Es ist mein Job, beide Seiten zu sehen, schon vergessen? Ich dachte, deshalb hätten Sie uns überhaupt erst für Ihr kleines Unternehmen schanghait.«

»Schanghait? Wie Sie meinen … aber das ist nicht der Punkt. Der Punkt ist: Wenn der Koh-i-Noor im Zentrum der Aufmerksamkeit islamischer Fundamentalisten steht, haben wir ein ernstes Problem.«

»Haben Sie? Aber der Diamant, oder zumindest das, was von ihm übrig ist, ist doch bestimmt gesichert bis dorthinaus. Hat man ihn nicht in die Krone der alten Queen Mum eingebaut? Ich nehme an, seit ihrem Tod 2002 ist er zusammen mit dem anderen Flitter sicher im Tresor des Towers weggeschlossen. Sie glauben doch wohl nicht, dass al-Kaida einen Juwelenraub plant, oder?«

Delahaye schüttelte müde den Kopf.

»Das ist das Problem mit euch Historikern«, seufzte er. »Ihr seid so von der Vergangenheit besessen, dass ihr die Gegenwart nicht seht. Lesen Sie keine Zeitungen?«

Marcus schaute ihn fragend an. Hatte er was verpasst?

»Wie ich gesagt habe …«, erklärte Delahaye. »Man hat dem alten Jungen klargemacht, dass die Menschen von der Monarchie ein wenig Pomp und dergleichen erwarten, alles eingebunden in die Tradition. Und Sie wissen doch sicher, wie sehr er seine ›Granny‹ verehrt hat, oder?«

Marcus nickte.

»Nun, angesichts der Tatsache, dass die Menschen ausgesprochen gute Erinnerungen an die alte Queen Mum haben, ist er zu dem Schluss gekommen, es sei recht populär und ein Zeichen von Kontinuität, das zentrale Stück ihrer Krone in die des neuen Monarchen einbauen zu lassen, also in seine.«

»Heißt das …?«

»Genau«, sagte Delahaye. Seine Erleichterung war ihm deutlich anzusehen. Endlich war der Penny gefallen. »Hier stehen wir also nun: Wir kämpfen noch immer mit den Nachwirkungen der Mutter aller Katastrophen im Irak, werden weltweit als Onkel Sams kleines Helferlein gesehen und haben nach wie vor Tausende von Mann in Afghanistan, wo sie nach dem Willen der Politiker eine Demokratie aufbauen sollen, doch die Taliban stellen sie als fremdländische Eindringlinge dar.

Und was geben wir ihnen? Eine neue Krone für einen neuen König mit dem Koh-i-Noor in der Mitte. Da könnten wir dem König genauso gut ein Fadenkreuz auf die Stirn malen.«

22

»Im Grunde genommen sind wir alle in den Händen des Herzogs von Norfolk.«

»Wir sind was?«

Zwei Stunden später saßen sie noch immer in dem Besprechungsraum, nur dass inzwischen ein halbes Dutzend Agenten dazugestoßen war, die sich den ganzen letzten Monat über ausschließlich mit den Sicherheitsvorkehrungen für die bevorstehende Krönung beschäftigt hatten. Dazu kam dann noch ›Si‹ Maudesley. Im ›Fenster‹ war nicht mehr irgendeine britische Landschaft nach Delahayes Wahl zu sehen, sondern eine Satellitenaufnahme eines gut vier Quadratkilometer großen Teils der Innenstadt von London. Marcus fragte sich, ob das Bild wohl von Google stammte, bis er sah, dass man tatsächlich den sich bewegenden Verkehr erkennen konnte.

»Der Kerl, der für die Organisation aller wichtigen royalen Ereignisse verantwortlich ist. Es gibt kaum jemand Wichtigeren«, erklärte Delahaye in leicht angestrengtem Tonfall. »Earl Marshal ist der offizielle Titel, und das ist im Augenblick nun einmal der Herzog von Norfolk.«

»Der Earl ist auch ein Herzog?«, fragte Nazreem, die den britischen Monarchen bis dato immer nur als zwar bunte, aber exzentrische Touristenattraktion betrachtet hatte. Nun staunte sie nicht schlecht, dass diese Institution tatsächlich eine funktionierende Bürokratie besaß. Tatsächlich wimmelte es geradezu von Menschen hinter den Mauern des Buckinghampalastes, die sich als Erben eines tausend Jahre alten ›Regierungssystems‹ betrachteten und nicht – wie Nazreem gedacht hatte – als glorifizierte Wärter in einem seltsamen Vergnügungspark.

»Verwirrt?«, fragte Delahaye. »Willkommen im Club. Wir haben die Regeln nicht gemacht, aber sie erwarten von uns, dass wir uns daran halten und uns brav verneigen oder knicksen, wenn sie es uns sagen. Aber Sie sind der Historiker«, sagte er und nickte in Richtung Marcus.

Marcus schloss die Augen und kramte in einem der nur selten genutzten Teile seines Gehirns. »›Herzog‹ ist der Familientitel. ›Earl Marshal‹ bezeichnet eine bestimmte Funktion bei Hofe. Ursprünglich hieß es nur ›Marshal‹, bis irgendwann ein ›Earl‹ dazugekommen ist. Das ist dann hängen geblieben, auch wenn der Betreffende kein Earl ist. Allerdings sind Herzöge und Earls auch mehr oder weniger das Gleiche, nur dass ›Earl‹ älter ist. Der Titel kommt aus dem Sächsischen, während ›Herzöge‹ erst nach der normannischen Eroberung 1066 auftauchen.«

Nazreem schaute ihn an, als glaube sie, er erfinde das alles. Delahaye lächelte mitfühlend.

»Aber es ist ja auch egal«, fuhr Marcus fort. »Wichtig ist, dass das Amt heutzutage vererbt wird; tatsächlich ist das sogar schon seit langem so. Die Herzöge von Norfolk bekleiden diese Funktion seit 1386.«

Nazreem verzog das Gesicht zum Zeichen, dass sie angemessen beeindruckt war. Marcus ignorierte es. Er war nicht gerade ein Fan der britischen Monarchie, aber er wusste die charakteristische Liebe der Briten zur Tradition zu schätzen.

»Bei großen Zeremonien arrangiert der Earl Marshal, wer sich wo aufzuhalten hat«, erklärte Marcus weiter. »Ursprünglich war er wohl für die königlichen Ställe verantwortlich, die sogenannten Marställe, daher der Name. Da große Zeremonien heutzutage jedoch genau das sind, was die Menschen von der Monarchie erwarten, ist das ein sehr wichtiger Job. Und keine Zeremonie ist wichtiger als eine Krönung.«

»Besonders«, fügte Delahaye hinzu, »wenn es seit mehr als einem halben Jahrhundert keine mehr gegeben hat. Wir erwarten Premierminister, Präsidenten und jede Menge andere wichtige Leute aus der ganzen verdammten Welt. Überall kreucht schon der amerikanische Secret Service herum und verlangt, jedes Detail der Route zu wissen, und das, obwohl – Gott sei Dank – nur der Vizepräsident an den Feierlichkeiten teilnimmt. Zwar waren einige Leute im Palast deshalb ein wenig beleidigt; doch nachdem man ihnen erklärt hat, dass die Anwesenheit des großen weißen Häuptlings weit mehr *sichtbare* Sicherheitsmaßnahmen um ihn als um den neuen König verlangt hätte, hat man es dann akzeptiert.«

»Okay, alles mal zuhören«, rief Caroline Shipp in brüskem Ton. Sie hatte sich vor den Bildschirm gestellt und gebrauchte sehr zu Marcus' Belustigung einen alten Rohrstock, um auf die Areale zu deuten, auf die sie sich jeweils bezog und die in unterschiedlichen Primärfarben markiert waren.

»Die offizielle Route ist klar: Der König und seine Frau fahren in der goldenen Staatskutsche, gezogen von acht Apfelschimmeln. Vom Tor des Buckinghampalastes werden sie von einem berittenen Regiment der King's Life Guard sowie der Blues and Royals in vollem Ornat begleitet: rote Mäntel, Pferdeschweife und das ganze Zeug. Polizeimotorräder fahren ihnen voraus und flankieren sie. Sie werden das Victoria Monument umfahren und sich dann über die Mall mit den freien Flächen des St. James' Park auf der einen und den neoklassizistischen Fassaden der Carlton House Terrace auf der anderen Seite nähern.

Anschließend geht es an den Carlton Steps vorbei, einem möglichen Gefahrenpunkt, da die Zuschauer da *über* der Route stehen werden.« Sie deutete auf einen Platz an der Nordseite der Mall, von dem Stufen wegführten, auf dem Bild gelb markiert. Marcus fragte sich, ob die Leute, die er neben einer Statue auf einer Säule erkennen konnte, wohl ahnten, dass sie gerade aus dem Weltraum beobachtet wurden. Er stellte sich vor, dass es eine Gruppe von Touristen war, Deutsche vielleicht, die sich das Haus zeigen ließen, in dem einst der berüchtigte Naziaußenminister von Ribbentrop gelebt hatte, und den seltsam anmutenden, liebevollen Grabstein seines Hundes Otto.

»Gleichzeitig«, fuhr Caroline Shipp in schulmeisterlichem Tonfall fort, »ist das der einzige Abschnitt der Route, wo alle Zuschauer einen ungehinderten Blick auf das Geschehen haben. Ihn abzusperren, würde eine erhebliche Einschränkung bedeuten, und trotz unserer berechtigten Sicherheitsbedenken dürfen wir nicht vergessen, dass es sich um einen nationalen Feiertag mit beachtlicher PR-Wirkung handelt. Deshalb werden die Carlton Steps offen gelassen, aber die Polizei wird bei jedem eine Leibesvisitation durchführen, der auf einen der höheren Ränge will.

Als Nächstes geht es unter dem Admirality Arch hindurch und auf die Südseite des Trafalgar Square. Die Menge dort wird riesig sein. Die Hauptzugangsstraßen müssen gesperrt werden. Dazu gehören auch The Strand, die Northumberland Avenue und Pall Mall. An diesem Punkt hier werden die Menschen dem Zug am nächsten kommen.« Sie deutete auf den Kreisverkehr an der Kreuzung Whitehall und Trafalgar Square.

»An der Statue von Charles I. Keine schlechte Wahl für jemanden, der Königsmord im Sinn hat«, flüsterte Marcus Delahaye zu. Er konnte sich die Bemerkung einfach nicht verkneifen.

Delahaye lächelte ihn sarkastisch an. »In der Tat. Unser neuer Monarch wird im Vorbeifahren vielleicht sogar ein, zwei Gedanken an seinen unglücklichen Vorfahren verschwenden; aber ich wage zu bezweifeln, dass islamistische Dschihadisten Sinn für Humor haben oder sich sonderlich gut in der Geschichte des siebzehnten Jahrhunderts auskennen. Sie haben einen neuen Bürgerkrieg im Sinn, keinen alten.«

Marcus schüttelte zweideutig mit dem Kopf und stimmte Delahaye widerwillig zu.

»Von dort geht es dann Whitehall hinunter, vorbei an den Ministerien und natürlich an Downing Street. Wie Sie sich vorstellen können, wird die Sicherheit in diesem Bereich besonders hoch sein, mit doppelten Absperrungen und einem Kordon um die Zufahrt zur Downing Street. Die Tore werden sich kurz öffnen, etwa eine Stunde vor der Zeremonie, um es dem Premierminister zu ermöglichen, die kurze Strecke zur Abbey zu fahren.«

»Ich dachte, es gebe einen Tunnel, der direkt zum Unterhaus führt«, sagte Marcus laut.

Delahaye funkelte ihn böse an. »Ach, dachten Sie das? Nun, das ist wohl kaum ein Geheimnis.«

Das war es auch nicht. Obwohl in der Öffentlichkeit fast nie davon die Rede war, war es Allgemeingut, dass seit dem Zweiten Weltkrieg Tunnel unter dem Regierungsbezirk errichtet worden waren. Tatsächlich gab es dort sogar angeblich ›einen verdammten Spielzeugzug‹, wie es der Dean der Christ Church einmal formuliert hatte.

»Aber er wird ihn nicht benutzen?«

»So machen wir das in diesem Land«, erklärte Shipp eisig.

»Sie meinen, es würde nicht gut aussehen, sollte der Premierminister einfach nach Westminster Abbey ›teleportieren‹.« Was Marcus damit eigentlich sagen wollte, war, dass man mit so einer Aktion zugeben würde, dass die Tunnel existierten, was natürlich unmöglich war, obwohl es jeder wusste oder zumindest vermutete.

»Ich meine damit, dass der Premierminister des Vereinigten Königreiches es nicht so aussehen lassen darf, als lasse er sich von irgendeiner Terroristenclique davon abhalten, seine verfassungsmäßige Pflicht zu erfüllen. Wir haben keine Angst vor diesen Leuten.«

»Haben wir nicht? Warum dann all die …?«

»Oh, um Himmels willen, Frey! Natürlich haben wir Angst«, unterbrach ihn Delahaye gereizt. »Wir scheißen uns sogar förmlich in die Hosen wegen ihnen; aber wir sind noch angeschissener, wenn wir das zugeben. Diese Leute sind Fanatiker, und Sie können nie sicher sein, wo sie auftauchen. Noch nicht einmal in den heiligen Hallen von Oxford. Es ergibt Sinn, vor ihnen Angst zu haben; aber Sie und ich, wir wissen, dass es *keinen* Sinn ergibt, das zuzugeben.«

Mit einem müden Lächeln auf den Lippen fuhr Shipp mit ihrem Vortrag fort. »Die Zeremonie selbst ist auf zwei Stunden angesetzt, was deutlich kürzer ist als die seiner Mutter. Die hat mehr als drei Stunden gedauert. Diesmal sind allerdings hauptsächlich die Fernsehsender dafür verantwortlich. Besonderes Interesse dahingehend kam von den amerikanischen Sendern, die die Livebilder von der BBC beziehen und Korrespondenten auf dem Parliament Square postiert haben.«

»Das ist schon was, nicht wahr?« Marcus konnte sich einfach

nicht zurückhalten. »Wenn die amerikanischen Networks das Sagen bei dem tausend Jahre alten Krönungsritual eines englischen Monarchen haben.«

Delahaye lächelte ihn wieder sarkastisch an, strich sich eine nicht vorhandene Locke aus der Stirn und sagte: »Wir kennen unseren Platz.«

»Was den eigentlichen Akt betrifft, so muss der neue König zunächst Land, Volk und Gott die Treue schwören; dann wird er mit Öl gesalbt, bevor er formell in sein Amt erhoben wird. An dem Punkt wird ihm dann auch die Krone auf den Kopf gesetzt. Die eigentliche Krönung mit der neuen Krone, in die der Koh-i-Noor eingesetzt worden ist, wird natürlich vom Erzbischof von Canterbury durchgeführt. Das ist seit der Krönung von Wilhelm dem Eroberer an Weihnachten 1066 so.«

»Und das war derselbe Kerl, der vorher König Harold gekrönt hat, den Wilhelm kurz zuvor entthront hat.« Marcus fühlte sich wieder einmal verpflichtet, das Ganze von zwei Seiten zu sehen.

Delahaye wirkte ehrlich amüsiert. »Eines muss man Kirchenmännern über die Jahrhunderte hinweg lassen: Sie wissen stets, woher der Wind weht.«

»Anschließend wird er sich zum ersten Mal formell auf seinen Thron setzen«, fuhr Shipp fort. »Sie schaffen demonstrativ den Stein von Scone heran, das Symbol der schottischen Monarchie, um ihn unter dem antiken Thron von Edward dem Bekenner zu platzieren. Wie Sie wissen, wurde der ›schottische Stein‹ in Westminster aufbewahrt, bis er 1996 wieder nach Schottland gebracht wurde. Man glaubt, ihn wieder hierherzuschaffen – wenn auch nur für kurze Zeit –, werde die Union stärken und die Rufe nach einer zweiten Krönung in Edinburgh zum Verstummen bringen.«

»Jedenfalls für den Augenblick«, bemerkte Delahaye. Die

schottischen Nationalisten waren in den letzten Jahren immer stärker geworden.

»Ein ausgesprochen wichtiger Faktor bei der Zeremonie ist überdies – und wir sollten das beachten –, dass Seine Majestät gesagt hat, er sei bereit, sich nicht nur von der Kirche von England salben zu lassen, sondern auch von den Führern jeder anderen größeren Religionsgemeinschaft im heutigen Großbritannien. Also werden wir nicht nur den Obersten Rabbi in der ersten Reihe sehen, sondern auch führende Imame aus Bradford. Aber natürlich werden sie nicht nebeneinandersitzen.«

Nazreem hob die Augenbrauen.

»Gibt es einen besonderen Grund dafür?«, fragte einer der jüngeren Agenten.

»Offensichtlich ist das Teil seines Plans, die Rolle als Oberhaupt der Kirche von England aufzugeben. Er will nicht der ›Verteidiger *des* Glaubens‹ werden – ein Titel, den seit Heinrich dem Achten jeder englische Herrscher geführt hat –, sondern der ›Verteidiger *aller* Glaubensrichtungen‹. Wie Sie sich vorstellen können, hat es eine Menge Gerede deswegen gegeben, nicht nur vonseiten der anglikanischen Kirche, sondern auch von Hardlinern in der islamischen Gemeinde. Für sie heißt ›Es gibt keinen Gott außer Allah‹, dass sie die christliche Religion noch nicht einmal ansatzweise anerkennen können, auch wenn viele Anhänger monotheistischer Religionen sagen, all das seien nur unterschiedliche Arten, zu ein und demselben Herrn zu beten.«

»Da gibt es schon seit langem eine Debatte«, warf Marcus ein. »Besonders historisch betrachtet besteht Grund zu der Annahme, Mohammed habe seine eigene Religion nur gegründet, weil er von den Juden abgelehnt worden ist …«

»Könnten wir die Vorlesung bitte auf ein andermal verschieben, Professor?«, warf Delahaye ein. »Das ist sicher alles sehr interessant, aber im Augenblick ist es unsere Aufgabe, eine Gruppe fanatischer Terroristen davon abzuhalten, den König von England live im Fernsehen zu ermorden.«

Schuldbewusst hielt Marcus mitten im Satz inne.

»Sind wir sicher, dass das ihr Plan ist?«, fragte er schlicht und ließ dabei die Tatsache außer Acht, dass nicht zuletzt die Informationen, die er und Nazreem gesammelt hatten, zu dieser Schlussfolgerung geführt hatten.

»Nein, das sind wir nicht. Aber es scheint alles darauf hinzudeuten, und solange wir es nicht besser wissen, müssen wir uns darauf vorbereiten. Was mir besonderes Kopfzerbrechen bereitet, ist, dass wir noch nicht einmal den Hauch einer Ahnung haben, *wer* solch einen Anschlag durchführen könnte. Wir haben jede islamistische Gruppe unter die Lupe genommen, von der wir in diesem Land wissen. Aber abgesehen davon, dass sie über die Anwesenheit eines Imam wütend sind, deutet nichts auf irgendetwas hin … eine Tatsache, über die sich die Moderaten übrigens sehr freuen, wie ich erwähnen möchte. Uns bleibt nichts anderes übrig, als die Sicherheitsmaßnahmen zu verdoppeln, zu verdrei- oder gar zu vervierfachen. Und das bei einer Massenveranstaltung, von der sowohl die Öffentlichkeit als auch die Regierung und der der Palast wollen, dass sie so offen wie möglich ist.«

»Tatsächlich hätte ich da eine Idee, die ich dir später gern erläutern würde«, sagte Maudesley leise und ungewöhnlich bescheiden. Offenbar war das für Delahayes Ohren allein bestimmt, und er nickte kaum merklich.

»Sollte es allerdings zu einem Anschlagsversuch kommen«, erklärte er sodann, »können wir wohl davon ausgehen, dass es erst *nach* der Krönung passieren wird.«

»Wie kommen Sie darauf?«, fragte Marcus.

»Das ist eigentlich recht offensichtlich, denke ich.« Delahaye drehte sich zu ihm um. »Der Diamant ist in der Krone, nicht wahr? Und die wird er erst nach der Krönung tragen. Darum geht es bei der ganzen Sache doch überhaupt: sie ihm auf den Kopf zu setzen.

Dass irgendetwas in der Abtei selbst passiert, ist schwer vorstellbar. Seit zwei Wochen wird sie jeden Tag bis in die hinterste Ecke durchkämmt, und sechsunddreißig Stunden vor der Krönung wird sie geschlossen. Jeder Gast wird durchleuchtet und – bis auf die Staatsoberhäupter natürlich – durchsucht.

Der spektakulärste Augenblick wird der sein, wenn das königliche Paar gemeinsam zum Portal herauskommt, er mit der Krone auf dem Kopf. Der König trägt den Diamanten also zur Schau, wenn Sie so wollen. Wir werden es mit einer riesigen Menschenmenge zu tun haben, wenn auch, wie wir hoffen, in sicherer Entfernung, und eine wahre Kakophonie wird alles übertönen: die jubelnde Menge, die Kirchenglocken, Bachs Toccata auf der Orgel drinnen …«

»Ist das der Punkt, an dem jeder singt: ›God save the King. May the King live forever‹?«, fragte Nazreem, die allmählich Geschmack an der Inszenierung fand.

»Nein«, antwortete Shipp in sachlichem Ton. »Das wird gesungen, wenn er die Krone auf den Kopf gesetzt bekommt.«

Delahaye schniefte: »Ich denke, wir können davon ausgehen, dass er nicht ewig leben wird. Was mich betrifft, so ist es mir ehrlich gesagt völlig egal, solange er nur eines natürlichen Todes stirbt und vorzugsweise nicht dann, wenn ich gerade Dienst habe.«

»Und was, wenn sie keinen klassischen Mordanschlag planen?«, fragte Marcus und sprach damit die Frage aus, die schon die ganze Zeit über in seinem Kopf herumgespukt war. »Was, wenn sie einen Selbstmordattentäter schicken?«

Delahaye funkelte ihn an. »Dann stehe Gott uns bei.«

23

Ihr ganzes Leben lang hatte sie sich nie für irgendetwas freiwillig gemeldet. Stets war sie die Schüchterne gewesen, die sich als Kind hinter dem Rock ihrer Mutter versteckt hatte. Diejenige, die sich auf ihre Brüder verließ, so wie sie es ja auch tun wollte. Diejenige, die ihre Brüder für sie den Kopf hinhalten ließ. Dafür seien Brüder ja auch da, hatten sie ihr gesagt. Das galt besonders für den ältesten, den sie geradezu abgöttisch geliebt hatte, den, der ihr immer gesagt hatte, dass sie etwas ganz Besonderes sei. Er war von Natur aus ein Freiwilliger gewesen. Deshalb war er auch losgezogen, um zu kämpfen. Er wolle den Feind bekämpfen, hatte er gesagt, der alles bedrohe, woran er glaube. Und er hatte geglaubt. Er hatte alles geglaubt, was die alten Männer ihm gesagt hatten. Er hatte geglaubt und war gestorben.

Auch sie glaubte. Sie glaubte an Gott, glaubte daran, dass sie das Richtige tat … genau wie ihr Bruder es getan hatte. Ständig einer fremdartigen, alles beherrschenden Kultur ausgesetzt zu sein, untergrub alles, wofür ihr Vater und ihre Mutter gestanden hatten. Immerhin gab es Dinge, die wirklich zählten. Dinge, die es wert waren, dafür zu sterben. Das war offensichtlich. Sie hatte sich gefragt, ob es wohl auch Dinge gab, die es wert waren, dafür zu töten. Als Kind hatte sie erwartet, dass ihre Eltern auf so eine Frage mit Nein antworten würden; aber sie hatten Ja gesagt. Und damit hatten sie sie erstaunt. Bis sie verstanden hatte. Manchmal ging es ums große Ganze. Manchmal verlangte Gott von einem das ultimative Opfer.

Und nun wurde es von ihr verlangt. Sie fragte sich, wie es wohl sein würde, eine mit Menschen überfüllte Straße entlangzugehen und zu wissen, dass man im wahrsten Sinne des Wortes das Leben aller um einen herum in Händen hielt. Und ihren Tod. Sie hatte keine Ahnung, wie sich das anfühlen würde. Nicht wirklich jedenfalls. Sie konnte jedoch versuchen, es sich vorzustellen, hier, im Herzen der Metropole. Sie konnte versuchen, sich ein Blutbad vorzustellen, wie sie es im Fernsehen gesehen hatte; damals hatte sie sich abgewandt. Aber das war nicht das Gleiche. Solch eine Vorstellungskraft wurde auch gar nicht von ihr verlangt. Tatsächlich war es weit besser, wenn sie *nicht* an solche Dinge dachte; da waren sie sich alle einig gewesen. Sie wusste nur – und das war alles, was sie wissen musste –, dass sie bereit war, das ultimative Opfer zu bringen. Dabei war es für sie selbst noch nicht einmal ein Opfer.

Und zu guter Letzt lag die Entscheidung ja noch nicht einmal bei ihr. Es war eine Frage der Moral, die Entscheidung, von der alles abhing. Und, dachte sie mit einem Lächeln, es lag nicht in ihren Händen. Das allein machte es schon zu einem Opfer. Der Lehrer würde bei ihnen sein, und auch ihr Bruder würde ihr im Geiste zur Seite stehen.

Sie verstärkte den Griff um ihren bunten Seidenschal, sog die kalte, feuchte Luft ein und zog die Kapuze ihres dicken, warmen Dufflecoats weiter nach vorne. Über den bleichen, spitzen Türmen, die über der massigen, mittelalterlichen Westminster Abbey aufragten, dem Ort, wo seit mehr als tausend Jahren die englischen Könige gekrönt wurden, krächzte ein Schwarm Möwen in der nach Tang riechenden Brise, die von der Themsemündung herwehte. Sie erhob sich von der Bank auf dem mit Statuen geschmückten Rasen des Parliament Square und schaute den Vögeln hinterher, die über den Fluss entschwanden. Und dieses eine Mal in ihrem Leben fühlte sie sich plötzlich vollkommen frei.

24

Nazreem kam aus dem Café an der Ecke und bog in die Queen's Lane ein. Sie verlangsamte ihre Schritte ein wenig, um dem schlurfenden Penner auszuweichen, der sie wankend überholte. Es war nicht nur eine Abkürzung zur *Turf Tavern,* einem kleinen Pub, der versteckt in einer Gasse an die Überreste der alten Stadtmauer angebaut war, es war auch eine ihrer Lieblingsrouten in Oxford. Die Straße wurde zu beiden Seiten von alten Colleges gesäumt und nachts nur von Gaslampen erhellt. Über die hohe Gartenmauer des Queen's College hinweg konnte man die Türme von All Souls sehen, und der verrußte Stein der New College Barn aus dem 13. Jahrhundert gab noch immer den Rauchgeruch von Jahrhunderten ab.

In einer anderen Stadt hätte sie Angst gehabt, im Dunkeln allein über die schmale Straße zu gehen, doch nicht in Oxford. Sie war auf dem Weg, um sich mit Marcus im *Turf* zu treffen. Vor zehn Minuten hatte er ihr eine SMS ins Café geschickt, eine seltsame Nachricht: »Bin in der *Turf Tavern.* Trinke Bier. Komm.« Nazreem hatte versucht, ihn zurückzurufen, um ihm zu sagen, dass sie um die Ecke war; doch offenbar hatte er entweder sein Handy abgeschaltet oder war in ein Funkloch gekommen. Oxford war so. Die dicken Steinmauern der alten Colleges behinderten massiv die Verbindung. Manchmal musste man sich nur ein paar Fuß bewegen, und das war's.

Nazreem freute sich nicht gerade auf das Gespräch. Sie wusste, wie sehr die Ereignisse der letzten Wochen Marcus aufgeregt hatten. Der Trip nach Afghanistan war zunächst aufregend für ihn gewesen, doch die Verbindung der Geschichte von Aladin mit dem Koh-i-Noor und der bevorstehenden Krönung hatte genau das Gegenteil bewirkt. Nach dem Debriefing im Thames House waren sie zutiefst beunruhigt nach Oxford zurückgekehrt, als wäre das, was bei der Krönung passieren würde oder auch nicht, irgendwie ihre Schuld.

Besonders Marcus war zutiefst niedergeschlagen. Er wünschte, er könnte sie beide irgendwie aus dieser Abart des ›Großen Spiels‹ befreien, in die sie unfreiwillig hineingeraten waren. Nazreem wusste, dass er der Meinung war, ihrer beider Leben und ihre Beziehung würden ständig von Religion, Kultur und Nationalität belastet – von Konzepten, die für ihn selbst im Grunde abstrakt waren.

Im Hinblick auf Politik, Religion und Konflikte betrachtete Marcus sich eher als Beobachter denn als Mitwirkender. Die Ironie dabei war, dass seine akademische Liebe zwar dem Auseinandernehmen vergangener Konflikte galt, doch irgendwie hatte die Welt sich verschworen, ihn mit seinen Talenten immer wieder in die Gegenwart zu ziehen. Er wurde gezwungen, sich einzumischen und in Aktion zu treten. Nazreem wusste, dass es Teil seiner Philosophie war, dass jene, die an der Aktion teilnahmen, sie nicht länger objektiv betrachten konnten. Und sie wusste auch – oder besser: sie hatte es beobachtet –, dass er zunehmend beunruhigt war, was die offensichtliche, gegenseitige Anziehungskraft zwischen ihr und ›Si‹ Maudesley betraf.

Natürlich war da nichts hinter, nicht wirklich jedenfalls; aber wie sollte sie ihm das klarmachen? Ja, sie fand Maudesley körperlich anziehend – welche Frau würde das nicht? Er war groß, stark, kühn und sah verdammt gut aus. Er hatte ein gewinnendes Lächeln und einen geradezu jungenhaften Charme.

Vielleicht wären im Gegenzug ähnliche Eigenschaften bei einer Frau genauso unwiderstehlich für einen Mann gewesen. Aber sie war kein Mann, und von Marcus Frey fühlte sie sich nicht nur körperlich angezogen. Marcus war … nun ja, nicht ganz ihr Seelenverwandter, dafür war er zu verkopft. Aber er dachte ähnlich, war ein neugieriger, munterer, intellektueller Mensch. Sein Denken fing da erst an, wo Si Maudesleys endete; dessen war Nazreem sicher. Sie lachte bei dem Gedanken: Marcus und Si auf der intellektuellen Rennstrecke. Erst flog der große, athletische Si an Marcus' mickeriger Gestalt vorbei, bis Marcus plötzlich zu überirdischer Geschwindigkeit aufdrehte und in die Stratosphäre abhob. Eines Tages, wenn er eifersüchtig genug war, würde sie ihm vielleicht von diesem Gedanken erzählen. Das wäre dann Spott und Kompliment zugleich.

Was Nazreem jedoch nicht wusste, war, dass sie zur gleichen Zeit die Gedanken von Simon Maudesley beherrschte. Das war allerdings auch nicht überraschend, denn er war nur knapp hundert Meter vor ihr, vornübergebeugt, in einem schäbigen Mantel, den alten Hut tief ins Gesicht zogen, dazu eine verbogene Brille auf der Nase. Er wusste, dass er den Beschattungsauftrag eigentlich an jemand anderen hätte übergeben sollen, doch irgendwie wollte er sie einfach nicht aus den Augen lassen. Besonders nicht an diesem Abend. Also gab er sein Bestes. Er hatte an der Ecke des Queen's College herumgehangen, an einer Bushaltestelle, die bei Straßenhändlern, Pennern und Bettlern äußerst beliebt war, um dort Passanten zu belästigen. Er hatte das Gefühl, sich gut an diese Umgebung angepasst zu haben. Als Nazreem das Café verlassen hatte und in die Straße eingebogen war, war es ihm am besten erschienen, lose Kontakt zu ihr zu halten. Dazu war er vor ihr hergegangen und hatte mit Belustigung registriert, wie sie ihm instinktiv ausgewichen war.

Sein Cover war ziemlich gut, das musste man sagen. Die Durchgangsstraße Queen's Lane-New College Lane war ideal für diese Art von Beschattung von vorne. Zwar beschrieb die Straße ein paar Mal eine Kurve, hatte aber keine Abzweigungen bis zur St. Edmund Hall am Anfang oder dem New College auf halbem Weg. Da Maudesley sich sicher war, dass sie zu keinem der beiden Gebäude wollte, konnte er es sich leisten, gut hundert Meter vor ihr zu bleiben, weit genug entfernt, dass sie ihn nicht als Bedrohung wahrnahm oder ihn erkannte; trotzdem war es ihm ein Leichtes, sie mittels der winzigen Spiegel im Auge zu behalten, die in seine ansonsten nutzlose Brille eingebaut waren. Die Brille wirkte ziemlich amateurhaft in dieser Hightechzeit – ein wenig wie Michael Caine als Harry Potter –, aber hey, sie funktionierte, und das auch noch überraschend gut.

Maudesley wusste, wie sehr seine beiden ›Kunden‹ die Vorstellung hasten, einen permanenten Schatten zu haben. Auch wollte er nicht, dass Nazreem das Schlimmste von ihm dachte: dass er sich zu einem Stalker entwickelte. Zwischen ihnen beiden stimmte die Chemie – davon war er überzeugt –, egal wie sehr sie auch glauben wollte, in ihren Bücherwurm von Professor verliebt zu sein. Aber Maudesley war nicht der Typ Mann, der Arbeit und Vergnügen mischte. Sollte da wirklich etwas sein, würde es warten müssen, bis der Job erledigt war. Und dann … Wer weiß? Nichts sprach dagegen, dass er sie später nicht anrufen und ins Kino oder zu sonst was einladen konnte. Natürlich war es dieses ›Sonstwas‹, das ihm ständig im Kopf herumspukte; aber im Augenblick war es nur ein Gedanke …

… ein Gedanke, der nur ein paar Sekunden später schlagartig aus seinem Geist vertrieben wurde. Maudesley war rechts um die Ecke in die New College Lane abgebogen, in Richtung *Turf Tavern,* von der er ausging, dass sie Nazreems Ziel war, und tat so, als würde er an einem Laternenmast urinieren. An der nächsten Abbiegung links ging es durch eine schmale Gasse und zwischen hohen Mauern hindurch zum *Turf.* Seine Absicht war es gewesen zu bleiben, wo er war, fest darauf vertrauend, dass sie vor dem strullenden Säufer die Straßenseite wechseln würde, bevor sie in der Gasse verschwand. Von dem Punkt an hätte er dann den Rest des Abends Dan überlassen, der sich vor gut einer Stunde mit einem Bier im *Turf* niedergelassen hatte, nicht weit von Marcus Frey entfernt. Doch noch während er darüber nachdachte, wurde ihm klar, dass es bereits dreißig Sekunden her war, seit er um die Ecke gebogen war. Eigentlich hätte Nazreem schon nach zwanzig Sekunden erscheinen müssen; das hatte sie aber nicht getan.

Widerwillig, weil er nicht mit ihr zusammenprallen wollte, kam Maudesley zu dem Schluss, dass ihm keine andere Wahl blieb. Er wechselte auf die andere Straßenseite, beschleunigte aber seine Schritte, bereit, jederzeit wieder in das betrunkene Schwanken zu verfallen, falls nötig. Doch dann bog er erneut auf die lange, gerade New College Lane ein, die zwischen zwei langen, mittelalterlichen Scheunen aus Stein hindurchführte, und er konnte sie noch immer nicht sehen.

Dann tat er es aber doch: eine dunkle Gestalt am kaum beleuchteten Eingang zum New College, einer alten Stahldrehkreuztür, die den Zugang zu den fantastischen College-Gärten gewährte. Oder waren das zwei Gestalten? Zwei Gestalten, die sich an die Wand drückte, um wie eine auszusehen? Es war eine Wiederholung der Szene, deren Zeuge Maudesley in Paris geworden war, und wenn nicht urplötzlich ihr Freund, der Professor, von irgendwoher aufgetaucht war, um sie spontan abzuknutschen, dann war es auch das gleiche Szenario. Maudesley beschleunigte seine Schritte weiter, dankbar für seine Gummisohlen, die die Geräusche seiner Schritte schluckten, und dankbar für seine Pennerverkleidung, von der er hoffte, dass sie den Angreifer genauso narren würde, wie sie es bei Nazreem getan hatte.

Aus dem Augenwinkel heraus sah Nazreem den Penner, der vorhin fast in sie hineingelaufen wäre, eilig auf sich zukommen. Ihr einziger Gedanke war, dass dieser Penner auch beteiligt war. Dass das hier eine Massenvergewaltigung oder eine Entführung werden würde. Aber da war etwas an den Händen des Mannes, verschwitzt und nach Knoblauch stinkend, der sie plötzlich angesprungen und in den Collegeeingang gedrängt hatte, was ihr sagte, dass er – im Gegensatz zu dem Penner – nicht europäischer Herkunft war. Jeder Zweifel daran wurde schließlich von seiner Stimme ausgelöscht, denn er sprach fließend Arabisch – und nicht irgendein Arabisch, sondern den Dialekt von Nazareth. »Du bist eine Zionistenhure«, spie er. »Du hast Schande über uns gebracht, und dafür musst du sterben.«

Die Vertrautheit des Akzents trieb Nazreem Tränen in die Augen: Tränen, die von den Ungerechtigkeiten brannten, die ihrem Volk angetan wurden, von dem grausamen Schicksal, dass die Palästinenser sich gegeneinander wenden und sie Zuflucht in religiösem Fanatismus suchen ließ. Denn es war dieser Fanatismus, der sie scheinbar als Einziger vor einem Staat schützte, der sie aussperrte und ihnen ihr Land wegnahm. Vor allem weinte sie jedoch um ihre Familie und deren lausige, bittere, tragische Geschichte, und sie weinte auch um sich selbst, die sie nun ebenfalls zum Opfer von Ungerechtigkeit, blinden Vorurteilen und pervertiertem Stolz geworden war. Sie weinte, weil sie die Stimme erkannte. Und sie wusste, was das bedeutete, als sie den scharfen, kalten Stahl an ihrer Kehle spürte.

Maudesley war nur noch knapp zwanzig Meter entfernt, als

er die Klinge sah, und er blieb mitten im Schritt stehen. In dem offensichtlichen Versuch, die Waffe zu verbergen, hatte sich der Täter mit seinem Opfer zur Wand gedreht, aber er hatte kurz ein Funkeln gesehen und hegte nur wenig Zweifel daran, wovon es stammte. Der Kerl würde die Waffe doch wohl nicht gegen sie einsetzen, oder? Nicht mit einem Zeugen in der Nähe. Noch nicht einmal, wenn dieser Zeuge nur ein besoffener, alter Penner war. Würde es ihm gelingen, seine Rolle weiterzuspielen, näher an die beiden heranzuschlurfen, um den Mann dann aus kurzer Distanz zu attackieren? Angesichts der Art, wie der Mann die Klinge offenbar gegen Nazreems Hals presste, war das jedoch kein Risiko, das einzugehen Maudesley bereit war. Er zog seine ohnehin nutzlose Brille aus und ging langsam und bedächtig weiter.

Vielleicht war es sein plötzlich veränderter Gang, der Nazreem den entscheidenden Hinweis gab. Im einen Augenblick war er noch der Penner, den sie vorhin schon gesehen hatte, und im nächsten ein fitter, selbstbewusster und wachsamer junger Mann in schmutzigen Kleidern, der zielstrebig auf sie zuhielt. Dann zog er auch noch die Brille aus, und im selben Augenblick erkannte Nazreem den Mann, der ihr schon einmal das Leben gerettet hatte. Mit all ihrem Gewicht drückte sie gegen den Kerl, der ihr eine Hand auf den Mund gepresst hatte und ihr mit der anderen das Messer an den Hals hielt. Tatsächlich gelang es ihr auch, Luft zu bekommen, und sie versuchte, Maudesleys Namen zu schreien. Doch die Silbe ›Si‹ hatte gerade ihre Lippen verlassen, als die auch schon wieder grausam geschlossen und der kalte Stahl gegen ihren Kehlkopf gedrückt wurden.

In dem Augenblick traf Maudesley seine Entscheidung. Er blieb stehen, zog seine 9 mm Glock aus dem Schulterhalfter und ging in Schusshaltung.

»Polizei!«, bellte er. »Waffe fallen lassen! Sofort!«

Doch anstatt das Messer fallen zu lassen, riss der Mann Nazreem zu Maudesley herum und ließ ihn die nackte Angst in ihren flehenden Augen und das Funkeln der bedrohlichen Klinge seines krummen, arabischen Messers sehen.

»Ich gebe dir noch eine Chance«, versuchte es Maudesley. »Lass es fallen.«

Die lange, dunkle Straße, die zu beiden Seiten von hohen, mittelalterlichen Mauern begrenzt war, stellte die reinste Schießbahn dar. Si Maudesley hätte sich keine besseren Umstände wünschen können … mit einer Ausnahme: Sein Ziel benutzte Nazreem als Schutzschild.

»Nazreem, ich bin es, Si. Sag ihm, er soll die Waffe fallen lassen. Sofort! Oder er ist tot. Ich meine das ernst.«

Mit erstickter Stimme sagte Nazreem rasch etwas auf Arabisch, doch der Mann schenkte ihr keine Aufmerksamkeit. Maudesley spannte den Finger am Abzug und wünschte sich, er würde durch das Zielfernrohr seines Scharfschützengewehrs schauen und nicht über Kimme und Korn einer Glock. Aber auch eine Glock konnte den Job erledigen.

»Lass sie gehen. Hast du kapiert?« Er sprach nun direkt zu dem Mann mit dem Messer, wusste aber nicht, ob der ihn auch verstand. Doch Sprachbarrieren einmal beiseite: dass eine Pistole auf seinen Kopf gerichtet war, war nur schwer misszuverstehen. Es sei denn natürlich, den Kerl kümmerte das alles nicht; den Umgang mit einem zum Selbstmord entschlossenen Täter konnte man nur schwer trainieren.

Nazreem versuchte, etwas zu sagen, bekam aber kein verständliches Wort heraus, als sich die verschwitzte Hand wieder auf ihren Mund legte. Widerwillig sog sie den Geruch der Finger ein: Gewürze, Schweiß, Dreck und Angst. Es war ein Geruch, den sie kannte. Der Geruch der Lager. Der Druck der rasiermesserscharfen Klinge an ihrem Hals verstärkte sich. Sie spürte ein dünnes, warmes Rinnsal auf ihrer Haut. Blut. Den Schmerz hatte ihr Nervensystem jedoch noch nicht registriert. Wieder wollte Nazreem schreien, spürte jedoch sofort das Messer an ihrer Gurgel. Allein der Versuch zu sprechen würde schon ausreichen, und der Kerl säbelte ihr den Hals durch.

»WAFFE RUNTER! SOFORT!«

Maudesley wurde lauter. Die Worte waren einfach. Klar. Englisch für Ausländer. Es war ein Befehl, keine Bitte. Aber was konnte er tun? Wenn er feuerte, würde er sie beide mit einem Schuss töten. Schoss er nicht, würde Nazreem vermutlich trotzdem sterben. Entweder hier oder in irgendeiner anderen Gasse. Es sei denn, sie konnte diesen Kerlen Verstand beibringen, doch das war wohl eher unmöglich. Wie sollte auch jemand zu Verstand kommen, der seit Jahren nur Tod und Entbehrungen kannte? Und der gelernt hatte, den Tod selbst als Waffe zu benutzen?

Es war genau in diesem Augenblick, da Marcus Frey erschien. Er kam die New College Lane aus der entgegengesetzten Richtung hoch, im rechten Winkel zu ihnen, und er hatte ein breites Grinsen auf dem Gesicht und war offensichtlich leicht angetrunken.

Nach dem vierten Pint war Marcus zu dem Schluss gekommen, dass Nazreem wohl nicht mehr erscheinen würde; also zum Teufel mit ihr. Er hatte die *Turf Tavern* verlassen, um sie zu suchen, sich aber im Labyrinth der Gassen verirrt. So war er schließlich auf der Holywell Street herausgekommen, und als er das bemerkt hatte, war er über die Longwall Street und dann die High Street hinuntergegangen, bis ihm klar geworden war, dass er ihr wahrscheinlich im Kreis folgte. »Da bist du ja!«, rief er nun laut in der halben Sekunde zwischen dem Entdecken Nazreems und dem Bemerken der Gestalt, die sie festhielt. »Und wer zum Teufel ist …?«

Die Frage würde er später zu Ende stellen. In dem Moment, da Marcus auf der Bildfläche erschien, drehte Nazreems Angreifer sich um 90 Grad zu ihm um und zog sie dabei so mit, dass sie weiterhin zwischen ihm und Maudesley blieb. Allerdings bewegte er den Kopf ein winziges Stück zu weit nach links. Das kam Maudesley gerade recht. Eiskalt und tödlich wie eine Kobra und ohne zu wissen, was hinter der Ecke den Angreifer abgelenkt hatte, ergriff er die Gelegenheit und jagte dem Kerl eine einzelne Kugel in den Schädel.

»Himmel!«, schrie Marcus Frey, als er den roten Sprühregen sah und eine Mikrosekunde später den Knall hörte, der zwischen den antiken Mauern widerhallte. Marcus rannte los. Das Adrenalin pumpte den Alkohol aus seinem Blut. Er lief zu Nazreem, die aus vollem Halse schrie, während der Mann hinter ihr – beziehungsweise das, was von ihm übrig war – mit dumpfem Schlag auf die Erde fiel. Marcus erreichte sie fast im selben Moment wie Simon Maudesley, der noch immer die qualmende Waffe in der Hand hielt.

Bevor einer der beiden Männer sie auffangen konnte, brach Nazreem schluchzend zusammen. Warmes Blut, doch nicht ihr eigenes, tränkte ihr dunkles Haar, durchsetzt mit winzigen Splittern fremder Schädelknochen. Eine zähflüssige rosa Masse war auf ihrem Gesicht. Nazreem übergab sich in den Rinnstein, und durch die Drehgittertür starrten die entsetzten Augen eines Pförtners.

Als Marcus sich neben sie hockte, waren schon die ersten Sirenen zu hören. Marcus funkelte zu Maudesley hinauf, der mit stahlhartem Blick die Gegend absuchte … wie ein Falke nach erfolgreicher Jagd, dachte Marcus. Er streckte die Hand aus, doch Nazreem schüttelte den Kopf. Mit Tränen in den Augen sah sie zu ihm hinauf. Schleim klebte an ihren Lippen, als sie den Mund öffnete und mit brechender Stimme sagte:

»Ich kannte ihn. Er gehörte zu meiner Familie. Meiner *Familie!* Meiner Familie …«

Sie wiederholte die Worte noch immer, als die Sanitäter sie auf eine Trage legten und in den Rettungswagen schoben.

25

»Er schwitzt.«

»Würden Sie das nicht?«

»Das lässt vermuten, dass er etwas zu verbergen hat.«

»Das lässt vermuten, dass er Angst hat.«

»Er wird reden. Das tun sie alle. Nur dass wir im Augenblick keine Zeit zum Warten haben.«

Marcus schaute den MI5-Mann angewidert an, bevor er den Blick wieder dem schlanken, bärtigen, schulmeisterlich aussehenden Mann zuwandte, der auf der anderen Seite des Einwegspiegels saß, die Augen geschlossen wie zum Gebet. Unverkennbar liefen ihm Schweißtropfen über die Stirn, und seine Hände wie auch die Beine waren hinter dem Stuhl gefesselt.

»Gibt er mir die Schuld?«, fragte Marcus Sebastian Delahaye.

»Was denken Sie denn?«

Marcus wandte sich ab. »Sie Bastard!«

»Bastard? Falls ich das sein muss, wenn ich die Irren besiegen will, die in diesem Land nichts als Chaos und Zerstörung verbreiten wollen, dann nennen Sie mich ruhig so. Solange Sie nicht vergessen, dass Sie für Bastarde wie mich verdammt dankbar sein sollten.« Er hielt lange genug inne, um den richtigen Kontext zu schaffen, als er hinzufügte: »Und Bastarde wie Sie.«

Marcus schloss die Augen. Wenn er das Richtige tat, warum fühlte es sich dann so falsch an? Und warum – und *wie* – waren sie überhaupt in diesem Albtraum gelandet? In seinem Kopf drehte sich noch immer alles von den Schrecken der Nacht zuvor, und er war zutiefst erschüttert von dem Gespräch, das er mit Nazreem geführt hatte, als sie nach dem Schock und den Beruhigungsspritzen in der Aufwachstation des John-Radcliffe-Krankenhauses wieder zu sich gekommen war.

Der Pförtner des New College hatte sowohl den Krankenwagen als auch die Polizei gerufen. Letztere waren brüsk von Maudesley abgewimmelt worden, der sie losgeschickt hatte, die New College Lane an beiden Enden abzusperren, die Gaffer zu verjagen und der Presse zu sagen, es habe eine Schießerei im Zusammenhang mit Bandenkriminalität gegeben. Nazreem hatte einen schweren Schock erlitten und musste über Nacht im Krankenhaus bleiben. Ihren Protesten waren sie mit einer Spritze gegen angebliches Hyperventilieren entgegengetreten; dann hatte man sie auf eine Trage gelegt. Marcus hatte man gestattet, sie im Krankenwagen zu begleiten. Das Einzige, was Marcus bei alledem genossen hatte, war Maudesleys Blick gewesen, als er in den Wagen gestiegen war und Nazreems Hand genommen hatte.

Als sie jedoch gut drei Stunden später wieder zu sich kam, war Marcus nicht mehr der Einzige an ihrem Bett. Delahayes Gorgo hatte sich zu ihm gesellt, die teuer frisierte Caroline Shipp. Delahaye selbst, hatte sie ihm versichert, würde am Morgen kommen. Marcus lächelte sie matt an und zeigte ihr damit, dass das Erscheinen ihres Bosses ihm genauso willkommen war wie ein Magengeschwür.

»Wir haben uns die Kamerabilder angesehen«, berichtete Caroline Shipp. »Unglücklicherweise gibt es in Teilen von Oxford nicht so viele davon, wie wir gern hätten. Ich glaube, der Denkmalschutz ist daran schuld.« Marcus fragte, sich, wer ›wir‹ wohl waren, die noch mehr Kameras wollten, und das in einem Land, das schon jetzt geradezu übersät davon war. Tatsächlich erstaunte es ihn, dass die Denkmalschutzbehörde überhaupt etwas dabei zu sagen hatte. Dabei hätte es ihn nicht im Mindesten überrascht zu erfahren, dass all die unzähligen Wasserspeier, die die mittelalterlichen Fassaden Oxfords schmückten, zu Hightechspionen umfunktioniert worden waren.

»Wir haben Ihren Angreifer über einen Zeitraum von zwei Wochen gleich mehrmals in Oxford ausmachen können, einschließlich am Bahnhof auf dem Bahnsteig nach London. Auch ist es uns gelungen« – Marcus staunte nicht schlecht über die Geschwindigkeit, mit der die Computer die Millionen von Bildern durchforsteten –, »ihn in St. Pancras zu lokalisieren, und zwar an dem Tag, an dem Sie und Dr. Hashrawi nach Paris gefahren sind. Bei der Auswertung der Bilder haben wir außerdem einen weiteren Mann isolieren können, der ihn bis zu diesem Zeitpunkt immer wieder begleitet hat. Den vorliegenden Informationen nach zu urteilen, ist es demnach wahrscheinlich, dass der Mann gestern eng mit demjenigen zusammengearbeitet hat, den wir in Paris haben dingfest machen können.«

Selbstzufrieden lehnte sie sich zurück, als warte sie darauf, dass ihr jemand gratulierte. Marcus wandte sich jedoch einfach ab und schaute zu der auf dem Rücken liegenden Nazreem. Sie hatte fast im selben Augenblick die Augen wieder geschlossen, da Shipp zu reden begonnen hatte. Nun öffnete sie sie leicht, und Marcus sah, dass sie rot und voller Tränen waren.

»Das … das scheint Sinn zu ergeben«, sagte Nazreem mit schwacher Stimme.

»Miss … Dr. Hashrawi … Darf ich Sie Nazreem nennen?« Die zerbrechliche Gestalt auf dem Bett schloss wieder die Augen. »Ich glaube, Sie haben irgendetwas gesagt von wegen, Sie würden den Angreifer kennen. Könnten Sie wohl etwas spezifischer sein?«

»Ja, ich kannte ihn«, antwortete Nazreem. »Er war Familie.«

Shipp machte sich eine Notiz, sah aber so aus, als hätte sie Schwierigkeiten mit der Vorstellung.

»Wollen Sie damit sagen, dass er im wörtlichen Sinne Familie war, ein Verwandter, oder meinen Sie das im weitläufigeren Sinne?«

Nun schloss Marcus die Augen. Worauf wollte die Frau hinaus?

»Es ist eigentlich recht einfach«, sagte Nazreem, trocknete sich die Augen und setzte sich auf. »Er war der Bruder meines Vaters, mein Onkel.«

»Und der Mann in Paris?«

»Sein Sohn. Iqbal. Mein Vetter.«

»Aber Sie haben nichts …«

»Nichts gesagt? Nein. Ich habe ihn nicht erkannt. Es ist mehr als zehn Jahre her, seit ich ihn zum letzten Mal gesehen habe. Damals war er noch ein Kind. Aber seinen Vater habe ich direkt erkannt. Allein schon an der Stimme. Sie haben so viel gelitten.«

»Tut mir leid, aber letzte Nacht hat er versucht, Sie umzubringen.«

Nazreem schluckte und sagte: »Ja, ich weiß. Und ich glaube, das hätte er auch getan. Er hat eine Lüge geschluckt.«

»Was für eine Lüge?«

»Er glaubt … glaubte«, korrigierte sie sich und schloss wieder die Augen, »dass ich, weil ich hier bei Ihnen bin, dem Islam abgeschworen hätte. Und für ihn und die anderen von ihnen in der Hamas ist das genauso schlimm, wie für die Juden zu arbeiten. Für Israel. Menschen wie ich können kein größeres Verbrechen begehen. Das hat gereicht, mich zum Tode zu verurteilen. Ein Mitglied meiner Familie sollte das Urteil dann vollstrecken, um die Familienehre wiederherzustellen. So ist das bei Verrätern.«

»Und? Betrachten Sie sich selbst auch so? Als Verräterin?«

»Nein!« Nazreem war wütend, wütender, als Marcus sie je gesehen hatte … Nein, nicht wütend, sondern verletzt und emotional von der Rolle. Aber das würde wohl jeder sein, wenn einer der wenigen lebenden Verwandten versucht hätte, einem die Kehle durchzuschneiden, und nur davon abzuhalten gewesen war, indem man ihm das Hirn aus dem Kopf geblasen hatte. Ob sie Maudesley jetzt wohl als das sehen würde, was er war? Ein staatlich lizensierter Schläger? Aber wie auch immer … Man konnte nicht umhin zuzugeben, dass er ihr wieder einmal das Leben gerettet hatte. »Es muss nicht so sein«, sagte sie nun. »Dass man sich für die eine oder andere Seite entscheiden muss … oder?« Hilflos schaute sie von Marcus zu Caroline Shipp und wieder zurück. Marcus schüttelte den Kopf, nahm ihre Hand und tat sein Bestes, sie aufmunternd anzulächeln. »Darauf kenne ich die Antwort genauso wenig wie du.«

Nazreem ließ den Blick sinken.

»Der Mann, der andere, der Sie in Paris angegriffen hat«, sagte Shipp. »Er muss irgendjemandem ziemlich auf den Schlips getreten sein.«

Nazreem sah ihr in die Augen.

»Was meinen Sie damit?«

Shipp hob die Augenbrauen. »Na ja, man hat ihm die Zunge rausgeschnitten.«

Nazreems Augen blitzten. Die Wut kam wieder zum Vorschein. Marcus war nie klar gewesen, wie dünn ihr emotionaler Panzer wirklich war und wie tief die Wunden darunter reichten. »Glauben Sie etwa, nur die Araber begehen Grausamkeiten?«, spie sie.

Kurz wirkte Shipp verwirrt. »Ich bin nicht sicher, ob ich verstehe, worauf Sie hinauswollen.«

»Der Mossad! Die verdammten Israelis!«

»Was?«

»Haben Sie noch nie von Sabra und Schatila gehört? Den Flüchtlingslagern, wo sie uns zu Tausenden abgeschlachtet haben?«

Marcus schloss die Augen. Jetzt verstand er. Nicht alles, aber genug. Schließlich hatte er ja auch zwei Jahre damit verbracht, die vergifteten Erinnerungen auf beiden Seiten des israelisch-palästinensischen Konflikts auszuloten.

»Er war Zeuge!« Nazreem kreischte förmlich. »Er hat gesehen, was sie getan haben. Sie haben seine Mutter und seine Schwester getötet, haben das Heim seiner Familie mit Bulldozern zerstört und alles, was ihnen von Palästina geblieben war, zu Staub zermahlen. Schließlich haben sie ihm dann die Zunge herausgeschnitten, damit er es niemandem erzählen konnte. Als hätten wir alle das ohnehin nicht längst gewusst.«

»Sie verteidigen sie, und doch haben sie versucht, Sie zu töten.«

»Ja.« Nazreem sackte in den Kissen zusammen. »Das ist so ein gottverdammter Wahnsinn. Sie verstehen das eh nicht. Das versteht keiner von Ihnen.«

Kurz darauf war Shipp gegangen, ohne etwas aus Nazreem herausbekommen zu haben, was auf eine Verbindung zur Aladin-Hypothese hingedeutet hätte. Marcus blieb noch eine Stunde neben Nazreem sitzen, bis ihm die Augen zufielen und sie ihm sagte, er solle nach Hause gehen. Sie würde schon zurechtkommen und die Schwester um ein weiteres Beruhigungsmittel bitten. Sie beide brauchten jetzt einfach nur Schlaf.

Marcus hatte dem zugestimmt. Eine Welle der Erleichterung,

aber auch der Erschöpfung war über ihn hinweggespült, als er durch die hell erleuchteten Krankenhausgänge geschlurft und in die kühle Nachtluft hinausgetreten war. Er atmete tief durch und füllte seine Lungen mit der angenehm kalten Luft, bevor er über den Parkplatz und zur Ausfahrt ging. Er würde so weit laufen, wie er musste, und dann einen Bus oder ein Taxi nehmen. Ein kleiner Spaziergang würde ihm guttun. Als Marcus sich der Ausfahrt näherte, bemerkte er einen dunklen Range Rover, der gerade zum Tor hereinfuhr und nahe dem Eingang zur Notaufnahme parkte. Eine große Gestalt stieg aus. Auf diese Entfernung konnte Marcus natürlich nicht sicher sein, doch später, auf der Busfahrt in die Stadt, sagte ihm sein Bauchgefühl, dass das Simon Maudesley gewesen musste … mit Blumen in der Hand.

Nun war es neun Uhr morgens nach einer Nacht, in der Marcus kaum geschlafen hatte. Er war jetzt schon seit über einer Stunde hier … wo auch immer dieses ›hier‹ sein mochte. Es war eine Reihe von Räumen, wie Marcus sie nie in Oxford vermutet hätte, eine Nachrichtendienstzentrale in einem unscheinbaren Gebäude aus dem 19. Jahrhundert am Fuß von St. Aldate. Die Räume im Herzen des Gebäudes waren besonders gesichert. Schalldicht. Keine Fenster. Mit Ausnahme von diesem hier. Hier konnte man durch ein Fenster in den angrenzenden Raum schauen, allerdings nur in eine Richtung. Dort schwitzte ein gefesselter Mann auf einem Metallstuhl.

Marcus war ›eingeladen‹ worden, sich zu Delahaye zu gesellen, der ihn von einem Wagen hatte abholen lassen. Sharif al-Wasidi war später eingetroffen; von einer ›Einladung‹ konnte man in seinem Fall jedoch nicht sprechen. Sie hatten ihn sich bei Sonnenaufgang geschnappt, so wie es früher der KGB gemacht hatte. Polizisten hatten zu einem Zeitpunkt an die Tür des Verdächtigen geklopft, da dieser am verwundbarsten gewesen war, und ihn in einem unauffälligen Wagen weggeschafft, mit verbundenen Augen.

Die Frau, die Marcus weniger mochte als alle anderen, betrat den Raum auf der anderen Seite des Spiegels und setzte sich al-Wasidi gegenüber. Delahaye legte einen Schalter um und schaltete so den Ton ein. Eine geraume Zeit vermutete Marcus, dass irgendetwas mit den Lautsprechern nicht stimmte, denn sie blieben stumm. Dann war ein langes, hohes, nervenzerreißendes Quietschen zu hören. Caroline Shipp hatte ihren Metallstuhl auf dem Fliesenboden zurückgeschoben.

»Wir können warten.« Ihre Stimme klang sanft, sanfter als in der Nacht zuvor. Sie sprach mit einem selbstbewussten, südenglischen Akzent, der auf einen Mittelklassehintergrund schließen ließ sowie auf eine gute Erziehung. Nur ein Hauch von Sadismus lag in ihr. »Egal, wie lange es dauert.«

»Können Sie?« Der Professor hob das gelblich braune Gesicht. Er versuchte, ihr seine Verachtung zu zeigen, doch seine Sorge war unverkennbar. Marcus verfügte nicht über genug Erfahrung, um zu erkennen, ob es sich um echte Angst handelte. »Ich dachte immer, es sei zeitlich begrenzt, wie lange man einen Mann ohne Anklage festhalten kann.«

Shipp antwortete ihm nicht. Marcus konnte ihr Gesicht nicht sehen, aber irgendetwas sagte ihm, dass sie lächelte. Süßlich.

»Ah, ja … zweiundvierzig Tage … So viel zu ihrem geliebten *Habeas Corpus*«, fuhr al-Wasidi fort. »Oder gilt das Römische Recht nur für Weiße? Aber egal … Bis dahin wird es ja ohnehin zu spät sein, nicht wahr?«

Marcus stellte sich vor, wie das Lächeln auf Shipps Lippen gefror, aber nicht verschwand.

»Zu spät für was?«, fragte sie. »Ist das ein Geständnis, dass Sie den Zeitplan der Operation kennen?«

»Ich habe Ihnen doch schon gesagt, dass ich nichts weiß«, antwortete der Mann ihr gegenüber.

»Sagen Sie es mir halt noch einmal.«

»Es gibt keine Zelle. Es gibt keine Terroristen … nicht, dass Sie das mit Ihrer einseitigen Weltsicht kümmern würde.«

Delahaye drehte sich zu Marcus um, als wolle er damit sagen: »Das ist Ihr Feld, glaube ich.« Marcus ignorierte ihn.

»Ich halte es keineswegs für einseitig, an die Werte der Zivilisation zu glauben. Und ich glaube, Sie denken ähnlich«, erwiderte die Frau.

»Machen Sie sich nicht lächerlich. Sie reden von den ›Werten der Zivilisation‹, als wären Sie und Ihre amerikanischen Freunde die Beschützer von allem, was für die Menschheit von Wert ist. Dabei sind Sie diejenigen, die Latrinen in den Ruinen von Niniveh gebaut haben und mit Panzern über das Pflaster von Babylon gerollt sind. Reden Sie mir nicht von *Zivilisation*.«

Al-Wasidi versuchte auszuspucken, doch sein Mund war wie ausgetrocknet, und nur ein Tropfen lief ihm übers Kinn. Shipp holte ein Taschentuch heraus und schickte sich an, ihn wegzuwischen, doch kurz vor seinem Gesicht hielt sie inne, als hätte sie sich plötzlich eines Besseren besonnen. Falls die Geste dazu dienen sollte, den Araber noch mehr zu demütigen, dann schien das zu funktionieren. Al-Wasidi schaute verlegen drein.

»Was, glauben Sie, sind die Motive der Leute, mit denen Sie zusammenarbeiten?«, fragte Shipp. »Teilen Sie sie? Sind sie religiös begründet? Oder rein politisch?«

Sie fischte im Trüben. Niemand von ihnen hatte auch nur die geringste Ahnung, was wirklich vorging. Sie wussten nur, dass irgendjemand da draußen irgendetwas plante: mit Sicherheit einen Zwischenfall bei der Krönung, wenn die Augen der ganzen Welt auf Großbritannien gerichtet waren. Aber wo, wann und was? All diese Fragen galt es zu beantworten. Ein Anschlag in London, bei höchster Sicherheitsstufe, war nahezu unmöglich ... Nein, nichts war wirklich unmöglich. Es wäre selbstmörderisch, ja, aber heutzutage schreckte das nicht mehr ab.

»Worum geht es hier überhaupt, *Doktor.*« Shipp legte all ihren Sarkasmus in den Titel. Sie tat ihr Bestes, um al-Wasidi runterzumachen und ihm zu zeigen, dass sie ihn für einen Betrüger, einen Scharlatan hielt. Das war eine alte Verhörmethode: Wenn alles andere nichts nützt, beleidige die Eitelkeit des Delinquenten. Lass ihn sich rechtfertigen, sowohl was seine soziale als auch seine professionelle Stellung betrifft. Man weiß nie, was genau ihn schlussendlich zum Reden bringen wird. Hat er jedoch erst einmal damit angefangen, hört er nur selten wieder auf.

Al-Wasidi hatte jedoch aufgehört. Er hatte den Kopf gesenkt, starrte auf den Tisch und weigerte sich, Shipp anzuschauen. Marcus fragte sich, ob sie mit Absicht eine Frau gewählt hatten, um ihn zu verhören. Wollten sie sich so seine Vorurteile zunutze machen, oder war Caroline Shipp ganz einfach der härteste Hund, den sie hatten?

»Ich möchte, dass Sie da reingehen«, sagte Delahaye plötzlich und drehte sich zu Marcus um.

»Ich? Was? Ich kann nicht glauben, dass Sie das gesagt haben. Ich werde mich da nicht hineinziehen lassen und ...«

»Professor, was glauben Sie eigentlich, wie tief Sie schon drinstecken? Sie haben die Frage doch schon selbst gestellt: ›Gibt er Ihnen die Schuld?‹ Natürlich tut er das. Wenn Sie nicht wären, wäre er jetzt nicht hier.«

Marcus funkelte ihn an. Delahaye fuhr vollkommen ungerührt fort: »Oh, um Himmels willen, jetzt spielen Sie mir doch nicht den großen Liberalen vor, Marcus.« Das war das erste Mal, dass der Mann Marcus beim Vornamen nannte, Zeichen einer Kameraderie, die Marcus keineswegs als angenehm empfand.

»Schauen Sie«, fuhr Delahaye fort, »ich will ja nicht, dass Sie da reingehen und ihn zusammenschlagen. Ob Sie es glauben oder nicht, das ist auch nicht unser Stil. Wollen Sie wirklich, dass er hier bleibt, bis Onkel Sam ihn sich holen kommt, ihn nach Tunis oder so verfrachtet und ihm den schönen neuen Sport mit Namen ›Waterboarding‹ zeigt? Oder wollen Sie lieber da rein und an den gesunden Menschenverstand des Mannes appellieren? Ich bitte Sie darum, weil Sie beide eine gemeinsame Grundlage haben: ihre Intelligenz. Holen Sie Informationen aus ihm heraus. Schnell!«

Delahaye wusste, welche Knöpfe er zu drücken hatte; das musste man ihm lassen, sinnierte Marcus. Doch es war die Vorstellung, wie al-Wasidi auf ein Brett geschnallt war, während ein CIA-Mann ihm Wasser in den Hals kippte, um ein Ertrinken zu simulieren, die ihn schließlich überzeugte. Marcus wandte Delahaye den Rücken zu – er wollte das Grinsen auf dem Gesicht des Mannes nicht sehen –, verließ den Beobachterraum und ging ins Verhörzimmer.

Caroline Shipp stand auf und trat in eine Ecke, als Marcus den Raum betrat. Sie machte den Stuhl für ihn frei, als hätte sie ihn erwartet, und das hatte sie vermutlich auch. Sie trug einen winzigen Empfänger im Ohr, über den sie Delahaye hörte. Marcus ignorierte den Stuhl. Al-Wasidi ignorierte ihn. Zuerst. Erst nach gut dreißig Sekunden, als er gemerkt haben musste, dass nun zwei Personen im Raum waren, hob er den Blick, schaute zuerst auf Marcus' Füße und dann langsam in sein Gesicht. Die Verachtung des Arabers war unverkennbar.

»Sie sind überrascht, ich weiß. Es tut mir leid.«

Al-Wasidi schüttelte den Kopf. »Überrascht? Wohl kaum. Meine Erwartungen an Menschen wie Sie sind nicht so hoch, wie Sie vielleicht glauben.«

»Ich verstehe«, sagte Marcus und setzte sich al-Wasidi gegenüber. In dem Augenblick kam auch Delahaye in den Raum. Schweigend begann er, hinter Marcus auf und ab zu laufen. Marcus bemühte sich, ihn zu ignorieren.

»Sie wissen, dass es einige Extremisten in der muslimischen Gemeinde in East Oxford gibt«, begann Marcus.

»Ich weiß, dass es ein paar faschistische Extremisten in der christlichen Gemeinde von East Oxford gibt.«

Marcus fühlte, wie Delahaye seine Schritte beschleunigte.

»Ohne Zweifel«, räumte Marcus ein, »und glauben Sie mir: Dieselben Männer, die Sie heute hierhergebracht haben, überwachen auch diese Leute, und sie würden sie genauso behandeln, wenn es notwendig wäre.«

Al-Wasidi lächelte spöttisch.

»Aber Sie werden sicherlich zugeben, dass es Gruppen unzufriedener Muslime gibt, die unter den Bann fehlgeleiteter Imame geraten sind.«

»Es gibt immer fehlgeleitete Menschen, in jeder Gesellschaft, in jeder Religion, aber keiner von ihnen hat – jedenfalls meines nicht unerheblichen Wissens nach – irgendeine Verbindung zum Centre of Islamic Studies. Die Haltung dieser Leute widerspricht allem, wofür wir stehen. Ihr König ist unser Schirmherr.«

»Ist das der Grund, warum Sie ihn töten wollen?«, platzte Delahaye plötzlich heraus, sodass Marcus auf seinem Stuhl erschrocken zusammenzuckte. »Damit Sie Ihr ach so tolles Kalifat errichten können? Ist es das?«

Al-Wasidi schaute zu Marcus. Er war offensichtlich verwirrt. »Wovon redet der Mann da? Den König töten? Ein Kalifat errichten? Das ist Wahnsinn!« Der Araber schloss die Augen, als leide er Schmerzen; dann öffnete er sie wieder. »Im Namen Gottes, des Allmächtigen und Gnädigen, das Kalifat ist Geschichte. Natürlich würden wir alle gern eine neue Weltordnung sehen, eine, in der man dem Islam mit Respekt begegnet und fundamentalistische Christen ihn nicht als zweitklassiges Glaubenssystem betrachten. Sie sind es, nicht wir, die einen apokalyptischen Kampf zwischen Juden und Arabern herbeiführen wollen, das Armageddon, das den Jüngsten Tag näher bringt.«

»Ich dachte, der Jüngste Tag der Christen sei vom Prinzip her nicht viel anders als das Kommen des dreizehnten Imam«, warf Delahaye ein.

Al-Wasidi nickte bedächtig. »Ja, es gibt da gewisse Ähnlichkeiten, aber glauben Sie mir: Die meisten gebildeten, modernen Muslime betrachten jene, die an einen göttlich inszenierten Weltuntergang mit dem dreizehnten Imam der schiitischen Sektierer an der Spitze glauben, genau so, wie Sie jene Christen betrachten, die an die vier Reiter der Apokalypse glauben und dass Jesus in einer Feuerwolke vom Himmel herabsteigt.«

»Das heißt aber noch lange nicht, dass diejenigen, die daran glauben, nicht gefährlich sind«, schnappte Delahaye.

Dumm, dumm, dumm, dachte Marcus. Al-Wasidi war Sunnit. Damit war er den Schiiten mit Sicherheit nicht wohlgesinnt. Für ihn war ihr Glaube an den dreizehnten Imam Häresie. Marcus fragte, warum zum Teufel der Mann ihn gezwungen hatte, dieses Pseudoverhör zu führen, wenn er die Fragen selbst stellte … und noch dazu so dumme Fragen.

»Nicht nur Menschen, die an Gott glauben, können gefährlich sein.«

»Würden Sie uns das bitte erklären?«, bat Marcus in dem Versuch, ein wenig die Schärfe aus dem Gespräch zu nehmen.

»O ja, bitte«, echote Delahaye. »Es wäre wunderbar, die Meinung eines Weisen des Islam zu hören.«

»Fragen Sie Ihre eigenen ›Weisen‹«, entgegnete al-Wasidi. Er war sichtlich gereizt von Delahayes sarkastischem Tonfall. »Die einzige Triebkraft der westlichen Gesellschaft heute, das einzige Prinzip, das hinter Ihrer ›Globalisierung‹ steht, ist die Ökonomie, und das ist nichts anderes als ein Feigenblatt für den guten, alten Kolonialismus.« Er spie die Worte förmlich aus. »Das war schon zu allen Zeiten die Antriebsfeder der Barbaren: die nackte Gier. So war es, als die Goten Rom gebrandschatzt haben, und so war es auch, als die Kreuzfahrer Konstantinopel geplündert haben. Sie reden von hochtrabenden Idealen, aber wenn es ans Eingemachte geht, zählt nur ›das schnelle Geld‹.«

Diesmal gelang es ihm zu spucken, und ein dicker Tropfen Schleim blieb wie eine Anklage zwischen ihnen auf dem Tisch liegen.

Delahaye schaute auf die Spucke und dann in die Augen des Gefangenen. »Na, na, na«, tadelte er. »Das ist aber nicht nett. Sind gute Manieren im Kalifat nichts mehr wert?«

Al-Wasidi schnaubte verächtlich. »Was versteht ein Mann wie Sie schon von guten Manieren?«

»Ich weiß zum Beispiel Folgendes!«, bellte Delahaye; sein unerwarteter Ausbruch überraschte Marcus vollkommen. »Ich weiß, dass wir uns Ihre Scheißpseudotheologie lange genug angehört haben, Ihre Geschichte und den ganzen Rest. Da draußen sind Irre unterwegs, die vielleicht versuchen wollen, unseren gottverdammten König zu ermorden!« Und er packte al-Wasidi am Kragen und drückte das Gesicht des Arabers in die Spucke auf dem Tisch.

Marcus schickte sich an, ihn zurückzuhalten, doch Caroline Shipp packte ihn an den Armen; für eine Frau war sie erstaunlich stark.

Delahaye riss den Kopf des Muslims wieder in die Höhe. Blut lief al-Wasidi aus der Nase und in den nicht mehr länger elegant aussehenden Bart.

»Scheiß auf den Kerl«, knurrte Delahaye und trat den Stuhl um. Unfähig, sein Gesicht mit den hinter dem Rücken gefesselten Händen zu schützen, schlug der Araber hart auf. Er stöhnte leise. »Sag den Yankees, sie können ihn haben. Und Sie«, er deutete auf Marcus, »sehen Sie zu, dass Sie hier rauskommen. Sie sind genauso schlimm wie er.«

»Jetzt warten Sie aber mal!«, schrie Marcus wütend und verwirrt zugleich. »Professor al-Wasidi«, begann er und drehte sich zu der zusammengekrümmten Gestalt auf dem Boden um. Shipp wollte ihn erneut aufhalten, doch Marcus riss sich von ihr los und richtete den Muslim mitsamt Stuhl wieder auf. Alles, was er in den Augen des Mannes sehen konnte, als dieser sie aufschlug, war eine wilde Mischung aus Angst und blankem Hass.

»Es muss nicht so enden«, sagte Marcus, obwohl er selbst nicht daran glaubte. »Er ist nur wütend, und wir alle haben Angst. Wir wollen nicht, dass jemand getötet wird, und ich glaube, Sie wollen das auch nicht. Wir wissen über die Verschwörung Bescheid, dass die Aladin-Botschaft sich auf den Koh-i-Noor in der neuen Krone bezieht und dass zwei Agenten darin involviert sind. Wir wissen von ›Fürchte die See‹ und ›Milchreis‹. Aber wir wissen nicht genug, um sie aufzuhalten. Wenn man Sie an die Amerikaner übergibt, werden Sie es irgendwann sagen, aber dann ist es vielleicht zu spät. Menschen könnten sterben; *Sie* könnten sterben. Und wofür? Für nichts.

Bitte, was auch immer es sein mag: Sagen Sie uns einfach, was Sie wissen.«

Al-Wasidi schaute ihn mit seinen dunklen Augen an, und was Marcus dort sah, war weder echtes Mitgefühl noch Verachtung.

»Ich habe Ihnen schon die ganze Zeit über die Wahrheit gesagt«, erklärte al-Wasidi. »Ich weiß nichts von irgendeiner Verschwörung.« Er drehte sich zu Delahaye um, der bereits an der Tür stand, um zu gehen. »Ich kenne nur einen Mann in Oxford, egal welchen Glaubens, der irgendetwas mit solchen Fantasien zu tun hat … abgesehen natürlich von unserem verblendeten Dr. Frey hier.«

»Und wer ist das?«, fragte Delahaye in überraschend sanftem Tonfall.

Zu Marcus' Erstaunen lachte al-Wasidi, aber es war weder ein amüsiertes Lachen noch das triumphierende eines Mannes, der als Einziger die grausame Ironie des Schicksals verstand. Al-Wasidi schaute Marcus in die Augen und sagte:

»Professor Harry Latimer, der Dean des Balliol College. Da haben Sie Ihren Propheten des Todes und der Zerstörung.«

26

Es gilt gemeinhin als höflich, den Kopf in die Pförtnerloge zu stecken und den dort Diensthabenden über seine ehrenwerten Absichten zu informieren, wenn man einen der hochgestellten Fellows besuchen wollte, die den Kern der University of Oxford bildeten. Simon Maudesley war mit diesem höflichen Brauch jedoch nicht vertraut … oder aber es kümmerte ihn schlichtweg nicht.

So blieb es einem Uniformierten der örtlichen Polizeiwache überlassen, den stämmigen, ehemaligen Sergeant Major der Royal Marines zurückzuhalten, der gegenwärtig als Pförtner im Balliol College diente, während Maudesley, begleitet von zwei ebenso stämmigen Männern, einem besorgt dreinblickenden Marcus Frey folgte. Gemeinsam gingen sie zum Treppenaufgang Nr. 3 in der äußersten Ecke des Garden Quad.

Der Exsergeant Major ließ sich jedoch nicht so einfach davon abhalten, in Erfahrung zu bringen, was zum Teufel in dem College los war, mit dessen Sicherheit er beauftragt war. Irgendwie gelang es ihm mit den beiden keuchenden Uniformierten im Schlepptau, den Treppenabsatz im zweiten Stock zu erreichen, und das just in dem Augenblick, als Maudesley mit einem Brecheisen gegen die Tür hämmerte.

»Das ist Dr. Latimers Zimmer!«, protestierte der Sergeant Major. Maudesley warf ihm ein Grinsen zu, das eindeutig besagte, dass er genau wisse, wessen Zimmer das sei, und nicht zögern werde, die Tür aufzubrechen.

»Eiche! Alles massive Eiche«, platzte der Pförtner heraus und bezog sich dabei auf die schwere, äußere Holztür aus dem 18. Jahrhundert. Damals hatte man sie so stabil gebaut, um sich vor ungestümen Studenten zu schützen. Allerdings waren die Studenten der damaligen Zeit nicht annähernd so ungestüm gewesen wie Simon Maudesley mit seinem Brecheisen.

Maudesley packte das Brecheisen und schob es in den schmalen Spalt zwischen Rahmen und Tür. Es war nicht leicht, selbst für einen Mann mit seiner Kraft. Dennoch ertönte nach nur wenigen Minuten ein Krachen, das den aufgeregten Pförtner einen lauten Fluch ausstoßen ließ. Die Tür, ein Musterbeispiel für gute, alte englische Eiche, war heil geblieben; doch der Rahmen war gesplittert.

»Ist schon in Ordnung«, sagte Marcus instinktiv zu dem schäumenden Pförtner. »Der Schaden wird ersetzt werden.«

Maudesley stürmte hinein; Marcus folgte ihm, und die beiden stämmigen Kerle versperrten dem protestierenden Pförtner den Weg, der verzweifelt versuchte, an ihnen vorbei zu spähen.

Der Raum war ein klassisches Beispiel für die Eleganz des 18. Jahrhunderts, allerdings ein wenig beeinträchtigt von der notorischen Unordnung eines Oxfordprofessors. Staubflocken tanzten in den schwachen Strahlen der Wintersonne, die durch die Lücken zwischen den teilweise zur Seite gezogenen Brokatvorhängen fielen. Maudesley zog sie ganz auf und ließ Licht herein. Überall lagen Bücher: in Stapeln auf dem Mahagonischreibtisch, in Haufen auf dem ausgefransten afghanischen Teppich und verstreut auf dem schweren Chesterfield-Sofa. Unzählige weitere waren in die Regale gequetscht, die drei der vier Wände beherrschten. An der vierten Wand, über dem großen Kamin aus grünem italienischem Marmor, hing ein Originalporträt aus dem 17. Jahrhundert. Es zeigte einen fülligen Mann im Mantel mit schulterlanger grauer Perücke und einem wohlwollenden Lächeln auf den Lippen. In der einen Hand hielt er einen Federkiel und in der anderen ein entrolltes Pergament. Marcus las das Messingschild darunter: »William Penn mit seinen Vorschlägen für die Neuordnung der Regierung, dem Vorbild für die Verfassung der Vereinigten Staaten.« Es entbehrte nicht einer gewissen Ironie, dass dieses Bild ausgerechnet im Zimmer eines Mannes hing, der sich den Feinden Amerikas angeschlossen hatte.

Das angrenzende Schlafzimmer war klein, und dank der hohen Wände wirkte es wie eine aufrecht stehende Schuhschachtel. An der Wand unter dem einzigen Fenster stand jene Art von kleinem Doppelbett, das im modernen England schon lange den Kingsizemöbeln gewichen war, die eher dem heutigen Geschmack entsprachen. Es war ordentlich gemacht, die Tagesdecke sorgfältig in den Rahmen gestopft, doch das hieß nur, dass Latimers ›Scout‹, der Collegediener, dessen Aufgabe es war, hier zumindest den Anschein von Ordnung zu wahren, bereits da gewesen war.

Neben dem Bett stand ein Stuhl, über dessen Lehne ein paar Socken lagen. Auf einem kompakten, niedrigen Nachttisch standen ein alter, traditioneller Wecker und ein offenbar häufig benutztes Paperback. Maudesley nahm das Buch und sah nach dem Titel: ›Die Politik des Nonkonformismus‹. Es war die Neuausgabe eines Werks aus dem 17. Jahrhundert, das sich mit der Philosophie der Abweichung von der religiösen Staatsräson beschäftigte. »Also *mir* würde das garantiert beim Einschlafen helfen«, sinnierte Maudesley laut. Marcus lächelte ihn schief an. Er bezweifelte, dass der Mann irgendetwas anderes las als maximal Groschenhefte und Waffenhandbücher, und auf seinem Nachttisch fanden sich wohl eher Kerben für seine Eroberungen statt Literatur.

Wieder im Wohnzimmer, das auch als Büro diente, ließ Marcus seinen Expertenblick über die Bücher auf dem Schreibtisch schweifen. Sollte es hier einen Hinweis auf die Verstrickung des Ethikprofessors geben, würde er ihn mit Sicherheit eher finden als der MI5-Mann. Der zuoberst liegende Band trug den Titel: ›Evangelikale Ethik und Politische Ökonomie‹. Es war eine Originalabhandlung aus den Dreißigerjahren des 19. Jahrhunderts von einem gewissen Francis Wayland, der, so stand dort zu lesen, ein amerikanischer Baptistenprediger gewesen war und ein entschlossener Gegner der Sklaverei. Darunter befand sich ein modernes Buch in einer glänzenden Staubschutzhülle mit ähnlich schwergewichtigem Titel: ›Bürgergesellschaft, Pluralismus und Konflikt‹ von Sohail Hasmi, eine Studie über islamische Ethik im Lauf der Jahrhunderte. Das Thema passte. Dennoch drehte Marcus sich zu Maudesley um und fragte: »Und? Sieht das wie das Zimmer eines Terroristen aus? Ich sehe das nämlich nicht so.«

»Jaja ... Nun, in dem Fall, Professor, bitte verzeihen Sie, dass ich mich nicht Ihrer überlegenen Weisheit beuge. Ich habe schon genug Kirchen als Brutstätten für Bombenbastler gesehen, Kanzeln, von denen Hass gepredigt wurde und mehr als nur einen wohlerzogenen Mörder, um zu wissen, dass man einen Mann nicht nach Äußerlichkeiten beurteilen darf.«

Das nächste Buch war noch gewichtiger: ›Martyrium und Edler Tod: Ausgewählte Texte aus der graeco-romanischen, jüdischen und christlichen Antike‹. Marcus schlug es auf. Jeder Abschnitt erzählte von einem ganz bestimmten Märtyrer: Daniel in der hebräischen Bibel, dem Alten Testament, den Makkabäern, Lyon und Vienne, Ahiqar und Perpetua. Marcus überflog kurz ihre Geschichten und bemerkte dabei eine Vielzahl von Unterstreichungen scheinbar willkürlicher Natur. Von einigen dieser Leute hatte er schon gehört, von anderen nicht. Es war alles ziemlich schweres Zeug, ohne Zweifel Lesestoff für einen Akademiker, wenn auch nicht wirklich beruhigend, was die Themenauswahl betraf.

»Was ist mit seinem Screensaver?«

Maudesley hatte willkürlich eine Taste auf der mit Asche eingedeckten Tastatur gedrückt, die auf dem Schreibtisch lag. Sofort war ein altmodischer Bildschirmschoner zum Leben erwacht, in seiner Art den ›Fliegenden Toastern‹ nicht unähnlich, nur mit Cartoon-Engeln, die in einen spektakulären Cyberhimmel strebten. Maudesley drückte erneut eine Taste, um den Screensaver abzuschalten. Die Engel verschwanden und wurden von einem einzigen Satz ersetzt, der sich über den gesamten Bildschirm hinzog. »AN DIESEM TAG WERDEN WIR EINE KERZE ENTZÜNDEN«, stand dort in blutroten Lettern geschrieben.

»Was zum Teufel heißt das denn?«, schnappte Maudesley und drehte sich mit einem Gesichtsausdruck zu Marcus um, als wären diese Worte genau der Beweis, nach dem sie gesucht hatten.

»Ich habe nicht den Hauch einer Ahnung«, antwortete Marcus, obwohl er das Gefühl hatte, dass er das doch wissen sollte. Die Phrase kam ihm irgendwie vertraut vor … wie etwas, das man in der Schule gelernt, aber schon lange wieder vergessen hatte. Wie eine Zeile von Shakespeare oder etwas von Alfred Lord Tennyson.

»Kerze, Kerze, Kerze?«, murmelte Maudesley halb zu sich selbst. »Lasst uns diese Kerze entzünden.«

Marcus schaute ihn an. Er kannte den Satz.

»Ich glaube nicht, dass es das ist. Einer der Astronauten im Film ›Der Stoff, aus dem die Helden sind‹ sagt das. Ich glaube, es war Al Shephard, als es eine Startverzögerung gab.«

»Ich habe mehr an eine von der Schulter abgefeuerte Rakete gedacht, wie eine Stinger.«

»Irgendwie kann ich mir nicht vorstellen, dass ein älterer Ethikprofessor aus Oxford eine Stinger in die Hände bekommt.«

»Nicht? Was ist mit seinen Freunden in Afghanistan? Gott weiß, dass die Yankees ihnen in den Achtzigern genug davon gegeben haben.«

»Aber wie …?«

Marcus ließ die Frage unausgesprochen. War es tatsächlich möglich, dass der freundliche ›Ali‹ Khan das Zentrum einer Terrorzelle war, die sich vom fernen Wakhan bis in die altehrwürdigen Hallen Oxfords erstreckte? Eine Terrorzelle, die in den Waffenhandel verstrickt war? Das war einfach absurd – zu absurd, um es auch nur in Worte zu fassen. Aber er musste zugeben, dass es nicht gänzlich unmöglich war. Und er hatte keine Erklärung für die Worte auf dem Bildschirm.

»Aber«, protestierte er in dem Versuch, ein wenig Logik in den Denkprozess zurückzubringen, »so etwas verlangt bestimmte Fähigkeiten und Kraft, um zu zielen und zu feuern. Von so einem alten Mann kann man doch wohl nicht erwarten …«

»Wissen wir denn, dass er allein arbeitet? Von Anfang an sind wir davon ausgegangen, dass er mehr ein Koordinator ist. Zwei haben wir ausgeschaltet, aber wir wissen nicht, wie viele andere noch da draußen sind. Auf dem Bildschirm steht ›Wir‹.«

»Ja, natürlich«, sagte Marcus, um einer Diskussion aus dem Weg zu gehen. Logisch betrachtet musste er Maudesley jedoch recht geben.

»Es ist aber doch mit Sicherheit unmöglich, solch eine Waffe am Krönungstag ins Stadtzentrum von London zu bringen«, bemerkte Marcus.

»Das würde ich auch gerne glauben, zumindest nicht näher als eine Meile an die Route. Aber …« Maudesley musste nicht weitersprechen. Es war auch so klar, was er von den Fähigkeiten der für die Sicherung verantwortlichen Truppe hielt.

»Sie würde doch auf irgendeinem Kamerabild erscheinen«, erklärte Marcus. »Davon gibt es ja Gott weiß genug.«

»Nicht, wenn sie in einem Fahrzeug versteckt wäre und auch von dort abgefeuert würde. Das wäre nicht das erste Mal. Ich denke da an die IRA in Heathrow, damals in den Achtzigern.«

Marcus nickte. Er erinnerte sich an den Vorfall. Die Terroristen hatten einen landenden Flieger nur knapp verfehlt.

»Damit will ich natürlich nicht sagen, dass es genau so ablaufen wird«, fügte Maudesley rasch hinzu. »Ich versuche nur, die Beweise zu deuten.« Er nickte in Richtung des Monitors, wo die ominösen Worte prangten, als wollten sie sich ins Hirn des Betrachters einbrennen, bis der endlich kapiert hatte. Marcus aber kapierte es nicht, obwohl die Worte förmlich an seinem Intellekt nagten.

»Packen Sie den ein«, sagte Maudesley zu seinen Männern und deutete auf den Computer. »Lassen Sie mal die Jungs von der Forensik da dran. Das Passwort ist noch nicht erfunden, das sie nicht in einer halben Stunde geknackt hätten … falls er denn ein Passwort hat, aber das ist wohl wahrscheinlich. Was auch immer da drin verborgen ist, es wird nicht lange versteckt bleiben.«

Wenn er denn etwas verbirgt, dachte Marcus. Vielleicht war dieser eine Satz auf dem Bildschirm ja alles, was es zu wissen gab. Der alte Professor hatte gewollt, dass sie ihn sahen, dessen war Marcus sich sicher. Aber was bedeutete das? Waren das die berühmten letzten Worte? Eine Warnung? Spott? Diese Phrase rührte etwas ganz tief in Marcus an, aber verflucht noch mal, er konnte nicht den Finger darauf legen. Und er hatte das Gefühl, dass sie alle verdammt sein würden, sollte ihm nicht bald etwas einfallen.

Marcus richtete seine Aufmerksamkeit wieder auf die Bücher, die sich auf dem Schreibtisch stapelten. Plötzlich sah er das ihnen gemeinsame Thema des Martyriums in einem ganz anderen Licht. Die eingelegten Lesezeichen waren Fetzen eines blassgrünen Briefumschlags. Was von ihm übrig geblieben war und auch der Brief, den er beinhaltete, lugten unter dem Bücherstapel hervor. Marcus zog ihn heraus. Die Vorderseite war noch weitgehend intakt; er war adressiert an Dr. Harold Latimer, Balliol College, Oxford. Was er enthielt, war eine Erinnerung an eine Reihe von Terminen zur Strahlentherapie in der onkologischen Abteilung des John-Radcliffe-Krankenhauses.

Marcus überflog die Liste. Der alte Mann hatte mindestens vier Termine verpasst, und sein Therapeut warnte ihn eindringlich vor den Konsequenzen. Würde Latimer noch weitere Termine versäumen, schrieb er, seien die Folgen ›unwiderruflich‹. Der Rest des Briefs beschrieb das Problem in kalter, klinischer Sprache: Der alte Charlie Latimer litt an Lungenkrebs. Selbst mit der Strahlentherapie waren seine Chancen auf Heilung nur gering; ohne hatte er gar keine. In einem handgeschriebenen Zusatz wies sein Onkologe, ein Mann namens Rashid Patel, ihn darauf hin, dass er allein die Schuld an den Folgen trage, sollte er auch diese Mahnung ignorieren.

»Nun, jetzt wissen wir zumindest, dass er verzweifelt ist«, bemerkte Marcus nach einer Minute.

Maudesley schaute ihn an. Er war überrascht, dass Marcus plötzlich wie ein Sicherheitsmann dachte.

»Er leidet unter einer tödlichen Krebserkrankung.«

»Was?«

»Das ist ein klinischer Bericht. Hier. Auf dem Schreibtisch. Unter den Büchern. Es sieht so aus, als hätte er die Behandlung abgebrochen.«

»Scheiße! Das hat uns noch gefehlt.«

»Wie meinen?« Das war eine seltsame Art, sein Mitgefühl auszudrücken.

»Das heißt, dass er nichts mehr zu verlieren hat. Die einzigen Terroristen, die schlimmer sind als die, die den Märtyrertod anstreben, sind die, die wissen, dass sie bereits tot sind.«

27

»Es ist schlimmer, als wir gedacht haben, viel schlimmer.« Caroline Shipp betrat Sebastian Delahayes Büro, ohne die Aussicht aus seinen unechten Fenstern zu beachten. Eines zeigte die Front der Westminster Abbey, wo gerade riesige goldene Buchstaben angebracht wurden, C-III-R (Carolus III Rex), während auf dem anderen eine Gruppe besonders gut aussehender junger Damen zu sehen war, die die ›Krönungssonderangebote‹ auf der Oxford Street nutzen wollten.

»Das ist es immer«, erwiderte Delahaye ruhig, ohne den Blick von seinem ›Fenster‹ zu nehmen. »Wo zum Teufel steckt der verrückte, alte Sack?«

»Diesmal meine ich es aber so. Wir haben es nicht mit einer bekannten Al-Kaida-Zelle zu tun oder dem üblichen Mischmasch radikaler Islamisten, die sich um einen verrückten Mullah in der Moschee am Regent's Park versammelt haben. Die üblichen Verdächtigen passen einfach nicht.«

»Und mit wem genau haben wir es zu tun?«

Shipp machte eine Geste wie ein Angler, der mit seinem Fang prahlen wollte; dann besann sie sich jedoch eines Besseren und zuckte verlegen mit den Schultern zum Zeichen, dass sie in Wahrheit gar nichts gefangen hatte. »Das Wichtigste zuerst«, begann sie. »Unsere Versuche, ihn zu finden. Wir wissen, dass Latimer am Bahnhof von Oxford seine Kreditkarte benutzt hat. Das war gut eine Stunde, nachdem wir al-Wasidi hopsgenommen haben. Er hat einen Einzelfahrschein nach London gekauft –

keinen Rückfahrschein wohlgemerkt, obwohl das natürlich auch daran liegen kann, dass ein Rückfahrschein auf dieser Strecke nicht billiger ist als zwei Einzelfahrscheine, zumindest nicht, wenn er nicht am selben Tag wieder zurückfahren will.«

»Aber wir gehen nicht davon aus, dass er wieder zurückfahren will, oder?«

Shipp schenkte ihm ihr berühmtes bittersüßes Lächeln und sagte: »So oder so, seine Mission ist eine Einbahnstraße.

Die Kamerabilder vom Bahnhof Oxford zeigen ihn mit einer Jutetasche, und er trägt einen schweren, dunklen Mantel sowie einen gestreiften Schal.«

»Collegefarben?«, hakte Delahaye nach. Die Kamerabilder waren schwarzweiß.

»Nicht notwendigerweise.« Shipp schob ihm über den Schreibtisch hinweg einen Kameraausdruck zu. »Wir wissen, dass er um 8.27 Uhr in Paddington angekommen ist. Der Zug war wie üblich zu spät. Dort haben ihn dann wieder die Kameras erfasst, erst auf dem Bahnsteig und dann sporadisch auf dem Bahnhofsgelände.«

»Sporadisch?«

»Es war mitten zur Rushhour. Wir haben die beste Gesichtserkennungssoftware, die es gibt, doch um diese Zeit waren es einfach zu viele Gesichter.«

»Man hat mir versichert, so ein Problem könne niemals auftreten.«

»Das tut es auch nicht. Wir können eine nahezu unendli che Zahl von Gesichtern sofort identifizieren … vorausgesetzt, die Kamera liefert ein ordentliches Bild. Das Problem bei einem Bahnhof wie Paddington und noch dazu um diese Zeit am Morgen ist, dass alle so dicht gedrängt sind, dass die Kameras immer nur kurz Bilder eines Gesichts einfangen können, mit denen die Software etwas anfangen kann.« Sie reichte ihm noch mehr Bilder.

»Schau hier.« Sie deutete auf ein mit einem Kreis markiertes Gesicht in der Menschenmasse. Nur mit Mühe konnte Delahaye es als das des Mannes erkennen, dessen Fahndungsfoto an das Kamerabild geheftet war und das er sich inzwischen eingeprägt hatte. »Dieses Bild wiederum wurde nur den Bruchteil einer Sekunde später aufgenommen.« Delahaye schaute sich das zweite Foto an. »Wie du sehen kannst«, erklärte Shipp, »ist er vermutlich der hier.« Sie markierte die entsprechende Stelle mit einem fluoreszierenden Stift. »Aber wir können nicht sicher sein. Wir kommen nur darauf, weil die Position in Relation zu dem anderen Bild stimmt. Und das hier«, sie schob ihm ein drittes Bild derselben Menschenmenge zu, »ist zwei Sekunden später gemacht worden. Darauf ist überhaupt keine klare Spur von ihm zu erkennen. In so einer riesigen, sich durcheinander bewegenden Menschenmenge ist es für jedes System so gut wie unmöglich, den genauen Weg eines Menschen nachzuzeichnen.«

»Im Gegensatz zu einer Kugel zum Beispiel.«

»Genau. So viel Glück müssten wir mal haben. Aber wir wissen, dass er eine Oyster Card gekauft hat, im Ticketbüro der U-Bahn um 8.42 Uhr. Diesmal hat er bar bezahlt, doch eine Kamera hat ihn in der Verkaufshalle aufgenommen.«

Delahaye schaute auf das Bild, wo deutlich Harry Latimers grauer Kopf zu sehen war, der am Fahrkartenschalter lächelte. Er bekam gerade eine jener auffällig blauen Karten, auf die man Geld laden konnte, um anschließend damit Londons gesamtes Nahverkehrssystem zu nutzen.

»Ich nehme an, sie ist nicht registriert, und er wird sie ja wohl kaum reklamieren, sollte er sie verlieren.«

»Das ist egal.«

»Ist es? Ich dachte, ohne Registrierung könne man nicht … Oh … Ich bin ein wenig naiv, nicht wahr?«

»Dieses eine Mal.« Shipp lächelte ihn wieder an. »Glücklicherweise erinnerte sich das diensthabende Mädchen an ihn, nachdem wir ihr das Foto gezeigt haben. So haben wir das Ganze dann auf vier Oysters eingrenzen können, die sie in dem betreffenden Zeitpunkt verkauft hat. Sie kommen sequentiell aus der Maschine, und jede Karte hat ihre eigene Seriennummer, damit der Käufer sein geladenes Geld zurückfordern kann, sollte sie verloren gehen oder beschädigt werden. Das heißt, dass wir das normale Trackingsystem benutzen können, auch wenn wir nicht sicher sind, welche der vier Karten er hat.«

»Kompliziert, aber in Verbindung mit den Überwachungskameras an den Kartenautomaten …«

»Genau. Mit etwas Glück steigt er an irgendeinem Punkt auch in den Bus. Die Kameras, die man dort installiert hat, um Gewalt vorzubeugen, sind besonders hochauflösend und filmen notwendigerweise aus kurzer Distanz. Sobald eine von denen uns eine Identifizierung ermöglicht, haben wir die richtige Karte. Bis dahin überwachen wir einfach alle vier.«

»Und?«

»Und die Londoner sind ziemlich mobil. Karte A hat zum Beispiel einen Bus der Linie 23 in Richtung Osten genommen.«

»Der könnte zur Oxford Street fahren, um dort in den Sonderangeboten zu stöbern«, sagte Delahaye, und sein Blick wanderte zu dem virtuellen Fenster, das genau diese Straße zeigte. »Aber im Moment ist da kein alter Prof. zu sehen.« Er zoomte auf ein Paar wohlgeformte Beine vor Selfridges. Shipp ignorierte ihn.

»Natürlich gibt es bei Bussen ein Problem«, fuhr sie fort. »Wir können nicht so ohne weiteres feststellen, wo er aussteigt, es sei denn, er geht anschließend direkt in die U-Bahn. Die Linie 23 fährt bis zur Liverpool Street. Das nächste Mal wurde sie auf der Linie 15 vom Piccadilly Circus genutzt. Das war gegen 17.20 Uhr.«

Delahaye nickte. »Ein Ausflug in die große Stadt, kauf dir eine Oyster, ein bisschen Shoppen auf der Oxford Street, ein paar Sehenswürdigkeiten und wieder nach Paddington und heim zu Muttern.«

»Das ergibt Sinn. Auf Karte A sind nur fünf Pfund geladen worden. Das passt zu einem Tagesausflügler.«

»Behaltet sie trotzdem im Auge. Was ist mit den anderen?«

»Karte B ist mit der Bakerloo Line nach Kilburn Park gefahren. Um 19.30 Uhr gestern Abend ist sie erneut benutzt worden: Bakerloo bis Notting Hill und Umsteigen in die Central, Circle und schließlich in die District Line. Zu guter Letzt ging es um 23.40 Uhr wieder von Notting Hill Gate nach Kilburn Park.«

»Das könnte ein Pubabend mit Schickimickifreunden in Notting Hill gewesen sein. Aber es könnte sich auch um unseren Mann handeln. Keine Bilder von Bussen oder U-Bahnhöfen?«

Shipp schüttelte den Kopf.

»Hm, man sollte glauben, dass ihr schon etwas gefunden hättet. Überwacht sie erst einmal weiter.«

»Das tun wir schon. Heute Morgen stieg Karte B um 8.23 Uhr wieder in die Bakerloo Line und stieg dreißig Minuten später in Holborn wieder aus. Seitdem nichts mehr. Wieder keine Identifizierung.«

»Und Karte C?«

»Die verschwand in Paddington in der U-Bahn, und wieder haben wir kein eindeutiges Bild von den Bahnsteigen, aber das war ja, wie gesagt, auch die Rushhour. Am Tower ist sie in die District Line umgestiegen und am Tower Gateway in die Dockland Light Rail. Eine mögliche Identifizierung am Bahnhofseingang, aber dank der Glaskuppel müssen wir das mit einem dicken Fragezeichen versehen. Der Computer hat nichts erkannt, aber einer unserer besten Agenten hat eine teilweise Ähnlichkeit gemeldet. An der Bow Road ging es wieder raus aus der Bahn. Seitdem ist die Karte nicht mehr benutzt worden.«

»Hm, das klingt interessant. Die Bow Road ist nicht weit entfernt von Banglatown, der Brick Lane, dem Herzen des alten East Ends. Da gibt es eine große pakistanische und ostasiatische Gemeinde. Es würde durchaus Sinn machen, wenn er Kontakte in dieser Gegend hätte. Sehr viel Sinn sogar. Gibt es heute schon irgendwelche Aktivitäten?«

»Wie gesagt: seitdem nichts mehr.«

»Schick einen Beschatter … nein, am besten gleich ein ganzes Team zur DLR. Zwei sollen in der Gegend des Bahnhofs Bow Road rumlungern, die anderen ein wenig auf Sightseeing in den Docklands gehen. Sag ihnen, sie sollen so oft wie möglich in die Züge rein. Auf diese Weise haben wir vielleicht Glück oder können eine Sichtung ausschließen. Gib ihnen Dienstmarken der Verkehrsbetriebe und Kartenleser. Sie sollen sich als Kontrolleure ausgeben. Sorg aber dafür, dass ihnen auch jemand zeigt, wie die Dinger funktionieren. Und was ist mit Karte D?«

»Ich weiß nicht, ob dir das gefallen wird, Seb. Nichts. Null. Nada.«

»Was meinst du damit? Sie ist nicht benutzt worden?«

»Nope. Nicht ein einziges Mal in den letzten sechsunddreißig Stunden seit dem Kauf.«

»Wie seltsam ist das denn?«

»Nun, ziemlich seltsam, würde ich sagen, aber nicht einmalig. Manchmal holen Leute, besonders von außerhalb der Stadt, Oysters für ihre Freunde daheim. Du weißt schon ... Ein Kumpel draußen auf dem Land will ein paar Pfund drauf haben, damit er bei der nächsten Kneipen- oder Clubtour in der großen Stadt sich nicht am Fahrkartenschalter anstellen oder überteuerte Einzelfahrscheine bezahlen muss.«

»Hm, trickreich. Behaltet das zumindest im Auge. Es könnte tatsächlich sein, wie du sagst, aber es könnte sich auch um eine Taktik handeln. Jedenfalls bedeutet es, dass unser Mann den Bahnhof zu Fuß verlassen hat.«

»Oder dass er einen Einzelfahrschein bar bezahlt hat. Oder ein Taxi genommen hat.«

»Das Besorgniserregende ist, dass er hier ist, in London. Und er weiß, dass wir ihm auf der Spur sind. Ich will jetzt wissen, warum wir ausgerechnet den Mann jagen. Wie kommt ein Oxfordprofessor dazu, für Allah zu kämpfen?«

»Wenn es denn das ist, was er tut. Er ist kein Muslim. Soweit wir wissen, ist der Mann ein altmodischer, frommer Christ, ein regelmäßiger Kirchenbesucher. Er hat sogar den Ruf, ein Bibelgelehrter zu sein. Vor der Invasion des Irak hat er an Demonstrationen in London teilgenommen.«

»Das haben auch gut eine Million anderer Leute, und die haben sich nicht alle auf die Seite der Terroristen geschlagen und gegen ihre Regierung gestellt.«

»Nicht alle, nein. Aber es brauch ja auch nur ein paar, oder?«

Delahaye nickte grimmig. Die Attentäter von London im Juli 2005 hatten Selbstmordvideos gedreht, in denen sie erklärten, die Anschläge seien Vergeltung für britische Angriffe auf

Muslime überall auf der Welt. Es waren Jungs aus Bradford gewesen, pakistanischer Abstammung, aber geboren in Yorkshire, der englischsten aller Grafschaften. Sie waren als Außenseiter aufgewachsen und irgendwann seelisch emigriert, bis hin zu dem Punkt, da ihre Heimat zu Feindesland geworden war. Premierminister Tony Blair hatte den Umstand damals ignoriert und diese Haltung selbst dann noch beibehalten, als ein paar Wochen später eine zweite Gruppe potenzieller Attentäter mit ähnlichem Hintergrund ausgehoben worden war.

»Seit damals«, fuhr Shipp fort, »hat er sich bei Wohltätigkeitsorganisationen engagiert, die sich um Kriegsheimkehrer kümmern. Er hat den Veteranen geholfen, sich wieder in die Gesellschaft einzugliedern, besonders jenen, die Schwierigkeiten mit der öffentlichen Meinung zum Krieg hatten.«

»Mit Leuten wie ihm, meinst du.«

»Nicht wirklich. Du weißt schon, wovon ich rede.«

Ja, das wusste Delahaye. Der Irakkrieg war derart unpopulär, dass Soldaten in Uniform auf der Straße angespuckt worden waren, und das nicht von Muslimen, sondern von ganz normalen Engländern, die den Krieg als unrechtmäßig und schädlich für das Bild Großbritanniens in der Welt ansahen. Blairs glanzloser Nachfolger hatte sogar ein Gesetz verabschiedet – eines von Zehntausenden, die im Lauf der letzten zehn Jahre erlassen worden waren –, das es unter Strafe stellte, ein Mitglied der Streitkräfte in Uniform zu beleidigen.

»Natürlich haben wir seinen Computer durchsucht und mit Hilfe des Providers sein Surfverhalten überprüft, einschließlich einer Rekonstruktion seiner E-Mails.«

»Und was habt ihr gefunden? Jenseits des Üblichen, meine ich.«

Shipp hob die Augenbrauen. »Überraschenderweise ziemlich

wenig Pornos. Außer einem gelegentlichen Popup hatte er eigentlich gar keinen Kontakt damit.«

Nun war es an Delahaye, die Augenbrauen zu heben. Den Erfahrungen des MI5 zufolge fand man bei Computerdurchsuchungen – besonders seit die Provider per Gesetz zur Vorratsdatenspeicherung angehalten waren – fast immer heraus, dass Männer mehr oder weniger regelmäßig dubiose Pornoseiten besuchten.

»Die Geeks von der IT nehmen gerade seine Festplatte auseinander. Seine Passwörter hatten sie binnen Sekunden geknackt. Seine E-Mails sind dabei glücklicherweise über einen Proxyserver in Großbritannien geleitet worden.«

»Dummer Junge.«

»In der Tat; aber auch anders wäre das nicht schlimm gewesen. Zwar gibt es noch einige Länder, die angesichts des globalen Terrorismus eine recht antiquierte Ansicht von Privatsphäre haben, wie Finnland zum Beispiel, doch diese Länder werden zum Glück immer weniger. Unsere Zugriffsmöglichkeiten sind inzwischen so gut, dass es ein wahres Fest für die Perversenjäger wäre, sollten wir sie darauf loslassen.«

»Ein verlockender Gedanke, aber ich halte es nicht gerade für die beste Idee, die Öffentlichkeit wissen zu lassen, wie leicht wir in ihre kleinen und oft schmutzigen Hirne schauen können. Aber bleiben wir mal bei unserem Fall. Was können wir aus seinem Internetverkehr herauslesen?«

Shipp hob beide Augenbrauen, wie sie es immer tat, wenn sie unerwartet gute Neuigkeiten hatte. »Der Serverknoten des Providers ist in Paris, wie wir wissen, weshalb das Ganze auch dem DCRI aufgefallen ist. Wichtiger ist allerdings, dass wir den Ursprung einiger Mails nach Algerien haben zurückverfolgen können, nicht nach Algier selbst, aber in die Hafenstadt Oran.«

»Haha, die Pest! Wie passend.«

»Wie meinen?«

»Ach, das ist nur eine Erinnerung an meine Schulzeit. Albert Camus: ›Die Pest‹. Eine nur notdürftig verschleierte Allegorie auf die Besetzung Frankreichs durch die Nazis. Braune Ratten.«

»Du wirst mir jetzt doch nicht zum Rassisten werden, oder?«

»Was? Oh. Nein, natürlich nicht. Jedenfalls nicht bewusst.«

»Wie auch immer. Tatsache ist, dass dein Freund der Genosse Kommissar«, das war ein alter Scherz, den Delahaye wegen der sozialistischen Neigungen seines Kollegen zu machen pflegte, »etwas Interessantes herausgefunden hat.«

Delahaye schaute sie fragend an.

»Nun, wenig überraschend hatten sie Algerien schon von Anfang an auf dem Radar von wegen ihrer alten kolonialen Verbindungen und der Tatsache, dass die Algerier unter den Einwanderern in Paris und Marseille die größte Gruppe sind. Was sie jedoch gefunden haben, war keiner der üblichen Verdächtigen, also keine islamistischen Extremisten, die in Frankreich am liebsten die Scharia einführen wollen. Es war eine ältere Gruppe, die man wohl als Dissidenten der zweiten Generation bezeichnen könnte.«

»Der zweiten Generation?«

»Ja, ein wenig wie die *pieds noirs,* nur andersherum.«

Delahaye runzelten die Stirn.

»Lass mich erklären: Diese Leute waren vorwiegend europäischer Abstammung und haben sich in Algerien häuslich eingerichtet, da sie glaubten, Algerien werde nie von Frankreich getrennt werden. Dazu kamen eingeborene Algerier, Araber, die auch den Traum eines ›Großfrankreichs‹ träumten, wo alle Bürger gleich sind. Die sind dann zur gleichen Zeit nach Norden gezogen, über das Mittelmeer, in dem Glauben, sich problemlos assimilieren zu können.«

»Aber das hat nicht funktioniert, korrekt?«

»Frankreich war nicht so frei von Rassismus, wie die Regierung es dargestellt hat. Bei weitem nicht. Während des Algerienkrieges kam es zu Demonstrationen in Frankreich und massiven Unruhen, die dann 1961 zu einem katastrophalen Polizeieinsatz führten.«

»Das war doch diese Sache, die sie jahrelang versucht haben zu vertuschen, stimmt's?«

Shipp nickte. »Eine Nacht der langen Messer an den Ufern der Seine. Der Polizeichef damals war ein Verbrecher mit Namen Maurice Papon.«

»Doch nicht der Nazikollaborateur, oder?«

»Doch, doch, genau der. Während und nach dem Zweiten Weltkrieg ist er mit Mord durchgekommen. De Gaulle hat ihm sogar das Kreuz der Ehrenlegion verliehen. Erst 1998 stellte sich heraus, dass er als Angehöriger des Vichy-Regimes Juden in die Todeslager geschickt hatte, und daraufhin hat man ihn wegen Verbrechen gegen die Menschlichkeit verurteilt. Man kann sich vielleicht darüber streiten, aber meiner Meinung nach hätte er für jene Nacht im Oktober 1961 die gleiche Anklage bekommen sollen, als er den Polizisten sagte, sie sollten ihre Dienstabzeichen ablegen und so viele Algerier töten, wie sie wollten.«

Delahaye pfiff durch die Zähne. »Das ist genau die Art von Verbrechen, hinter der der alte Thomson schon seit Jahren her ist.«

»Niemand weiß, wie viele damals gestorben sind«, fuhr Shipp fort, »aber die niedrigsten Schätzungen gehen von mindestens vierzig aus, während die Überlebenden behaupten, es seien sogar mehrere Hundert getötet worden. Einige hat man auf Polizeirevieren zu Brei geschlagen, andere einfach von Brücken in die Seine geworfen. Die Presse hat das ein Vierteljahrhundert lang noch nicht einmal *erwähnt.* Und selbst als es schließlich herauskam, hat die ganze Nation mal kurz *mea culpa* geschrien, bevor das Ganze wieder unter den Teppich gekehrt wurde. Anders war das natürlich bei den Überlebenden oder, wichtiger für uns: bei den Kindern der Getöteten. Es gibt da eine Gruppe, die zwar nicht sonderlich aktiv ist, aber unter den gegebenen Umständen behalten die französischen Kollegen sie im Auge. Sie nennt sich *Honneur Algérie Jeunesse* – Ehre der algerischen Jugend oder kurz: HAJ.«

»HAJ? Das hört sich wie Hadsch an. Die Pilgerfahrt?«

»Das Muslimische ist ein reines Lippenbekenntnis bei ihnen. Das sind keine bekannten Terroristen, aber sie sind eine Gruppe – wie nennt Thomson es noch einmal? – eine Gruppe ›Unzufriedener‹, die einen Groll gegen den französischen Staat und die weißen Europäer im Allgemeinen hegen.«

»Warum interessieren sie uns?«

»Eine von ihnen arbeitet in der Bibliothèque Nationale, in der Abteilung für antike Manuskripte. Ihr Name ist Claudine Farouk, obwohl sie ihren Namen heutzutage französisch buchstabiert mit einem ›que‹ am Ende. Unser Dr. Latimer hat einen Anruf aus ihrem Büro bekommen, eine halbe Stunde, nachdem Frey und Hashrawi bei ihr gewesen sind.«

Delahaye stieß einen leisen Pfiff aus. »Warum zum Teufel haben wir den Mann eigentlich nicht abgehört? Warum hören sie nicht alle routinemäßig ab? Jetzt sag mir bitte, dass sie das Weib überprüft und ihre Post und ihren Internetaccount auseinandergenommen haben.«

Shipp atmete tief durch. Sie wusste, dass ihm das nicht gefallen würde. »Dein Genosse Kommissar sagt nein, noch nicht. Sie haben keinerlei Beweise, um sie mit irgendetwas in Verbindung zu bringen, und – ob du es glaubst oder nicht – die Franzosen sehen das mit der Privatsphäre heutzutage sehr eng. Er meint, er könne nichts tun, solange wir ihm keine Beweise oder wenigstens Indizien liefern und ihn formell um Hilfe ersuchen.«

»Das brauchen wir vielleicht gar nicht. Sag ihm einfach, er soll sie im Auge behalten. Mal sehen, was ihm seine korinthenkackerischen Chefs durchgehen lassen. Und lass sie die Bewegungen der Frau zurückverfolgen. Sie muss irgendwie damit zu tun haben. Im selben Augenblick, da Frey seine Nase in ihre Aladin-Dokumente gesteckt hat, müssen sie gewusst haben, dass wir ihnen auf den Fersen sind.«

»Das habe ich ihm mehr oder weniger schon gesagt.«

»Gut gemacht. Lass uns unsere Informationen ein wenig zurückhalten – ein paar Stunden zumindest –, bis wir wissen, wohin die Reise eigentlich geht. Aber sag ihm, *dass* wir was gefunden haben, für den Fall, dass wir schnell seine Hilfe brauchen.«

»So gut wie erledigt. Aber in der Mailbox unseres Herrn Professors gab es noch etwas anderes, was wichtig sein könnte.«

»Als da wäre?«

»Durch seine Wohltätigkeitsarbeit ist er nicht nur in engen Kontakt zu Soldaten gekommen, die körperlichen oder psychischen Schaden davongetragen haben, sondern auch zu solchen, die ihren Dienst quittiert haben – oder die wegen ihrer Einstellung zum Krieg rausgeworfen worden sind. Einige dieser Leute sind zu den lautstärksten Kriegsgegnern geworden. Sie sind die wichtigsten Quellen für Misshandlungen an Kriegsgefangenen, und eine Handvoll von ihnen haben Deserteure versteckt und unterstützt.«

Delahaye schürzte die Lippen. »Hm, das ist problematisch. Diese Männer haben Wut im Bauch; aber sie sind nicht der Typ, der zum Feind überläuft und sich gegen sein eigenes Volk stellt.«

»Nein, an sich nicht, doch einige von ihnen glauben, man habe sie bewusst hinters Licht geführt, um sie zur Teilnahme an einem illegalen Krieg zu bewegen. Ein paar von ihnen ziehen sogar Parallelen zur deutschen Wehrmacht 1939 …«

»Was?«

»Du weißt schon … Der Satz ›Wir haben nur Befehle befolgt‹, den wir ihnen hinterher um die Ohren gehauen haben. Einige unserer Männer behaupten, wir hätten sie in die gleiche Situation gebracht. Sie sagen, Soldaten hätten die Pflicht, ihrem Gewissen zu folgen, wie alle anderen Menschen auch.« Shipp verzog das Gesicht. Sie wusste, dass die Frage Pflicht gegen Gewissen auch Delahaye beschäftigte, seit die Geheimdienste immer tiefer in das Privatleben jener eindringen konnten und *durften,* für deren Sicherheit sie eigentlich sorgen sollten.

»Wir schauen uns das genauer an«, fuhr Shipp fort. »Wir überprüfen die Akten aller, mit denen der alte Knabe irgendwie Kontakt hatte. Das müsste eigentlich recht einfach sein. Die meisten von ihnen agieren öffentlich: Sie betrachten es als ihre Pflicht, die Öffentlichkeit aufzurütteln. Das größere Problem stellen die Deserteure dar, die von ihnen abgeschirmt werden.

Aber wir haben noch etwas gefunden. Wir haben ein potenzielles Motiv. Vielleicht ist es ja das, was ihn antreibt … falls er einer dieser christlichen Fundamentalisten ist mit diesem alten Denken von wegen ›Auge um Auge‹ und so weiter.«

Delahaye sah sie verwirrt an.

»Was haben wir ihm denn getan?«, fragte er.

»Ihm selbst nichts, aber einer seiner Studenten denkt da vielleicht anders. Ein Mädchen. Sie gehörte zum Balliol – oder zumindest tat sie das bis zum Ende des letzten Trimesters. Eine kluge, junge Pakistani mit Namen Salma Mahmud.«

»Eine islamische Honigfalle? Ein alter Mann, der ein wenig junges Fleisch mag?«

»Nein«, erklärte Shipp überzeugt, »das glaube ich nicht. Aber du erinnerst dich vielleicht an den Namen: Mahmud?«

»Der ist ziemlich weit verbreitet … Oh … Verwandt mit Ibrahim Mahmud?«

»In der Tat. Seine ihn vergötternde jüngere Schwester. Es hat offenbar ihr Leben zerstört, als wir ihn in der U-Bahn ausgeschaltet haben.«

»Weiß sie denn nicht, dass er bis zum Hals in einer Gruppe von Möchtegernselbstmordattentätern steckte? Ihn auszuschalten war eine unserer besten Aktionen.«

Shipp zuckte mit den Schultern. »Wie ich gesagt habe: Sie hat ihn vergöttert. Vielleicht glaubt sie es ja einfach nicht. Vielleicht ist es ihr aber auch egal. Erinnere dich mal daran, dass eine der Frauen der zweiten Welle von U-Bahnbombern im Juli 2005 die mörderischen Absichten ihres Mannes nicht nur nicht gemeldet hat; als es herauskam, hat sie ihn sogar noch mit Geld und einem Telefon versorgt und ihm bei der Flucht geholfen. Allerdings hat es ihnen beiden nicht viel genutzt, und sie verbringen nun fünfzehn Jahre in einem Gefängnis Seiner Majestät.

Aber wie auch immer … Wenn der große Bruder in der Circle Line von Agenten der Regierung Seiner Majestät das Hirn herausgeblasen bekommt, wäre wohl niemand dem Land wirklich freundlich gesinnt. Ich nehme an, sie wird sich nicht gerade im Regen anstellen, um die Krönungsfeierlichkeiten zu sehen.«

28

Es war Regen vorausgesagt, aber erst später. Der Tag begann kühl mit nur einer hohen, dünnen Wolkendecke. Jenseits davon war ein Hauch von Babyblau zu sehen. Die Sicht war gut. Die Männer auf den Dächern waren so glücklich, wie sie sein konnten. Überall auf den Dächern der Herrenclubs an der Pall Mall funkelten Ferngläser im Morgenlicht. Männer in Baseballkappen suchten damit den St.-James-Park ab. Sie freuten sich, dass es noch früh im Jahr war, sodass Laub die Sicht nicht behinderte. Sie mochten eine eindeutige Sichtlinie. Und klare Ziele.

Gleiches galt für die Männer Balaklavas, die neben ihnen knieten und ihre Fadenkreuze über die kahlen Äste und zu den Gesichtern der Uniformierten unten an der Mall schweifen ließen. Einer der Uniformierten, der mit einem sechsten Sinn gesegnet war – oder auch nur einer ungewöhnlichen Auffassungsgabe – streckte die Zunge raus. Der Mann, dessen Fadenkreuz über ihm schwebte, lachte und stellte sich dann vor, wie er den Abzug betätigte und der Kopf seines Ziels explodierte. Anschließend zeigte er seinem Kollegen, der gut zwanzig Meter entfernt an der anderen Ecke des Daches postiert war, den erhobenen Daumen.

Dieses Zeichen wurde von Mann zu Mann wiederholt, von Dach zu Dach und von Aussichtspunkt zu Aussichtspunkt, die ganze Prozessionsroute entlang bis zur Westminster Abbey selbst. Scharfschützen lauerten zwischen den neogotischen

Türmchen der Houses of Parliament und spähten aus den schmalen, Schießscharten nicht unähnlichen Fenstern des Uhrenturms, den die Welt als Big Ben kannte. Der Funkverkehr war auf ein Minimum reduziert und fand wenn, dann über gesicherte Verbindungen statt. Die Männer waren angehalten, nur über den zentralen Kommandoposten miteinander zu kommunizieren, der in der ehemaligen Methodist Central Hall eingerichtet worden war, dem heutigen Justizministerium, einem massigen Gebäude aus dem 19. Jahrhundert, direkt der Abtei gegenüber.

Entlang der eigentlichen Route stand alle zehn Meter Polizei vor den Sicherheitsgittern. Es hatte eine lange und harte Debatte darüber gegeben, ob man diese Barrieren für die hartgesottenen Monarchisten entfernen sollte, die der Jahreszeit getrotzt und sich ihren Logenplatz schon in der vergangenen Nacht gesichert hatten. Die Ersten waren bereits in der Abenddämmerung gekommen, mit Klappstühlen, Schirmen, dicken Decken und Thermokannen mit heißem Tee. Zu guter Letzt hatte man entschieden, dass das eine viel zu britische Tradition sei – dieses Ertragen allergrößter Härten während eines großen Ereignisses –, als dass man sich da einmischen durfte, besonders nicht, da es ja auch der Popularität des neuen Monarchen zugutekam. Stattdessen durchsuchte man die Leute eingehend und glich Fingerabdrücke sowie DNA ab. All das ertrugen die Leute bemerkenswert gut gelaunt und mit weiteren Bechern Tee. Alkohol wurde konfisziert, was den Beamten hier und da zwar ein ›Spielverderber!‹ einbrachte, mehr aber nicht. *Wir sind das Volk von England, das noch nicht gesprochen hat,* erinnerte Delahaye sich an die Zeile aus dem Gedicht des alten GK Chesterton, als er die Polizei bei der Arbeit beobachtete.

In Whitehall war das Bild ähnlich, nur der städtischen Topografie angepasst. Hier kauerten die Beobachter und Scharfschützen zwischen den viktorianischen Türmen oder hinter den Brüstungen solcher Gebäude wie dem Wyndham Theatre oder dem Clarendon Club am oberen Ende. Mehr von ihnen fanden sich auf den Dächern der Ministerien weiter unten. Der Eingang zur Downing Street war freigehalten worden. Hier gab es keine Zuschauer, sodass der Premierminister ungehindert zur Westminster Abbey würde fahren können. Der Vorschlag, dass er statt der öffentlichen Straße den unterirdischen Tunnel nehmen solle, war verächtlich abgelehnt worden. Wenn der Mann in der Märchenkutsche das konnte, dann auch er in dem gepanzerten Rolls-Royce.

Auf dem Parliament Square hatten Leute versucht, ein kleines Zeltlager aufzuschlagen, ähnlich wie bei den Picknickpartys an der Mall, doch damit war man rasch fertig geworden. Verordnungen verboten jegliches Campieren innerhalb eines Radius von einer Meile um die Houses of Parliament. Da an der Mall so etwas jedoch genehmigt wurde, war es ein Leichtes, die Camper umzuleiten; außerdem konnte man so noch den Schwarzen Peter den MPs statt den Royals zuschieben. Die Nordseite des Platzes war abgeschottet worden, sodass ein durchgehendes Zuschauerareal in der unteren Hälfte von Whitehall entstanden war. Der Einlass dazu führte durch Sicherheitsschleusen in der Unterführung der U-Bahnstation Westminster. Diese Art der Abriegelung hatte den Vorteil, dass die Westminster Station der einzige Zugang zu diesem Bereich war und noch dazu unterirdisch. Sollte es dort zu heftigen Auseinandersetzungen kommen, würde es niemand sehen. Überirdisch waren nämlich nicht nur die Sicherheitskameras aktiv; auch die Kameras der unterschiedlichen Fernsehstationen galt es zu beachten. Das gesamte Ereignis, so lautete die vertrauliche Anweisung aus Downing Street, sei als teure, aber wertvolle Werbung für die ›Großbritannien GmbH‹ zu betrachten. Also durfte es nicht zu Zwischenfällen kommen, besonders nicht in der Öffentlichkeit, bitte.

Um den Platz selbst waren menschliche Beobachter und Sicherheitsteams verteilt. Sie hockten auf den Laufstegen zwischen den neogotischen Türmchen der Houses of Parliament, auf dem eher prosaischen Flachdach des Queen Elizabeth Conference Centre und hinter der mächtigen Dachbrüstung des Justizministeriums. Von Letzterem hatte man dann auch die wichtigste Stelle im Blick: das Hauptportal der Westminster Abbey, wo das königliche Paar sowohl beim Hinein- als auch beim Hinausgehen kurz stehen bleiben und der Welt zuwinken würde. Für die Sicherheitsleute war besonders das Hinausgehen interessant, wenn der neue König sich seinem Volk zeigen würde – einem sorgfältig ausgewählten und eingehend überprüften Teil seines Volkes natürlich. Im vollen Staatsornat der tausend Jahre alten Monarchie würde er im Portal stehen und zum ersten Mal die Krone tragen. Das war das Bild, auf das die Welt wartete. Das war das Bild, das wirklich zählte. Das Bild, über das sich Simon Maudesley und Sebastian Delahaye die meisten Sorgen machten.

Simon Maudesley bedauerte den Vorfall in Oxford nicht. Er hatte getan, was zum Schutze Nazreems nötig gewesen war. Alles andere wäre ein Versagen gewesen, und darauf war er nicht programmiert. Hinterher, als der Kontext klar geworden war, hatte er befürchtet, dass Nazreem ihn dafür hassen würde. Stattdessen war sie nun jedoch hier bei ihm und nicht bei ihrem brütenden Professor in Oxford.

Als er spät am Abend, nach der Schießerei, zu ihr gegangen war, war es ihm ein wenig peinlich gewesen, Blumen zu bringen. Wie entschuldigte man sich bei jemandem dafür, ihn mit Blut und Hirn vollgespritzt zu haben, selbst wenn es Blut und Hirn eines potenziellen Mörders gewesen waren? Und dann kamen da noch die außergewöhnlichen Umstände hinzu. Caroline Shipp hatte ihm ausführlich erklärt, in welcher Beziehung der Mann, den er getötet hatte, zu der jungen Frau stand, die ihm ihr Leben zu verdanken hatte, und sie hatte ihn gewarnt, lieber nicht mit Dankbarkeit zu rechnen. Eine Sekunde lang hatte sich alles in Si Maudesleys Kopf gedreht – viel Zeit für jemanden wie ihn –, während er versucht hatte, die Situation zu erfassen.

Nazreem mochte ja glauben, dass ihre Verwandten nichts mit der Aladin-Verschwörung zu tun hatten, doch Maudesley sah das anders. Und er wusste, dass das Endspiel begonnen hatte, und das hatte zweifellos mit der Krönung zu tun. Als Nazreem mit dem Krankenwagen ins John Radcliffe gefahren worden war, hatte Maudesley mit Delahaye gesprochen, der ihm zugestimmt und die Verhaftung von al-Wasidi befohlen hatte, obwohl zu dem Zeitpunkt keiner der beiden wusste, in welche Richtung der Mann deuten würde. Sie waren sich nur sicher, *dass* er etwas zu sagen hatte.

Als Maudesley dann an Nazreems Bett stand – er hatte befürchtet, sie würde schlafen; doch das war nicht der Fall –, fiel ihre Reaktion wie zu erwarten kühl aus, aber nicht so feindselig, wie er erwartet hatte. Es überraschte ihn auch, dass sie von den Blumen gerührt zu sein schien. Sie setzte sich sogar auf und bat Maudesley, ein Glas Wasser zu holen, um sie hineinzustellen. Dann lächelte sie zum ersten Mal, lächelte so bittersüß, dass er fast in Tränen ausgebrochen wäre, und das war etwas, das er zum letzten Mal im Kindergarten getan hatte, als ein größerer Junge ihm einen Schokoriegel gestohlen hatte. In späteren Jahren hatte Maudesley sich häufig gefragt, ob das wohl der Augenblick gewesen war, da er sich entschlossen hatte, zur SAS zu gehen.

»Wenn das hier vorbei ist ...«, begann er und versuchte, Nazreems heftiges Kopfschütteln zu ignorieren. »Ich habe mich gefragt ...« Und wieder zögerte er, während er sich bemühte, Nazreems Gesichtsausdruck zu deuten. »Wenn Sie sich das Ereignis anschauen wollen ... Die Krönung, meine ich ... von draußen natürlich ... Ich meine den Eingang der Abtei ... Selbst ich komme nicht rein ... Also ich, der Dienst und natürlich auch Mr. Delahaye, wir würden uns freuen, Ihnen einen hervorragenden Aussichtsplatz besorgen zu dürfen.« Er hielt inne. Sein Stottern machte ihn verlegen, und um es besser zu machen, fügte er widerwillig hinzu: »Das gilt natürlich auch für Professor Frey ... wenn Sie wollen, meine ich.«

»Aber ...«, begann Nazreem, doch Maudesley unterbrach sie, indem er den Finger auf die Lippen legte und sagte: »Schschsch.« Er wusste ohnehin, was sie sagen wollte: dass ihr Onkel und ihr Cousin sie zwar hatten umbringen wollen, aber keiner der beiden Teil irgendeiner islamistischen Verschwörung gewesen sei.

Nazreem ließ sich jedoch nicht den Mund verbieten. Sichtlich gereizt versuchte sie, Maudesley zu erklären, wie wenig er von dem quälenden Hintergrund verstand, den sie mit allen Palästinensern teilte. Maudesley saß da, nickte und kaute auf der Unterlippe wie ein ungezogener Schuljunge. Schließlich lehnte Nazreem sich wieder zurück und schloss die Augen. Dann streckte sie nach gut einer Minute die Hand aus, nahm Maudesleys und sagte: »Tut mir leid. Ich weiß, dass ich Ihnen dankbar sein sollte. Sie haben mir das Leben gerettet ... zweimal in einer Woche. Und das auch noch vor Mitgliedern meiner eigenen Familie. Ich weiß, dass ich mich bei Ihnen entschuldigen sollte, aber …«

»Schschsch«, sagte Maudesley erneut. »Ich weiß. Glauben Sie mir. Wir leben alle in einer Welt der Lügen und Illusionen. Das wird nirgends deutlicher, als wenn Sie den Finger am Abzug haben. Kurz bevor man abdrückt und auch hinterher huscht einem etwas durch den Kopf, das manchmal nur ein, zwei Augenblicke bleibt, manchmal aber auch für ewig.«

Nazreem schaute ihn an, als sähe sie ihn zum ersten Mal: ihn, einen Killer, gequält von seinen ganz eigenen inneren Dämonen; einen Mann, der durchaus an den Prinzipien zweifelte, die er eigentlich verteidigen sollte. Das war der Augenblick gewesen, da sie seine Hand gedrückt und erklärt hatte, sie nehme seine Einladung gerne an. Und das tat sie wirklich. Bis vor ein paar Wochen hatte die Krönung ihr gar nichts bedeutet. Für sie war das nichts als ein anachronistisches, fremdartiges Ritual einer auf Traditionen versessenen Gesellschaft gewesen. Nun jedoch war sie der Mittelpunkt ihres Lebens.

Si Maudesley hoffte auch, dass die Einladung Nazreem helfen würde, sich zu konzentrieren, besonders auf die Zuschauer. Er hatte ihr einen Platz in einem der Räume besorgt, die dem Kommandozentrum im obersten Stock des Queen Elizabeth II. Centres angeschlossen waren, einem flachen, kantigen Bau im rechten Winkel zur Abtei. Dort würde Nazreem nicht nur die Fernsehbilder sehen können, sondern auch die der Sicherheitskameras. Sollte sie auf einem von diesen noch einen ihrer Verwandten entdecken, dann wollte Maudesley das wissen. Sie hatten auch Zugang zu einem Balkon für den großen Augenblick, da der neue König und seine Frau die Abtei verlassen würden. Das würde Si Maudesley sich besonders genau anschauen, nicht vom Balkon und nicht auf dem Bildschirm, sondern mit einem elektronischen Fernglas, das mit einem Gesichtserkennungsprogramm verbunden war, und einem Hochgeschwindigkeitsscharfschützengewehr. Natürlich hoffte er, die Waffe nicht einsetzen zu müssen, vor allem nicht gegen ein Ziel inmitten der Menschenmenge; aber sie wollten kein Risiko eingehen.

Maudesley hatte sich seine eigenen Gedanken darüber gemacht, was die kryptische Botschaft auf Latimers Computer zu bedeuten hatte von wegen ›eine Kerze entzünden‹. Seiner Meinung nach bestand die größte Gefahr nicht in einem Anschlag auf den neuen König oder einen der anderen Würdenträger, die an der Zeremonie teilnahmen. Die größte Gefahr war ein Selbstmordattentäter – oder mehrere –, der sich in eine Menge schlich, die einfach zu groß war, als dass man jeden durchleuchten und überprüfen konnte. Dort unten auf dem Parliament Square standen Hunderte und Zehntausende entlang der Route. Ein, zwei oder drei Leute mit Sprengstoffgürteln könnten die Feier in Blut ertränken und damit der Reputation Großbritanniens in der Welt unglaublichen Schaden zufügen.

Und es gab nur eine Möglichkeit, einen Selbstmordattentäter aufzuhalten: Kopfschuss. Maudesley überprüfte seine Waffe: eine International Arctic Warfare Super Magnum L115A3 mit 7.62 mm Hohlspitzmunition, einem Schmidt und Bender 5-25 x 56 Fernrohr sowie Mündungsfeuer- und Schalldämpfer. Das Gewehr verband erstaunliche Genauigkeit mit maximalem Zielschaden und minimaler Durchschlagskraft. Kurz gesagt: Die Kugel schlug in den Schädel, zerstörte alles darin, trat auf der anderen Seite aber nicht mehr aus.

Eine furchtbare Waffe, und Maudesley würde sie einsetzen, wenn er musste.

29

Auch in Oxford war noch keine Wolke am Himmel zu sehen. Über Marcus Frey schwebte jedoch eine kleine, dunkle, als er St. Giles hinunterging, die Hände in den Taschen, und willkürlich Kiesel in den Rinnstein trat, die aus dem Eingangsbereich des St. John College stammten. Eine düstere Vorahnung plagte ihn, die ihn wünschen ließ, der Tag sei schon vorbei.

Marcus hatte die Einladung abgelehnt, sich den königlichen Zug von einem exklusiven Aussichtspunkt gegenüber der Westminster Abbey aus anzusehen. Außerdem war ihm durchaus klar, dass Simon Maudesley gehofft hatte, nur einer von ihnen würde die Einladung annehmen. Nazreem hatte sich enttäuscht und verwirrt gezeigt, als Marcus abgelehnt hatte, aber sie hatte sich auch sichtlich gefreut, einen unvergleichlichen Ausblick auf all die königliche Pracht zu bekommen, sodass Marcus sie ermutigt hatte zu gehen.

»Es wird dir sicher Spaß machen«, hatte er gesagt und genickt zum Zeichen, dass er das auch so meinte. Sie wiederum hatte ihn aufmerksam betrachtet, um zu sehen, ob er nicht vielleicht doch eifersüchtig oder dergleichen war. Si wiederum war seine Zufriedenheit deutlich anzumerken. Kurz nickte er Marcus zu, ein höfliches, selbstsicheres Nicken, die Großmut des Siegers in einem ehrenwerten Kampf. Schließlich hatte Nazreem Marcus' Hand genommen und gedrückt – eine Geste, von der Si tat, als habe er sie nicht gesehen – und ihn gefragt: »Macht es dir wirklich nichts aus? Schaust du es dir dann im Fernsehen an?«

Und wieder hatte Marcus genickt, und zu dem Zeitpunkt hatte er das auch so gemeint.

Erst an diesem Morgen hatte er seine Meinung geändert. Er wollte einfach nur raus in die kalte Wintersonne, anstatt wie Millionen anderer im ganzen Land vor dem Fernseher zu hocken und sich ehrfürchtig ein anachronistisches Spektakel zu Ehren eines Mannes anzusehen, von dem die meisten ohnehin glaubten, er sei dem Job nicht gewachsen. Marcus verließ All Souls und schaute kurz die New College Lane hinunter, als er am Hertford College und seiner Ersatzseufzerbrücke vorbeikam. Eigentlich hatte er gedacht, Nazreem hätte nach dem Schrecken für immer jedwedes Interesse an dem Mörder ihres Onkels verloren, durch dessen Schuss sie mit Blut und Hirnmasse vollgespritzt worden war. Und das hatte sie auch … nur nicht für immer. Zu guter Letzt war Nazreem wohl zu der Erkenntnis gelangt, die Marcus schon in dem Augenblick gehabt hatte, da er gesehen hatte, wie der MI5-Mann seine Waffe auf den Angreifer gerichtet hatte: dass ihr eigener Onkel ihr ohne zu zögern den Hals durchgeschnitten hätte, wäre Maudesley nicht gewesen.

Da konnte Marcus nicht mithalten. Er war kein Actionman. Das war er nie gewesen und würde es auch nie sein. Allerdings war er sich nicht sicher, ob es das war, was Nazreem wollte. In jedem Fall hoffte er, dass sie sich lediglich ein wenig vernarrt hatte, wenn überhaupt. Schließlich bestand durchaus die Möglichkeit, dass er einfach nur eifersüchtig war. Und das ohne Grund. Aber andererseits …

Zuerst hatte Marcus die relative Leere auf den Straßen von Oxford genossen – selbst die Studenten schienen vor ihren Fernsehgeräten zu kleben –, als er die Parks Road entlanggeschlendert war, vorbei an der kahlen Fassade des Wadham College zu den neogotischen Ziegelmauern von Keble. Auf der Südseite des Keble Colleges wandte er sich nach links, um die hässlichen Betonplatten der naturwissenschaftlichen Abteilung aus den Siebzigerjahren zu vermeiden, und kam so am Nordende der St. Giles Street heraus, wo sie sich in die Woodstock und die Banbury Road teilte.

St. Giles war eine von Marcus' Lieblingsstraßen in der Stadt: eine große Allee, die zwar unglücklicherweise auf beiden Seiten zugeparkt war, aber immer noch breit genug, um Verkehr in beide Richtungen zu ermöglichen. Im Osten wurde sie von den mächtigen Gebäuden der Colleges von St. John und Balliol flankiert, und im Westen erhoben sich die pseudomittelalterlichen Mauern des Pusey House sowie der neoklassizistische Vorbau der Modern Languages Library. Das Südende der Straße bildete die kleine Pfarrkirche St. Mary Magdalen und – für Marcus, der schon zwei große Becher Kaffee intus hatte, nicht weniger wichtig – eine der wenigen öffentlichen Toiletten aus der viktorianischen Zeit, die in diesem Zeitalter der Paranoia noch geöffnet war.

Als er die Straße zur Toilette überquerte, fiel sein Blick auf das vertraute viktorianische Kreuz, ein drei Meter hohes, steinernes Monument, das an die Spitze einer gotischen Kathedrale erinnerte, nur dass es auf dem Boden stand. Es war umgeben von drei Statuen von Männern in Rennaissancekleidung, die die Köpfe gesenkt hatten. Und das stand diesen Männern auch gut an, denn sie waren gemeinsam verbrannt worden – nicht hier, aber um die Ecke auf der Broad Street, direkt vor dem Balliol College. Ein schlichtes, hölzernes ›X‹ markierte die Stelle auf dem Asphalt, wo sie den Märtyrertod erlitten hatten. Es waren Englands erste und größte protestantische Märtyrer, von Mary Tudor zum Tode verurteilt, der eisern katholischen Tochter von

Heinrich VIII. und Katharina von Aragon. Für Mary war der protestantische Glaube, den ihr Vater angenommen hatte, um ihre Mutter loszuwerden, Schuld an allem Übel auf dieser Welt. Einer der drei Männer hatte öffentlich widerrufen und sogar ein Geständnis unterzeichnet, doch nur, um festzustellen, dass man ihn trotzdem verbrennen würde. Auf dem Scheiterhaufen hatte er sein Geständnis dann abermals widerrufen, um Vergebung für seine Schwäche gebetet und die Hand, mit der er unterschrieben hatte, als Erstes ins Feuer gesteckt. Und er hatte auch eine schöne Rede gehalten, während Marys Schergen sich angeschickt hatten, das Holz zu entzünden. Er hatte prophezeit, wie man sich ihrer erinnern würde. Wie ging das noch …?

Und dann erinnerte sich Marcus. Eine Adrenalinwelle brach über ihn herein; ihm drehte sich der Magen um, und er rannte los. Er rannte, rannte und rannte. Fast wäre er dabei von einem Bus erwischt worden, der ein wenig zu schnell um die Ecke bog. Der Fahrer hupte wütend angesichts dieses Irren, der beinahe von seinem Fahrzeug zerquetscht worden wäre. Für den Bruchteil einer Sekunde blieb Marcus stehen, starrte auf das kleine, hölzerne ›X‹ im Asphalt und verfluchte sich selbst für seine Dummheit. Dann lief er ins Balliol, vorbei an dem Pförtner, der ihm einen tadelnden Blick zuwarf. Marcus fürchtete schon, aufgehalten zu werden, doch er war ja Teil der Universität und hatte somit jedes Recht, das College zu betreten. So wandte der Mann sich wieder seinem Fernseher zu, wo gerade zu sehen war, wie die königliche Kutsche das Gelände des Buckinghampalastes verließ und auf die Mall einbog. Marcus nahm die Szene war. Es war noch nicht zu spät. Aber wie lange noch? Ein paar Stunden, höchstens. Im schlimmsten Fall nur ein paar Minuten.

Und schon ging es die Treppe hinauf in jenen Flügel, wo sich

Latimers Zimmer befanden. Verdammt noch mal, wie hatte er nur so dumm sein und nicht erkennen können, was für ein Spiel der Mann hier spielte? Wie erwartet war Latimers Tür noch nicht repariert worden. Nur ein Polizeiabsperrband behinderte den Zugang, und neben der Tür saß eine Wachtmeisterin auf einem Stuhl.

»Tut mir leid, Sir«, begann die Frau. »Sie können nicht …«

»Doch, ich kann«, unterbrach Marcus sie. »Sollten Sie Zweifel daran haben, rufen Sie diese Nummer an.« Und er gab ihr seinen Besucherausweis des MI5. Eine offizielle Funktion war nicht darauf vermerkt, aber das konnte die Frau mit demjenigen klären, der sich unter der Telefonnummer melden würde, die unten für den Fall des Verlusts angeben war.

Die Polizistin starrte ihn noch immer verwirrt an, als Marcus das Buch fand, das er gesucht hatte. Es war der größte, schwerste Band auf dem Schreibtisch des Professors, der auf den Erinnerungsschreiben der Onkologie gelegen hatte. Zwischen den vergleichenden Studien zu christlicher und muslimischer Ethik lag das Buch mit dem Titel ›Martyrium und Edler Tod‹.

In dem Kapitel über ›Die edlen Tode von Philosophen‹ befand sich ein ganzer Wald von Lesezeichen. Da war die Geschichte von Sokrates, dem ›Vater der Philosophie‹, der im antiken Athen mit dem Gesetz in Konflikt geraten war und sich mit Gift das Leben hatte nehmen müssen. Und da war die Geschichte von Ahiqar, eine antike semitische Parabel, die sowohl im Islam als auch im Judentum bekannt war. Es hieß, sie hätte die Schriften des heiligen Petrus beeinflusst. Der weise Ahiqar war fälschlicherweise beim assyrischen König angeklagt worden. Er wurde zum Tode verurteilt und schließlich auf wundersame Art gerettet. »Ahiqar ist nicht wirklich einen edlen Tod gestorben«, bemerkte der Autor, »aber seine Geschichte hatte einen enormen Einfluss.« Und ein Stück weiter unten stand der von Latimer unterstrichene Satz: »Ahiqars Geschichte und Sprüche finden sich auch im Anhang von Tausendundeine Nacht.«

Kein Wunder, dass Marcus der Name seltsam vertraut vorgekommen war. Das war schon wieder so ein Hinweis, den er übersehen hatte. Er hatte die Symmetrie einfach nicht erkannt, die Verschmelzung von Ost und West, von islamischer, christlicher, jüdischer und altpersischer Religion und Philosophie, alles zusammengepackt zu einem Stück Fantasy. Alles erfunden. Gezielt. Bewusst ausgelegte Hinweise, die dann versteckt wurden. Es war ein Test. Ein Spiel ... mit tödlichem Ausgang.

Plötzlich sah Marcus alle Informationen, die er gesammelt hatte, in neuem Licht. Es war, als hätte der alte Mann ihnen seine Absichten auf einem Silbertablett präsentiert, sodass jeder sie sehen konnte ... oder eben nicht, je nachdem, wofür man sich entschied. Die Bücher, die er auf seinem Schreibtisch liegen gelassen hatte, waren Wegweiser.

Doch mehr als alles andere hatte das große Ölporträt über dem Kamin seine Bedeutung verändert: das aufwendig gearbeitete Bild von William Penn, dem Gründer von Pennsylvania, der den ersten Entwurf der amerikanischen Verfassung in der Hand hielt. Das Dokument war Marcus auch schon aufgefallen, als er zum ersten Mal in diesem Raum gewesen war; doch nun erkannte er, dass der dargestellte Mann und seine Religion von viel größerer Bedeutung waren. Penn war Quäker gewesen, und Marcus Frey hätte sein letztes Geld darauf verwettet, dass das auch auf Harry Latimer zutraf.

Latimer. Fast hätte Marcus laut aufgelacht. Wie hatten sie das nur übersehen können? Doch andererseits: Wie hätten sie wissen sollen, dass das Bild so von Bedeutung war? Sie hatten geglaubt, sich in der realen Welt bewegen zu müssen, nicht in einem Spiel.

Die Tradition der großen englischen Märtyrer. Eine Tradition, die Harry Latimer, Namensvetter – oder vielleicht gar ein Nachkomme? – des als Märtyrer gestorbenen protestantischen Bischofs, auf bizarre Art wiederbelebt hatte. Nicht *›riz de lait‹*, sondern Ridley, nicht *›crains mer‹*, sondern Cranmer. Und Latimer selbst, Harry, nicht Hugh, und ein Quäker und Ethikprofessor, kein anglikanischer Bischof. Der Mann hatte mit ihnen gespielt. Er hatte eine ›Legende‹ erschaffen, doch nicht im literarischen, sondern in dem Sinne, wie Spione den Begriff verwendeten. Er hatte einen Hintergrund für die Geschichte erschaffen, von der wollte, dass seine Verfolger sie glaubten. Ein verdammt blutiger Tanz. Ein Tanz, der über Oxford und Paris bis in den hintersten Winkel von Afghanistan führte. Selbst Ali Khan hatte er gezielt darin eingebaut, den schottischen Pakistani mit dem Groll gegen das britische Establishment.

Das ›Große Spiel‹ war zu einem kleinen Spiel geworden, aber zu einem tödlichen. Ein Spiel, erfunden von einem kranken, alten Mann. Es war ein Spiel, das eine Antwort auf eine jener Fragen geben sollte, wie man sie sich bei den Versammlungen der sogenannten ›Gesellschaft der Freunde‹ stellte, gemeinhin als Quäker bekannt: »Wie gedeiht die Wahrheit unter euch?« Es war schon lange her, seit Marcus diese Phrase zum ersten Mal gehört hatte. Sie war religiös motiviert; trotzdem hatte er sie sich zu Herzen genommen und zum Motto seiner Karriere gemacht. Es war sein Bestreben, beide Seiten bei einem Streit zu sehen und sich unterschiedliche Versionen der Geschichte anzuhören, um schlussendlich zur Wahrheit zu gelangen, die häufig von Vorurteilen verschleiert wurde oder manchmal einfach nicht existierte. Versuchte Latimer, ihnen auf seine perverse Art etwas beizubringen? Versuchte er, ihnen eine Lektion zu erteilen, von der er glaubte, die britische Öffentlichkeit werde sie nie vergessen? »Wie gedeiht die Wahrheit unter euch?«

Das Einzige, was offensichtlich aus dem Zimmer fehlte, war der Computer, der ursprünglich auf Latimers Schreibtisch gestanden hatte. Der befand sich nun bei der Kriminaltechnik im Thames House. Doch das wichtigste Stück Information war nicht hinter Firewalls oder in den äußersten Ecken einer verschlüsselten Festplatte verborgen, sondern hatte in großen blutroten Buchstaben auf dem Bildschirm gestanden: »AN DIESEM TAG WERDEN WIR EINE KERZE ENTZÜNDEN.« Kein Wunder, dass der Text Marcus vertraut vorgekommen war. Die Zeile stammte aus einem der sinnreichsten Abschiedstexte der englischen Geschichte. Es waren die letzten Worte, die ein Mann zu einem anderen gesagt hatte, als sie beide am Rand des damaligen Oxford auf einem Scheiterhaufen gestanden hatten, wo sie für ihren Glauben verbrannt werden sollten.

»Seid frohen Mutes, Master Ridley, und spielt den Mann. Durch Gottes Gnade werden wir an diesem Tag eine Kerze in England entzünden, die nie verlöschen soll.«

Es würde also ein Opfer geben, doch nicht das, womit alle rechneten.

30

Nazreem Hashrawi saß wie benommen vor dem 42-Zoll-Plasmabildschirm in einem Raum, den sich mehrere Mitglieder der Sicherheitsteams teilten. Staunend verfolgte sie das prachtvolle, archaische Ritual und war gleichzeitig betäubt von allem, was ihr in den letzten paar Wochen widerfahren war.

Doch immer wieder wanderte ihr Blick von der pompösen Feier auf dem Bildschirm zu einem Computermonitor, wo ein großes Bild des zentralen Teils der Feierlichkeiten zu sehen war: der neuen Krone, jenem unbezahlbaren Stück Schmuck, das extra für diese Gelegenheit angefertigt worden war. Garrad hatte sie gemacht, seit Jahrhunderten der Kronjuwelier der britischen Monarchie. Die neue Krone sollte eine neue Ära symbolisieren, obwohl sie dabei noch genauso traditionell war wie der neue Monarch selbst. Gleichzeitig waren jedoch auch radikal neue Elemente in sie eingebaut, an die die Vorfahren des neuen Herrschers noch nicht einmal im Traum gedacht hätten.

Sie war aus Weißgold gefertigt und wurde wie ihre Vorgänger von einer Kugel und einem goldenen Malteserkreuz gekrönt. Letzteres hatte zum ersten Mal bei der Krönung Charles II. im Jahre 1660 Verwendung gefunden und das alte Kreuz von St. Edward ersetzt. Nachdem sein Vater nämlich hingerichtet und die alte Krone eingeschmolzen worden war, hatte der neue König das Gefühl gehabt, es sei an der Zeit, sein Amt und dessen Symbole neu zu erfinden. Am auffallendsten an der neuesten Krone waren allerdings die scheinbar abstrakten Muster aus

2800 Diamanten zu beiden Seiten des traditionellen Kreuzbügels. Tatsächlich waren sie nämlich keineswegs abstrakt, sondern stellten das Sanskritwort ›Om‹ und das arabische ›Salam‹ dar, Frieden. Auf diese Art, so hoffte man, würde es dem neuen Herrscher gelingen, seinen Respekt vor der Abstammung und der Religion eines Großteils seiner Untertanen zu bekunden.

Und im Zentrum, genommen von der Krone seiner Großmutter in Hommage, prangte der große, schimmernde Stein: der Koh-i-Noor, der Berg aus Licht, ›die Lampe, die die Welt erhellt‹, das größte, verbliebene Fragment des sagenhaften Steins, den der mächtige Sultan Allah-ud-din seinem Onkel abgenommen hatte: Aladins Lampe.

Nazreem starrte ihn wie verzaubert an. Er war ein großer, runder Ball von Licht, der von innen heraus zu strahlen schien. Ein Stein, halb so alt wie die Erde. Ein Stein, der mit einem Fluch behaftet war. Es hieß, nur eine Frau könne ihn tragen, ohne zu Schaden zu kommen. Natürlich wurde dieser Fluch heutzutage als Aberglaube abgetan, doch Nazreem fürchtete, dass er schon bald nur allzu wahr werden mochte.

Auf dem großen Fernseher konnte Nazreem live mitverfolgen, was gerade in der Abtei geschah. Auch dort war die Krone zu sehen. Sie lag auf einem dicken roten Samtkissen und wartete auf den Augenblick, da der Erzbischof von Canterbury sie in Gegenwart von Repräsentanten anderer Glaubensrichtungen hochheben und auf den Kopf des grauhaarigen Mannes setzen würde, der im Gebet vor ihm kniete. Zu welchem Gott der Mann allerdings betete, um ihn nicht zu beleidigen, darüber wagte Nazreem noch nicht einmal zu spekulieren.

Draußen auf der Straße ging ein Keuchen durch die Menge, das Geräusch Zehntausender, die allesamt den Atem anhielten, während sie die Zeremonie auf Großbildleinwänden verfolgten. Hier und da ertönte ein lautes Johlen, doch der Betreffende wurde rasch zum Schweigen gebracht, als wäre die Masse der Bevölkerung, deren Liebe zu der exzentrischen Institution namens Monarchie in den letzten vierzig Jahren immer wieder ins Wanken geraten war, plötzlich wieder vollkommen ihrem Zauber erlegen. Auf dem Bildschirm tauchte ein alter Mann seine Finger in Öl und schmierte es auf die Stirn eines anderen. Es war Öl, das die Jahrhunderte überdauern sollte, und es enthielt die Essenz von Orangen, Rosen, Zimt, Moschus und Ambra.

Dann wich das ehrfürchtige Schweigen donnerndem Applaus, und Musik ertönte. Die Zeit der eigentlichen Krönung war gekommen. Nazreem lief auf den Balkon hinaus. Aus irgendeinem Grund wollte sie plötzlich den Moment mit der Masse unten erleben. Das Klingeln des in ihrer Handtasche vergrabenen Handys hörte sie nicht.

*

Auch Marcus war entgegen aller Absichten und Erwartungen von dem Ereignis in Westminster fasziniert. Selbst auf große Entfernung hatte die Zeremonie etwas Surreales, das ihn zum ersten Mal in seinem Erwachsenenleben die Magie der Monarchie erahnen ließ, obwohl er sein Leben lang überzeugter Republikaner gewesen war. Nun jedoch, da er mit mörderischer Geschwindigkeit durch die westlichen Außenbezirke der Hauptstadt raste, hörte er Georg Friedrich Händels feierliche Musik, die dieser anlässlich der Krönung von Georg II. im Jahre 1727 geschrieben hatte. Im Augenblick verblasste die Bedeutung der Musik jedoch angesichts der Tatsache, dass Nazreem trotz fortgesetzten Klingelns nicht ans Handy ging.

Marcus' erster Instinkt war gewesen, Delahaye anzurufen,

um ihm klarzumachen, was er, Marcus, glaubte, das geschehen würde, und was Delahaye seiner Meinung nach tun solle. Marcus hatte vier Versuche unternommen, um zu dem Mann durchgestellt zu werden, doch ohne Erfolg. Commander Delahaye sei gegenwärtig nicht erreichbar, hatte man ihm immer und immer wieder erklärt. Verdammt noch mal, hatte Marcus die Frau am anderen Ende der Leitung angeblafft, das sei ein ›operativer Notfall‹; doch schon als die Worte seine Lippen verließen, überdachte er das Ganze noch einmal.

Wie standen wohl die Chancen, dass Delahaye ihm überhaupt zuhören würde? Sie tendierten gen null. Delahaye kümmerte lediglich, dass alle möglichen Risikofaktoren eliminiert wurden, und vielleicht hatte er sogar recht damit. Und Marcus folgte schließlich nur einem Bauchgefühl. Dennoch … Er war fest davon überzeugt, dass sein Gedanke der richtige war. Er *wusste* es einfach. Er hatte in das verrückte, ideologische Herz einer Verschwörung geschaut, die so verdreht war, dass nur ein Wahnsinniger sie sich hatte ausdenken können. Ein Wahnsinniger mit einer Vision. Ein Wahnsinniger, der nichts zu verlieren hatte. Ob der Kerl damit Erfolg haben würde oder nicht, lag nun an Marcus … und an diesem gottverdammten Handynetz!

In der Zwischenzeit bewegte sich die Zeremonie ihrem sorgfältig choreografierten Ende entgegen. Marcus versuchte sich das Geschehen vorzustellen, indem er sich die Krönungsbilder der alten Königin ins Gedächtnis zurückrief. Gott, das schien eine Ewigkeit her zu sein. Es war das erste Mal gewesen, dass sich in ganz Großbritannien die Menschen um die Fernseher derer geschart hatten, die sich damals schon einen hatten leisten können. Die Musik im Radio schwoll zu ihrem Höhepunkt an. Oboen, Fagotte, Trompeten und Streicher versuchten nach besten Kräften mit den donnernden Pauken und dem riesigen

Chor mitzuhalten, der langsam, majestätisch und jede Silbe einzeln betonend sang: »Za-dok – the – priest (Pause) Na-than – the – pro-phet annoin-ted Sol-o-mon KING.« Marcus stellte sich die gebeugte, bärtige Gestalt des Erzbischofs von Canterbury vor, der die Krone mit diesem prachtvollen, facettenreichen Diamanten der Verdammnis in die Höhe hob und sie dem neuen König aufs Haupt setzte.

Dann folgte eine kurze, bedeutungsschwangere Pause, in der nur ein Husten und das Rücken eines Stuhls zu hören waren, und der Chor stimmte ein fröhliches »and all the people rejoiced« an. Und dieses »rejoiced« hallte wider und wider und wurde immer lauter und lauter, bis die Menschen riefen: »God save the King! Long live the King! God save the King! May the King live forever!« Marcus konnte nicht anders, als kurz in Erwartung eines mächtigen Knalls die Augen zu bedecken, einer Explosion oder eines Schusses, der die ganze Welt auf den Kopf stellen und heilloses Chaos verbreiten würde. Doch es kam kein Knall, was Marcus tief in seinem Inneren auch gewusst hatte. »Hallelujah!«, sang der Chor in einer langen, beeindruckenden barocken Kadenz. HALLELUJAH! AMEN! Doch es war noch nicht vorbei. Noch lange nicht.

*

Auf dem Balkon des Konferenzzentrums holte Nazreem ihre kleine Digitalkamera heraus und schoss ein Bild der Menge mit dem Portal der Abtei im Hintergrund und dem großen, königlichen Monogramm in Gold darüber. War das wirklich der Beginn eines neuen Zeitalters?, fragte sie sich. Marcus hatte ihr erzählt, dass die Kommentatoren bei der Krönung der letzten Königin, einer jungen, charmanten Frau mit leuchtenden Augen, schon voller Enthusiasmus ein neues Elisabethanisches Zeitalter heraufbeschworen hatten. Damals hatte das Empire noch die halbe Welt umspannt und gerade seine größte Krise überstanden, und die heraufbeschworene nostalgische Erinnerung an jene Zeit, da Shakespeare das Theater revolutioniert und das ›mutige, kleine England‹ die spanische Armada besiegt hatte, hatte den Menschen gut getan. Stattdessen war dieses ›neue Zeitalter‹ jedoch eine Zeit der Rückzüge, ökonomischen Krisen und neuen Lektionen gewesen, was die Rolle einer europäischen Nation von mittlerer Größe im 21. Jahrhundert betraf. Viele hatten diese Lektion bis heute nicht gelernt.

In diesem Fall waren die Kommentatoren jedoch trotz all des Pomps nicht ganz so enthusiastisch. Schließlich war der neue Monarch ja auch schon älter, und mochte er auch noch so gute Absichten haben, blieb er doch von einer schwierigen Vergangenheit belastet. Allerdings erwähnte niemand die vorherigen Träger dieses Namens, alle aus dem 17. Jahrhundert: Der eine war ein lüsterner Taugenichts gewesen, der nach seiner Thronbesteigung fest entschlossen gewesen war, all die Freuden zu genießen, die ihm aufgrund seiner Geburt zustanden, ihm aber im Exil verwehrt geblieben waren. Und der andere, sein Vater, war ein frömmelnder Fanatiker gewesen, dem seine Untertanen den Kopf abgeschlagen hatten. Nein, von diesen beiden sprach im Augenblick wirklich niemand.

Und dann öffnete sich das Portal; die Herolde mit ihren Bannern und die Trompeter traten heraus, und die Menge wurde wild. Die Menschen jubelten und wedelten mit kleinen Papierfähnchen, auf denen das vierteilige Wappen des Hauses Windsor zu sehen war. Nazreem wünschte sich, sie hätte auch so ein Fähnchen. Was sie allerdings hatte, war ein kleines Taschenfernglas, das Maudesley ihr geliehen hatte, kein Vergleich zu seinen

Hightechgeräten, aber es reichte. Nazreem hob es vor die Augen und spähte in die Kirche hinein, in die Dunkelheit, wo goldene Kerzen funkelten. Sie war sicher, sie sehen zu können, wie sie langsam das gotische Kirchenschiff entlangschritten.

Aus dem großen Raum hinter ihr kam eine der jungen Frauen, die bis dahin vor dem großen Bildschirm geklebt hatten, zu Nazreem auf den Balkon gelaufen. Anfang zwanzig und mit blond gefärbtem Haar, spielte sie wohl nur eine kleine Rolle in der ganzen Operation, und so hatte sie Zeit, die Erfahrung zu genießen. Nazreem drehte sich lächelnd zu ihr um und sagte: »Ziemliche Schau, nicht wahr?«

»Ja«, erwiderte die junge Frau. »Einfach magisch.« Und dann: »Nebenbei … Haben Sie Ihr Handy drinnen gelassen?«

»Ja, warum?«

»Das habe ich mir gedacht. Das klingelt schon seit zwanzig Minuten.«

31

Es war Maudesley, der ihn als Erster entdeckte, und das genau im richtigen Moment. Fast. Just in dem Augenblick, da sich das Kirchenportal öffnete und die Fanfaren erschallten, die eine Mikrosekunde später wie ein Echo auch aus den Lautsprechern am Parliament Square kamen, ertönte ein Warnton in Maudesleys Ohrstecker. Da war er. Der alte Mann. Der Professor stand in der dritten Zuschauerreihe hinter einer Absperrung vor der Westminster School, knapp fünfzig Meter vom Kirchenportal entfernt. Es schien fast so, als *wolle* er gesehen werden, als sei es ihm egal, ob er entdeckt wurde oder nicht, denn der Mann in dem dunklen, schweren Dufflecoat schlug plötzlich die Kapuze zurück, und sofort gab die Gesichtserkennungssoftware, die Bilder aus einem Dutzend Kameras verarbeitete, Alarm.

Doch in diesem Fall wäre das gar nicht nötig gewesen. Während der letzten achtundvierzig Stunden hatte sich Maudesley die täuschend gutmütigen Züge des Professors eingeprägt, der für ihn nun die Verkörperung des Bösen schlechthin darstellte. Dabei hatte ihm seine Ausbildung bei der SAS geholfen. Damals hatte man ihm beigebracht, das Böse selbst in den freundlichsten Augen und dem breitesten Lächeln zu sehen, und ihn ermahnt, im entscheidenden Augenblick nur noch ›Ziel erfasst‹ zu denken, und es dann zu eliminieren. Diese Art des Denkens hatte ihn bis jetzt noch nie im Stich gelassen.

Als der Warnton nun immer lauter wurde und das kleine orangefarbene Zielerfassungsrechteck zu flackern begann, wechselte Maudesley von dem elektronischen Fernglas zum Zielfernrohr seiner Schmidt und Bender und dachte darüber nach, Latimer sofort auszuschalten und mit ihm die Gefahr, bevor das Ganze eskalieren konnte. Dann ertönte erneut ein Softwaresummen in seinem Ohr, doch diesmal war es ein anderer Ton, der bedeutete, dass auch Eagletons Fernglas etwas erfasst hatte. Maudesley griff wieder zu seinem Fernglas und sah das Mädchen: dunkles Haar, halb von einem Kopftuch verdeckt, aber kein Schleier. Sie stand dem Professor direkt gegenüber. Auch sie trug einen Mantel, der viel zu voluminös für ihre offenbar schmale Gestalt war. Viel zu voluminös, weil sich ein Gürtel mit Plastiksprengstoff darunter verbarg? Dieses Risiko hatten sie nicht vollends eliminieren können. Zwar war das ganze Areal vierundzwanzig Stunden im Vorfeld mit Metalldetektoren abgesucht worden, doch kurz vor der Zeremonie waren viel zu viele Menschen auf den Platz geströmt, als dass man Sprengstoffspürhunde hätte einsetzen oder gar auf Leibesvisitationen hätte zurückgreifen können. Aber da fehlte noch was: ein dritter Mann … oder eine dritte Frau. Sie wussten nicht, wie er oder sie aussah.

Und dann, wie als Antwort auf Maudesleys Gebete, ertönte ein dritter Warnton in Maudesleys Ohr.

*

»Wir haben ihn«, verkündete Caroline Shipp triumphierend. Sie und ihre Abteilung hatten die letzten vierundzwanzig Stunden durchgearbeitet und per Computer jede E-Mail von Veteranenselbsthilfegruppen im ganzen Land durchkämmt, besonders von jenen, mit denen Latimer Kontakt gehabt hatte. Tausende von E-Mails waren per Computer nach Stichworten abgesucht worden, die irgendwie in Verbindung zum Aladincode standen, der Krönung oder Namen und Dienstnummern bekannter Deserteure. Alles von Bedeutung war in Klartext übertragen worden – besonders, wenn es ursprünglich verschlüsselt gewesen war –, um dann von speziell dafür ausgebildeten IT-Agenten analysiert zu werden. Daraus war eine Liste von fünf Männern entstanden im Alter zwischen 22 und 34, die allesamt im Irak gedient und unter Traumata gelitten oder sich der Insubordination schuldig gemacht hatten und gegenwärtig entweder unerlaubt von der Truppe fernblieben oder auf Heimaturlaub waren. Dann hatte man ihre Dienstakten herangezogen und die biometrischen Daten in die Gesichtserkennungssoftware eingegeben, die Zentral-London überwachte. Schließlich hatte man den Alarmstatus auf ›Rot‹ gesetzt.

Und nun war dieser Alarm ausgelöst worden. Zweimal sogar. Aber nur einer davon zählte. Der erste Alarm galt Sergeant Charles ›Chuck‹ Rymer, der sich unerlaubt von der Truppe entfernt hatte. Er war gut zwanzig Minuten nach Beginn der Krönungszeremonie gemeldet worden. Rymer hatte sich für die anstehende Tour bei seiner Einheit in Basra nicht mehr zurückgemeldet. Nun hockte er in einem Pub in Notting Hill und hatte die Hand in der Bluse einer falschen Blondine mit zu viel Make-up, die die Zunge gar nicht mehr aus Chuck Rymers Hals bekam. Er war also nicht weiter von Bedeutung ... obwohl die alarmierte Militärpolizei ihm wahrscheinlich den Nachmittag verderben würde.

Der zweite, wichtigere Alarm war erst vor wenigen Sekunden ausgelöst und sofort an die Männer mit den elektronischen Ferngläsern auf den Dächern weitergeleitet worden. Diesmal ging es um einen Lieutenant James Harding, ein ehemaliges Mitglied des Nachrichtenkorps, der fließend Arabisch sprach.

2006/7 hatte er beim 6. Fallschirmjägerregiment im Irak gedient, und in dieser Minute stand er inmitten einer Gruppe von Kriegsveteranen, den sogenannten ›Walking Wounded‹, also Kriegsversehrten, deren Verletzungen nicht so schlimm waren, dass sie auf die Öffentlichkeit abstoßend gewirkt und im schlimmsten Fall die Kriegsmüdigkeit geschürt hätten. Abgesehen von dem einen mit der Augenklappe sahen sie aus der Entfernung eigentlich recht gesund aus; doch durch ein Zielfernrohr betrachtet, bot sich einem ein anderes Bild. Was wie wächserne Haut auf zwei rechten Händen aussah, waren in Wirklichkeit Prothesen unter den Ärmeln der grauen Nadelstreifenanzüge, und ein anderer hatte Mühe, gerade zu stehen, da ein Bein kürzer war als das andere.

Harding war jedoch tatsächlich gesund ... äußerlich jedenfalls. Seine Dienstakte erzählte eine andere Geschichte: unehrenhafte Entlassung, unzuverlässig, psychologische Probleme. Ohne Beweise dafür zu haben, hatte er erklärt, 2007 in Falludscha – er hatte dort Undercover gearbeitet – gesehen zu haben, wie außer Kontrolle geratene US-Soldaten Rache an zwei irakischen Familien genommen hätten, einschließlich Frauen und Kinder; angeblich hätten diese Familien mit Aufständischen in Verbindung gestanden. Er hatte behauptet, insgesamt fünfzehn ›Exekutionen‹ persönlich mit angesehen zu haben. Man hatte jedoch nie einen Beweis dafür gefunden. Der zuständige US-Colonel hatte erwidert, seinen Berichten zufolge identifiziere sich Harding ein wenig zu sehr mit den Einheimischen und habe Truppenbewegungen verraten. Harding wurde nach Basra zurückbeordert. Zwei Monate später verfolgten FBI-Agenten in Bagdads Grüner Zone kinderpornografische Dateien zu einem Computer zurück, der regelmäßig von Harding benutzt wurde, und weitere zwei Monate später wurde er unehrenhaft entlassen.

Konnte man darauf einen Verdacht begründen? War das ein Rachemotiv? Seine Personalakte beschrieb ihn als eins neunzig groß, 82 Kilo schwer und durchtrainiert. Doch nun stand er dort vornübergebeugt und trug einen weiten Mantel, in den ein Mann von seiner Statur zweimal hineingepasst hätte … oder ein Mann, der eine schwere Last trug. Shipp beobachtete, wie Harding ein Handy aus der Tasche holte und einen Anruf tätigte. Sofort befahl sie, alle Gespräche zu verfolgen, die über diesen speziellen Netzknoten gingen; doch die Mühe hätte sie sich sparen können. Auf dem gegenüberliegenden Bildschirm lächelte Harry Latimer, griff nach seinem eigenen Handy und nahm einen Anruf entgegen. Bingo!

*

Oben auf dem Dach entfernte Maudesley alles überflüssige Geplapper aus den sicheren Kanälen. Nun hatte er nur noch Kontakt zu zwei Kollegen, die jeweils einen Verdächtigen im Visier hatten, sowie zu Sebastian Delahaye im Kontrollraum. In kaltem, hartem Tonfall schnappte Delahaye: »Alpha ist klar. Wie sieht es mit Beta und Gamma aus? Ich will ein klares Schussfeld. Keine Kollateralschäden! Nur ein Schütze pro Ziel. Haltet euch zurück, bis ich den Befehl gebe, es sei denn, etwas steht kurz bevor. Sofortiges Handeln, wenn Situation klar. Ich wiederhole: *nur* wenn Situation klar, dann aber sofort.«

Damit hatten die Scharfschützen die Freigabe bekommen, ihre Ziele nach eigenem Ermessen auszuschalten, sollten diese irgendein feindliches Verhalten zeigen. Die drei Schützen waren hervorragend ausgebildet; sie waren die Besten. Aber Delahaye wollte keine Fehler – und er wollte kein Risiko eingehen. Das Ziel war, alle drei gleichzeitig auszuschalten, damit kein Schuss die anderen warnen konnte. Sollte es sich wirklich um Selbstmordattentäter handeln, mussten alle drei synchron fallen. Den Schützen hatte dabei eines klar zu sein: Das da unten waren keine Menschen, sondern Zielscheiben auf einer Schießbahn. *Entmenschliche die Killer, so wie sie diejenigen entmenschlichen, die sie ermorden wollen:* Das war das erste Gebot des Tötungsgewerbes.

»Auf meinen Befehl«, sagte Delahaye in Maudesleys Ohr und in die Ohren der anderen beiden Schützen. »Wenn wir alle drei gleichzeitig ausschalten können – und ich habe alle drei auf dem Bildschirm vor mir –, dann Feuer.«

In dem Raum unten, seltsam losgelöst von der realen Welt, beobachtete Delahaye, wie das tödliche Trio sich von denen um sie herum löste. Das war seltsam für Selbstmordattentäter. Normalerweise wählten sie das größte Gedränge als Ziel. Aber so minimierte sich zumindest das Risiko von Kollateralschäden.

Zwei Stockwerke über ihm beobachtete Maudesley, wie sein Ziel sich aus der Menge löste, die in Richtung des königlichen Paares drängte. Der Professor ging nach hinten, zur Tür der Westminster School. Das war eine perfekte Gelegenheit, fast zu gut, um zu warten. Und es war definitiv nicht der Moment, da er hören wollte, wie jemand seinen Namen rief, und das nicht in seinem Ohrstecker, sondern ein paar Meter entfernt. Es war Nazreem Hashrawi, die in völlig unpassenden Schuhen auf dem nassen, schlüpfrigen Dachsims balancierte. »Si! Si!« Sie schrie ihn förmlich an. Und dann verlor sie den Halt und fiel.

32

Als Nazreem ihr Handy aus den Tiefen ihrer Handtasche hervorkramte, die sie auf dem Fernsehsessel liegen gelassen hatte, verstummte es kurz. Sie rief die verpassten Anrufe auf und eilte auf den Balkon zurück.

»Ein Kerl, stimmt's?«, sagte die junge Frau. »Wenn ich mir die Typen ansehe, die ich so kenne, will er Ihnen vermutlich sagen, dass seine Mannschaft ein Tor geschossen hat.«

Nazreem lächelte sie kurz an und sah dann, dass sie nicht weniger als zwölf verpasste Anrufe hatte, alle von Marcus. Sie wollte gerade die Rückruftaste drücken, als das Handy wieder zum Leben erwachte. Die junge Frau verzog das Gesicht wegen des unmodernen Klingeltons von Nazreem.

Nazreem hob das Handy ans Ohr.

»Gott sei Dank«, platzte Marcus Frey heraus. »Wo zum Teufel warst du? Nein. Vergiss es. Egal. Hör zu. Es ist wichtig. Sind Delahaye oder Maudesley bei dir?«

»Nein, sie sind …«

»Vergiss es. Kannst du zu ihnen? Es ist dringend.«

Nazreem schaute zum Dach hinauf, von wo aus Simon Maudesley die Menge im Auge behielt. »Ja, ich glaube schon, aber …«

»Kein Aber.« Marcus schrie förmlich. »Sag ihm, er soll sein Team zurückpfeifen. Sie tragen keine Waffen, keinen Sprengstoff, gar nichts.«

»Ich verstehe nicht. Warum dann …?«

»Es ist … Es ist …« Kurz fehlten Marcus die Worte. »Es ist … Ich weiß nicht … symbolische Politik. Es ist verrückt.«

»Aber … aber sie werden getötet werden.«

»Darauf zählen sie ja. Du musst sie aufhalten. Sag Maudesley Bescheid.« Dann fügte er nach kurzer Pause hinzu: »Bitte, sag es Si. Auf dich wird er hören.«

Nazreem erkannte erschrocken, was es Marcus kostete, das zu sagen. Sie schaute wieder zum Dach hinauf, wo sie Glas in der Sonne funkeln sehen konnte. Ein Fernglas vielleicht … oder das Zielfernrohr eines Scharfschützengewehrs. Es geschah. Er hatte sie im Visier. Wenn sie irgendetwas unternehmen wollte, dann jetzt.

Das Mädchen neben ihr tippte ihr auf den Arm, deutete nach unten und sagte: »Schauen Sie. Sie winken wieder. Sehen Sie mal die süßen kleinen Kinder in der ersten Reihe …« Nazreem stieß sie grob beiseite.

»Was zum …?«, war alles, was die junge Frau wütend hervorbringen konnte, als Nazreem das Balkongeländer packte, sich auf den Betonsims hinaufzog und sich gefährlich langstreckte, um die Leiter zu packen, die zum eigentlichen Dach hinaufführte.

»Sind Sie verrückt?«, hörte Nazreem die Frau unter sich rufen. »Kommen Sie da runter. Sie werden sich noch umbringen.« Nazreem zog sich die Sprossen auf das Flachdach hinauf. Auf der anderen Seite drehte einer der Beobachter sich zu ihr um, sah sie und richtete kurz instinktiv die Waffe in ihre Richtung; dann plapperte er irgendetwas in sein Minimikrofon. Links vor Nazreem, nur einige Meter entfernt, kniend und mit der Waffe im Anschlag, schaute Si Maudesley sie entsetzt an und winkte ihr wild, wieder runterzuklettern. Doch Nazreem hielt weiter auf ihn zu. Sie rannte nun fast, und ihre

Füße platschten gefährlich über den feuchten, schlüpfrigen Sims.

»Si!«, rief sie. »Si! Nicht schießen!« Doch ihre letzten Worte verhallten, als sie ausrutschte, den Halt verlor und fiel, sodass sie kurz dachte, sie würde über die Dachkante stürzen. Stattdessen landete sie jedoch neben dem Dreibein von Si Maudesleys Scharfschützengewehr. Er hatte sich der Länge nach hingeworfen, um sie wie ein Rugbyspieler zu Boden zu bringen, und sich dabei an der harten Dachkante gestoßen.

»Was zum Teufel …?«, fluchte er, richtete dann etwas in seinem Ohr und wandte sich wieder dem Zielfernrohr zu. »Schon okay«, sagte er. »In Stellung. Bereit.« Er sprach mit der Stimme in seinem Kopf, wer auch immer das am anderen Ende war. Delahaye vermutlich.

»Verstanden«, sagte er.

»Si«, begann Nazreem, »hört auf. Das dürft ihr nicht. Sie sind nicht bewaffnet. Marcus sagt das. Das ist alles ein Fehler. Eine Art Spiel.«

Maudesley schenkte ihr keine Aufmerksamkeit. Er bewegte lediglich den Lauf seiner Waffe ein, zwei Millimeter.

Auf den Bildschirmen, zwei Stockwerke unter ihnen, hatte Sebastian Delahaye voller Staunen und angespannter Freude beobachtet, wie alle drei Ziele sich aus der sie umgebenden Menge gelöst hatten, als wäre das abgesprochen. Vor der Abtei fuhren die königlichen Kutschen in Formation vor, eskortiert von den Blues and Royals mit ihren langen Mänteln, die bis über die Hintern ihrer prachtvollen Pferde fielen. Überall drängten die Zuschauer nun nach vorn. Der Druck auf die Absperrungen und die Polizei davor stieg. Mit Shipp an seiner Seite beobachtete Delahaye, wie das Mädchen mit dem Kopftuch nun ebenfalls zum Handy griff. Latimer und Harding telefonierten immer noch. Ein anderer Anruf? Es sah nicht so aus. Alle drei nickten gleichzeitig. Eine Konferenzschaltung. Das war heutzutage leicht. Delahaye bellte in sein Kehlkopfmikrofon: »Aktion steht unmittelbar bevor! Feuern, wenn bereit!«

*

Nazreem packte den Lauf von Si Maudesleys Gewehr. Wütend wirbelte er zu ihr herum. »WAG ES NICHT!«, spie er. Funken sprühten aus seinen Augen, als er sie beiseitestieß, doch das war nichts im Vergleich zu dem flehenden Feuer in ihren. Sie wusste nun, dass Marcus recht hatte und dass sie eine Tragödie vermeiden musste. »Si, um der Liebe … egal«, plapperte sie. »Hör mir zu. Man hat dich hinters Licht geführt, dich zu einem Mörder gemacht. Du hast schon einmal für mich getötet, ein Mitglied meiner Familie, und fast auch ein zweites Mal. Aber damit hast du mir das Leben gerettet, das weiß ich. Und jetzt sage ich dir, dass das hier *meine* Verantwortung ist. Tu das nicht! In zehn Sekunden, in zwanzig … Es wird nichts geschehen. *Nichts* … Es sei denn, du sorgst dafür.«

In der Ferne war ein dumpfes Plopp zu hören, gefolgt von einem lauten Schrei. Maudesley blickte durchs Fernrohr. Der alte Professor hatte die Augen geschlossen, das Handy am Ohr und hielt die andere Hand mit der Handfläche nach oben, als bete er. Beten und warten.

»Nicht feuern! Beta, Gamma, ich wiederhole: *nicht* feuern!«, schnappte Maudesley, ohne zu wissen, warum. Er schwenkte das Zielfernrohr zu der jungen Frau mit dem Kopftuch. Sie stand noch immer da, auch sie mit dem Telefon am Ohr, die Augen geschlossen und das Gesicht zum Himmel erhoben. Weit entfernt hörte Maudesley das Heulen einer Krankenwagensirene inmitten des Glockengeläuts und des Jubels der Menge. Delahaye krächzte in seinem Ohr: »Gamma hat Ziel erledigt. Alpha, Beta, was ist das Problem, verdammt?«

»Abbrechen!«, sagte Si Maudesley und schaute kurz zu Nazreem, die einen hoffnungsvollen und panischen Ausdruck zugleich auf dem Gesicht hatte. »Abbrechen«, wiederholte Maudesley mit fester Stimme und sah Tränen über Nazreems Wangen laufen. Er wandte sich wieder dem Zielfernrohr zu und nickte, als eine Stimme in seinem Ohr sagte: »Hier Beta. Abbruch bestätigt.« Dann, leiser: »Ziel Gamma bereits eliminiert. Kein Abbruch möglich. Wiederhole: kein Abbruch möglich.«

33

Draußen regnete es. Oder auch nicht. Das hing davon ab, wo man hinschaute. Eine düstere Kaltfront kam von Schottland herunter und trieb Schnee über die Prince Street von Edinburgh. Das konnte man unter anderem über die Kameras an der Ecke zum Kaufhaus Jenner und an der Redaktion des *The Scotsman* sehen. In Oxford war jedoch ein wenig blauer Himmel über den Türmen des All Souls zu sehen, zumindest von den Kameras auf der Catte Street aus betrachtet und an der Ecke zur High Street sowie dem Gebäude der Examination School auf der anderen Seite. In London wiederum regnete es stetig, ein hartnäckiges Nieseln, das alles und jeden durchdrang und das von jeder der 250 000 Kameras eingefangen wurde, die das Straßenleben in Großbritanniens Hauptstadt beobachteten. Eine gleiche Zahl von Kameras registrierte jedoch nichts dergleichen, denn sie waren in Gebäuden angebracht oder unter der Erde.

Marcus Frey versuchte, die drei sich bewegenden Bilder an der Wand von Sebastian Delahayes Büro zu ignorieren. Das Einzige, was sie ihm von dem Wetter draußen vermittelten, war eine deutlich spürbare Kälte. In den zwei Wochen seit der Krönung hatte er seine eigenen Nachforschungen angestellt, was die Ereignisse jenes Tages und der Wochen betraf, die dazu geführt hatten. Und er war nicht beeindruckt gewesen. Nazreem und er saßen dem Geheimdienstmann an dem breiten Konferenztisch gegenüber und schwiegen.

»Der Mann ist natürlich verrückt«, sagte Delahaye gerade zu Caroline Shipp, die in ihrer typischen, katzenhaften Art auf und ab lief. Dann drehte er sich zu Marcus und Nazreem um. »Es ist mir ehrlich gesagt ziemlich peinlich, dass ich Ihnen für nichts so viel aufgebürdet habe. Aber«, er zuckte mit den Schultern, »die Dinge, die wir durchstehen müssen, garantieren nun mal die Sicherheit des Staates.«

»Ich denke, das ist genau das, worum Latimer sich solche Sorgen gemacht hat: dass unser Land zu einem Überwachungsstaat geworden ist. Zu einem Überwachungsstaat, der noch nicht einmal weiß, wie er mit den riesigen Datenmengen umgehen soll, die er sammelt.«

»Wir kommen schon zurecht.«

Marcus rollte mit den Augen.

»Mal auf persönlicher Ebene ...«, sagte Marcus. »Latimers Frau ist dreimal auf Gebärmutterhalskrebs untersucht worden. Jedes Mal war der Test positiv, doch irgendwo in den Computern des National Health Service sind die Ergebnisse vertauscht worden. Als man sie schließlich über den Fehler informierte, war sie schon tot.«

»Tragisch.«

»Das könnte man sagen. So ziemlich das Gleiche ist auch mit Latimers eigenen Daten passiert, nur dass ihn das zu guter Letzt nicht mehr kümmerte. In der Zwischenzeit hatte er Selma und Jim Harding kennengelernt, und es machte ihn krank, was ihnen widerfahren war und was der Gesellschaft noch in weit größerem Ausmaß widerfuhr.«

»Ein durchgeknallter Soldat und eine Terroristensympathisantin? Mir blutet das Herz.«

»Durchgeknallt?« Marcus schlug ein kleines, in Leder eingebundenes Notizbuch auf. »Harding wurde von der Polizei wegen des angeblichen Downloads von kinderpornografischem Material auf einen Computer untersucht, zu dem er im Irak Zugang hatte. Interessanterweise sind diese Anklagen erst vorgebracht worden – und zwar von den Amerikanern wohlgemerkt –, nachdem man eine Disziplinarstrafe gegen ihn verhängt hatte, weil er irgendwelche Geschichten über Grausamkeiten von US-Soldaten erfunden haben soll.«

»Diese Vorwürfe sind nie von unabhängiger Seite bestätigt worden, und der Mann, der sie vorgebracht hat, hatte Sympathie für die Aufständischen entwickelt«, warf Caroline Shipp ein.

»Sie sind von einem Offizier mit tadelloser Dienstakte vorgebracht worden, der fließend Arabisch sprach und Undercover gearbeitet hat.«

Delahaye zuckte mit den Schultern. »So oder so, der Fall ist jetzt geschlossen.«

Marcus konnte sich nur mit Mühe zurückhalten, dem Mann nicht ins Gesicht zu spucken. »Und? Was passiert jetzt mit Selma Mahmud?«, fragte er.

»Wir werden uns die Beweise gegen sie ansehen müssen.«

»Was denn für Beweise?«, erwiderte Marcus brüsk.

»Ihr Bruder war mit den Selbstmordattentätern involviert, die im Juli 2005 sechsundfünfzig Menschen in London getötet haben. Er war der Mann, der kurz vor Weihnachten erschossen wurde, weil er sich der Verhaftung widersetzt hatte. Ich glaube, Sie konnten das aus der ersten Reihe beobachten. Wir haben geglaubt, zu dem Zeitpunkt sei er bereits ›scharf‹ gewesen, dass er sich jeden Moment in die Luft sprengen würde. Hätte er das allerdings getan, würden wir jetzt nicht dieses Gespräch führen. Dann wären *Sie,* mein lieber Herr Professor Frey, nämlich nicht mehr hier.«

»Aber er hatte keinen Sprengstoffgürtel, nicht wahr?«

Delahaye sah ihn schief an.

»Was macht Sie da so sicher?«

Marcus fuhr fort, als hätte er Delahaye nicht gehört. »Deshalb ist das Ganze auch nicht öffentlich geworden, stimmt's? Von wegen ›schlecht für die öffentliche Moral‹ und dann so kurz vor Weihnachten und der Krönung. Hätte er eine Bombe bei sich gehabt, hätten Sie das so laut hinausposaunt wie nur irgend möglich. Ein weiterer großer Erfolg für die Nachrichtendienste und ein weiterer Boost fürs Budget in diesen wirtschaftlich angespannten Zeiten.«

»Wie es der Zufall will«, sagte Delahaye, »haben wir ihn früh genug erwischt. Bei einem Probelauf. Das stellt nicht die Entscheidung in Frage, ihn zu eliminieren.«

Marcus war seine Verachtung deutlich anzusehen. »Sind Sie sicher?«

»Absolut.«

»Und sind Sie sich auch sicher, dass er sich der Verhaftung widersetzt hat? Für mich sah das nämlich nicht so aus, als hätte er auch nur die geringste Chance gehabt, sich zu ergeben. Als Ihre Schläger durch die Tür gestürmt sind, war er schon so gut wie tot.«

»Und?« Nun lag Gift in Delahayes Stimme. »Wir hatten Informationen, die ihn mit einem islamistischen Terrornetzwerk in Verbindung brachten.«

»›Verbindung‹ heißt nicht notwendigerweise ›Mitgliedschaft‹, in jedem Fall nicht vor Gericht.«

»Ich bin nicht sicher, worauf Sie hinauswollen.« Das Gift war nun Langeweile gewichen, als sei Delahaye ein Lehrer und hätte es mit einem besonders zurückgebliebenen Kind zu tun.

»Was, wenn er versucht hat, selbst mit ihnen fertig zu werden? Was, wenn er versucht hat, mit ihnen zu reden, sie kennenzulernen. Was, wenn er Sympathie mit ihrer sogenannten ›Sache‹ geheuchelt hat, ihrer brutalen Vorstellung von Religion, doch nicht, weil er damit übereingestimmt hat, sondern weil er es hasste?«

»Warum hätte er das denn tun sollen?«

»Um den Mann zu finden, der die Befehle gibt. Den Mann, der leicht zu beeindruckenden jungen Muslimen befiehlt, sich selbst und andere umzubringen, jungen Männern voller Hass auf die britische Gesellschaft, die sie ausschließt.«

»Wie kommen Sie darauf, dass er nur so getan hat, als wäre er einer von ihnen?«

»Vielleicht ist die Abscheu, die Ibrahim Mahmud gegen das empfand, was er rundheraus amerikanischen Imperialismus, gestützt von britischen Schlägern nannte, ja gegen den Hass verblasst, den er auf jene empfand, die seine Schwester haben steinigen lassen, weil sie ein eigenes Leben hatte führen wollen. Weil sie keine Jungfrau mehr war und weil sie den Fehler begangen hatte, sich in einen verheirateten Mann zu verlieben.«

Delahaye blinzelte. Hörte er das zum ersten Mal? Marcus war sich nicht sicher.

»Die gleichen Leute«, fuhr Marcus fort, »die seinem Vater die Kehle durchgeschnitten haben, als er versucht hat, sie zu retten. Sie haben ihn einen Apostaten genannt und einen Feind Gottes. Das ist der Grund, warum er wieder nach Pakistan gefahren ist: um die Trümmer seiner Familie zusammenzukehren und seine jüngste Schwester von alldem wegzubringen. Sie sollte an einer der größten Universitäten der Welt studieren, in dem Land, von dem er glaubte, es sei das Land der Freien.«

»Wo zum Teufel haben Sie plötzlich all diese Ideen her?«, fragte Delahaye.

»Hierher. Das ist Dr. Latimers Tagebuch«, antwortete Marcus. Er hielt den schmalen Band in die Höhe, den er vor einer Woche in seinem Briefkasten gefunden hatte, kurz vor der Krönung als Standardpäckchen versandt und in dem sicheren Wissen, dass es mindestens vier bis fünf Tage dauern würde, bis es ankam.

»Wo haben Sie das her? Das ist wichtiges Beweismaterial!«

»Ich weiß«, sagte Marcus und übergab freiwillig das Buch. »Ich habe davon Kopien angefertigt. Nicht dass sie mir, ihm oder irgendeinem von uns viel nützen würden …«

»Wie das?«

»Weil es nicht funktioniert hat, oder? Sie haben das sicher schon durchdacht.« Das war offensichtlich. »Latimer ist krank, körperlich und vielleicht auch geistig. Aber er ist zu dem Schluss gekommen, dass das moderne Großbritannien vielleicht noch viel kränker ist. Er war überzeugt davon, dass Sie sie alle drei ausschalten würden. Dass Sie genau das in seinen komplexen Plan hineinlesen würden, was Sie auch hineingelesen haben. Und mich hat er da auch noch eingearbeitet. Er hat mich nicht nur als Bauern benutzt, sondern zum Schluss sogar zum Star der Vorstellung gemacht. Nur dass ich nicht ganz so gespielt habe, wie er gehofft hat.«

»Das heißt?«

»Ich hätte nicht verhindern sollen, dass sie erschossen werden. Ich hätte das hier bekommen sollen«, Marcus deutete auf das Tagebuch vor Delahaye, »und erst jetzt erkennen dürfen, was geschehen war. Er hat auch die Namen von Journalisten aufgelistet, die ebenfalls über den Verlust der Bürgerrechte in diesem Land besorgt sind. Tot, unbewaffnet erschossen und ohne einen anderen Grund als eine vage Verschwörungstheorie, wären sie zu Märtyrern geworden. Genauso hatte er sich das vorgestellt. Ihr Martyrium hätte zu einer eingehenden Überprüfung der Sicherheitsdienste in diesem Land geführt und vielleicht – aber nur vielleicht – auch zu einer Wende in der immer weiter fortschreitenden Überwachungskultur.

Er hat sich auf mich verlassen, aber ich habe es verbockt. Ich habe ihm das Leben gerettet, sodass er im Gefängnis verrotten muss, anstatt zum Märtyrer zu werden.«

»Sie wissen nicht, ob irgendetwas davon stimmt«, sagte Delahaye. »Der alte Mann hat sich das alles nur ausgedacht. So sind wir ja überhaupt erst auf die Sache aufmerksam geworden.«

»Hat er? Oder haben *wir* uns das alles ausgedacht? Und dann haben wir Indizien gefunden, die unsere Fantasie bestätigt haben. Machen das nicht Ihre Datenschnüffler? Jede Kleinigkeit des Privatlebens anderer ausgraben? Sie sehen den Wald vor lauter Bäumen nicht. Sie suchen nach Teilen, nie nach dem Ganzen. Aber das müssen sie auch nicht, denn Leute wie Sie haben schon lange entschieden, wie das Holz aussehen muss, bevor Sie auch nur anfangen, nach den Bäumen zu suchen.

Und so können Sie es am Ende stets so aussehen lassen, wie Sie wollen. Das sind Humpty-Dumpty-Argumente, Worte, die genau das meinen, was *Sie* wollen. Aber Sie haben den Kinderreim offenbar nicht zu Ende gelesen. Er fällt nämlich von der Mauer, wissen Sie? Wie geht das noch? ›Auch der König und all seine Mannen, brachten Humpty nicht mehr zusammen.‹«

»Sie vergessen die Verbindung nach Frankreich«, sagte Delahaye. »Die Algerier. Die HAJ.«

»O ja, das ist vermutlich das klassische Beispiel dafür, dass Menschen wie Sie einfach nur sehen, was sie sehen wollen. Die

HAJ, wie Ihnen der gute Monsieur Thomson inzwischen sicher gesagt hat, ist mehr eine Menschenrechtsorganisation und Selbsthilfegruppe als eine terroristische Vereinigung. Sie haben sich bereit erklärt, Latimer zu helfen, weil sie der Überzeugung sind, dass westliche Sicherheitsbehörden von Vorurteilen geleitet werden. Sie haben allerdings geglaubt, er würde übertreiben. Hätten Sie ihn und das Mädchen getötet, hätte ihm das jedoch recht gegeben. Zu guter Letzt haben Sie nur einen der Ihren getötet ...«

»Ich bin nicht so sicher, ob er noch einer von uns war. Sie? Seine Erfahrungen im Irak haben Harding arg mitgenommen. Außerdem könnte man durchaus sagen, dass er sich selbst getötet hat. Tatsächlich sagt man das sogar schon. Hier.« Delahaye schob Marcus ein Exemplar der *Times* zu und schlug es auf Seite 17 auf.

Marcus schaute sich den Artikel an. »Das Verteidigungsministerium hat bestätigt, dass es sich bei dem Mann, der an der Wegstrecke der Krönungsprozession eines gewaltsamen Todes gestorben ist, um Lieutenant James Harding vom 6. Fallschirmjägerregiment gehandelt hat. Harding war unter den Verwundeten aus dem Irak, die an der Zeremonie teilgenommen haben, als er sich plötzlich von seinen Kameraden gelöst und eine Pistole auf sich selbst gerichtet hat. Laut dem Verteidigungsministerium war Harding ein Soldat mit ›ernsten Problemen in seinem Privatleben‹, der aus dem aktiven Dienst entlassen worden war. Allerdings, so wurde betont, hat er zu keiner Zeit eine Gefahr für andere dargestellt.«

Marcus schnaubte verächtlich. »Sie glauben doch nicht, dass die Leute das schlucken werden, oder? Da müssen mindestens zwanzig Veteranen gewesen sein, die gesehen haben, wie er abgeknallt worden ist – und zwar von einem Hochgeschwindigkeitsgeschoss aus einem Scharfschützengewehr. Die Untersuchung wird das belegen.«

»Und auch da bin ich mir nicht so sicher. Seine Kameraden sind allesamt loyale Soldaten, die den Gedanken als äußerst peinlich empfinden würden, sollte einer aus ihrem Regiment Verrat begehen. Und um Gedanken und Ideen geht es ja schließlich hier, nicht wahr? Ich nehme an, das Verteidigungsministerium wird die Untersuchung hinter verschlossenen Türen durchführen, aus Sicherheitsgründen. Und ich bin sicher, das Urteil wird zufriedenstellend ausfallen, alles im öffentlichen Interesse.«

»Und Latimer? Ich nehme nicht an, dass Sie ihn vor Gericht lassen werden, oder?«

Delahaye schnaubte. »Nein, das glaube ich nicht. Sie? Natürlich könnten wir ihn wegen der unterschiedlichsten Dinge drankriegen. Verschwendung von Polizeizeit, wenn schon nichts anderes. Aber im Augenblick wird er erst einmal unter dem Terrorismusbekämpfungsgesetz festgehalten. Das gibt uns sechs Wochen Zeit. Das sollte reichen.«

»Sie zynischer Bastard. Laut seinem letzten Untersuchungsbericht kommt das lebenslänglich gleich. Eine ziemlich harte Strafe für das ›Verschwenden von Polizeizeit‹.«

Erneut zuckte der Mann vom MI5 mit den Schultern. »Soweit es mich betrifft, gilt: Je eher die ganze Sache begraben und vergessen ist, desto besser. Und wenn das auch wörtlich so ist, dann beschwere ich mich nicht. Dieser Kerl wollte sich einen Namen machen, in die Geschichte eingehen. Wir werden dafür sorgen, dass man ihn vergisst.«

»Das wird man nicht« erwiderte Marcus. »*Ich* werde mich an ihn erinnern.«

Abermals zuckte Delahaye mit den Schultern.

»Das bleibt Ihnen überlassen, Professor Frey. Wir alle haben das Recht auf private Erinnerungen ... zumindest für den Augenblick.« Er lächelte. »Kleiner Scherz.«

Marcus schenkte ihm zur Antwort sein bestes freudloses Lächeln.

»Was ist mit dem Mädchen?«, fragte Nazreem. »Selma?«

»Ich nehme sehr stark an, dass man sie wieder nach Pakistan abschieben wird.«

»Was erwartet sie denn dort für ein Leben?«

»Ich fürchte, das ist nicht mein Problem. Jaja, Ende gut, alles gut, nicht wahr? Offenbar haben alle die Krönung genossen. Sie hat sehr viel für den internationalen Ruf des Landes getan, wissen Sie? Ich nehme an, wir sollten uns bei Ihnen für Ihre Hilfe bedanken. Ich hoffe doch, dass wir in der Stunde der Not erneut auf Sie werden zählen können, oder?«

Marcus setzte erneut das freudlose Lächeln auf und stand auf, um zu gehen. Soweit es ihn betraf, war dieses Gespräch beendet. Nazreem tat es ihm nach.

»Oh ... eine Sache noch, Miss Hashrawi«, sagte Delahaye, als sie sich zur Tür wandten. »Ihr Antrag auf britische Staatsbürgerschaft ...«

»Ja?« Einen Augenblick lang hielt Nazreem die Luft an.

»Er ist genehmigt worden«, sagte Delahaye mit strahlendem Lächeln und schob einen großen, offiziellen Umschlag über den Tisch.

Nazreem schaute den Umschlag an, sah zu Marcus und sagte: »Komm. Wir gehen.« Den Umschlag ließ sie, wo er war.

Als sie durch den kahlen Gang in Richtung Aufzug gingen, kam Simon Maudesley aus einem Büro und blieb stehen. »Professor, Nazreem, schön, Sie zu sehen«, strahlte er. Nazreem schaute ihm eine Sekunde lang in die Augen, stellte sich dann auf die Zehenspitzen und küsste ihn auf die Wange.

»Sie auch«, sagte sie. »Danke. Für alles.«

Dann drehte sie sich zu Marcus um, nahm seine Hand, drückte sie und zog ihn zum Lift.

Anmerkungen des Autors

1. Im Vereinigten Königreich gibt es heute die größte Zahl von Überwachungskameras pro Kopf der Welt. Im Jahre 2008 wurde ihre Gesamtzahl, einschließlich der privat installierten, auf 4,2 Millionen geschätzt, was in etwa einer pro 14 Einwohnern entspricht. Dazu gehören auch die Kameras, die in Zentrallondon die Staugebühr überwachen und das Nummernschild jedes Fahrzeugs registrieren, das in diese Zone fährt. Somit kommt allein die britische Hauptstadt auf 500 000 Kameras. Zum Vergleich: In ganz New York gibt es weniger als 20 000.

Gegenwärtig wird an der Kingston University in London ein Programm mit Namen Cromatica entwickelt, das angeblich gewalttätiges Verhalten anhand von Bewegungen in größeren Menschenmengen voraussagen soll. Mit diesem Programm könnte eine einzige Person von 25 Kameras gleichzeitig überwacht werden. Die Organisation Privacy International stellt das Vereinigte Königreich in Sachen Überwachung seiner Bürger auf eine Stufe mit China und Malaysia. Damit hat Großbritannien den schlechtesten Wert, was den Schutz der Privatsphäre betrifft, in der gesamten westlichen Welt.

Im Jahre 2008 wurden Stadt- und Grafschaftsregierungen in England dafür kritisiert, die ihnen durch die Antiterrorgesetze verliehenen Befugnisse für die Überwachung ihrer Bürger missbraucht zu haben, einschließlich der Überwachung von E-Mail-Konten und Telefonverbindungen. Ausreichend für solche Maßnahmen waren Ordnungswidrigkeiten wie das Nichtanleinen von Hunden, wilder Müll oder die Einschreibung bei verschiedenen Schulen. Der Minister, der sie tadelte, erklärte, solche Maßnahmen seien allerdings angemessen, wenn es um Steuerhinterziehung oder Spendenschwindel gehe. Der Rat von Wyre in Lancashire hat den Einsatz versteckter Überwachungskameras verteidigt, wenn man Personen ausfindig machen wolle, deren Hunde ihr Geschäft in der Öffentlichkeit verrichteten.

Die Bürgerrechtsorganisation Liberty hat die aufkommende ›Überwachungsgesellschaft‹ kritisiert und gefordert, nur Richter und keine städtischen Beamten sollten derartige Maßnahmen anordnen dürfen. Diese Aufforderung verhallte jedoch ungehört.

2. Im Juni 2008 hat das britische Parlament ein Gesetz verabschiedet, wonach Terrorverdächtige bis zu 42 Tage ohne Anklage festgehalten werden dürfen. Das ist weit länger als in jedem anderen demokratischen Staat und hebelt de facto die jahrhundertealte *Habeas-Corpus-Akte* aus. Die Equality and Human Rights Commission hat dem Europäischen Gerichtshof für Menschenrechte dieses Gesetz zur Prüfung vorgelegt.

3. Am 22. Juli 2005 wurde Jean Charles de Menezes in der U-Bahnstation Stockwell sieben Mal aus nächster Nähe und mit Hohlspitzmunition von Polizisten in den Kopf geschossen. Es wurde behauptet, man habe ihn auf den Bildern der Überwachungskameras als Selbstmordattentäter identifiziert, und er sei nach Betreten der Station vor der Polizei weggelaufen und über die Drehkreuze gesprungen. All diese Anschuldigungen haben sich im Nachhinein als falsch herausgestellt. Tatsächlich war er ein brasilianischer Elektriker auf dem Weg zur Arbeit.

Der Vorfall wurde später als ›tragischer Unfall‹ bezeichnet.

Die Generalstaatsanwaltschaft beschloss, keine Anklage zu erheben, obwohl die Metropolitan Police zivilrechtlich zu einem Schmerzensgeld von 175.000 Pfund verurteilt wurde. Allerdings wurde auch in diesem Verfahren festgestellt, dass Cressida Dick, der stellvertretende Commissioner, der an diesem Tag die Verantwortung trug, ›keinerlei persönliche Schuld‹ trage.

Die Aufnahmen der Überwachungskameras von dem Vorfall sind nie freigegeben worden. Es hieß, die Geräte seien defekt gewesen, doch die sie betreibende Firma bestand darauf, dass alles tadellos funktionierte. Die Entscheidung, de Menezes in den Kopf zu schießen, wurde mit Operation Kratos verteidigt – nach dem griechischen Wort für ›Kopf‹ –, die den britischen Sicherheitsbehörden explizit die ›Lizenz zum Töten‹ gibt, wenn es um Selbstmordattentäter geht.

4. Im Dezember 2007 hat der National Health Service zugegeben, das die Krankenakten von 168 000 Menschen verschwunden sind. Das Programm, alle NHS-Daten in einem einzigen Computersystem unterzubringen, hat bis jetzt 12 Milliarden Pfund gekostet und gilt als ›nationales Fiasko‹. Unter den Krankenakten, die unglücklicherweise an die Öffentlichkeit gelangten, war auch die von Premierminister Tony Blair.

5. Seit Februar 2009 gilt es in Großbritannien als Straftat, die mit bis zu zehn Jahren Gefängnis bestraft werden kann, Fotos von Polizisten zu machen, »die einer Person zur Vorbereitung oder Durchführung eines terroristischen Anschlags nützlich sein könnten«.

Während des G20-Gipfels im März 2009 in London starb der Zeitungsverkäufer Ian Tomlinson nach dem Versuch, an einer Polizeiabsperrung vorbei in einen Pub zu gehen, um sich dort nach Feierabend ein Fußballspiel anzuschauen. In den ursprünglichen Polizeiberichten war Herzinfarkt als Todesursache angegeben.

In der Folge gelangte jedoch ein Video an die Öffentlichkeit, aufgenommen von einem Passanten mit dem Handy, das zeigte, wie Tomlinson von einem vermummten Bereitschaftspolizisten, der zudem noch illegalerweise sein Namensschild verdeckt hatte, zu Boden gestoßen und mit dem Schlagstock geschlagen wurde.

Der betreffende Beamte sieht sich nun im Rahmen einer unabhängigen Untersuchung mit dem Vorwurf des Totschlags konfrontiert.

Weitere Bilder, ebenfalls aufgenommen von Privatpersonen, zeigen noch mehrere andere Angriffe von Polizisten. Auch diese Beamten haben ihren Namensschilder und Dienstnummern auf der Kleidung unkenntlich gemacht.

6. Als Reaktion auf einen großen Aufschrei in den Medien hat die britische Regierung im April 2009 angekündigt, eine neue Datenbank des Government Communication Headquarters in Cheltenham zurückfahren zu wollen, in der sämtlicher E-Mail-Verkehr, alle Telefonate und Textnachrichten sowie die gesamte Internetnutzung im Vereinigten Königreich hätte aufgezeichnet und kontrolliert werden sollen. Allerdings weisen Bürgerrechtsorganisationen darauf hin, dass man nur schwer sagen kann, was genau mit diesem ›Zurückfahren‹ gemeint ist und inwieweit es tatsächlich Einschränkungen bei diesen Aufzeichnungen gibt.

Sie selbst ist ohne Sünde, doch viele sind bereit, für sie die größten aller Sünden zu begehen!

Peter Millar
DIE SCHWARZE MADONNA
Thriller
464 Seiten
ISBN 978-3-404-15656-6

Mord, Verrat, Betrug. Als in Gaza eine wertvolle schwarze Madonnenstatue gestohlen wird, beginnt eine abenteuerliche und gnadenlose Jagd quer durch ganz Europa. Welches Geheimnis birgt die Statue? Sie ist vermutlich das älteste bekannte Bildnis der Madonna mit Kind, angeblich von einem der Evangelisten selbst angefertigt. Die junge Archäologin Nazrim glaubt jedoch, die Ikone stamme gar aus vorchristlicher Zeit, und sieht in ihr einen Beweis dafür, dass die ganze Madonnen-Legende auf einen heidnischen Mythos zurückgeht. Ging es bei dem Diebstahl tatsächlich nur um materielle Werte? Oder wollen bestimmte Gruppen verhindern, dass unangenehme Wahrheiten ans Licht kommen?

Bastei Lübbe Taschenbuch

»Kein Buch für schwache Nerven – und dabei bin ich wahrlich kein ängstlicher Zeitgenosse!« STEPHEN KING

Bentley Little
BÖSE
Horror
416 Seiten
ISBN 978-3-404-15986-4

In der kleinen Stadt Willis ist noch nie etwas Schreckliches geschehen. Das Grauen beginnt an dem Tag, als ein Fremder in die Stadt kommt. Plötzlich erhalten die Einwohner Briefe von Menschen, die seit Jahren tot sind, und Botschaften, die ihnen Geheimnisse ihrer Nachbarn verraten. Argwohn und Missgunst verbreiten sich wie ein Virus, und bald begeht ein Bewohner den ersten Mord. Das Böse ist nach Willis gekommen. Es wird nicht ruhen, bis der letzte Einwohner zur Hölle gefahren ist.
»Der Horror-Roman eines Genies« *Times*
»Ein besserer Horror-Autor als Bentley Little? Nicht auf diesem Planeten!« *Los Angeles Times*

Bastei Lübbe Taschenbuch